# Le Secret du docteur Barry

Sylvie Ouellette

# Le Secret du docteur Barry

terres de femmes

De Borée

# Première partie
# La Grande-Bretagne

# I

*Édimbourg, 1810*

– Ce soir, messieurs, vous allez faire un pas de plus dans un univers auquel très peu ont eu accès à ce jour.

C'était avec cette simple phrase que le docteur Andrew Fyfe commençait toutes les séances des cours d'anatomie particuliers, pour ne pas dire clandestins, qu'il dispensait aux jeunes étudiants. Dans un rituel quasi religieux, il retirait ensuite d'un geste théâtral la toile qui recouvrait le corps inerte sur la table de dissection, une modeste planche posée sur des tréteaux.

– Approchez, je vous prie, lança-t-il aux garçons hésitants. Ce cadavre m'a coûté une petite fortune. Vous-mêmes avez payé une somme considérable pour le privilège de cette démonstration. Vous vous devez donc de rester stoïques pour bien retenir tout ce que vous apprendrez au cours des prochaines heures.

Mais ces exhortations n'eurent que peu d'effet sur les jeunes gens qui ne purent s'empêcher de reculer d'un pas. Était-ce la vue de ce cadavre qui, bien que fraîchement déterré, commençait déjà à dégager des odeurs repoussantes ? Ou ces yeux vides aux pupilles dilatées qui demeuraient fixes et insensibles, mais qui semblaient néanmoins tout voir et intimidaient ceux qui osaient croiser ce regard sans âme ? Peut-être la lame qui entaillait le thorax, en un grand V allant des épaules au sternum, pour continuer en une longue trace jusqu'au pubis ?

Ou alors était-ce la proximité du docteur Fyfe lui-même ? Car, en dépit de ses connaissances remarquables et de ses impressionnantes méthodes d'enseignement, l'homme était à sa façon aussi dégoûtant que les cadavres qu'il disséquait : sa lèvre inférieure, qu'il avait de la difficulté à maîtriser, laissait constamment couler un mince filet de salive qu'il essuyait cavalièrement du revers de la main. Ses yeux globuleux – le droit nettement plus bas que le gauche – dévisageaient plus qu'ils ne regardaient la personne devant lui. Et, à la lueur des chandelles qui éclairaient faiblement la remise servant de salle de dissection, ils paraissaient encore plus luisants et exorbités.

Fasciné par la science qu'il transmettait aux jeunes gens qu'il recevait chez lui et envers lesquels il démontrait une sollicitude quasi paternelle, surtout s'ils étaient désireux d'apprendre, le personnage était tout de même curieusement attachant. Autre qualité importante, il était un dessinateur de grand talent et il avait publié plusieurs ouvrages d'anatomie illustrés de sa propre main.

– Alors, c'est pour ce soir ou pour demain ? demanda-t-il dans un rire aussi gras que sa perruque crasseuse, en montrant des dents vilainement jaunies.

Pendant un long moment, il n'y eut aucune réaction de la part des étudiants. Seul James Barry, fasciné, s'approcha finalement en manifestant un intérêt évident.

À quinze ans, le visage encore parsemé de taches de rousseur, James Miranda Barry était à peine plus qu'un gamin. Mais ses grands yeux bleus, avides de tout capter autour de lui, brillaient constamment d'une intelligence et d'une curiosité qui souvent faisaient défaut à ses congénères. Il était par contre de ceux que la nature tardait à faire passer à l'âge adulte. De petite taille, toujours imberbe, il avait conservé sa voix d'enfant, même au moment d'être admis à l'école de médecine de l'Université d'Édimbourg. Sa chevelure rousse, constamment en bataille, était la principale chose qui permettait de le distinguer dans la foule des étudiants qui arpentaient les corridors du collège en se bousculant comme les garçons savent si bien le faire ; des garçons que l'entourage considérait déjà comme des adultes en dépit de leur âge, les forçant presque à escamoter leur enfance en les poussant sur le chemin de la réussite avant même qu'ils aient acquis la maturité nécessaire ; le fait qu'il semblait se trouver à des lieues devant ses congénères, aussi bien intellectuellement qu'émotivement, le démarquait tout autant.

Ceux qui le côtoyaient quotidiennement ignoraient pratiquement tout de lui, de sa famille, de ses origines, de son enfance. Il restait vague lorsqu'on le questionnait à ce sujet et disait même ne pas connaître la date exacte de sa naissance. On aurait pu croire qu'il était né au moment de son admission à l'université, une formalité qui était aussi restée empreinte d'un certain mystère, puisque aucun acte de naissance ni autre papier semblable ne lui avait été demandé.

Cette ambiguïté lui convenait parfaitement ; il était hors de question pour Barry de révéler à quiconque sa véritable identité. Cela lui aurait valu une expulsion immédiate.

– Monsieur Jobson, demanda le docteur Fyfe à l'un de ses élèves, pouvez-vous me nommer cette structure et m'expliquer quelle est sa fonction ?

Sa question fut accueillie par un silence. Les garçons se regardèrent, hésitants : personne n'osait parler et répondre à Fyfe, qui continuait de s'activer, le visage en sueur, les manches relevées et les mains maintenant couvertes de sang jusqu'aux poignets. En ricanant, Fyfe se tourna alors vers l'étudiant Barry et lui adressa un clin d'œil complice.

– Il s'agit du thymus, fit celui-ci d'une voix à peine perceptible. Le thymus est une structure dont on ignore la fonction, mais dont on sait que la taille diminue avec l'âge, ce qui permet de supposer qu'elle n'est utile que dans l'enfance. On peut donc en déduire que cette patiente n'a peut-être pas encore complété la période de sa puberté…

– Vous avez entièrement raison, jeune homme, répondit le professeur en continuant d'ouvrir la cage thoracique du cadavre. Vous avez de toute évidence très bien assimilé la théorie et pouvez l'appliquer à la pratique. Si vous-même finissez un jour par compléter votre puberté, vous irez loin…

Barry rougit et baissa les yeux vers le sol, pendant que ses compagnons pouffaient de rire. Constamment vêtu d'un surtout[1] trop

---

1. Vêtement ample que l'on mettait par-dessus les habits.

grand pour lui, d'aspect chétif et d'une timidité quasi maladive, il n'arrivait pas à faire étalage du caractère résolu et tenace que seuls ceux qui le connaissaient bien avaient déjà eu l'occasion de déceler. Sa vivacité d'esprit et son ambition, par contre, n'échappaient à personne.

Il pouvait difficilement se contenir pendant qu'il se rendait à ces cours d'anatomie appliquée, qui étaient toujours dispensés tard le soir, alors qu'Édimbourg dormait. Sa frêle silhouette se dissimulait furtivement dans l'ombre des édifices qu'il longeait, tandis qu'il courait plus qu'il ne marchait vers la résidence privée de son tuteur. Les mains enfoncées dans les poches de son manteau, en essayant en vain de garder la tête baissée malgré le col empesé qui lui ceignait le cou, il tentait de se fondre dans le brouillard d'automne qui flottait sur la ville.

Une fois arrivé, il avait à peine retiré son manteau que déjà, bien décidé à ne rien manquer, il prenait place devant la grande table où une vieille toile maculée de boue et de sang recouvrait le corps qu'on devinait en dessous. Nerveusement, prêt à ingurgiter tout ce qu'on lui enseignerait, il passait de façon répétée sa langue sur ses lèvres pulpeuses, comme si la faim de savoir le tenaillait.

Il y avait rarement plus de trois ou quatre étudiants à ces cours ; tous savaient que les quelques shillings qu'ils avaient déboursés avaient depuis peu fait leur chemin jusque dans les poches d'un résurrectionniste, ces gens qui, sous le couvert de la nuit, allaient ratisser les cimetières à la recherche d'un monticule de terre meuble, signe d'un récent enterrement.

C'était ainsi que, soir après soir, à la lueur de quelques chandelles, les jeunes étudiants nerveux regardaient leur professeur ouvrir, puis explorer les abdomens, les cages thoraciques et les crânes de ceux qui n'avaient pas de nom. L'atmosphère lugubre et pesante, le froid et l'humidité de la petite salle, les odeurs nauséabondes qui se dégageaient des corps et la vue des chairs mises à nu par le scalpel adroit avaient souvent raison même des plus costauds. Certains tentaient de dissimuler leur malaise en émettant quelque commentaire salace, surtout lorsque le sujet en démonstration était une femme. Mais Barry ne semblait pas les entendre.

– Rien à voir avec les illustrations de De Vinci, grommela Fyfe en continuant de disséquer le cadavre. Oui, c'était un visionnaire et ses travaux nous sont très utiles encore aujourd'hui. Mais une image sur une feuille de papier, fût-elle brillamment dessinée, ne vaut pas l'observation des vraies structures dans leur contexte. J'en sais quelque chose : jamais mes propres esquisses ne pourront leur rendre justice. Consultez plutôt Vésale, messieurs, si vous êtes en mesure de mettre la main sur son traité d'anatomie. Votre copain Barry l'a déjà probablement entièrement mémorisé…

Faisant une brève pause, il regarda le jeune homme et lui adressa un autre clin d'œil.

Barry se sentit flatté de cette attention. Il était un étudiant discipliné et commençait déjà à recevoir des éloges plus que mérités de la plupart de ses professeurs. La médecine venait d'entrer dans une nouvelle ère. Même si elle restait une science dont certaines des facettes étaient pratiquement interdites, et que les connaissances en anatomie et en physiologie étaient encore entourées d'un certain mystère, la curiosité tenace de quelques grands hommes commençait enfin à porter ses fruits.

Découvrir les mystères du corps humain, comprendre comment se développait la maladie, trouver des façons de la prévenir, soulager l'humanité souffrante, voilà ce qui animait le jeune Barry. Ses études en médecine lui serviraient non seulement à assouvir sa curiosité innée et sa soif de découvertes, mais éventuellement à apporter réconfort et apaisement à ceux qui en avaient besoin.

Il s'annonçait long, le chemin qui allait le mener là, mais Barry ne laisserait aucun obstacle lui barrer la route. Comme un pèlerin, il allait avancer pas à pas, avec ordre et méthode, en commençant par les notions d'anatomie de base, ce qui déjà ne se faisait pas sans difficulté en raison des lois qui encadraient l'utilisation de cadavres à des fins de formation.

Car en dépit des récentes découvertes, on entretenait encore la croyance que le corps humain ne pouvait être exploré ni du vivant d'un être ni après, et les chirurgiens osaient à peine s'appliquer à autre chose qu'à l'amputation des membres. Pour plusieurs personnes, tant au sein du corps médical que du clergé ou de la population en général, les cavités abdominale et thoracique de l'humain demeuraient un territoire interdit. On était d'avis que le siège de l'âme se trouvait quelque part au creux des entrailles, et on craignait que d'ouvrir le corps soit suffisant pour qu'elle s'en échappe. On croyait aussi qu'au moment de la résurrection divine les corps mutilés erreraient sans cesse à la recherche de leurs parties manquantes, une idée qui ne manquait pas de susciter l'horreur collective.

Barry, malgré son jeune âge et ses connaissances encore limitées, savait que tout cela était totalement faux. La science l'amenait à la croisée de deux chemins, et il avait la ferme intention de choisir le bon.

D'un côté se trouvait la vieille garde, les praticiens quasi incompétents qui refusaient d'évoluer et continuaient de prescrire les saignées, les lavements, les suées, la pose de ventouses, ou encore la trépanation comme traitements universels pour pratiquement toutes les maladies. Ces grincheux étaient relativement faciles à identifier. Figés dans un passé révolu, ils arboraient des perruques vieillottes, défendaient à grands cris le concept de la médecine en tant qu'art plutôt que science et se servaient de la tradition et des protocoles établis depuis la nuit des temps pour justifier chacun de leurs actes.

Fort heureusement, une autre vague déferlait sur les institutions d'enseignement, celle des grands penseurs avant-gardistes n'hésitant pas à soudoyer les fossoyeurs sans scrupule qui consentaient à déterrer les cadavres destinés à être disséqués par ces dispensateurs de cours privés. « Je serai de ceux-là, se disait parfois Barry. Je ferai avancer la science, peu importe ce que je devrai faire pour y parvenir. »

– L'estomac forme un entonnoir menant à l'intestin grêle, reprit Fyfe d'une voix monocorde en continuant d'assener des coups de scalpel secs, mais précis au corps inerte. Ainsi progresse la digestion, pour lentement atteindre la plus grosse partie du tractus intestinal…

Tout en parlant, il tirait d'une main les tripes grisâtres, alors que de l'autre il finissait de les dégager avec son instrument. Ne pouvant en supporter davantage, les étudiants quittèrent la petite salle en état de panique pour aller vomir dehors.

Mais pas James Barry. Pratiquement en transe, il était bien trop occupé à observer attentivement la lame qui courait le long du corps pour ensuite y pénétrer, découvrant les couches de graisse et de muscles, puis les tendons, les nerfs, les vaisseaux et les viscères. Les gouttes de sang presque noir qui perlaient sur la peau jaune et cireuse ne le rebutaient pas ; elles le subjuguaient. Il était curieux de tout examiner, même si, à la lueur des chandelles, les structures étaient figées et sans couleur, contrairement à celles que présentaient les riches illustrations qu'il avait étudiées sur ses planches d'anatomie. Fyfe avait raison : ces images n'étaient rien à côté de la chair réelle.

L'horrible professeur avait également vu juste en ce qui concernait le traité d'André Vésale : Barry avait eu la chance de le consulter à plusieurs reprises et en avait mémorisé chaque page. Avant même de savoir lire, il avait pris l'habitude de se glisser en douce dans l'impressionnante bibliothèque d'un ami de la famille, le comte de Buchan, pour feuilleter à la sauvette le gros bouquin dont les images le fascinaient. Lorsqu'il avait appris les mots un par un, sa curiosité pour tout ce qui avait trait au corps humain n'avait cessé de grandir. Il avait ainsi très tôt trouvé sa voie. Dès l'âge de dix ans, il avait annoncé son intention de devenir chirurgien.

Dans cette même bibliothèque, il avait également pu consulter un ouvrage révolutionnaire, le traité d'obstétrique du docteur William Smellie, et en graver chacune des pages dans sa tête. Une fois à l'université, il avait aussi eu la chance d'assister à quelques leçons prodiguées par le docteur James Hamilton, un des rares médecins à croire que les femmes pouvaient pratiquer la médecine et à affirmer qu'il avait formé plus de mille sages-femmes. Ces séances avaient permis au jeune Barry d'ajouter le système reproducteur à la liste déjà bien étoffée de ses champs d'intérêt.

L'accès à des ouvrages spécialisés et l'opportunité de rencontrer des progressistes n'avaient fait qu'ajouter à son désir de devenir médecin. À un âge où le cerveau est une véritable éponge, il avait eu la chance inouïe d'écouter et d'assimiler les grands discours dont la plupart des autres garçons se désintéressaient complètement. Il n'en tenait qu'à lui de poursuivre dans la même voie et de faire ses preuves rapidement.

En attendant, il lui fallait assister à un maximum de dissections, même si les moyens utilisés par les professeurs pour obtenir des cadavres lui répugnaient un peu. Aux yeux de la loi et de la société, seuls les criminels condamnés à être exécutés pouvaient servir de sujets. Malheureusement, c'était une denrée rare et on devait s'approvisionner à une autre source : les cimetières, qui offraient également l'avantage de fournir des corps de femmes et, avec un peu de chance, des corps d'enfants.

Mais Barry éprouvait beaucoup de pitié pour les familles qui découvraient avec effroi les tombes vides au petit matin. Il était aussi méfiant vis-à-vis de ceux qui s'adonnaient à cet horrible commerce. En revanche, il reconnaissait sans peine qu'il fallait une énorme dose de cran pour effectuer la sale besogne que les médecins ne pouvaient s'aventurer à faire eux-mêmes. L'appât du gain était pour les uns aussi fort que le désir de connaissance l'était pour les autres, Barry le premier. Et, avec Fyfe, il savait qu'il progresserait rapidement sur le chemin de la découverte.

– Le corps humain, comme vous avez pu le constater, n'est ni plus ni moins que la somme de ses parties, déclara le professeur en guise de conclusion. C'est une machine dont nous ne comprenons pas encore tous les rouages, mais il n'en tient qu'à vous de les découvrir, messieurs. J'espère vous revoir sous peu.

Les étudiants n'eurent pas besoin d'en entendre plus pour déguerpir, mais Barry ne bougea pas tout de suite. Ce ne fut qu'au bout d'un moment que le bruit de la porte qu'on refermait le fit sursauter. Il fut immédiatement tiré de sa torpeur et étonné par l'horreur qui s'étalait devant lui.

Le regard fixé sur chaque organe et chaque structure qui lui avaient été présentés, l'esprit uniquement concentré sur les notions de physiologie et de fonctionnalité, il ne s'était pas rendu compte de l'ampleur que l'exercice avait prise. Sous ses yeux se trouvait à présent une carcasse aux côtes sciées, vidée de tout ce qu'elle avait pu contenir. Les viscères avaient été retirés, examinés, commentés, puis déposés sur une autre table. Le cuir chevelu avait été fendu sur le haut de la tête d'une oreille à l'autre et rabattu sur le visage. Le crâne avait été ouvert, et le cerveau, extirpé. Les yeux, sortis de leurs orbites, avaient été aussi découpés en pièces pour permettre aux spectateurs de bien comprendre leur structure. Çà et là, les membres avaient aussi été ouverts sur la longueur et laissaient voir les os, les muscles et les tendons.

Rien n'avait échappé à l'action du scalpel. En baissant les yeux vers le sol, Barry remarqua pour la première fois la mare de sang qui s'était formée à ses pieds, la planche de bois sous le cadavre étant elle-même imbibée et continuant, goutte à goutte, de suinter son surplus. Il vit aussi le sang dont étaient couverts les manches et le tablier du docteur Fyfe. Reprenant subitement ses esprits, il agrippa son manteau et sortit aussi vite qu'il le put.

Il rentra chez lui à la même vitesse qu'il était venu, en essayant toujours de se fondre dans les ombres et le brouillard qui embrassaient la ville. L'aube allait bientôt poindre. Tout au long du trajet, Barry respira profondément pour tenter en vain de chasser de son nez les odeurs putrides qui le tenaillaient, des effluves qu'il avait si bien réussi à oublier auparavant. Dans sa tête se mêlaient les images de ce corps dévoilé, qu'il cherchait constamment à associer à ce qu'il avait lu dans ses manuels. Comme l'avait annoncé Fyfe au début de la soirée, il lui avait été donné de voir ce que peu avant lui avaient pu observer. C'était à la fois monstrueux et grandiose, écœurant et fascinant.

Soudain rattrapé par l'horreur, il s'efforçait aussi de ne pas trébucher en regagnant son domicile de la rue Lothian ; la boue qui avait gelé formait des mottes dures et glissantes qui menaçaient de lui faire perdre pied. Tournant le coin, il hâta de nouveau son pas, mais ne put s'empêcher de se retourner pour jeter un coup d'œil inquiet derrière lui, comme s'il eût craint que l'esprit du mort le poursuive.

– Hé ! Petit ! Regarde un peu où tu vas !

Barry s'arrêta net devant l'homme qu'il venait d'emboutir. Il ne l'avait pas vu arriver. À bout de souffle, il mit quelques secondes à reprendre ses esprits. L'individu, d'une certaine façon, lui rappelait curieusement Fyfe. Ses dents pourries et son rire tonitruant étaient sensiblement les mêmes que ceux de l'affreux professeur, mais on devinait facilement qu'il n'en avait pas la science. Sa grosse voix bourrue avait tiré Barry de ses pensées.

– Mmm-mille excuses, bégaya l'étudiant. Je ne regardais pas où j'allais… C'est… C'est la fatigue. La nuit a été longue.

– La nôtre aussi, tu n'as pas idée !

L'homme éclata de rire une seconde fois et ce ne fut qu'à ce moment que Barry s'aperçut qu'il n'était pas seul. Malgré le brouillard et la noirceur, il put voir un deuxième individu qui avait l'air tout aussi grossier et qui transportait sur son épaule une énorme poche de jute semblant contenir une lourde masse sans forme. Il remarqua aussi que celui qu'il avait failli renverser tenait dans ses mains deux pelles et une longue corde. Les deux compères étaient sales, leurs bottes, couvertes de boue. À en juger par leurs visages rougeauds, ils avaient de toute évidence passé la nuit à travailler très fort.

Barry fit un pas de côté pour les laisser continuer leur chemin, puis les regarda s'engouffrer dans la brume qui commençait à rosir. Il eut la nette impression qu'ils empruntaient le trajet que lui-même venait de faire, mais en sens inverse. La lumière se fit tout à coup dans son esprit.

« Ils sont en route pour la maison de Fyfe… Ils lui apportent un cadavre qu'ils viennent de déterrer… »

La pratique était de plus en plus répandue, et les autorités faisaient semblant de ne rien voir. La médecine étant entrée dans une importante phase de transition, les magistrats et leurs amis de la classe dirigeante savaient bien que les médecins devaient parfaire leurs connaissances, et les chirurgiens, affiner leurs talents si on voulait se faire traiter de façon compétente. Tant pis si les moins fortunés devaient servir de cobayes.

– Nous devons fermer les yeux devant certaines activités, avait déclaré le docteur Fyfe au moment où Barry était venu s'inscrire à sa toute première session. Considérant qu'un cadavre adulte en bon état peut valoir jusqu'à quatre livres, et que le prix des enfants est fixé selon leur taille, la récolte de corps peut devenir très lucrative pour certains individus. Je paie toujours sans poser de questions, comme le font plusieurs de mes confrères, même si je n'ignore point que ces corps pourraient m'arriver de façon prématurée… Je me doute bien que certains de ces fossoyeurs improvisés, incapables d'attendre, peuvent avoir recours au crime pour fournir à la demande. J'essaie autant que possible de ne pas me prévaloir des services de ceux qui me semblent trop zélés et je sais faire la différence entre un meurtre et un décès de causes naturelles, mais bon…

Barry n'avait pas répondu, vivement touché par ce qu'il venait d'apprendre. Mais déjà il avait décidé qu'il ne reculerait devant rien pour atteindre son rêve de devenir médecin. S'il lui fallait, pour y parvenir, se cacher comme un criminel alors qu'il n'avait rien fait de mal, eh bien, soit !

Sentant un frisson lui parcourir l'échine, Barry se tira de ses pensées et, quelques instants plus tard, reprit sa route à toute vitesse en tâchant d'oublier l'ignominie de la situation et déjà impatient d'assister à une autre leçon privée du docteur Fyfe.

* * *

Comme d'habitude, Barry dormit à peine. Mille images se succédaient dans son esprit, et il se levait toutes les quinze minutes pour noter un détail qui lui revenait au fur et à mesure qu'il distillait dans sa tête tout ce qu'on venait de lui communiquer. Quelques heures plus tard, une autre sorte d'appétit se manifesta, et il se retrouva attablé devant son petit déjeuner.

Assise dans une berceuse à l'entrée de la minuscule cuisine, une femme l'observait d'un air attendri. À l'aube de la quarantaine, Mary Anne Bulkley faisait facilement dix ans de moins, surtout en raison de sa stature fragile et de ses traits délicats. Enroulée dans un châle deux fois trop grand pour elle, elle ressemblait à une poupée de porcelaine avec ses grands yeux bleus et ses fins cheveux couleur de miel attachés en chignon sur sa nuque.

– Tu es rentré aux petites heures, fit-elle doucement. Je commençais à m'inquiéter… Et alors, ce cours ?

– Ce n'était toujours pas suffisant, répondit Barry en attaquant une troisième crêpe nappée de miel. Je dois m'inscrire à une autre session. Le plus tôt sera le mieux. Je veux en connaître plus et apprendre à disséquer, moi aussi.

– Et combien disais-tu devoir exécuter de dissections pour pouvoir obtenir ton diplôme ?

– Trois. Mais ce doit être trois dissections officielles, faites en présence d'examinateurs. Auparavant, je dois m'exercer en cours privés.

– Tu crois pouvoir y arriver rapidement ?

– Tout dépend du nombre d'exécutions qui auront lieu dans les prochains mois... Mais il ne fait aucun doute que j'en apprendrai beaucoup plus avec le docteur Fyfe en trois ou quatre séances que dans n'importe quel cours dispensé à l'université.

Malgré le soleil du matin qui entrait à profusion par la fenêtre de la petite salle à manger, Mary Anne ne put s'empêcher de frissonner et resserra le châle autour de ses frêles épaules. Une telle déclaration faite par quelqu'un de si jeune et de si fragile avait quelque chose d'incongru. En fait, tout ce qui se rattachait à James Barry semblait curieux et inhabituel. Comment pouvait-il se rendre ainsi, en plein cœur de la nuit, assister à des pratiques que plusieurs auraient qualifiées de dégoûtantes au superlatif, et, le lendemain même, s'asseoir tranquillement à table et prendre son petit déjeuner comme le font tous les jeunes gens de son âge ?

– Mais tu sais qui..., qui..., qui c'était ? poursuivit-elle avec hésitation.

– Une femme, dit simplement Barry en haussant les épaules. Une très jeune femme. J'ai pu observer la courbure de son bassin, plus évasé que celui d'un homme, son utérus, ses ovaires...

– Tais-toi ! Je ne veux pas en savoir plus !

– C'est la vie, tu sais, dit-il, la bouche à moitié pleine. Le corps humain tel que la nature l'a créé. Tu es une femme, toi aussi. Tu as mis au monde des enfants...

– Oui, je sais. Mais je ne veux pas en entendre parler !

– Allons donc ! continua Barry avec un sourire en coin. L'anatomie te fascine, toi aussi. Tu me l'as dit plus d'une fois. Et tu ne manques jamais de me poser des questions sur mes cours. Je sais bien que c'est de toi que je tiens cette curiosité. Je ne doute nullement que tu aurais pu faire des études en médecine, si on t'en avait donné la chance, à toi aussi !

– Tu veux rire ? protesta mollement Mary Anne. Je ne suis pas aussi intelligente que toi, loin de là !

Barry ne répondit pas, mais lui adressa un clin d'œil complice. Mary Anne lui fit un doux sourire, se versa une autre tasse de thé et soupira longuement avant de continuer la conversation.

– Voilà déjà quatre mois que nous vivons ici, dans ce modeste appartement, dit-elle pour changer de sujet. Est-ce que les gens te posent encore des questions ? Est-ce qu'ils te demandent qui je suis et quel est le lien qui nous unit ?

– Tu sais bien que oui, répondit Barry en riant. Le quartier est peuplé entièrement d'étudiants. Personne ne t'avait vue ici auparavant. Ils ne savent que ton nom.

– Et que leur réponds-tu ?

– Je leur dis que tu es madame Mary Anne Bulkley, ma gardienne, répondit Barry d'un ton monocorde et enfantin, comme une leçon qu'il aurait mille fois répétée. C'est tout.

– C'est le mot que tu utilises ? Gardienne ? Et ils te croient ?

– Mais bien sûr. Du moins, ils se contentent de cette réponse et laissent tomber.

– Tu ne dois jamais les laisser soupçonner que je suis ta mère, tu le sais, lui dit-elle avec un empressement qui tournait à la panique. Ce serait la fin pour toi et ta carrière !

– Ne t'inquiète pas, je sais exactement quoi dire et quoi faire. Je suis désormais un étudiant en médecine, j'obtiens les meilleures notes de ma classe, je me comporte avec discipline et décorum. Je joue mon rôle à la perfection et j'entends bien continuer ainsi.

– Et, pour cela, tu te dois de toujours montrer de la reconnaissance envers le comte de Buchan et le général de Miranda, mon ange. Tu es leur création. Sans eux, tu ne serais rien. Qui sait quelle vie de misère t'attendrait… Une vie comme la mienne, probablement. Tu dois aussi beaucoup à James Barry, mon pauvre frère… Dieu ait son âme ! Il n'avait pas approuvé mon mariage avec Jeremiah et il avait bien raison. On aurait dit qu'il savait déjà que cet escroc nous abandonnerait sans un sou… Quand je pense que je l'avais renié au moment de me marier ! Heureusement qu'au tout dernier moment son cœur s'est tourné vers toi. Quelle chance qu'il nous ait présenté ses amis ! Et qui aurait cru que ses tableaux auraient pu valoir si cher, même de son vivant !

Elle s'arrêta soudain de parler, et son visage pâlit.

– Est-ce qu'on te pose des questions à son sujet ? Est-ce qu'on se doute qu'il était ton oncle ?

– Mais non, déclara James, la bouche pleine. Il a toujours clamé qu'il n'avait pas de famille. De toute façon, les noms James et Barry sont tout de même assez communs. Et il n'y a aucune ressemblance physique entre nous trois, tu le dis toi-même.

– N'empêche, fit-elle d'une voix qui trahissait une nervosité grandissante. À la rigueur, tu pourras admettre qu'il était un parent lointain, mais sans plus ! Tu m'entends ?

– Bien sûr, mais tout le monde sait que je bénéficie de la protection de Lord Buchan et du général de Miranda, et qu'ils étaient de très grands amis de Barry.

– Mais l'argent…

– Buchan s'occupe de tout administrer, ne t'inquiète pas. Personne ne peut se douter que c'est l'héritage du peintre Barry qui paie mes études. On croit qu'il était sans le sou, comme tous les peintres.

Mary Anne parut se calmer, et ses yeux se remplirent de larmes.

– Mon pauvre frère… répéta-t-elle. C'est grâce à lui si tu peux faire des études et si je peux vivre ici avec toi, plutôt que de te savoir dans une résidence d'étudiants où tu risquerais trop…

– Ça, c'est toi qui le dis. De mon côté, je serais parfaitement capable de me débrouiller.

– Oui, tu as peut-être raison. Avec chaque jour qui passe, je te vois devenir de plus en plus comme eux. On dirait que tu deviens vraiment un homme…

Elle fit une pause, vida sa tasse de thé à petites gorgées et le regarda manger pendant un moment avant d'émettre un autre long soupir.

– Je dois retourner en Irlande bientôt, tu sais, dit-elle finalement d'une voix plus calme. Je dois sortir de ta vie. Tant qu'on nous verra ensemble, nous risquons d'éveiller les soupçons.

– Oui, je sais, c'était entendu depuis le début, soupira Barry.

– Ça me déchire et ça m'inquiète au plus haut point. Que feras-tu, alors ? Seras-tu capable de subvenir à tes propres besoins ? Tant que je suis ici, au moins je peux veiller à ce que tu ne manques de rien. Nous ne pouvons pas accepter le moindre sou de Buchan. C'est une question de fierté et d'honneur. Tu devras te débrouiller avec ce que nous avons. Sauras-tu comment ? Tu es encore si jeune…

Barry se leva, vint s'agenouiller devant sa mère et lui prit délicatement les mains. Malgré la douceur de son geste, Mary Anne grimaça.

– Tes doigts te font encore souffrir ?

– Je crois bien que ça n'ira jamais mieux, avoua Mary Anne.

– Tu vois, lorsque je serai médecin, je trouverai un remède pour te guérir, fit Barry avec conviction.

Mary Anne lui adressa un sourire reconnaissant.

– Moi et combien d'autres ?

– Dieu seul sait combien il y a de personnes souffrantes en ce monde, qui n'ont pas d'argent pour payer un médecin. Et si peu de gens qui s'en soucient. Tout ce que je veux, c'est les soulager toutes…

– Tu seras un grand médecin, je n'en ai aucun doute. J'ai confiance en toi. À condition bien sûr que…

– Tout ira bien, l'interrompit Barry. Cesse de t'en faire ainsi. Tu sais que ce n'est que pour quelques courtes années, trois ou quatre au plus. Lorsque j'aurai mon diplôme en poche, nous irons vivre ailleurs ensemble comme prévu. En attendant, Buchan m'a dit que je pourrai aller habiter chez le docteur Anderson dès qu'une chambre sera disponible.

– Chez Anderson ? Je serais rassurée… Mais sa maison est très semblable à ces résidences d'étudiants où il se passe Dieu sait quoi. Crois-tu qu'il serait sage de partager un logis avec tant de pensionnaires ?

– Ce sont des étudiants tout comme moi, murmura James avec sollicitude tout en replaçant une mèche qui s'était échappée du chignon de Mary Anne. Que veux-tu qu'ils me fassent ?

Mary Anne sembla rassurée, mais essuya tout de même une larme qui perlait au coin de son œil. Barry se releva, déposa un léger baiser sur sa joue et revint à son petit déjeuner.

– Tu as probablement raison, fit-elle au bout d'un moment, mais je suis incapable de chasser cette inquiétude qui me ronge. On ne sait jamais… Ils pourraient se douter de quelque chose, de ta véritable identité… Nous en parlerons au comte de Buchan quand nous irons le visiter. Après tout, c'est son idée, de te faire loger chez Anderson. Justement, nous avons reçu une autre invitation à dîner chez lui la semaine prochaine.

– Nous dînons chez Buchan la semaine prochaine ? fit Barry en arrêtant de manger et en relevant la tête brusquement. Est-ce que le général y sera ?

– Je ne sais pas. Je crois bien que oui…

Ils se regardèrent un moment sans parler.

– Je sais à quel point Miranda t'est cher, mon ange, reprit la femme sur un ton doux, mais ne te fais pas d'illusions. Il a beaucoup de responsabilités et de soucis.

– Oui, je sais, mais c'était son idée de me faire inscrire à la faculté de médecine.

– La sienne et celle de Buchan, ne l'oublie pas. Les deux ont tout manigancé depuis le début. Tu dois faire preuve de reconnaissance autant envers l'un qu'envers l'autre.

– Je tâcherai de ne pas l'oublier, dit docilement Barry en revenant à ses crêpes.

* * *

– N'ayez aucune crainte, déclara le comte de Buchan à Mary Anne quelques jours plus tard. Nous veillerons sur notre James. Vous savez combien son avenir nous tient à cœur. En décédant, notre vieil ami Barry lui a légué plus que son nom et son argent : il a fait de lui un membre de notre groupe et créé un lien qui perpétue notre amitié au-delà de la mort.

Dans le petit salon particulier de la maison du comte, Mary Anne, Barry et Lord Buchan s'étaient retirés pour discuter en privé avant l'arrivée des autres invités. Ces rencontres en catimini étaient fréquentes et permettaient d'évaluer la progression du jeune étudiant. Depuis quelques mois déjà, celui dont on avait créé l'identité pour lui permettre de s'inscrire à la faculté de médecine de l'Université d'Édimbourg était devenu un être à part entière. Au début, on avait parlé de lui à la troisième personne, mais à présent James

Miranda Barry existait, se transformait et trouvait sa voie. Et tous ceux qui étaient à l'origine de cette fabuleuse imposture en venaient même à oublier son nom de baptême.

De son côté, celui qu'on avait tiré d'un anonymat qui ne lui donnait aucun espoir de réussite pour se voir façonner en carabin au talent incommensurable voyait tout devenir possible. À partir du moment où il avait accepté l'offre de poursuivre des études en médecine, il avait tourné le dos à son enfance, à ses origines et même à sa propre identité pour assumer pleinement le rôle qui lui était dévolu et qui, avec un peu de chance et beaucoup d'efforts, resterait le sien aussi longtemps qu'il le faudrait.

Le principal instigateur du projet Barry était David Steuart Erskine, onzième comte de Buchan. À soixante-dix ans, il était depuis de nombreuses années source de beaucoup de controverses dans la haute société écossaise. Buchan avait écrit sous plusieurs pseudonymes des articles qui bousculaient les idées de son époque qu'il jugeait archaïques. Il désirait mettre fin au travail des enfants, donner accès à l'éducation à toutes les classes de la société, autant aux filles qu'aux garçons, instituer le droit de vote universel... Mais le dernier projet qu'il avait élaboré était de loin le plus spectaculaire et le plus risqué. Maintenant que les bases en étaient jetées, le parachèvement de cette œuvre dépendait d'une seule petite personne dont nul ne doutait du talent, surtout pas le comte de Buchan.

– Je sais, concéda finalement Mary Anne avec un soupir de tristesse en tirant un mouchoir de son réticule. Mais James est encore si jeune ! Le monde serait incapable de comprendre, si la vérité venait à éclater.

– Mais rien n'indique que la vérité sera connue un jour, l'interrompit Buchan. James joue son rôle à la perfection. Nous avons très bien couvert tous les angles. De ce côté également, nous pouvons vous assurer de notre éternel dévouement.

Un peu en retrait, Barry se tenait coi et observait la scène avec grand intérêt. Depuis plusieurs mois déjà il avait assisté à ces nombreuses conversations dont il était le sujet, la plupart du temps sans même qu'on s'adresse à lui. Mais cela allait changer ce soir.

– Alors, dit Buchan en se tournant enfin vers lui, comment les choses se déroulent-elles jusqu'à présent ?

– Très bien, milord, répondit-il avec un timide sourire. J'assiste assidûment à tous mes cours, je prends mes propres notes au lieu de les acheter comme le font plusieurs de mes compagnons et j'étudie sans relâche ; je passe mes examens avec succès. Tous mes professeurs me tiennent en très haute estime.

– Oui, je n'ai aucun doute à cet égard, mais pour le reste ?

– Je n'ai rien décelé d'inquiétant. On me pose parfois des questions, mais je réussis toujours à les esquiver. Les gens semblent plutôt curieux de découvrir mon âge, en fait. Tout le monde sait que le général de Miranda et vous êtes mes protecteurs, que vous veillez à ce que je demeure un étudiant modèle.

– Bien sûr ! s'esclaffa le comte. Je donne à cette université tellement d'argent qu'elle en serait réduite à fermer ses portes si je décidais de lui couper les vivres ! Parlant de Miranda, le voici justement qui arrive.

La porte du petit salon s'ouvrit à la volée, et un homme de grande taille fit son entrée. De type méditerranéen, il était impeccablement vêtu, de ses bottes rutilantes à son imposante cape bleu nuit. Ses longs cheveux grisonnants étaient élégamment attachés sur sa nuque avec un mince ruban de velours rubis. L'homme s'avança en gardant la tête haute, avec un large sourire teinté d'un soupçon d'arrogance, mais qui dégageait tant d'assurance qu'il laissait sur tous ceux qui le croisaient une impression indéniable. Le coin de sa bouche s'étira légèrement, et il se dirigea résolument vers Mary Anne.

– *Señora* Bulkley, fit d'abord l'homme en lui prenant la main pour y déposer un respectueux baiser. Quel plaisir de vous revoir !

Pendant un instant, l'homme et la femme se regardèrent intensément, comme si plus rien autour d'eux n'existait. Dans la grosse main de l'homme, les doigts de la femme n'en parurent que plus délicats. Aucun mot ne fut échangé, mais la tension qui s'installa entre eux était aussi forte qu'on puisse l'imaginer entre un homme et une femme quand le désir se heurte aux convenances. Mary Anne détourna la tête pour essayer de dissimuler son émoi. Comme partout où il passait, le général Francisco de Miranda s'occupait d'abord de charmer les dames avant de s'adresser aux hommes, et aucune femme, sans exception, ne pouvait rester insensible au léger zézaiement de sa voix ni à la puissance animale de son regard.

Barry s'efforçait de toujours bien l'observer, sachant qu'il ferait peut-être mieux de l'imiter, si jamais il s'en trouvait le talent. À défaut d'avoir le même physique, c'eût été pour lui un atout inestimable de pouvoir faire montre de pareille assurance, d'une attitude aussi mondaine et d'une déférence aussi naturelle. Car la vie et l'expérience du Vénézuélien Francisco de Miranda s'étendaient sur deux continents, avaient traversé trois révolutions et comprenaient plus de conquêtes féminines qu'il ne pouvait lui-même en compter. En France, il avait été l'amant de madame de Staël ; en Russie, celui de la Grande Catherine. Après avoir assisté à la guerre de l'Indépendance aux États-Unis et dirigé plusieurs régiments lors de la Révolution française, Miranda s'était établi en Grande-Bretagne dans le but d'accumuler le soutien financier et l'armement nécessaires à son prochain projet, l'indépendance des colonies sud-américaines de la Couronne d'Espagne, à commencer par celle de sa terre natale, le Venezuela. Il en avait fait la plus grande cause de sa vie, et Napoléon Bonaparte avait dit de lui qu'il était tout comme Don Quichotte, mais la folie en moins. C'était en grande partie à cause de tout cela que le jeune James utilisait le nom Miranda en guise de second prénom et qu'il cherchait à le prendre comme modèle.

La personnalité de l'homme était une énorme contradiction en soi. Immensément généreux et empathique, il était aussi profondément imbu de lui-même, presque méprisant aux yeux de certains, mais surtout aucunement incommodé par la perspective de se faire des ennemis. Ce soir-là, chez Buchan, il n'était toutefois entouré que d'amis, et d'un admirateur, James Barry.

– Mon cher James ! s'exclama-t-il avec empressement en se détournant d'une Mary Anne toujours écarlate. *Caramba !* Mais comme vous avez grandi ! Laissez-moi vous regarder !

Tout aussi troublé que Mary Anne, Barry fit lentement un tour sur lui-même pour permettre au général de bien l'observer. Miranda s'approcha, le toisa de haut et prit tout doucement le fin menton de Barry entre ses gros doigts pour le contempler de plus près.

– Quel charmant jeune homme vous faites… murmura-t-il, un sourire en coin.

Barry ne répondit pas et baissa timidement les yeux, tout aussi incapable que Mary Anne de soutenir ce regard bien longtemps. Le général de Miranda exerçait sur lui le même effet incontestable.

– La transformation est frappante, n'est-ce pas ? demanda Buchan avec un sourire qui trahissait sa fierté. En quelques mois à peine, nous avons fait de cette petite personne l'archétype du parfait étudiant en médecine : bien élevé, respectable, d'une prestance qui s'affine jour après jour…

– Vous oubliez l'essentiel, mon cher, l'interrompit Miranda. L'intelligence. C'est ce qu'il y a de plus précieux. C'est grâce à cette intelligence que nous ferons de notre jeune élève le plus grand médecin de son époque !

– Je n'en doute aucunement, acquiesça Buchan en levant la main en signe d'avertissement, mais ne nous réjouissons pas trop vite. La partie n'est pas encore gagnée. Nous devons toujours demeurer sur nos gardes. Voici maintenant le docteur Fryer qui arrive. Il pourra nous informer des derniers ragots.

– On parle de moi ? demanda Edward Fryer en entrant à son tour dans le petit salon.

Il serra successivement la main de Buchan et de Miranda.

– Effectivement, déclara Buchan. Nous brûlons de savoir ce qui se dit sur notre cher James derrière son dos.

– Mais rien que de bonnes choses, bien sûr ! James est considéré comme l'un des plus brillants étudiants ayant jamais fréquenté la faculté de médecine. Et aussi l'un des plus précoces. Il s'est déjà nettement détaché du peloton et démontre une étonnante capacité d'apprendre tout ce dont on lui bourre le crâne, de la botanique à la littérature, en passant par le latin, la chimie et la pharmacologie. Tous sont d'accord pour dire que son avenir est assuré !

– Mais encore ? rétorqua Miranda. Le fait de n'avoir ni nom ni titre peut-il lui nuire ? Les gens ici attribuent tant d'importance à ce genre de choses !

– Pas pour l'instant, mais cela donne lieu aux potins les plus juteux que j'ai entendus depuis longtemps…

– Des potins ? demanda Mary Anne, de nouveau inquiète. Qu'est-ce qu'on raconte, au juste ?

Fryer éclata de rire avant de répondre.

– Rien de grave, rassurez-vous !

En se tournant vers le comte de Buchan, il ajouta :

– On chuchote qu'il est le fils illégitime d'un personnage bien en vue, mais, quant à savoir qui, chacun y va de sa petite idée. Tout d'abord, il y a ceux qui disent qu'il est le fruit de l'une des multiples liaisons de votre fils aîné.

– Vraiment ? fit Buchan. Je serais grand-père ? Quelle imagination ! Il faut dire que nous avons pratiquement la même chevelure. Mais encore ?

– Attendez, il y a mieux. D'autres sont d'avis qu'il n'est rien de plus qu'un autre des nombreux enfants de notre bon général.

– Balivernes ! rouspéta Miranda. J'ai toujours reconnu tous mes enfants. Jamais je n'ai reculé devant mes responsabilités paternelles, et ils portent tous mon nom, légitimes ou non !

– Mais la meilleure rumeur, reprit Fryer, et de loin…

Il baissa soudain la tête et fit signe aux autres de s'approcher, comme s'il allait leur révéler quelque confidence ahurissante.

– Plusieurs soutiennent que James est en fait le fils du prince régent, le futur George IV, chuchota-t-il.

Un éclat de rire général fit trembler la pièce.

– Mais que suggérez-vous que James fasse en réponse à toutes ces suppositions ? demanda Mary Anne qui commençait enfin à se détendre.

– Absolument rien ! déclara Buchan en riant. Qu'il les laisse parler ! Si on entretient ainsi le mystère, au moins personne ne se doutera de la vérité !

– Je suis en fait votre fils à vous tous, dit timidement James, car je crois qu'on devrait ajouter le docteur Fryer à la liste de mes géniteurs potentiels. C'est vous trois qui avez fait de moi ce que je suis aujourd'hui. De vous, milord, j'épouse les opinions avant-gardistes et radicales que vous préconisez si ardemment. Comme vous, mon général, je souhaite développer la faculté de penser librement et tout mettre en œuvre pour voir disparaître les injustices.

Finalement, cher docteur Fryer, il m'est plus qu'évident que nous partageons la même curiosité scientifique.

– Vous oubliez quelqu'un, l'interrompit Buchan. Votre oncle James, qui a été et demeure un important participant dans cette aventure. Qu'avez-vous reçu de lui ?

– De mon frère ? intervint Mary Anne Bulkley. Le caractère, assurément. La nature taciturne et les tendances à l'extravagance…

– Extravagant, moi ? protesta Barry.

– Bien sûr, acquiesça Fryer. Ce n'est pas encore flagrant, mais ça se sent. Vous verrez, au fur et à mesure que vous progresserez dans vos études, vous ferez parler de vous. Et pour plusieurs raisons…

Le son d'une clochette l'interrompit.

– Il est temps d'aller rejoindre les autres invités, déclara Buchan pour mettre fin à la discussion. Nous serons à même de constater comme notre jeune prodige se tire d'affaire. Êtes-vous prêt à être présenté en bonne et due forme à la haute société écossaise, monsieur James Miranda Barry ?

Barry eut quelques secondes d'hésitation en quittant le petit salon. Le fait de pouvoir officiellement se joindre pour la première fois aux convives de Lord Buchan signifiait pour lui le véritable passage dans le monde des adultes et il était inquiet de ne pas être à la hauteur. Durant ses visites précédentes, il avait évité de rencontrer qui que ce soit, se contentant de prendre son dîner dans la cuisine pour se réfugier dans la bibliothèque le reste de la soirée.

C'était là qu'il avait eu accès aux traités de Vésale et de Smellie, si chaudement recommandés par le docteur Fyfe. Même au-delà des bouquins de médecine, la bibliothèque de Buchan était un trésor inestimable, un véritable laboratoire où les libres penseurs venaient se rassembler non seulement pour parfaire leurs connaissances, mais aussi pour discuter et mettre sur pied toutes sortes de projets.

Dès le jour où il avait été capable d'atteindre et de tourner la grosse poignée de la porte, Barry avait commencé à s'infiltrer silencieusement dans cette bibliothèque. Il était encore tout jeune ; ses longs cheveux bouclés étaient constamment en bataille, et ses mains, salies par tout ce qu'il avait attrapé et examiné dans le grand jardin. Tôt le matin, bien caché entre l'énorme sofa de brocart et les lourdes tentures de la fenêtre, il fouillait impunément dans tous les livres qui attisaient sa curiosité. Le soir, il tentait de se faire oublier en se réfugiant dans un coin pour écouter et analyser ce dont discutaient les invités après le repas.

Mais à présent James Barry faisait son entrée dans le grand monde, ce qui allait être pour lui une étape cruciale. Escorté de Lord Buchan et du général de Miranda, il se sentit rapidement en confiance, alors qu'on le présentait à tous les invités de distinction. Dans l'antichambre de la salle à manger, les deux fils de Buchan divertissaient déjà ceux qui venaient d'arriver et que Barry connaissait à peine. Il lui fallait maintenant faire le grand jeu, puisqu'il devenait un acteur important de l'entourage du comte.

Il prit bien soin de serrer fermement les mains des hommes en les regardant dans les yeux et en hochant brièvement la tête. Tout aussi attentivement, il s'inclina poliment en déposant un léger baiser sur les mains des dames. Au moment de finalement prendre place à table, il les avait tous subjugués.

* * *

Pour son premier dîner avec tant d'inconnus, Barry s'efforçait de bien dissimuler à quel point l'ambiance de la salle à manger l'impressionnait. Auparavant, les repas chez le comte de Buchan n'avaient inclus que le comte lui-même, Mary Anne, le docteur Fryer et parfois le général. Ce soir-là, par contre, une douzaine d'invités s'étaient ajoutés. Soudain, il lui semblait se trouver dans un endroit inconnu. Bien que rien n'ait été changé, les tentures lui paraissaient plus épaisses, l'éclairage, plus brillant, la vaisselle, plus étincelante. Il aurait pu jurer que même le cuisinier, qui concoctait toujours des repas exquis, s'était surpassé.

« Sourire sans trop d'insistance, se répétait-il comme un mantra. Regarder tous les gens à tour de rôle, mais sans les dévisager... Hocher la tête de façon courtoise, mais brève... Tenir fermement mes ustensiles... »

omptez-vous faire, une fois que vous aurez reçu votre
nanda la vicomtesse Shand alors qu'elle découpait son
avec autant de finesse que ses vieux doigts arthritiques le lui permettaient.

– Je me destine à la chirurgie, répondit Barry tout en s'appliquant à imiter les mouvements de la dame.

– La chirurgie ? s'exclama la femme avec dédain en laissant subitement retomber sa cuillère sur la nappe blanche. Quelle chose dégoûtante !

– Mais nous avons besoin de chirurgiens, madame, intervint le général de Miranda en constatant que son pupille avait baissé la tête et se mordait la lèvre inférieure. Les gens doivent être soignés convenablement, et la chirurgie est nécessaire dans plusieurs cas. Le docteur Barry a déjà commencé à se distinguer et il sera probablement le meilleur des médecins à obtenir un diplôme de l'Université d'Édimbourg. Il a l'intention de venir me rejoindre à Caracas aussitôt son internat terminé. Il va sans dire qu'il nous sera d'une aide précieuse.

– Oui, bien sûr, concéda la comtesse qui ne trouvait rien à redire devant l'assurance dont faisait preuve Miranda.

– J'espère de tout mon cœur et je prie Dieu que vous n'ayez jamais à avoir recours à mes services… déclara Barry en lui adressant le plus doux des sourires. Je prendrais cependant grand plaisir à venir vous visiter pour vous entretenir de poésie ou de botanique.

Cette réplique eut pour effet immédiat de réconforter la pauvre femme qui reprit son bol avec appétit.

– J'y compte bien, mon ami, roucoula-t-elle en lui rendant son sourire. J'apprécie beaucoup la compagnie de charmants jeunes hommes tels que vous…

Barry fut rassuré de voir le général lui adresser un léger clin d'œil. « Je devrai me rappeler qu'il faut éviter de parler de médecine en société, songea-t-il. De toute évidence, il y a des gens qui ne partagent pas du tout ma passion. »

À l'autre bout de la table, Mary Anne le regarda avec tendresse, les larmes aux yeux, fière de lui, mais tout de même peinée de constater qu'il n'aurait bientôt plus besoin d'elle.

* * *

Effectivement, le garçon put très bien se tirer d'affaire tout seul. Après le départ de sa mère, les longs mois passés à l'Université d'Édimbourg furent relativement calmes et routiniers. La séparation avait cependant été difficile, autant pour l'un que pour l'autre, mais, puisqu'elle n'était que temporaire et prévue depuis les tout débuts de cette aventure, Barry s'y était résigné et compensait son manque en redoublant d'ardeur et en potassant sans cesse ses bouquins et ses notes. Leur relation n'était plus désormais qu'épistolaire, mais c'était surtout Barry qui écrivait à Mary Anne pour partager avec elle ses toutes récentes découvertes, alors qu'elle n'avait que peu à raconter et qu'elle éprouvait de plus en plus de difficulté à tenir une plume en raison de l'arthrite qui la faisait souffrir.

Dans la maison du docteur Anderson, le jeune homme n'avait pratiquement rien en commun avec les rares étudiants qui y logeaient également. La plupart étaient inscrits en lettres ou en arts. Certains ne restaient que quelques semaines, réalisant qu'ils n'avaient pas le talent requis pour les études.

Quant à ceux qui partageaient les classes avec Barry, ils étaient réputés pour leur penchant à faire la fête, s'enivrer et blasphémer en toute impunité lors de joyeuses tournées des pubs de la ville. Même s'il aimait faire la fête et qu'il pouvait blasphémer autant que n'importe lequel d'entre eux, lui ne touchait toutefois jamais à l'alcool. Il menait une vie exemplaire, pratiquement ascétique, aussi bien à l'intérieur des murs de l'université qu'à l'extérieur. Mais alors que, mois après mois, la plupart de ses congénères finissaient de grandir et acquéraient des physiques d'hommes, il semblait toujours tarder à entrer dans la puberté.

Bien qu'il essayât de s'intégrer au groupe dont il partageait le temps en classe, il n'avait pratiquement aucun ami, sauf peut-être John Jobson. De nature timide, souvent la tête de Turc de ses congénères en raison de ses résultats scolaires médiocres, Jobson s'était assez rapidement mis à rechercher la compagnie de Barry. Ce dernier, même s'il semblait préférer la solitude, s'évertuait à prendre la défense du pauvre Jobson lorsqu'on l'attaquait. Car, même si Barry était menu, sa détermination, sa verve et son acuité intellectuelle compensaient largement.

* * *

– La boxe, répéta Jobson pour la troisième fois.

– Tu en es sûr ? demanda Barry avec scepticisme.

– Absolument. Dans la vie, il faut savoir se battre. Surtout avec ton caractère.

– Mon caractère ? grimaça Barry. Qu'est-ce qu'il a, mon caractère ?

– Eh bien..., disons que..., que tu t'emportes facilement.

Barry se renfrogna. Jobson disait vrai, mais comment ignorer tous les quolibets qui lui étaient adressés, ces commentaires désobligeants sur sa petite taille et sa voix de fillette ?

– Ce sport nous aidera non seulement à développer notre physique, continua Jobson, mais il contribuera également à améliorer nos réflexes et notre capacité de concentration, tu verras.

En plus des moqueries sur ses piètres performances scolaires, John Jobson semblait aussi souffrir de ne pas être destiné à faire partie des colosses de ce monde lui non plus. Tout comme Barry, il tardait à acquérir le gabarit tant espéré. Était-ce pour cette raison qu'il s'était lié d'amitié avec lui ? Ou était-ce parce qu'il partageait ses ambitions pour la médecine et sa fascination pour l'anatomie ?

Ensemble, les deux jeunes étudiants passaient de longues heures à échanger sur leurs projets et leurs intérêts, qu'ils fussent communs ou divergents. Jobson, cependant, avait un faible pour le sport, ce qu'il essayait en vain de communiquer à son camarade.

– Défends-toi ! cria-t-il à Barry lorsqu'ils se retrouvèrent finalement dans un ring. Décroise les bras ! Ferme les poings ! Non, le pouce à l'extérieur ! Essaie de me frapper !

Loin d'être convaincu, Barry s'était tout de même laissé entraîner de bonne grâce dans un des petits gymnases attenants à l'université. « Je dois me montrer bon joueur en acceptant de faire au moins un essai », avait-il décidé.

Mais, au lieu de laisser libre cours à son agressivité et de tenter de frapper son adversaire, il semblait plutôt principalement préoccupé par l'idée de se protéger. Les bras repliés tantôt sur son torse, tantôt sur son visage, il voûtait le dos et tournait la tête en grimaçant lorsque Jobson réussissait à l'atteindre.

– Allez ! Du nerf ! Grouille-toi un peu !

– Mais je ne fais que cela !

Leste et agile, Barry sautillait en essayant d'esquiver les coups. Au bout d'un moment, il parvint à éviter habilement son adversaire, qui commençait à se fatiguer. Mais, durant la dizaine de longues minutes passées sur le ring, Barry n'osa porter un seul coup. Le match se termina prématurément. Devant ce résultat désastreux, il renonça pour de bon. Il lui faudrait trouver autre chose.

* * *

Perplexe, Barry ne manqua pas de faire part de ses hésitations à son mentor, le comte de Buchan, lors de leur rencontre suivante. Ces entretiens quasi mensuels, qui servaient à donner au comte un bref aperçu de sa progression académique et sociale, lui étaient chers. C'était par-dessus tout une occasion de jouir du contact avec la seule personne à Édimbourg qui le connaissait vraiment et pour qui il avait développé un attachement sincère. Mary Anne était retournée en Irlande, le général poursuivait ses activités politiques à Caracas et le docteur Fryer était trop occupé par ses responsabilités à la faculté. Buchan restait le seul membre de sa famille adoptive à qui il pouvait se permettre de confier ses sentiments les plus profonds.

– Devrais-je en faire plus ? demanda-t-il. Continuer de donner le change ? M'astreindre à leur ressembler davantage ? Ou alors me résoudre à trouver un autre moyen de me distinguer ?

– Ne laissez pas cette expérience vous décourager, conseilla le comte de Buchan. Il y a tant de façons de faire notre marque dans ce monde ! Il n'est pas anormal d'être différent. C'est même souhaitable, à mon avis. Aux yeux de tous, vous êtes de nature timide et réservée, mais, à la longue, vous arriverez tout naturellement à vous faire accepter de vos semblables, je n'en doute aucunement.

– Je m'y emploie, milord, avoua-t-il humblement. Je fais de mon mieux, je vous assure.

– Et je vous crois aisément. Heureusement, vous êtes un observateur attentif et surtout un imitateur de grand talent. Avant même de commencer vos cours, vous vous étiez déjà rapidement débarrassé de votre accent irlandais. Personne ne doute que vous êtes londonien tel que nous l'avions prétendu. Maintenant, parmi de jeunes hommes de tempéraments très variés et même si vous avez une personnalité qui vous est propre, je vois que vous captez les manières de chacun, que vous en prenez soigneusement note et que vous les calquez très bien, le soir comme le jour, en public comme en privé. Bravo !

– Merci. Par contre, j'hésite à les accompagner dans les compétitions auxquelles certains prennent part, ainsi que lors des beuveries dans les pubs voisins de l'université.

– C'est à votre avantage ; vous n'avez pas besoin de cela pour vous démarquer. Cela ne pourrait que vous nuire, à la longue. Je me doute bien que vous avez pu constater par vous-même comment l'alcool peut amener quelqu'un à laisser tomber ses inhibitions et à livrer le fond de sa pensée, parfois de façon indue…

– Oui, acquiesça Barry avec un petit rire. Dieu sait quel secret je pourrais dévoiler sans même m'en rendre compte. Il me faut à tout prix éviter cela. Et, bien honnêtement, je ne vois aucun avantage à boire, sans oublier qu'il y a bien d'autres façons de me mêler au groupe. Par exemple, j'essaie autant que possible de me joindre aux discussions animées qui se tiennent lors des sessions d'études. Je vais jusqu'à adopter lorsqu'il le faut le même langage grossier qu'eux.

Buchan éclata de rire.

– Vous avez tout compris. Dans notre société, les apparences sont malheureusement très importantes. Je n'ai pas à vous dire que vous devez à tout prix vous fondre dans le moule duquel tous les jeunes hommes de la faculté semblent avoir été extirpés. Par contre, je tiens à ce que vous continuiez à exprimer vos opinions et vos idées. Ce qui vous est propre…

– Je m'y emploie également, milord, mais je dois vous avouer bien sincèrement que ma pensée est grandement façonnée par votre influence, de même que par celles du général de Miranda et du docteur Fryer. Votre nom et votre titre aristocratique, surtout, me sont précieux.

– Eh bien, si c'est là ce qu'il vous faut pour voir s'ouvrir les portes vers le succès et faciliter votre métamorphose en un jeune homme de réputation incontestable, n'hésitez jamais à vous en servir. Vous avez ma bénédiction.

* * *

Dans la grande salle d'étude de l'université, seuls deux garçons planchaient sur leurs notes et leurs bouquins. Officiellement, les cours n'avaient pas encore repris, mais déjà James Barry et John Jobson s'étaient attelés à la tâche.

En fait, Barry n'avait pas cessé de travailler de tout l'été. Invité à Dryburgh Abbey, la résidence estivale du comte de Buchan, il avait passé la majorité de son temps enfermé dans la bibliothèque, à profiter autant qu'il le pouvait des trésors qu'elle renfermait, ou dans la petite chapelle privée où il allait se recueillir et chercher dans la prière le réconfort et la force qui lui permettraient bientôt de répondre à ce qui était à ses yeux rien de moins qu'un appel divin, soit de secourir les malades qui auraient besoin de ses soins.

– Tu te débrouilles bien en latin ? demanda Jobson.

Barry hocha vivement la tête, mais ne répondit pas tout de suite. D'une main sûre et fébrile, il recopiait ses notes avec minutie, trempant sa plume dans le gros encrier toutes les cinq secondes. Dans le coin de sa bouche, un petit bout de langue rose pointait régulièrement, trahissant l'intensité avec laquelle il se concentrait.

– Je suis de plus en plus à l'aise avec le latin, lança-t-il sans réfléchir au bout d'un moment. Tant à l'oral qu'à l'écrit. Je l'avais déjà appris des religi…

Il s'arrêta subitement, craignant d'avoir trop parlé.

– Avec les religieux ? demanda Jobson. Tu es catholique ? Tu ne me l'avais jamais dit...

Barry se rembrunit et retourna à sa rédaction sans répondre, se maudissant intérieurement. Il était hors de question de donner le moindre indice sur ses origines ou son enfance. Il prit une grande respiration pour calmer son cœur qui battait la chamade en espérant que son ami n'irait pas plus loin dans ses questions.

– Remarque que cela ne me dérange pas, poursuivit Jobson. J'ai des catholiques dans ma famille ; du côté de ma mère. En ce moment, j'avoue que ça m'aurait bien servi de connaître un peu de latin...

Il continua de monologuer un moment, mais Barry ne l'écoutait plus, trop soulagé qu'il était de voir que son copain semblait plutôt préoccupé par sa propre situation.

* * *

En plus d'être l'hôte du garçon, le docteur Robert Anderson, un autre grand ami et précieux contact du comte de Buchan, s'était proposé pour l'aider dans ses études de latin. Non seulement médecin, Anderson était également un éditeur d'ouvrages de poésie et d'études des langues anciennes. Cette dernière particularité allait s'avérer très utile à Barry dont les études tiraient à leur fin. En effet, conformément aux règlements de l'université, il devait commencer non seulement à rédiger sa thèse en latin, mais aussi à se préparer à la défendre oralement dans cette langue.

– Je suis prêt, déclara un jour Barry en entrant dans le petit bureau de Robert Anderson. Après des mois de recherches et de travail acharné, je peux affirmer que je suis enfin prêt !

Feuilletant rapidement le document que l'étudiant venait de déposer devant lui, Anderson poussa un long soupir et répondit avec un grand sourire.

– Ta version définitive, j'imagine ?

– Oui, acquiesça Barry. J'ai incorporé toutes les corrections que vous m'aviez suggérées.

– Je ne m'inquiète pas de la forme. Pour ce qui est du contenu, par contre… Tu es conscient qu'une partie des hypothèses et des théories que tu avances dans cette thèse vont à l'encontre de toutes les idées reçues en ce qui a trait au diagnostic et au traitement des hernies ? On cherchera sûrement à te coincer de toutes parts. Le sujet que tu as choisi est ambitieux et laisse voir à quel point tu peux être téméraire. Diagnostic et traitement des hernies fémorales… Nous savons tous qu'il est souvent possible de corriger cette affection douloureuse, mais l'opération est considérée comme excessivement risquée. Le chirurgien doit agir rapidement et avec précision. Bien entendu, je sais que c'est exactement ce à quoi tu aspires. Tout de même, tu dois t'attendre à ce que plusieurs de tes opinions soient accueillies avec scepticisme, dans le meilleur des cas. On te posera sûrement des dizaines de questions.

– Je suis prêt, répéta Barry avec une pointe d'arrogance. Mes idées ne sont pas si bizarres, vous savez ! J'ai le soutien de plusieurs de mes professeurs, sinon tous.

– À la bonne heure ! s'exclama Anderson. Et tu sais que tu peux aussi compter sur le mien. Il est évident que tu connais ta matière sur le bout de tes doigts. Je suis d'accord que cette nouvelle façon que tu décris d'envisager le traitement peut très bien s'avérer salutaire pour les patients. Tes arguments sont bien soutenus, tu as adroitement couvert tous les angles d'un point de vue technique, mais…

Anderson parut soudain soucieux, ce qui eut pour effet d'inquiéter Barry tout autant.

– Mais quoi ?

– La procédure d'examen en elle-même, ce débat oral que tu dois faire de ta thèse devant l'assemblée, es-tu prêt à y faire face ?

Barry prit un moment avant de répondre et sembla perdre un peu de son assurance. Anderson avait raison : l'examen l'inquiétait plus que tout, car la soutenance des thèses se faisait en présence d'une foule considérable. L'exercice tenait autant de la production théâtrale que de la science. Il se voyait déjà, seul sur l'estrade, devant un auditoire constitué de ses professeurs, d'autres membres de la faculté, de ses compagnons de classe, de leurs familles. Il n'y aurait aucune place pour l'hésitation. Il allait devoir, pour la première fois de sa vie, surmonter sa timidité de façon magistrale et épater les spectateurs. Anderson lui donna quelques petites tapes amicales sur le bras en signe d'encouragement.

– Je suis prêt, répéta Barry.

Cette dernière phrase fut prononcée en toute sincérité. Tout ce qu'il avait fait jusque-là ne tendait que vers ce but, qui n'était tout de même qu'une première étape, puisqu'il lui resterait encore à compléter son internat. Mais, à force de faire des recherches sur son sujet, de cogiter et de réécrire encore et encore, Barry était désormais profondément convaincu que tout était au point. Et puis, la charge de travail commençait à lui peser. Il estimait avoir déjà assez donné, assez fait de sacrifices ; il était impatient de récolter enfin. Tant de gens pourraient bénéficier de son aide ! Sans compter qu'il avait depuis un certain temps le sentiment de tourner en rond, et envie de passer à autre chose.

Ce qu'il n'aurait pu prévoir, par contre, était l'obstacle inattendu qui allait se dresser sur son chemin.

* * *

– Que voulez-vous dire ? tonna le comte de Buchan. Trop jeune ?

– C'est exactement cela, répondit le vieil homme sans broncher. Le sénat de l'Université d'Édimbourg estime que monsieur James Barry est trop jeune pour se présenter déjà à l'examen final.

Dans la grande salle presque vide, quatre hommes étaient assis derrière une longue table : les membres du comité d'évaluation de l'Université d'Édimbourg. En face d'eux, ayant refusé le siège qu'on lui avait offert, se tenait dignement le comte de Buchan, la tête haute et le visage bourru. À côté de lui, un peu en retrait, Barry attendait, l'air piteux.

Effectivement, deux jours plus tôt, en proie à la panique, le jeune homme s'était précipité chez Anderson, puis chez Buchan, pour implorer leur aide. Au moment de s'acquitter des frais exigés pour l'obtention de son diplôme, on lui avait cavalièrement annoncé qu'il ne lui serait pas possible de défendre sa thèse cette année-là, puisque le sénat qui accordait les titres avait décrété que, malgré des résultats scolaires plus que satisfaisants, monsieur James Miranda Barry n'avait certainement pas l'âge requis.

Depuis ses débuts à l'université, c'était le premier revers qu'il encaissait. Et il ne comprenait pas pourquoi.

– N'ai-je pas obtenu les meilleures notes de ma classe ? avait-il plaidé, au bord des larmes. N'ai-je pas complété tous les ateliers de chimie, de biologie et de dissection requis ? N'ai-je pas excellé dans tout ce qu'on a demandé de moi ?

Réunis par Buchan dans son salon, Fryer et Anderson avaient hoché la tête en silence. Ils avaient été si surpris par cette annonce qu'ils n'avaient pas su quoi en penser, eux non plus.

– Et maintenant, on me refuse la distinction à laquelle j'aspire plus que tout au monde… pour des motifs injustes et tout à fait arbitraires.

Bien que jouissant d'excellents contacts au sein de la faculté, Fryer et Anderson n'avaient rien pu pour lui. Mais, fidèle à ses principes et bien résolu à rectifier ce qu'il considérait comme une honteuse injustice, le comte de Buchan avait exigé de rencontrer les membres du sénat pour leur demander de quel droit ils jugeaient que Barry était trop jeune. Et puisque cette requête provenait d'un homme dont les généreux dons étaient toujours appréciés par l'université, l'entrevue avait été accordée.

Après quelques échanges polis, mais froids, Buchan trouva la meilleure question à soulever pour régler cette affaire : quel était l'âge minimal requis pour obtenir un diplôme et quels arguments sous-tendaient ce critère.

– Où ? demanda-t-il d'un ton qui laissait supposer qu'il n'accepterait aucun faux-fuyant. Dites-moi où, dans la charte de l'université, il est fait mention d'un âge minimal pour recevoir un diplôme, et depuis quand cette règle existe.

Les membres du sénat se regardèrent sans trop savoir comment répondre, se contentant de pousser de longs soupirs perplexes. Le silence embarrassé qui suivit fut des plus éloquents. Buchan regarda son pupille avec un sourire en coin. Un instant plus tard, sans même attendre de réponse, il tourna les talons et s'en fut la tête haute, Barry à ses trousses.

Ce dernier était médusé par une telle démonstration, la jugeant impolie, à la limite de la grossièreté. « Il leur a fait part de son opinion et n'a rien d'autre à ajouter, songea-t-il. Cette façon de quitter la salle sans demander son reste est en soi le plus solide des arguments. Quel culot ! Mais si ça marche, je fais vœu solennel d'avoir aussi recours à cette tactique lorsque j'en aurai besoin ! »

Malgré la confiance qu'il vouait à son protecteur, la nuit qui suivit fut la plus longue de sa vie. Mille scénarios catastrophiques se déroulèrent dans sa tête, le faisant même douter d'avoir fait le bon choix trois ans plus tôt. Ce qui lui avait semblé une bonne idée au départ paraissait soudain une entreprise ridicule. Cette aventure et le travail acharné qu'il y avait mis allaient peut-être se solder par un échec monumental, et Barry se retrouverait alors sans avenir.

À ce moment, la présence de Mary Anne lui manquait cruellement, plus que jamais depuis qu'elle était repartie. Tout avait été prévu dès le départ. Il lui fallait rompre complètement avec son passé pour que le plan de Miranda et de Buchan fonctionne. La présence de sa mère à ses côtés aurait pu en amener plusieurs à deviner leur lien familial et on aurait facilement conclu que James Miranda Barry n'était qu'un imposteur. On se serait demandé comment une femme de condition modeste telle que Mary Anne Bulkley avait pu obtenir les moyens de payer des études à son fils. En outre, mis à part les fils de quelques familles fortunées de la région, la plupart des étudiants quittaient les leurs pour venir en ville.

Barry avait accepté cette séparation dès le départ. Son désir de devenir médecin primait sur tout, et le plan qu'on lui avait proposé lui convenait à merveille. Ce plan n'était cependant pas parfait, et toute l'ambition et la détermination du monde ne pouvaient pas toujours combler ce vide que le départ de sa mère avait laissé. Bien sûr, avec le temps et au fil de leur correspondance, le garçon avait fini par se faire à son absence. Et puis, il était tellement occupé. Mais ce soir…

Le visage enfoui dans son oreiller baigné de larmes, Barry frissonna longuement avant de finalement s'endormir. Le lendemain, tout juste avant midi, ses doutes se dissipèrent en une fraction de seconde, et il éclata de rire en relisant, deux fois plutôt qu'une, la missive que l'Université d'Édimbourg lui avait fait parvenir en toute hâte. Monsieur James Miranda Barry était invité à défendre sa thèse devant la faculté. « Plus rien ne m'est impossible, désormais. »

# II

***Londres, 1812***

– La veine saphène, déclara le docteur Cooper à l'audience installée dans les gradins, émerge de l'arcade veineuse dorsale du pied. D'abord superficielle, elle se confond avec d'autres veines et, avec elles, remonte le long de la jambe pour finalement s'ouvrir dans la veine fémorale, juste au-dessous du ligament inguinal.

Subjugués, les étudiants du renommé Guy's Hospital de Londres regardaient attentivement la démonstration de leur professeur. Mais, au-delà des notions d'anatomie du système circulatoire qu'ils étaient censés retenir, ils étaient nettement plus intéressés par la jambe même de Cooper, dont le pied était cavalièrement posé sur la table à l'avant de la classe. Cette position le maintenait dans un équilibre précaire, mais savamment étudié pour faire sensation.

À l'aide d'une petite baguette argentée, Sir Astley Cooper retraçait sur sa propre jambe le parcours de la veine en question. Il pointa d'abord le dessus de son pied, lequel était recouvert d'une chaussure de cuir souple probablement hors de prix. La baguette remonta ensuite le long de son mollet élégamment couvert d'un bas de soie des plus fines. À la hauteur du genou, elle atteignit l'ourlet de son pantalon en peau de daim foncé. Un soupir d'admiration parcourut la salle lorsqu'on vit la baguette continuer en douceur sa montée sur le tissu de très haute qualité. Cette manifestation d'approbation n'était cependant pas suscitée par les connaissances de l'homme qui parlait, mais plutôt par son apparence. Car, en plus d'être un médecin célèbre et un chirurgien de grande renommée, le docteur Astley Cooper était aussi reconnu comme l'homme le plus élégant de son temps.

– J'ai côtoyé à plusieurs reprises votre oncle James Barry, avait déclaré Astley Cooper pendant l'entrevue d'admission. C'était un peintre de grand talent. Dieu ait son âme, si ce n'est pas le diable, car il avait tout un tempérament, vous ne l'ignorez certainement pas. Les gens l'adoraient ou le détestaient, c'était selon… Surtout vers les dernières années de sa vie. Il était très malade et je me demande si son caractère n'en devenait pas que plus acide. Nous ne le saurons jamais. Mais vous voici donc, son neveu, désireux de faire votre internat avec moi…

Puisqu'il pouvait maintenant tourner la chose à son avantage, Barry avait eu la permission de ses protecteurs de jouer cartes sur table et d'admettre qu'il était le neveu de l'illustre peintre. Loin de lui nuire, cela devenait soudain un atout de taille.

– C'est exact, monsieur, avait-il confirmé d'une voix claire et ferme. Ce serait pour moi un grand honneur et une chance inouïe. Vous êtes l'un des plus illustres médecins de tout l'Empire britannique.

– Je vous en prie, jeune homme, vous êtes trop bon, l'avait interrompu Cooper avec un soupçon de fausse modestie. Vous savez que la demande pour les quelques places à l'internat de chirurgie est très forte. La compétition est de taille. Il m'apparaît très ambitieux de votre part d'aspirer à cette spécialisation si tôt dans votre carrière. Mais cela ne m'étonne pas : vous êtes bien le digne neveu de votre oncle. Non seulement vous n'êtes aucunement inquiet devant la perspective du travail acharné, tel qu'il l'était également, mais vous êtes aussi, de toute évidence, un jeune gentleman de bon goût. Oui, j'avais beaucoup d'estime pour votre oncle. Mais j'ignorais qu'il avait de la famille. Vous n'étiez pas à ses funérailles, je présume ? Bien entendu, vous ne deviez être qu'un petit garçon à l'époque, et la cathédrale St. Paul n'est pas une place pour les enfants. Je me souviens par contre d'y avoir vu une fillette d'environ dix ans. Elle était rousse et toute bouclée, avec un air de famille assez évident.

Une lointaine cousine, sans doute ? Qu'importe ! De toute façon, ce n'est pas la raison pour laquelle j'accepte de vous prendre avec moi.

À ces mots, Barry avait dû faire un effort considérable pour ne pas bondir sur sa chaise. Il avait étiré le cou d'instinct et pris une pose des plus hautaines pour essayer de se donner contenance et d'impressionner son interlocuteur.

– J'ai moi-même enseigné quelque temps à Édimbourg, avait continué Cooper. Je connais bien les professeurs qui vous recommandent chaudement et je les tiens tous en très haute estime. Même cet horrible Andrew Fyfe. Dites-moi, se conduit-il toujours comme une espèce de porc tonitruant ?

Encore une fois, Barry avait eu du mal à se retenir, cette fois pour ne pas rire, alors que Cooper s'était mis à imiter l'affreux, mais inégalable professeur.

– Peu élégant, avait repris Cooper. Mais je dois reconnaître son talent et son jugement. Puisqu'il m'indique que vous êtes un jeune homme prometteur, je me fais une joie de vous admettre à l'internat. Bienvenue à Londres, monsieur Barry !

Les dernières phrases avaient été prononcées en toute sincérité, car la thèse de fin d'études de Barry, qu'il avait travaillé si fort à préparer, avait été louangée de partout en dépit de la controverse qu'elle avait suscitée et même si, dans un ultime geste de défi et avec toute l'arrogance de sa jeunesse, le garçon était allé jusqu'à tourner en dérision l'intention initiale de l'université de lui refuser son diplôme en raison de son âge. En effet, sur la première page de la dissertation, tout de suite en dessous de la dédicace qu'il avait faite à Francisco de Miranda, il avait eu l'audace de citer le dramaturge grec Ménandre : « Ne considérez pas ce que je vous dis comme étant le discours d'un jeune homme, mais comme celui d'un homme de savoir. »

Le choix du traitement des hernies fémorales comme sujet de sa thèse avait été judicieux, puisque Cooper lui-même était un expert en la matière. Mais, loin de s'abaisser de manière obséquieuse et de ressasser toutes les théories de Cooper, Barry l'avait par moments contredit avec aplomb, de façon presque impertinente, remettant en question les protocoles établis et proposant de nouvelles méthodes de traitement.

Cela lui avait permis de recevoir son diplôme avec une mention d'excellence. Sa performance lors de son examen final avait été le point d'orgue de sa métamorphose en un homme de science érudit et en jeune homme de bon goût. Cet exploit lui avait aussi permis de se faire admettre à l'internat dès son premier essai, ce qui était plutôt rare. John Jobson, son copain de classe d'Édimbourg, n'avait pas eu cette chance. Ce qui était bien dommage, à son avis, puisque Jobson aurait fort probablement aimé la ville et son effervescence.

Barry venait d'arriver à Londres en même temps qu'une nouvelle vague, celle des dandies. Sous la régence du futur George IV, la ville et ses habitants étaient pris par une rage jusque-là jamais vue pour la mode, qui se révélait romantique, révolutionnaire et sophistiquée. Alors que les femmes commençaient à réclamer le droit de porter le pantalon, les hommes n'hésitaient pas à montrer leur côté plus féminin.

Maintenant âgé de dix-sept ans, Barry tenait désormais à se démarquer. Certes, il n'était toujours pas très grand et possédait encore des traits juvéniles, entre autres ces fameuses taches de rousseur qu'il tentait tant bien que mal de dissimuler. Cependant, quant à son habillement, il était de plus en plus à l'aise dans ses vêtements, au demeurant superbement bien taillés et agrémentés de tous les nouveaux artifices de la mode. Fort du succès obtenu à Édimbourg, il s'était découvert une audace nouvelle et décuplée qui ne tenait plus uniquement à ses succès scolaires. La défense de sa thèse avait été chaudement louangée, et il semblait s'être découvert un talent pour tout ce qui ressemblait au théâtre. À force de constamment endosser le rôle qui lui était dévolu, il avait appris à manier son personnage de mille et une façons.

Il avait senti dès son arrivée à Londres que ce nouvel environnement lui offrait encore plus d'opportunités, à condition de se débarrasser de sa timidité qui devenait avec le temps trop encombrante. Ayant choisi de jouer le grand jeu, tout au contraire du personnage qu'il avait incarné ces dernières années, il ne se gênait plus pour monopoliser l'attention en se pavanant dans ses nouveaux habits. Cela tenait un peu du saut dans le vide, mais tous n'y voyaient que du feu et Barry avait décidé de persévérer dans cette voie qui lui semblait si naturelle. Puisque la coquetterie était de mise, il s'en donnait à cœur joie.

En grand observateur et surtout en grand imitateur de ses compagnons, il avait vite compris que les jeunes bourgeois qu'il côtoyait quotidiennement formaient en quelque sorte des sectes, en fonction des accessoires qu'ils affectionnaient. On parlait des exquis, qui faisaient un abondant usage de jabots et de poignets à dentelles, alors que les herculéens n'hésitaient pas à utiliser des tissus compacts pour bourrer leurs bas et leurs épaules afin de paraître plus costauds. Les deux groupes portaient des fracs avec queue-de-pie, ou encore des carricks, redingotes à plusieurs collets avec pans et boutons décoratifs.

De son côté, sans aucunement se soucier de déterminer auquel des deux groupes il appartenait, Barry avait su d'instinct comment tirer avantage de tous ces artifices. Il ne demandait rien de mieux que de tout essayer et il s'était déjà monté une garde-robe impressionnante. Il semblait détenir un talent inné pour agencer ses vêtements au goût du jour, ce qui ne manquait pas de lui attirer l'admiration de ses semblables. Ses pantalons, taillés dans les étoffes les plus dispendieuses, montaient haut sur l'abdomen et étaient le plus souvent à demi dissimulés par des gilets rayés en brocart aux couleurs voyantes et bariolées. Ses cols étaient serrés et lourdement empesés, aussi raides qu'une feuille de métal. Ses cheveux, tout comme ceux de ses compagnons, étaient expressément ébouriffés, toujours de manière très étudiée. Jamais il n'avait passé autant de temps devant son miroir ou chez son tailleur, un homme discret et consciencieux qui lui avait été précieusement référé par le comte de Buchan.

En cette époque, les hommes n'étaient nullement gênés de paraître efféminés et de porter des vêtements d'un luxe criard. On avait depuis peu abandonné la perruque, mais la poudre et le maquillage étaient encore de rigueur. Tous les jeunes gens de bon goût arboraient des joues légèrement rosées et des sourcils finement tracés au crayon, ce que Barry avait rapidement appris à faire avec une dextérité remarquable. Même chose pour ses cravates et ses lavallières de soie, qui faisaient près de deux mètres de long et qu'il enroulait trois ou quatre fois autour de son cou pour les boucler avec des nœuds qui se voulaient incroyablement compliqués.

Mais lorsque venait le temps de cintrer sa taille comme tous ses compagnons le faisaient, Barry n'avait pas à trop se forcer : pas besoin pour lui d'avoir recours à des baleines savamment dissimulées, ou aux corsets que tous portaient, mais dont nul ne parlait. En raison de sa frêle stature, sa taille était naturellement menue.

Nul besoin non plus de dormir en portant des gants huilés comme le faisaient ses compagnons désireux de préserver la blancheur et la douceur de leurs mains. Les siennes faisaient d'emblée l'envie de tous. De même, son visage glabre et délicat était considéré comme d'une grande élégance, mais il ne perdait pas son temps à se raser plusieurs fois par jour : il n'avait toujours pas de poil au menton, ce qui faisait aussi bien des jaloux.

Pour être certain de bien se conformer, entre ses cours et ses tours de garde au Guy's Hospital, Barry se plantait volontiers devant son miroir pendant de longues minutes pour s'exercer à prendre les poses de mise.

« J'ai réussi, je suis exactement comme eux, à présent… » songeait-il chaque fois qu'on lui adressait quelque compliment, souvent de façon obséquieuse, comme c'était la norme au sein de la haute société londonienne.

On se regardait et surtout on s'écoutait parler avec affectation et à grand renfort de soupirs. La colère et les larmes avaient libre cours chez ces grands romantiques. En toutes circonstances, le dandy devait étonner et susciter l'envie de celui qui le regardait, chose à laquelle Barry prenait un immense plaisir. Il était désormais à des lieues, au sens propre comme au figuré, de l'enfant timide qui habitait jadis Édimbourg.

* * *

Presque tous les jours, la fin du cours d'anatomie marquait le moment de faire des projets pour la soirée. Alors que ses copains se mettaient déjà à chahuter joyeusement, James Barry prit le temps de ramasser ses livres et sa nouvelle veste en velours vert émeraude doublée de satin rose qui faisait l'envie de plusieurs.

– Tu viens avec nous ce soir, Barry ? demanda Charles Goodwin en faisant nonchalamment tourner sa nouvelle chevalière autour de son petit doigt. Nous allons dans Southwark.

– Je pourrais vous accompagner quelques minutes, dit-il, mais je ne crois pas pouvoir rester bien longtemps.

– Allons donc ! protesta Hugh Ryan en riant. Tu marches avec nous jusqu'au pub, tu n'y bois qu'une limonade et, lorsque les filles s'amènent, tu te défiles comme un lâche ! Tu manques le meilleur !

Les autres jeunes hommes se mirent à rire en chœur. Barry venait d'arriver dans une ville grandiose de plus d'un million d'habitants, ce qui faisait d'elle la plus grande métropole du monde occidental et, sous la gouverne du prince régent, un tourbillon d'activités et de plaisirs. Mais, en dépit de tout, il avait de la difficulté à s'y abandonner comme le faisaient si volontiers ses camarades. De plus, il n'avait aucun intérêt à rencontrer des filles, pour des raisons qu'il ne pouvait pas avouer à ses compagnons.

Par-dessus tout, peu après son arrivée, lors d'une visite de Francisco de Miranda, Barry avait été à même de constater que la gaieté qui semblait régner dans la ville n'était parfois qu'illusoire.

– Regardez bien, avait d'abord dit Miranda alors qu'ils étaient partis en fiacre explorer les environs. Nous sommes ici dans les nouveaux quartiers. Voici le fameux parc rond qu'on va bientôt nommer en l'honneur du prince régent.

Barry avait pu admirer les riches demeures en construction, disposées en demi-cercle autour du parc, qui étaient à peine cachées derrière les échafaudages. On pouvait facilement entrevoir les façades, les colonnes et les corniches qui marquaient les récentes tendances architecturales. Même les larges allées témoignaient à leur façon de la prospérité croissante.

– Ce n'est que de la poudre aux yeux, avait alors annoncé Miranda tandis que l'attelage prenait de la vitesse et les ramenait aux alentours du Guy's. À mesure que nous entrons dans les quartiers plus anciens, que remarquez-vous ?

Le jeune homme avait jeté un coup d'œil rapide, mais attentif, par la petite fenêtre et avait rapidement analysé ce qui s'offrait à sa vue :

– Je vois que la richesse des uns ne rend que plus flagrante la pauvreté des autres. Cette petite rue, par exemple, n'est qu'une triste rangée de taudis… Je vois aussi que les gens ont conservé la fâcheuse habitude de déverser le contenu des pots de chambre par la fenêtre et que les immondices ne font qu'ajouter à la boue et aux autres saletés qui jonchent les rues. Des rues non pavées, en pleine ville ! Quelle misère !

– C'est le cas pour la majorité des quartiers, avait confirmé Miranda, non seulement ici, à Londres, mais partout ailleurs également. Comme vous venez de le dire, la ville est rongée par la misère et la pauvreté qu'on ne parvient pas à éradiquer, mais que plusieurs tentent par tous les moyens de faire oublier. Comme si un problème allait se régler tout seul simplement en l'ignorant !

– Je trouve cela extrêmement désolant, avait admis Barry, les larmes aux yeux. Tout cela engendre la maladie, il va sans dire. Je dois pouvoir y faire quelque chose, non ? Vous serez d'accord avec moi que les démunis ont autant le droit que les riches de vivre dans la propreté. Comme vous le savez, en tant que médecin, j'ai déjà décidé, contrairement à plusieurs de mes collègues, que je serai de ceux qui se font un devoir de prendre soin de tous les malades sans distinction de classe sociale.

– Cette détermination vous honore, mon cher ami, mais il est encore trop tôt pour cela. Une telle prise de position si hâtivement dans votre carrière risquerait de vous nuire. Mieux vaut jouer le jeu pour le moment si vous vous en sentez la force. Vous devez vous aussi ignorer cette triste réalité pour un certain temps et vous concentrer sur ce qui peut contribuer à bâtir votre réputation. Londres vous offre l'opportunité d'être un jeune homme comme les autres, élégant et flamboyant, mais anonyme dans une ville d'étrangers.

– Pour combien de temps ? avait demandé Barry, toujours au bord des larmes. Je pourrais être utile à tant de pauvres gens ! Comment rester insensible ? Oui, ici, je peux me réinventer et surtout ne plus être l'objet de questions sur mes origines, mais vous ne pouvez vous imaginer à quel point il m'en coûte, parfois. Depuis le début, mon intention était de pratiquer à vos côtés, dans les conditions que vous savez.

Avec un sourire plein de sollicitude, Miranda avait fermé les rideaux des petites fenêtres et, dans la pénombre, s'était penché vers Barry.

– Votre récompense viendra, faites-moi confiance, avait dit le général en baissant le ton. Mais je dois vous mettre en garde : la situation en Amérique du Sud est, je le crains, encore pire qu'ici. Je dois y retourner dans quelques jours pour essayer de faire avancer les choses. Ma présence à Caracas est essentielle et j'ai été absent trop longtemps déjà. Je vous y attendrai, peu importe le temps qu'il vous faudra pour terminer vos études. Mais, comprenons-nous bien, j'ai besoin de quelqu'un qui me secondera en tout, qui sera aussi déterminé que moi à combattre les injustices en ce monde, et qui sera entièrement dévoué à ma cause.

Miranda avait fait une pause avant de déposer un léger baiser sur sa joue. Puis, il lui avait adressé un regard rempli d'affection. Barry avait frémi, en proie à un sentiment nouveau et difficile à définir, mais qu'il savait d'instinct identique à celui qu'éprouvait sa mère en présence du général. Personne ne restait insensible au charisme de Francisco de Miranda.

– Bien entendu, vos talents de médecin me seront très précieux, mais j'aurai besoin de vous à bien d'autres égards. Et pour vous viendra la récompense à laquelle vous aspirez, la liberté d'être vous-même, ce qui est impossible ici. Comprenez-vous et acceptez-vous ma proposition ?

Complètement sous le charme du Vénézuélien, James n'avait pu faire autre chose que de balbutier sa réponse en rougissant.

– Je..., je comprends... et j'accepte de tout cœur.

Ces mots résonnaient toujours dans sa tête, alors que ses compagnons marchaient résolument devant lui dans le dédale des corridors du Guy's, sans plus lui prêter d'attention, tout en continuant de parler de leur projet de sortie. Leur indifférence le vexa légèrement, et il saisit la balle au bond au moment où leurs chemins se séparèrent.

– Alors, c'est ta réponse finale ? demanda de nouveau Goodwin.

– Je ne suis pas venu à Londres seulement pour m'amuser, déclara Barry à Goodwin avec une pointe de condescendance. J'ai passé énormément de temps à étudier à Édimbourg. Je me considère des plus heureux d'avoir réussi à me faire admettre comme interne au plus célèbre hôpital de notre temps. Je me fais donc un point d'honneur de ne faire pratiquement rien d'autre qu'étudier !

Le prétexte était parfait pour se dérober et n'était pas complètement faux. Mais il y avait énormément de choses que Barry ne pouvait révéler à ses compagnons, entre autres que, malgré l'appui et l'aide de ses influents protecteurs et au-delà de l'offre faite par Miranda, il n'avait ni nom, ni famille, ni fortune, aucun filet dans lequel retomber. Il n'avait d'autre choix que de réussir. Son acuité intellectuelle et les distinctions académiques qu'il avait méritées ne servaient pas uniquement à embellir son statut de gentleman en devenir ; elles étaient essentielles à sa survie financière. Il savait que son seul zèle quasi obsessif pouvait lui rapporter suffisamment pour lui permettre de vivre confortablement, en plus d'envoyer de l'argent à Mary Anne, en Irlande. De toute façon, les études ne lui avaient jamais paru une corvée, au contraire. Il avait accompli beaucoup déjà et ne voulait pas risquer de mettre sa future carrière en danger. Par-dessus tout, son succès serait le plus beau cadeau qu'il pourrait offrir à Buchan et à tous les autres qui avaient cru en lui, comme son oncle qui lui avait légué sa fortune pour lui permettre de payer ses études.

Ainsi qu'il n'avait pas manqué de le raconter à sa mère, la moindre minute accordée aux divertissements pouvait avoir de sérieuses répercussions sur son emploi du temps :

*Ma chère Mary Anne,*

*Tu dois être impatiente de savoir ce qui m'occupe d'heure en heure, maintenant. Tout commence dès les premières lueurs de l'aube, alors que la ville dort encore. Au saut du lit, je me rends directement au premier cours. Ces jours-ci, il s'agit d'obstétrique, ma deuxième passion après la chirurgie. Je me désole par contre de constater comment un acte aussi naturel que de mettre au monde un enfant peut pour certaines femmes être le pire événement de leur vie. Comment, après neuf mois de préparation, le corps peut-il défaillir et n'avoir à offrir qu'un petit être mort-né ? Fort heureusement, nous réussissons souvent à sauver ces jeunes vies.*

*Dès que le cours est terminé, je me permets de prendre mon déjeuner. Tout de suite après, j'enchaîne avec un cours de physique ou de chimie, ce qui me tient occupé jusqu'à une heure. C'est à ce moment que les activités hospitalières commencent. J'assiste les médecins dans la réduction de fractures ou dans l'application de bandages et, si l'un d'eux doit s'absenter, je prends sa place dans le box pour recevoir et traiter ses patients. Le contact avec les gens m'est précieux. En tant qu'hôpital universitaire, le Guy's reçoit gratuitement les indigents qui autrement n'auraient pas les moyens de payer pour des soins. C'est pour moi un grand honneur, qui à mes yeux vaut beaucoup plus que des honoraires.*

*Le tout se termine vers trois heures. C'est alors que je me rends au cours d'anatomie, souvent accompagné d'un exercice de dissection.*

*Lorsque l'horloge sonne cinq heures, mes compagnons et moi cessons toute activité pour nous consacrer à nos estomacs vides, après quoi nous disposons d'un peu de temps pour discuter de notre journée. Cela nous mène au début de la soirée, que je passe à réviser mes notes, à rédiger mes rapports et à préparer ma journée du lendemain. ? Nous sortons parfois, mais je quitte mes collègues habituellement assez tôt. La plupart sont d'avis que le dur travail de la journée nous donne le droit de commettre des excès après nos heures de classe. Mais je ne vois pas comment la beuverie et la fréquentation de prostituées peuvent nous aider à devenir de meilleurs chirurgiens, bien au contraire, et je préfère utiliser mes soirées pour des quêtes plus nobles.*

Ce que Barry prenait grand soin de cacher à Mary Anne, par contre, c'était à quel point ses journées étaient épuisantes, non seulement physiquement, mais aussi pour le cerveau et les nerfs. En effet, chaque jour se succédaient une kyrielle de cas souvent aussi graves que désespérés de pauvres gens qui, incapables de payer pour se faire soigner convenablement, avaient attendu trop longtemps ou avaient eu recours à des charlatans. Cela lui brisait le cœur, mais il ne pouvait le laisser voir à personne : la société britannique était ainsi faite que les jeunes gens qui se destinaient à la médecine devaient rester stoïques et même détachés devant le sort misérable de ceux qui n'étaient, après tout, que des membres d'une classe inférieure.

Barry avait cependant bien retenu ce que Buchan et Miranda lui avaient fait comprendre dès leur toute première rencontre : il fallait tout faire pour changer ce triste état de choses, et cela passait à coup sûr par la médecine.

* * *

Le midi, en revanche, Barry ne pouvait s'entêter à faire cavalier seul sans risquer de s'attirer les railleries et il se retrouvait avec ses compagnons en face du Guy's.

– Alors, c'est tout ce que tu manges ? demanda Hugh Ryan.

– Ça me suffit amplement, déclara Barry en s'efforçant d'adopter le ton hautain qui était de mise et que plusieurs affectaient autour de lui. Certains d'entre nous n'ont pas besoin d'ingurgiter des tonnes de victuailles pour nourrir leur intellect. En fait, je suis d'avis qu'une copieuse quantité de nourriture trop riche, surtout lorsqu'elle est bien arrosée, peut avoir l'effet contraire.

Sa déclaration fut reçue par un éclat de rire général qui se répercuta dans le pub à demi désert. Car, tout en parlant, il avait fixé avec ostentation l'assiette de son voisin de table. Comme tout Irlandais digne de ce nom, Hugh Ryan aimait faire bonne chère et avait de la difficulté à concevoir que Barry puisse s'alimenter d'une façon si remarquablement frugale.

Il n'y a pas que l'intellect à nourrir, pesta Ryan entre deux gorgées de stout. Si tu mangeais un peu plus, tu aurais peut-être meilleure mine…, nabot.

Ce dernier mot avait été grommelé entre les dents, si bien que les autres jeunes gens attablés n'avaient pu l'entendre. Mais Barry ne fut pas dupe. Intérieurement, les commentaires somme toute puérils de ses compagnons l'amusaient grandement.

« Il est parfois difficile de croire que ces grands gamins sont déjà en possession d'un diplôme de médecine… », pensait-il souvent. Il ne se trouvait aucune affinité avec ses compagnons d'internat.

Bien qu'ils en fussent au même point dans leur parcours, il était clair qu'il possédait une maturité qui allait bien au-delà de la leur.

Ce n'était pas la première fois qu'on commentait ses habitudes alimentaires, et Barry se réjouissait de voir comment ce nouveau régime, consistant presque exclusivement en fruits, légumes et lait frais, nourrissait bien des conversations. Chaque fois qu'une remarque lui était faite, il avait une réponse tout à fait pertinente.

Passé maître dans l'art de répondre du tac au tac, il prit de nouveau un air affecté, devenu chez lui un automatisme.

– Je préfère accorder la priorité à mon cerveau plutôt qu'à mes muscles, s'efforça-t-il de riposter en faisant mine d'être insulté. Il y a dans ce monde des milliers de fiers-à-bras, mais ils ne servent à rien pour soigner les gens.

– Il a raison, répondit William Cartwright. Peut-être devrions-nous prendre exemple sur lui...

– Tu veux rire ! s'exclama Roberts. Moi, je suis affamé du matin au soir !

Les autres acquiescèrent à l'unisson, et Cartwright laissa tomber, non sans regarder pensivement l'assiette de Barry.

– Tu es une drôle de créature, James Barry, poursuivit Roberts pour le taquiner. Ton rythme de vie, ta modération avec la nourriture et ton abstinence d'alcool comme de tabac me dépassent.

– Ne vous tourmentez pas ainsi, mes amis, fit Barry avec un petit geste désinvolte de la main. Sachez qu'il s'agit d'une voie qui, je l'espère, va bientôt se montrer salutaire pour moi.

– Salutaire ? demanda Ryan. Comment la privation des petits plaisirs, les seuls qui nous restent depuis que nous nous sommes inscrits à l'internat, peut-elle nous apporter quelque bénéfice ?

– N'est-ce pas évident ? s'étonna Barry. Suis-je donc le seul à me préoccuper des conditions dans lesquelles nous évoluons ?

Les jeunes hommes ne répondirent pas, visiblement déroutés par ces propos.

– Pensez-y bien, continua le jeune homme. Les corridors bondés de l'hôpital, le contact quasi constant avec la maladie et le manque de salubrité des salles d'opération et de dissection... Tout cela peut devenir dangereux pour la santé de ceux qui y œuvrent quotidiennement. La gangrène et autres plaies purulentes des patients sont tout aussi susceptibles de répandre la maladie que le sont les cadavres en putréfaction.

– Hé ! protesta Ryan. Gardons ce type de propos pour les salles de cours ! Pas pour les repas !

Tous éclatèrent de rire encore une fois, et Barry laissa tomber. Mais les faits lui donnaient néanmoins raison. La plupart de ses compagnons étaient souvent malades, alors que lui démontrait une résistance phénoménale.

Il savait qu'il continuait ainsi de se montrer différent des autres, et ce en dépit des mises en garde de Miranda. Mais, contrairement à ses années à Édimbourg où il attirait l'attention en raison de son apparence, il le faisait maintenant à cause de ses opinions. Non seulement soucieux de suivre un régime qui, il en était persuadé, lui permettait de résister à la maladie, il se montrait également étrangement préoccupé par la propreté et la désinfection. Il avait vite abandonné l'idée d'expliquer à ses copains de classe plusieurs des nouvelles théories qui les laissaient perplexes, préférant garder ses arguments pour ses professeurs, qu'il arrivait parfois à convaincre. En effet, en dépit des protestations et de l'incrédulité de plusieurs d'entre eux, Barry adhérait aux concepts avant-gardistes sur la propagation des infections par les animalcules, des notions qu'il défendait farouchement et sans hésitation.

* * *

– Superbes, ces gants, susurra John Roberts d'un ton emprunté alors qu'ils quittaient le pub quelques minutes plus tard. Je vous en supplie, mon cher Barry, dites-nous quel gantier vous a si bien conseillé.

– Il s'agit de Monroe's, sur la Strand, répondit le jeune homme avec un contentement évident. Je vous le dis, on trouve chez lui les meilleurs cuirs, et en toutes tailles.

– Ryan devrait y aller, suggéra Cartwright en riant, ne serait-ce que pour se faire conseiller sur la façon de les huiler pour les revêtir la nuit ? Je vous jure, il a les mains d'un garçon de ferme !

Traînant les pieds derrière le groupe, Ryan grommela en guise de réponse quelque chose d'inaudible qui fut perdu dans les éclats de rire généralisés et le bruit des attelages qui les dépassaient. Son camarade venait effectivement d'attaquer un point faible, puisqu'il était notoire qu'un bon chirurgien se devait d'avoir « le courage d'un lion, l'œil d'un aigle, et la main de la finesse de celle d'une femme ». Et Barry, dont la petitesse des mains était aussi inhabituelle que remarquable, possédait là un avantage certain par rapport aux autres étudiants.

– Et que dire de sa contenance avec les patients ? ajouta Roberts, toujours en parlant de Ryan. N'a-t-il donc rien retenu de la démonstration de Cooper ?

– Je n'y suis pas allé, répliqua Ryan en essayant de conserver sa dignité. Je n'ai ni temps ni attirance pour les spectacles de cirque.

– Spectacles de cirque ? protesta Cartwright. Sir Astley Cooper, le plus illustre des chirurgiens, procède à la dissection d'un éléphant, chose non seulement inédite, mais aussi du plus grand intérêt scientifique, et tu oses comparer cela à un spectacle de cirque ?

– Oui, déclara Ryan avec aplomb. Lorsqu'on prend la peine de monter des estrades et de convier le public à assister à la démonstration, c'est pour moi du cirque !

– Barry ! s'écria Cartwright pour le forcer à prendre part à la discussion. Tu étais présent, n'est-ce pas ? Qu'en penses-tu ? Était-ce un exercice scientifique, ou essentiellement ludique ?

Barry préféra ne pas répondre, étant d'avis que ses compagnons de classe avaient tous raison, chacun à sa façon. Bien sûr, ça aurait été un jeu d'enfant d'en débattre avec eux de façon brillante, mais le sujet lui paraissait tellement futile, et la teneur de leur propos, si superficielle ! Ne voyaient-ils pas qu'on leur donnait en ce moment la possibilité de devenir de grands hommes, d'acquérir les notions qui leur permettraient de soigner tant de pauvres gens ? Pourquoi accordaient-ils si peu d'importance à leurs études ? Ignoraient-ils donc le potentiel qu'ils possédaient ? Ou encore, à défaut de s'intéresser à la science qu'on leur inculquait, considéraient-ils la médecine comme une simple façon de joindre une classe sociale inaccessible à la plupart des gens ? Leur attitude était décidément navrante. Et le fait que Barry dût faire semblant d'être d'accord avec eux, de partager leurs ambitions pour ne pas trop se les aliéner était tout aussi consternant.

Dans certaines situations, par contre, Barry s'efforçait d'en retirer quelque avantage, comme la semaine précédente, alors qu'Astley Cooper avait procédé devant une foule à la dissection d'un éléphant, mort dans la ménagerie de la Tour de Londres. On avait amené la carcasse sur une carriole jusqu'à la maison même de Cooper, qui avait fait aménager des estrades pour que tous puissent jouir du spectacle. Bien entendu, il avait fait fureur au sein de la classe bourgeoise.

En plus de l'occasion unique de pouvoir observer de façon scientifique les entrailles d'un tel mastodonte, Barry avait compris qu'il y avait là un autre enjeu tout aussi important, à savoir l'assurance et le talent d'acteur d'un chirurgien. Il lui avait maintes fois été expliqué, souvent par Cooper lui-même, que, pour rassurer ses patients, un bon médecin devait les subjuguer, les étonner et parfois même les scandaliser. Et c'était exactement ce qui s'était produit cet après-midi-là. On en parlerait encore longtemps et cela ne ferait qu'ajouter à la réputation déjà considérable de Cooper.

Cet état de choses n'était cependant pas sans revers. Puisque seuls les gens fortunés pouvaient se payer les opérations plus délicates, la plupart des chirurgiens en devenaient imbus d'eux-mêmes et étalaient leur réussite de façon ostentatoire. Sur ce point également, Barry devait tenter de leur ressembler de plus en plus.

Mais toute cette superficialité était sans grande importance. Sa situation d'interne et d'apprenti chirurgien, combinée aux dépenses allouées à sa garde-robe, ne lui laissait que peu de marge de manœuvre sur le plan financier. Il lui fallait, avant d'être à court d'argent, terminer son internat à l'intérieur des deux années prévues, sans déroger et de préférence avec les plus grands honneurs.

* * *

Confortablement assis dans les fauteuils capitonnés du Brooke's Club, Barry se sentait tout à fait à son aise. À force d'endosser jour après jour le rôle qui lui avait été dévolu, son personnage était devenu une seconde nature. La preuve en était que, à quelques mois de compléter son internat et de finalement décrocher son diplôme de chirurgien, les offres alléchantes avaient déjà commencé à affluer. Cependant, il n'avait encore rien accepté. Son but n'était pas de s'enrichir, mais bien de soulager la souffrance, autant celle des riches que celle des pauvres.

Force lui était toutefois de constater que l'invitation du comte de Buchan à se joindre à lui au Brooke's lui faisait entrevoir les avantages d'une vie au sein de la classe privilégiée.

– Votre temps ici tire à sa fin, mon cher, déclara le comte de Buchan en se versant un autre whisky. Avez-vous songé à ce que vous ferez ensuite ?

– J'y songe depuis longtemps, milord. Il me faut me bâtir tout de suite une solide réputation, comme prévu depuis le début. J'ai déjà commencé à pratiquer sous supervision. À moins d'un imprévu, je finirai probablement premier de ma promotion. Vous le savez, dès que le général de Miranda me fera signe, je compte aller le rejoindre à Caracas. Je tiens à accumuler encore un peu d'expérience, mais je m'embarquerai éventuellement pour l'Amérique du Sud. C'est le but ultime de ma démarche.

Buchan détourna la tête et toussota pour se donner contenance.

– Malheureusement, dit-il lentement au bout d'un moment, Miranda n'est plus à Caracas. C'est précisément la raison de ma visite à Londres. Je désirais vous l'annoncer moi-même en personne avant que vous ne l'appreniez de quelqu'un d'autre, sachant qu'il occupe une place très spéciale dans vos plans…

Barry fut incapable de répondre quoi que ce soit. Cette annonce lui enlevait tous ses moyens. Il se leva et alla à la fenêtre pour que le comte ne remarque pas son désarroi. Son cœur battait à tout rompre. Les mots de Buchan avaient eu un effet aussi violent qu'imprévu et c'était comme si les murs du petit salon se refermaient autour d'eux. Jamais Barry n'avait ressenti un tel désarroi, une sensation qui tournait presque à la panique.

Les mots de Buchan résonnaient dans sa tête et lui donnaient le vertige. Ce développement était tout à fait inattendu et, pendant un moment, il craignit le pire. Une image en particulier surgit dans sa tête, celle de Miranda blessé mortellement, sans médecin pour lui venir en aide, sans Barry, en fait, pour lui sauver la vie. « Le général n'aurait jamais quitté Caracas de son plein gré. Il lui est assurément arrivé quelque chose de grave. »

Ne sachant plus quoi penser, Barry regarda sans les voir les fiacres qui circulaient le long de la Tamise, dont l'eau grise montait sous l'effet de la marée. Jusqu'où l'eau allait-elle monter ? Pour un peu, Barry aurait eu l'impression que l'onde l'envahissait également et l'empêchait presque de respirer. « Ce n'est peut-être pas si grave… Je ne dois pas m'affoler… »

Mais si Buchan s'était donné la peine de faire le voyage, ce n'était pas sans motifs sérieux. Il y avait sûrement un empêchement important à la réalisation du projet que Barry caressait depuis sa première année de médecine. Pendant les cinq dernières années, son unique but avait été d'aller rejoindre Miranda en Amérique du Sud. Tous ses accomplissements, tout son travail, tendaient vers ce but. Plus que jamais, le souvenir de sa conversation avec le général dans le fiacre, l'année précédente, se ravivait dans son esprit. Sans le général, plus rien ne comptait.

« Si je ne peux aller le rejoindre, j'irai me jeter dans la rivière… » pensa Barry en sentant le désespoir l'envahir. La bouche sèche et la gorge serrée, il n'osait se retourner, de crainte de croiser le regard de Buchan et de laisser paraître son désarroi dans ses yeux.

– Et…, et qu'est-il advenu du général ? demanda Barry avec hésitation au bout d'un long moment.

– Il est en prison à Cadix.

Barry soupira de soulagement, ferma les yeux quelques secondes et s'efforça de parler avec un petit rire, comme si cette situation ne l'affectait pas vraiment.

– Notre bon général, en prison ?

– Oui, il a été trahi par Bolivar et mis aux arrêts, sur ordre du roi d'Espagne. Vous savez, les révolutions ont leurs hauts et leurs bas. Bien entendu, il ne voit cet état des choses que comme un fâcheux contretemps et vous vous doutez bien qu'il prépare déjà son évasion. Après tout, il avait également réussi à s'évader de prison à Cuba, il y a quelques années. Mais, cette fois-ci, cela risque de prendre quelque temps. Alors, pour ce qui est de votre projet d'aller le rejoindre, je crois qu'il vous faudra dans l'intervalle vous trouver quelque chose d'autre à faire…

Encore une fois, Barry ne sut quoi répondre. Les idées les plus folles se bousculaient dans sa tête et l'empêchaient de penser clairement. Jusqu'à maintenant, tout s'était si bien déroulé ! « Un contretemps, ce n'est qu'un contretemps… »

Un autre long silence suivit, durant lequel seul le tic-tac de la grosse horloge le reliait à ce qui l'entourait. Nausées et vertiges l'empêchaient de mettre de l'ordre dans ses pensées. Ses mains agrippèrent le cadre de la fenêtre, et ses ongles s'y enfoncèrent sans qu'il s'en rende compte. De même, la brume qui enveloppait son esprit masqua les pas de Buchan lorsqu'il se leva et vint vers lui.

– Margaret… dit-il doucement en posant une main sur son épaule.

Barry se retourna et se força à sourire, les yeux remplis de larmes.

– Je croyais que nous nous étions entendus pour ne plus jamais m'appeler par mon vrai prénom ? fit l'énigmatique personne d'une petite voix. Pour moi, Margaret Bulkley n'existe plus. Elle est morte lorsque James Miranda Barry est né !

– Margaret, répéta Buchan avec sollicitude, ne dites pas de bêtises, voyons. Il ne suffit pas de se couper les cheveux et de porter des vêtements d'hommes pour en devenir un. Vous avez réussi un tour de force, pratiquement un miracle. Mais vous aurez beau vous habiller en homme et vous comporter comme tel, ce que, nous sommes tous d'accord, vous faites admirablement, vous ne pourrez jamais renier votre féminité et…

– Mais aux yeux du monde, je suis un homme ! coupa Barry. Depuis déjà plusieurs années. J'ai appris à parler comme eux, à marcher comme eux et même à m'asseoir comme eux ! Surtout, depuis que je vis ici, j'agis comme un homme, je pense comme un homme et désormais je me considère tout à fait comme un homme…

– Allons donc ! Cessez un peu de faire l'enfant. Vous êtes une femme. Tout cela n'est qu'une supercherie, même si personne ne le soupçonne, mais ne change rien aux faits.

Barry ne répondit pas, sachant maintenant que le temps était venu de faire face à sa situation. Subitement, il lui sembla vieillir de dix ans. Cette mascarade si bien orchestrée, ses succès scolaires et la satisfaction qui en découlait avaient trop bien servi à lui faire oublier la réalité.

James Miranda Barry, brillant chirurgien en devenir, loué par ses professeurs, admiré de ses compagnons de classe, n'existait tout simplement pas. Il n'y avait que Margaret Bulkley, imposteur de grand talent, certes, mais indubitablement femme.

Elle avait tourné le dos à sa propre identité, l'avait enfouie au plus profond de son être et s'était bien gardée de la laisser ressurgir. C'était somme toute assez facile. De temps à autre, surtout quand Barry se dévêtait, elle était presque surprise de voir apparaître dans le miroir un corps de femme. Mais chaque fois, il avait été tout naturel de reprendre son rôle, ce personnage qui lui collait à la peau.

Au début, c'était follement amusant. Le stratagème fonctionnait à merveille. Par après, la longue suite de succès académiques l'avait grisée, lui apportant une sorte d'euphorie permanente qui la poussait constamment à continuer, à oublier Margaret davantage, tandis que James Miranda Barry devenait plus grand que nature.

Aujourd'hui, cependant, la réalité la rattrapait. Le temps de l'insouciance était terminé, et elle devait agir comme l'adulte qu'elle était devenue. Il lui fallait prendre pleinement conscience de ce qui l'attendait désormais.

Au départ, tout ne devait être que temporaire. Un jour, après avoir décroché tous ses diplômes en bonne et due forme, et avec les plus grands honneurs, James Miranda Barry aurait pu enfin se révéler et, au risque de faire scandale, montrer comment il était possible pour une femme non seulement de faire des études, mais en plus de devenir un des meilleurs médecins de sa génération.

Puis, les laissant tous bouche bée, quitter l'Angleterre et aller rejoindre Miranda à Caracas. Bien sûr, au-delà de son désir de soigner les gens, les pauvres autant que les riches, c'étaient ses sentiments pour lui qui avaient contribué à guider ses pas. Ce n'était qu'avec lui, au Venezuela, qu'elle pourrait exercer la médecine tout en redevenant Margaret. Et retrouver Mary Anne. Troquer ses culottes et ses chemises, fussent-elles à la fine pointe de la mode, pour de vraies robes. Autant de choses auxquelles elle avait dû renoncer pour un temps, mais qui en raison de la tournure des événements lui paraissaient soudain incertaines.

Se détachant d'elle, Buchan retourna s'asseoir et se versa un autre verre de whisky.

– J'aurais dû me douter que quelque chose clocherait à un moment ou à un autre, dit-il comme s'il se parlait à lui-même. Lorsque nous avons créé James Barry, vous étiez à peine plus qu'une enfant, une enfant comme nous n'en avions encore jamais vu, d'une impressionnante maturité, avec une intelligence hors du commun et surtout un désir incommensurable d'être médecin, de tout apprendre du corps humain, de soigner tous ceux qui souffrent. Et nous savions que c'était possible. Je n'oublierai jamais l'expression de fierté sur votre visage, le soir de vos treize ans, quand Mary Anne vous a coupé les cheveux. Elle renonçait ainsi à sa fille... Je revois sans cesse la tristesse dans ses yeux. Vous, vous dansiez parmi les mèches répandues sur le sol, tandis qu'elle les ramassait comme on conserve quelque précieuse relique.

– Et vous, ajouta Barry en tentant de réprimer un sanglot, vous avez cessé de me tutoyer à partir de ce jour-là.

Buchan eut un triste sourire et poursuivit.

– Miranda, Fryer et moi-même étions convaincus que notre plan fonctionnerait ; votre mère était la seule à émettre des réserves. Vous, vous étiez au comble de la joie. Vous ne demandiez rien de mieux. Une seule chose vous intéressait, devenir médecin. Par la suite, tout s'est parfaitement enchaîné, très naturellement. Notre unique crainte était que quelqu'un s'aperçoive que vous étiez une fille, même si vous avez joué votre rôle de façon magistrale. Vous étiez déjà d'une telle maturité ! Nous avions pensé à tout, sauf à une éventualité, apparemment. Nous avons tous cru qu'il suffirait de vous transformer en garçon quelque temps, sachant que vous seriez assez intelligente et futée pour vous tirer d'affaire, mais nous n'avons pas pensé à la possibilité que cette situation perdure et que vous deviez continuer dans ce rôle plus longtemps que nécessaire... Et c'était sans compter l'amour...

Il prit une gorgée de whisky et demeura pensif quelques secondes avant de continuer.

– Je me doutais qu'il était possible que vous vous amourachiez de l'un de vos compagnons de classe et qu'à ce moment vous remettiez tout en question. Mais aujourd'hui je vois bien que la situation est tout autre, n'est-ce pas ?

Barry sentit à nouveau l'inconfort l'envahir. Elle avait l'impression que Buchan pouvait pratiquement lire ses pensées. Non, ses sentiments les plus intimes n'étaient pas dirigés vers un copain, ni même un professeur. Son amour était plutôt voué à quelqu'un que Buchan connaissait déjà, et depuis longtemps. « Ne rien admettre, surtout ne rien lui laisser voir… »

Se ressaisissant subitement, elle vint se rasseoir et regarda Buchan avec assurance.

– Qu'importe ! Ainsi que je vous le dis depuis plus de cinq ans, rien ne m'empêchera de devenir médecin. Mon but est à portée de la main et je continuerai, peu importe ce que je devrai faire. J'ai fait ce choix en toute connaissance de cause, même si j'étais très jeune, et je l'assume. J'irai jusqu'au bout, aussi longtemps qu'il le faudra, peu importe ce que je devrai faire ou à quoi je devrai renoncer.

Buchan se mit à rire en constatant la force du réflexe qui poussait désormais Barry à constamment chercher à jeter de la poudre aux yeux de ses interlocuteurs, même de lui. Elle avait raison, son imitation était parfaite en tout, jusqu'à sa façon de faire en sorte d'impressionner son entourage. La leçon avait été très bien apprise.

– Vous n'avez pas à jouer le jeu avec moi, fit-il en souriant. Je vous connais trop bien. Blague à part, votre détermination vous honore, mon petit, mais vous semblez également oublier une chose…

– Laquelle ?

– Je viens de vous le dire. L'amour.

Se sentant de nouveau sur le point de fléchir, Barry se releva et retourna à la fenêtre. Cette fois, Buchan resta assis.

– C'est bien ce dont il s'agit, n'est-ce pas ? dit-il sur un ton doux, mais légèrement désapprobateur. Je me demande comment je ne l'ai pas vu avant. Vous n'avez jamais caché votre intention d'aller rejoindre Miranda à Caracas et d'établir votre pratique en mettant vos talents à son service. C'était son plan depuis le début, et je trouvais l'idée géniale. Nous avons tous cru que votre désir tenait du fait qu'il vous serait plus facile de vous faire accepter en tant que femme médecin là-bas plutôt qu'ici...

– C'était bien entendu ce qui motivait mon désir, interrompit Barry.

– Mais il y avait plus que cela, je le vois bien à présent. Et cela perdure encore aujourd'hui ; vous êtes amoureuse de Miranda, comme tant d'autres femmes.

– Mais je ne suis pas comme les autres femmes ! riposta Barry en s'emportant soudain.

– Bien sûr que non, acquiesça Buchan avec un grand sourire. Vous êtes un être exceptionnel. Je suis convaincu que vous êtes la seule jeune fille à avoir eu le courage de charcuter des cadavres dès l'âge de quatorze ans, en plus de vous imposer de façon spectaculaire dans un monde d'hommes sans que personne ne se doute de rien. Mais comment Miranda vous voit-il ? Y avez-vous déjà pensé ?

– Il me voit comme celle qui viendra le rejoindre pour l'aider à mener à bien sa mission. Il a besoin à ses côtés non seulement d'un médecin, d'un chirurgien qualifié, mais aussi de quelqu'un qui partage ses idéaux et en qui il peut avoir une confiance absolue.

– Mais a-t-il besoin de vous en tant que femme ?

– Je sais que, lorsqu'il est question de beauté, de charme et de coquetterie, je ne fais décidément pas le poids, dit Barry de nouveau au bord des larmes. Au lieu de rubans et de jupons délicats, je dois me contenter de fracs en velours et de gilets brodés. En plus, j'ai tout du laideron, avec ce gros nez et ce menton fuyant que la nature m'a attribués. Mais ce sont justement ces traits ingrats qui m'ont servi à duper tout le monde ! Je sais par contre que je compte beaucoup pour Miranda. Vous ne pouvez pas le nier.

– Vous avez raison, admit Buchan. Mais répondez à ma question. Francisco de Miranda a-t-il besoin de vous en tant que femme ?

Cette fois, Barry ne répondit pas et se cacha le visage dans les mains. Depuis des mois déjà, la signification du baiser que Miranda avait déposé sur sa joue lors de leur promenade en fiacre était restée ambiguë. Et Buchan ne faisait rien pour l'aider à y voir clair. Miranda la voyait-il en tant que femme, enfant, ou médecin ?

– Je suis désolé de vous faire de la peine ainsi, continua Buchan quelques secondes plus tard. Mais il vous faut voir les choses en face. Vous n'aviez que neuf ans la première fois que vous l'avez rencontré. Il en avait plus de cinquante. Et, rappelez-vous, il n'était pas là pour assister à votre transformation, lorsque vous avez troqué vos jupes pour une culotte. Il n'est revenu que plusieurs mois plus tard. Il avait laissé une fillette et est rentré pour faire la connaissance d'un jeune homme.

Les souvenirs de cette époque surgirent dans l'esprit de Barry. Au départ, elle était prête à tout, allant même jusqu'à s'engager à se débarrasser de ses robes et de ses rubans, à ne plus les porter à la maison et pendant les vacances, même si personne ne pouvait la voir. Lorsque Margaret Bulkley s'était effacée pour faire place à James Miranda Barry, elle avait dû s'engager à le devenir jusqu'au bout, surtout après avoir constaté qu'il était plus facile, plus libérateur et moins contraignant d'évoluer en tant qu'homme. C'était si injuste ! Alors, il lui avait semblé faire le plus beau des pieds de nez à la société en la dupant aussi magistralement.

À partir de ce moment, tous ceux qui étaient à l'origine de cette mystification s'accordaient pour dire que la fillette endossait l'image parfaite de l'étudiant modèle. Mais était-ce cette image que Miranda avait conservée ?

– Il m'appelait Margarita… murmura-t-elle, ne pouvant chasser de son esprit le souvenir de l'homme qui avait laissé une telle impression dans sa tête et dans son cœur, mais qui, par pudeur, ne pouvait trouver le courage de s'en ouvrir à Buchan.

– Mais ça, c'était avant. Ne vous leurrez pas, Margaret. Miranda a eu, a encore et aura toujours plusieurs femmes dans sa vie. Il est ainsi fait. En ce moment, il vous considère comme un projet, un défi, au mieux un enfant qu'il guide sur le chemin de la réussite, pour prouver au monde qu'il est parfaitement possible à une jeune fille de faire des études, et même des études poussées, au même titre qu'un garçon, et ce peu importe ses origines. Tout cela est très louable, certes, mais, comme je connais l'homme, il est fort probable qu'il ne vous prendra jamais comme maîtresse.

– Qu'importe ! riposta Barry en se reprenant. J'exercerai la médecine. Je serai avec lui. Rien d'autre n'a d'importance !

Elle sentit un grand soulagement. Voilà, tout était dit. Le plan demeurait inchangé, du moins pour le moment. Buchan poussa un long soupir.

– Peut-être bien, concéda-t-il finalement. Mais quand ? Il pourrait se passer des mois, sinon des années, avant que Miranda puisse sortir de prison. Combien de temps pourrez-vous soutenir cette supercherie ? Avez-vous songé à ce que vous alliez faire en attendant ?

Barry demeura sans répondre pendant un moment, les deux mains appuyées aux carreaux, à continuer de regarder dehors sans vraiment voir quoi que ce soit. Buchan avait raison. Même une fois son internat terminé, elle ne pourrait pas se révéler. En tant que femme, il lui serait impossible de se faire accepter comme médecin en Grande-Bretagne, ni même ailleurs en Europe, probablement. On trouverait mille raisons de lui refuser sa licence, même avec tous ses diplômes et autant de mentions à l'appui. Mais rester ici sous les traits de James Miranda Barry ? Cela deviendrait risqué, à la longue. Il lui faudrait changer de ville périodiquement, renoncer à toute forme d'amitié, n'avoir aucun confident. Et comment développer une expertise en médecine militaire, pour être à la hauteur des attentes du général une fois à Caracas ?

Barry cogita pendant que Buchan terminait la bouteille de whisky. Inutile de lui demander ce qu'il en pensait ; elle se croyait à ce moment-ci la meilleure personne pour décider de son propre avenir.

Au bout de plusieurs minutes, un sourire étira le coin de ses lèvres. Une idée venait de jaillir dans son esprit et une lueur illuminait à présent son regard. Dans sa tête, tout s'enchaîna très rapidement, et en quelques minutes elle avait échafaudé la parfaite stratégie pour utiliser ce délai imprévu tout en mettant les chances de son côté.

– Oui, acquiesça enfin Barry en revenant vers Buchan avec un sourire rayonnant pour le regarder droit dans les yeux. Il me faut profiter de ce temps pour acquérir le plus d'expérience, une expérience pratique qui me sera très utile là-bas. Et je sais exactement comment je vais m'y prendre…

– Je dois admettre que vous m'inquiétez, dit Buchan en relevant la tête, visiblement surpris par cette volte-face.

– Dès que j'aurai terminé au Guy's, déclara alors Barry avec un air de défi, je vais m'enrôler dans l'armée.

– Dans l'armée ! explosa Buchan en posant son verre avec force sur la table. Et quoi encore ? Avez-vous perdu la raison ?

– Pourquoi pas ? riposta Barry sans se laisser démonter. Y a-t-il meilleur endroit pour exercer sa pratique ? Je compte passer une bonne partie de ma vie à soigner des soldats. Aussi bien commencer tout de suite. Vous savez comme moi qu'on me fera probablement voyager d'un régiment à l'autre et que je ne resterai jamais bien longtemps à la même place, du moins jamais assez longtemps pour qu'on se doute de quoi que ce soit.

– Mais l'armée britannique ! C'est du suicide ! Comment pensez-vous arriver à la tromper ? On verra tout de suite que vous êtes une femme !

– D'autres l'ont fait avant moi. Plusieurs autres, même, selon vos propres dires. Je me rappelle très bien les histoires que vous me racontiez, il n'y a pas si longtemps : Hannah Snell, Ann Livingstone, et combien d'autres encore...

– Rappelez-vous qu'elles se sont fait prendre ! coupa brutalement Buchan. Au bout de quelques mois, ou de quelques années tout au plus !

– Oui, mais elles ne s'étaient enrôlées que comme simples soldats. Moi, je suis médecin !

– Je ne vois pas en quoi cela fait la moindre différence.

Barry prit instinctivement un air hautain et, à la manière de ses compagnons, elle emprunta un ton aussi arrogant que condescendant pour expliquer son plan.

– Sachez, milord, que, paradoxalement, les officiers médicaux ne sont pas tenus de passer l'examen physique. Il suffit de me montrer au meilleur de ma forme, apparemment en parfaite santé, ce que je suis sans contredit. Même les plus illustres médecins de notre bel Empire, le grand Astley Cooper le premier, n'ont jamais soupçonné ma véritable identité. Je ne vois pas pourquoi je n'arriverais pas à tromper l'armée...

– Je me dois de vous mettre en garde, l'avertit Buchan avec autorité. Faites attention, Margaret : ce jeu pourrait se retourner contre vous.

– Croyez-vous ? demanda Barry avec un aplomb qui cette fois-ci n'était pas feint. Même si on s'apercevait de quelque chose, que pensez-vous qu'on me ferait ? Me pendre ? Certainement pas ! Au pire, on me renverrait et je n'en serais pas moins médecin. Personne ne pourra jamais m'enlever ce que j'ai si solidement acquis. Mais j'ai confiance. J'ai passé les cinq dernières années dans un monde d'hommes. Je les imite à la perfection, vous le dites vous-même. Ma parole ! J'aurais pu faire carrière au théâtre. Jamais personne ne s'est douté de rien. À la rigueur, on me considère comme un lutin efféminé. Vraiment, je ne vois d'autre option que de continuer sur ma lancée.

– Je vous en conjure, Margaret, je vous l'ordonne, même. Renoncez à cette idée folle.

– Et de quel droit me donnez-vous un tel ordre, milord ?

Soudain emporté par la colère, Buchan se leva et toisa Barry avec sévérité.

– Parce que nous sommes trop nombreux à avoir investi dans ce projet pour vous regarder tout balancer par la fenêtre. Sur son lit de mort, votre oncle nous a fait promettre de tout faire pour que vous arriviez à devenir médecin et c'est ce à quoi nous avons consacré tous nos efforts, tous nos espoirs. Et voilà que vous vous lancez dans une entreprise qui est, à mon avis, beaucoup trop risquée. Si j'étais votre père, je vous l'interdirais formellement.

Barry vit dans l'attitude de Buchan l'occasion idéale de jouer le grand jeu et de lui montrer à quel point il se trompait.

– Croyez-vous vraiment que vous le feriez ? répondit Barry avec cette suffisance si bien acquise. Vous n'avez jamais rien pu interdire à vos propres enfants, sans compter que ce serait contraire à tout ce que vous prêchez. Vous vous donnez de grands airs lorsque vient le temps de défendre l'égalité des classes sociales, le droit des jeunes filles à l'éducation et toutes ces causes qui vous sont si chères. Vous êtes si fier d'avoir mené à bien cette mission, d'avoir fait de moi la première femme à obtenir un diplôme de médecine même si de ne pas pouvoir vous en vanter publiquement vous consume, même si c'est moi qui, en réalité, me suis tapé tout le travail ! Comme vous l'avez dit le jour où j'ai décroché mon diplôme, James Miranda Barry est passé à l'histoire pour une raison que nous seuls, avec Miranda et Fryer, connaissions. Même si vous en brûliez tous d'envie, il vous était impossible de révéler à quiconque ce qui vous rendait si fiers, vous le premier. Vous pensiez bien pouvoir faire un pied de nez à la société au moment où je me révélerais, mais cela aussi devra attendre, apparemment. Oui, tous vos beaux principes sont hautement honorables, mais seulement lorsqu'il s'agit de vos idées, n'est-ce pas ? Voici maintenant que je vous dépasse, et cela vous est insupportable, admettez-le ! Eh bien, milord, sachez que vous ne me contrôlez plus. Je ne suis plus une créature de votre invention. Je ne vous appartiens pas !

Buchan leva le poing et prit son élan pour la frapper, mais il s'arrêta une fraction de seconde avant.

– Ne me poussez pas à bout, monsieur Barry ! cria-t-il en rageant.

– Monsieur Barry, milord ? railla-t-elle avec un sourire de satisfaction, en s'asseyant avec une nonchalance étudiée. Vous le voyez bien, vous-même ne pouvez vous empêcher de me considérer comme un homme.

Un instant plus tard, Barry éclata de rire. Interloqué, le comte regarda sans comprendre cette jeune personne qui permutait si bien ses deux identités.

– Allons ! Venez vous asseoir… fit doucement Barry en lui prenant affectueusement la main. Pardonnez-moi si mes propos vous ont choqué. Je n'avais pas l'intention de vous faire de la peine, je vous assure. Seulement, c'est la seule façon que j'ai trouvée pour alléger vos doutes. Car, vous ne pouvez le nier, en plus de mes talents de médecin, j'en ai aussi pour le spectacle. Alors, pourquoi ne pas combiner les deux ?

Buchan alla se rasseoir sans dire un mot, cala son verre de whisky et demeura pensif un moment. Puis, regardant Barry avec un sourire en coin, il affirma :

– Vous ne cesserez jamais de m'épater. Si voilà ce dont vous êtes capable malgré vos dix-neuf ans, l'armée britannique n'a aucune idée de ce qui l'attend…

* * *

La carrière des médecins de l'armée de Sa Majesté débutait invariablement par une affectation à la base navale de Plymouth. Munie d'une solide référence du docteur Cooper, en plus de celles de ses professeurs d'Édimbourg, Barry avait entrevu son acceptation comme une simple formalité. Il ne restait plus rien du timide carabin inquiet de ne pas se faire accepter à l'internat auprès de Cooper, deux ans plus tôt. Elle avait réussi non seulement à se faire admettre au Guy's, mais aussi à en ressortir avec les plus hautes distinctions ; il n'y avait aucun doute dans son esprit que les autorités militaires l'accueilleraient à bras ouverts.

Mais, tout comme au moment d'obtenir son diplôme de l'Université d'Édimbourg, la candidature du docteur James Miranda Barry se vit bloquée encore une fois parce que l'armée considérait son apparence trop juvénile, faute de pouvoir confirmer son âge exact. Comme toujours, cependant, la chance était de son côté.

Buchan lui écrivit quelques semaines plus tard :

*Mon cher James,*

*J'ai su que de nouveau vous vous étiez heurté à un obstacle tout à fait anodin et à mon avis injuste. Malgré toute la réticence qui m'anime quant à votre projet, je me dois de constater que votre détermination et votre talent sont au-delà de ce que mes amis et moi avions cru possible lorsque nous nous sommes lancés, en vous entraînant avec nous, dans cette folle aventure. Je ne peux que respecter votre choix.*

*J'ai donc fait de mon mieux pour qu'on puisse encore une fois aplanir toute difficulté qui ne dépendrait aucunement de vous, en envoyant au directeur général de l'hôpital de Plymouth une lettre de recommandation, accompagnée d'une autre missive du docteur Anderson faisant écho à la mienne. On m'a depuis informé que l'officier responsable du recrutement a été avisé qu'il n'était pas souhaitable d'élucider la question de l'âge du docteur Barry. J'ose espérer que personne n'aura l'audace de tenter d'en savoir plus.*

*Mes pensées vous accompagneront dans ce périple. Prenez garde cependant qu'il ne soit plus suffisant de jouer au dandy maniéré qui cherche à se faire une place dans la bonne société. Vous devrez vous bâtir une façade de taille, ne jamais montrer quelque signe de faiblesse que ce soit et en tout temps continuer de camper le rôle que vous avez choisi d'incarner.*

*Je n'ai aucun doute que vous vous en tirerez à merveille.*

Deux jours plus tard, Barry recevait la confirmation qu'on l'admettait d'abord à titre d'assistant médical ; elle pouvait espérer une première affectation officielle dans un délai de moins de deux ans.

# Deuxième partie
# L'Afrique du Sud

# III

***Cape Town, 1816***

James Miranda Barry arriva en Afrique du Sud en plein été austral. Le long voyage et tous ses désagréments se terminaient à l'autre bout du monde. Mais pour ce qui était de sa nouvelle vie, comme la nouvelle saison, elle ne faisait que commencer.

En 1816, Cape Town était une colonie en plein essor, et les autorités militaires avaient décidé d'y envoyer ce jeune médecin prometteur au service de l'armée de Sa Majesté. Ne possédant ni titre aristocratique ni aucune des distinctions auxquelles la société de l'époque attachait tant d'importance, Barry avait bien pris soin d'apporter une épaisse pile de lettres de recommandation et de certificats de toutes sortes. À vingt et un ans, malgré les nombreux diplômes décrochés et les récompenses méritées, il lui fallait utiliser au maximum tous les renforts à sa disposition pour établir sa crédibilité et se faire un nom.

Il n'y avait aucun doute dans son esprit que l'expérience de la médecine militaire au Cap deviendrait un atout au moment où elle irait finalement rejoindre Miranda à Caracas. Le général, cependant, était toujours en prison à Cadix. De son côté, Mary Anne Bulkley, sa mère, vivait presque recluse en Irlande, attendant de pouvoir se rendre au Venezuela elle aussi.

« Moi, au moins, je peux tenir mon esprit et mes mains occupés, pensait Barry, tandis que ma pauvre mère doit désespérer de voir sa situation changer. » Tout aussi inquiétant était son état de santé, surtout qu'il lui était parfois difficile d'obtenir les soins que sa condition exigeait, mais Barry se consolait en pensant que ce n'était que temporaire. D'ici peu, avec la grâce du ciel, la mascarade se terminerait. En attendant, il lui fallait tirer le maximum de son assignation, un nouveau chapitre de sa vie.

Les premiers jours se passèrent à récupérer du long voyage. Le périple de plusieurs semaines lui avait permis de s'apercevoir que la nature ne lui avait pas donné le pied marin. Le mal de mer l'avait fait souffrir pratiquement à partir du départ de Southampton, et ne lui avait laissé que peu de répit.

Ils avaient navigué le long des côtes du continent africain en se dirigeant franc sud. Ils avaient passé le Maroc et la Mauritanie, ne s'arrêtant que rarement pour un rapide ravitaillement. La frégate devait se maintenir assez loin du rivage pour profiter des meilleurs vents. Et subir les pires vagues… Barry avait eu recours à du thé faible additionné d'un peu de sucre, qu'elle avait bu à petites gorgées pour se soigner. Lorsque la mer devenait grosse, il lui avait été carrément impossible d'avaler quoi que ce soit.

Son arrivée en Afrique du Sud lui avait procuré un rétablissement presque instantané. Au fur et à mesure que le navire progressait dans les eaux plus clémentes, les vents s'étaient calmés, et elle avait pu monter sur le pont prendre enfin un peu d'air.

Puis, surgissant soudain hors de l'eau, était apparu le cap de Bonne-Espérance. La mer jusque-là infinie ne l'était plus. Vu de loin, le roc n'était qu'une masse informe posée sur l'horizon, d'une couleur indéfinissable. Mais, avec chaque heure qui passait, on en distinguait plus aisément les contours, et Barry avait constaté qu'il s'agissait en fait d'un groupe de montagnes dont les parois rocheuses laissaient voir de superbes nuances des coloris, du brun grisâtre des rochers au vert des plus clairs de la végétation qui s'y accrochait. Autour de la péninsule, des vents soufflaient constamment, changeant aussi bien de direction que de force selon une logique que personne ne pouvait comprendre, encore moins prédire.

La ville qui s'était établie au bord de la mer, simplement baptisée Le Cap, était pour les voyageurs en route vers les colonies de l'Est une étape, un tournant et un repère au cœur d'un long périple. Pour Barry, c'était la fin du chemin, mais le début de sa carrière.

À sa descente du bateau, après six semaines de navigation, la terre ferme sous ses pieds lui parut d'abord étrangère, et il fallut quelques minutes pour que son corps s'habitue à ne plus avoir à constamment maintenir son équilibre. À la base du Cap se trouvait une ville relativement imposante, un mélange de langues, de couleurs, de races, de styles architecturaux. Tout n'était que nouveauté et diversité.

Personne ne fit attention à ce jeune officier militaire à l'uniforme impeccable qui débarqua avec les autres, anonyme parmi le groupe de soldats enjoués. Pendant un moment, Barry se demanda jusqu'où il lui serait possible de pousser la tromperie, et surtout s'il ne lui faudrait pas recommencer de zéro, répondre aux incessantes questions sur son nom, sa famille, ses origines. L'idée d'avoir à revivre de tels désagréments lui répugnait.

Ayant eu la chance de se voir assigner une cabine privée où on lui servait ses repas, il lui avait été facile de rester à l'écart des autres passagers tout au long du voyage. Faisant volontairement taire son côté grégaire, elle avait passé la majeure partie du voyage à peaufiner ses connaissances des maladies tropicales. L'intimité lui avait aussi permis de laisser tomber sa garde. Ne pas avoir à enfiler jour après jour cette horrible gaine pour aplatir son fessier et la longue bande de tissu qui ceignait sa poitrine lui avait fait un bien immense.

Mais il lui fallait encore une fois se glisser dans la peau de son alter ego masculin, ce que Barry avait continué de faire avec brio pendant sa formation à Plymouth. Avant toute chose, une coupe de cheveux, histoire d'être présentable pour commencer son assignation dignement. Rien de tout cela n'était nouveau, mais, pour la première fois depuis longtemps, des inquiétudes l'assaillaient.

« Un peu de nerf, voyons ! Tu es le docteur James Miranda Barry, chirurgien de talent et aide-médecin de l'une des colonies les plus excitantes de la Couronne britannique. Ils n'y verront que du feu, comme tous les autres… »

Alors qu'elle descendait à la suite de ses compagnons, son doute initial fut cependant confirmé :

– Excusez-moi, soldat, lui demanda un officier à cheval. On me dit que le docteur James Barry se trouvait à bord de ce bateau. Savez-vous s'il est déjà débarqué ? Je dois l'accompagner à ses quartiers.

Barry redressa la tête et, malgré sa position inférieure par rapport à celle du cavalier, lui lança un regard cinglant. L'homme était à peu près de son âge, mais il portait déjà un uniforme de capitaine. Sa taille cintrée laissait voir sa minceur, et même à cheval il était facile de conclure qu'il était grand. Son fort accent, ses cheveux blonds et ses yeux bleus trahissaient ses origines nordiques, fort probablement hollandaises. Barry avait remarqué qu'il avait scruté la foule des passagers descendus un à un sur l'étroite planche, regardant à peine le jeune médecin à la chevelure rousse qui ne se distinguait pas vraiment des autres. Le cavalier lui parut immédiatement antipathique. Elle répondit avec une irritation non dissimulée :

– Je suis le docteur Barry. À qui ai-je l'honneur ?

– Mon ami, s'il s'agit d'une blague, je ne suis nullement amusé.

– Je suis le docteur James Miranda Barry. Si nécessaire, j'ai ici dans mes bagages tous les documents qui le prouvent.

– Je vous prie de me pardonner, fit l'officier en portant plus d'attention à son uniforme et en scrutant les galons fixés à son collet. Un malheureux manque d'observation de ma part…

Il fit signe à un autre officier resté à l'écart de s'approcher du quai en amenant un cheval.

– Je suis le capitaine Josias Cloete, continua le cavalier. Je suis aide de camp de Son Excellence le gouverneur, Lord Charles Somerset. Loin de moi l'idée de vous faire insulte, mais vous comprendrez que je ne peux présumer de rien.

Malgré ses excuses polies, son ton disait exactement ce que Barry redoutait plus que tout : elle n'avait pas la tête de l'emploi. Son agacement fit tout de même place à un certain amusement lorsqu'elle remarqua l'attitude moqueuse de l'officier qui lui tendait les rênes de sa nouvelle monture. La jument grise était superbe et solide ; c'était un animal d'un pedigree sans doute impeccable. Mais Barry lui arrivait à peine aux flancs. Le regard entendu échangé par les deux militaires ne lui échappa point. Les deux hommes se demandaient probablement comment le minuscule médecin allait enfourcher sa monture. Mais Barry ne se soucia que peu de leurs sarcasmes tacites.

« Rira bien qui rira le dernier… Montrons à ces messieurs de quoi je suis capable ! » Depuis sa plus tendre enfance, été après été, pendant de longues semaines, Lord Buchan et Francisco de Miranda s'étaient chargés de lui apprendre non seulement comment monter, mais aussi comment mater les étalons les plus imposants et les plus fringants. Elle se hissa en selle d'un mouvement aussi leste que rapide et se retrouva aussitôt à la hauteur de son interlocuteur. Elle lui adressa un regard froid, presque méprisant, même si son plus cher désir était de lui faire un pied de nez en riant franchement.

« Et voilà ! » La satisfaction qu'elle retirait à voir les sceptiques déconcertés était une joie sans cesse renouvelée.

– Qu'en sera-t-il de mes bagages ? demanda-t-elle avec détachement. J'ai encore quatre malles à bord.

– Ne… ne vous inquiétez pas, répondit en bégayant un Josias Cloete visiblement stupéfait devant une telle aisance. Ils vous seront portés à votre résidence.

Barry ne répondit pas, sachant que la première manche était déjà gagnée. Malgré les excuses proférées à quelques reprises pendant le trajet, la relation resta tendue entre les deux officiers. Elle prenait surtout plaisir à voir le capitaine regretter sa méprise et ne faisait rien pour tenter d'alléger la tension. « Ça lui apprendra à juger quelqu'un uniquement sur son apparence ! »

Le capitaine l'aida à trouver son nouveau logis, un minuscule appartement au Cape Castle, l'inexpugnable forteresse construite par les Hollandais où logeaient la plupart des militaires, puis lui indiqua comment trouver les écuries où sa jument serait soignée.

Le Cap était une ville bourdonnante, son architecture, un mélange hétéroclite de vestiges de la colonisation portugaise et hollandaise, de la brève occupation des Français et de la présence de plus en plus imposante des Britanniques. Des bourgeois anglais aux esclaves malais, en passant par les Noirs issus de différentes tribus des environs, la population était tout aussi diverse. La plupart des rues étaient larges ; plusieurs maisons cossues étaient encore en construction. Barry se revoyait à Londres, en plein cœur d'un vaste chantier en développement, mais à une autre époque et dans un autre lieu. À partir de maintenant, sa vie continuerait dans une contrée combien plus sauvage, totalement exempte de la fumée et de la pollution de la mère patrie.

De plus, à l'extérieur de la ville, de part et d'autre des Table Mountains, s'étendaient à perte de vue des forêts et des landes vallonnées. Au loin, des arbres incroyablement hauts s'ouvraient à leur cime en branches évasées dont seules les extrémités étaient feuillues. Dans les plaines, les buissons étaient tout aussi colorés que variés. Cette flore diversifiée ravivait chez Barry son intérêt pour la botanique. Un peu partout, une multitude d'oiseaux curieusement peu farouches présentaient un plumage remarquablement coloré.

Mais ce qui l'impressionnait plus que tout, c'était la pureté de l'air cristallin et le vent qui amenait avec lui tour à tour les embruns salés de la mer et les parfums des différentes fleurs de la campagne environnante. On était effectivement bien loin de l'Angleterre, et de plus d'une façon. Certaines choses, par contre, demeuraient inchangées malgré les kilomètres qui séparaient la colonie de la mère patrie.

* * *

Barry dut attendre quelque temps avant que ses yeux ne s'habituent à la noirceur qui régnait dans les couloirs de la prison. À peine quelques soupiraux laissaient entrer le soleil éblouissant de l'extérieur, et encore, seuls la salle des gardes et le bureau du directeur en étaient pourvus.

Alors qu'il marchait devant en ronchonnant, le gardien qui avait d'abord refusé de laisser entrer le docteur s'arrêta et se retourna brusquement, faisant valser sa lanterne qui faillit atteindre Barry en plein visage.

– Écoutez, grommela-t-il en prenant une bouchée du sandwich qu'il tenait à l'autre main. Je ne sais pas où il est, ce prisonnier. Est-il vraiment nécessaire de le voir aujourd'hui ?

– Bien entendu, répondit Barry avec impatience. Je ne comprends toujours pas comment un soldat a pu se retrouver ici plutôt qu'à la forteresse. Surtout s'il est malade. Ils ont leurs propres cachots, qui sont fort probablement plus hospitaliers que les vôtres.

L'homme haussa les épaules en guise de réponse.

– Attendez-moi ici, fit-il en lui tendant sa lanterne. Je vais retourner voir les autres gardes et essayer de savoir où ils ont bien pu le mettre.

Laissant en plan le jeune médecin, le garde fit demi-tour et disparut dans l'obscurité. Loin de se considérer lâche, Barry sentit néanmoins une certaine crainte l'envahir en se retrouvant subitement au beau milieu d'un endroit à ce point sinistre. On lui avait pourtant servi l'avertissement plus d'une fois, pendant sa formation à la base de Plymouth : les médecins militaires n'avaient pas toujours le luxe d'exercer dans un hôpital ou une infirmerie, et ils devaient rapidement s'habituer aux conditions rudimentaires et peu orthodoxes.

« Même après des années à travailler ici, je crois bien que je ne m'habituerai pas à me promener sans éclairage... » Elle resta immobile quelques minutes, puis s'aventura à faire deux ou trois pas craintifs en tendant la lanterne à bout de bras pour essayer d'examiner les lieux. Malgré sa construction récente, la prison du Cap était si humide que déjà de longues traînées de moisissures poussaient sans retenue sur les pierres grossièrement taillées, probablement favorisées par la chaleur suffocante qui régnait là. De part et d'autre du couloir, aussi loin qu'elle pût voir, les portes des cachots étaient toutes pareilles, faites de bois solide avec des pentures et des serrures en fer forgé massif, mais qui montraient des traces de rouille.

Quelques gémissements lui parvinrent, amplifiés par l'écho qui les répercutait et empêchait de déterminer leur provenance. Barry ne put réprimer un frisson. Sa chemise trempée de sueur lui paraissait soudain glacée. Un autre gémissement, provenant du cachot immédiatement à sa droite, attira son attention. Elle s'approcha avec hésitation et leva la lanterne à la hauteur du judas déjà béant. Mais, même en se haussant sur le bout des orteils, elle arrivait à peine à voir à l'intérieur.

« Bigre, je devrais faire poser des talons plus épais à mes bottes... Quelle idée de placer un judas si haut ! »

Une odeur pestilentielle lui parvint et lui fit détourner la tête sous le coup de la surprise. Se reprenant, elle agrippa solidement d'une main le pourtour de la petite fenêtre pour se hisser encore plus. La lueur de la lanterne n'éclaira que faiblement l'intérieur du cachot, mais suffisamment pour qu'elle puisse voir ce qui s'y trouvait, et cette constatation faillit lui faire perdre l'équilibre.

Reculant subitement d'un pas, Barry sentit son sang se figer dans ses veines devant l'horreur de la révélation. À même le sol gisait un homme noir enchaîné, son corps nu maintenu écartelé par les fers qui retenaient ses poignets et ses chevilles. Une fraction de seconde lui avait suffi pour que son œil exercé de médecin remarque les multiples ulcères et pustules qui semblaient couvrir de la tête aux pieds le corps du pauvre homme.

Ayant à peine eu le temps de se remettre du choc, Barry prit une grande respiration et s'efforça de calmer les battements de son cœur alors que le bruit des pas du gardien se rapprochait.

– Il n'est plus ici, votre soldat, déclara l'homme d'un ton acerbe en lui reprenant la lanterne des mains. Ils l'ont retourné ce matin aux baraques. Ne me demandez pas lesquelles, vous le trouverez vous-même. Vous êtes venu pour rien. En plus, vous nous avez dérangés pour rien !

– Je ne crois pas, monsieur, rétorqua Barry en relevant le menton pour regarder l'homme dans les yeux.

« Il est bien plus grand et bien plus gros que moi, mais ce sont souvent les petits chiens qui peuvent se montrer les plus féroces. Tout est question d'attitude. »

– J'aimerais examiner le prisonnier qui est enfermé dans ce cachot, déclara-t-elle sur un ton qui sonnait plus comme un ordre que comme une requête.

– Celui-là ? demanda le gardien. Qu'est-ce que ça peut bien vous faire, un prisonnier ? Vous avez dit en arrivant que vous étiez responsable de la santé des soldats !

– Je suis médecin avant tout, répliqua Barry en haussant la voix. J'ai des raisons de croire que cet homme est malade et qu'il a besoin de soins.

– Et moi, je vous dis que vous n'avez pas affaire ici et que rien ne m'oblige à vous ouvrir la porte des cachots.

Il tourna les talons et fit quelques pas pour signifier que leur entretien était terminé. Barry repensa alors aux bons mots que le comte de Buchan lui avait écrits pour lui confirmer son admission au sein de l'armée : « Vous devrez vous bâtir une façade de taille, ne jamais montrer aucun signe de faiblesse... »

« C'est maintenant ou jamais, se dit-elle. Si je ne parviens pas à m'imposer tout de suite, aussi bien rentrer à Londres ; je n'arriverai à rien ici. »

Les mains moites et le cœur battant toujours la chamade, elle tapa du pied tel un taureau sur le point de charger.

– Je vous le demande encore une fois et j'espère que je n'aurai pas à me répéter : veuillez m'ouvrir la porte de ce cachot !

Le gardien s'arrêta au beau milieu du corridor, tourna la tête et regarda Barry avec des yeux ronds dans lesquels dansait la lueur de la flamme. Il était visiblement décontenancé par tant de détermination.

– C'est bon, c'est bon, maugréa-t-il en revenant et en remettant de nouveau la lanterne à Barry. Pas besoin de s'énerver. Tenez-moi ça, que je trouve la clé.

Encore une fois, elle tint la lanterne à bout de bras, non pas pour permettre à l'homme de mieux voir la serrure, mais plutôt pour l'empêcher de constater le soulagement sur son visage. « Impressionner mes compagnons et mes professeurs de Londres, convaincre Lord Buchan, c'était quelque chose... Mais ça, c'est un exploit dont je ne me serais jamais crue capable ! »

Une fois la porte ouverte, le gardien reprit la lanterne et s'écarta pour laisser entrer le petit médecin au tempérament si impétueux. En tâchant de ne montrer aucune hésitation, Barry s'avança la tête haute et alla s'agenouiller à côté de celui qui devenait son tout premier patient en terre africaine.

Le prisonnier était dans un état pire qu'elle l'avait cru au premier coup d'œil. La grosse bosse qui déformait sa cuisse droite était un signe indéniable que son fémur avait été fracturé, et ce depuis quelque temps à en juger par les ecchymoses tout autour. Ses poignets et ses chevilles, affreusement blessés par les fers qui les ceignaient, n'avaient plus de peau. Les plaies béantes s'étaient infectées et montraient des signes de gangrène, ce qui contribuait à l'odeur infecte qui régnait. De même, elle n'eut nullement besoin de le retourner pour comprendre que l'homme gisait dans ses excréments, à même le sol de terre battue.

Une vague de dégoût l'envahit, non pas à cause de la piètre condition du prisonnier, mais plutôt en pensant que ses geôliers en étaient sans aucun doute les responsables. Même dans les quartiers les plus sordides de Londres, on n'aurait jamais rien vu de tel.

– Depuis combien de temps êtes-vous ici ? lui demanda doucement Barry en posant une main sur le front brûlant du pauvre homme.

– Il est arrivé hier, répondit précipitamment le gardien.

Barry parvint à peine à retenir un juron d'agacement.

– Je ne vous ai pas parlé ! C'est au patient que je m'adresse !

– Et vous croyez qu'il vous répondra ? ricana le gardien avec sarcasme. Il est à demi idiot !

Barry le fit taire d'un signe de la main, sans même chercher à dissimuler son indignation. Le gardien mentait, les blessures du prisonnier en témoignaient sans équivoque : un être humain ne pouvait pas voir son état se détériorer à un tel point en une seule journée. Et pourquoi l'enchaîner ainsi si sa jambe était cassée ? Il ne pouvait aller nulle part, sans compter la fièvre qui le terrassait et qui ne s'apaiserait probablement pas de sitôt.

L'homme tourna enfin la tête et regarda Barry. Idiot ou non, sa douleur et sa peine se lisaient dans son regard. Ce ne fut qu'à ce moment qu'elle remarqua ses lèvres tuméfiées et la longue coulée de sang séché qui s'étirait entre ses narines et son cou.

« Non contents de le retenir ainsi comme un animal, ils l'ont battu. Peu importe le crime qu'il a pu commettre, personne ne mérite un tel sort. Il faut à tout prix que je le sorte de cet enfer. »

– Vous en avez encore pour longtemps ? demanda le gardien au bout d'un moment. Je vous l'ai déjà dit : vous n'avez rien à faire ici.

– Qu'a donc fait cet homme pour qu'on le traite ainsi ? interrogea Barry toujours à genoux à côté de son patient.

– Il a volé une miche de pain à la boulangerie, répondit placidement le gardien.

– Et quoi d'autre ?

– Rien.

– Il a été amené et laissé ici, à y pourrir, pour une miche de pain ?

– Je pense bien, fit le gardien en haussant les épaules. Il s'est débattu rudement, à ce qu'il paraît. Il était esclave, il n'y a pas si longtemps. Il avait réussi à s'affranchir, mais il aurait mieux fait de demeurer chez son propriétaire !

Les mots avaient été prononcés avec tant de mépris que Barry en resta bouche bée. « Il a échangé un bagne pour un autre… »

Elle passa doucement ses mains sur les membres du patient pour s'assurer qu'il n'avait pas d'autres fractures. En même temps, elle établissait une liste mentale de ce qu'il faudrait faire. Remettre la jambe et la placer dans une attelle, sinon l'amputer, faire laver le patient, panser soigneusement ses plaies et lui administrer de la quinine pour apaiser la fièvre. Tout cela même s'il n'y avait probablement pas d'infirmerie dans ce lieu maudit.

Une voix colérique se répercuta dans le corridor et la tira de ses pensées.

– Comment, il y a une femme ici ? Qui l'a laissée entrer ? Où est-elle, cette garce ?

Barry se sentit devenir livide, et de nouveau un frisson glacé lui parcourut l'échine. Soudain, la petite cellule devenait aussi la sienne. C'était là que finissait la carrière de James Miranda Barry. Tout était fichu. Après quelques semaines à peine, la prédiction de Buchan se concrétisait. Un sanglot lui noua la gorge et elle se maudit intérieurement. Se faire repérer si rapidement, sans même s'en apercevoir, c'était trop bête. Elle se releva d'un bond, fit un pas vers l'arrière, retint son souffle et s'efforça de se dissimuler dans la pénombre. Le gardien parut surpris, mais il ne dit rien.

– Oui, répondit une autre voix. On nous l'a amenée la nuit dernière. Elle était complètement ivre et s'était bagarrée. Nous ne savions pas quoi en faire. Elle criait et tentait de nous mordre ; une vraie furie !

Des hommes passèrent dans le corridor sans même prendre la peine de jeter un coup d'œil dans le cachot où Barry se trouvait. Elle laissa échapper un soupir de soulagement. Curieusement, la première idée qui lui avait traversé la tête n'avait rien à voir avec les désagréments qui seraient les siens si elle se faisait démasquer. Le plus terrible aurait été de devoir passer six autres longues semaines sur une damnée frégate pour retourner en Angleterre.

Un peu calmée, elle revint s'agenouiller à côté de son patient, tandis que les voix s'estompaient dans le corridor. Incapable de retrouver sa concentration, elle voyait, superposés dans son esprit, les visages de sa mère, de Buchan, de Miranda et des autres. Quelle déception ça aurait été pour eux si son secret avait été éventé ! À l'avenir, il lui faudrait ne jamais présumer de rien, se tenir à tout instant sur ses gardes, redoubler de vigilance.

Un faible gémissement la tira de ses pensées, et elle retrouva rapidement tous ses moyens. Un regard sur son patient suffit à raviver sa détermination. L'homme qui gisait sur le sol, et combien d'autres comme lui, avait cruellement besoin de l'aide de James Miranda Barry.

* * *

Quelques jours plus tard, Barry reçut une requête lui ordonnant de se présenter sans délai à la résidence de Lord Charles Somerset, le gouverneur de la colonie. On aurait pu croire que c'était une formalité protocolaire, mais la missive indiquait qu'il y avait une urgence médicale, que la fille du gouverneur était très malade. Barry n'en ressentit qu'une plus grande pression.

– Je me méfie de tous les médecins, vous y compris, déclara sans équivoque Lord Charles Somerset dès qu'on lui eut présenté Barry. Vous n'êtes pour moi rien de plus qu'un parfait inconnu. Il n'est pas question que je vous laisse approcher ma fille tant que vous ne m'aurez pas convaincu de votre compétence. Je peux déjà deviner que vous allez prescrire lavements et saignées, ce qui ne fera que l'achever. À ce stade-ci, je suis d'avis qu'elle aurait de meilleures chances si je la remettais aux soins du sorcier du village le plus près.

« J'en ai vu d'autres, pensa Barry intérieurement. Je ne dois pas me laisser démonter. En un sens, ce n'est pas si différent du jour où j'ai défendu ma thèse devant une assemblée universitaire. »

Elle se tenait raide dans le bureau du gouverneur, une grande pièce dont trois des côtés étaient pourvus de larges portes françaises qu'on avait ouvertes et dont les rideaux de gaze battaient au vent. De construction récente, la résidence du gouverneur était richement décorée et nullement différente dans son aspect de la plupart des maisons bourgeoises anglaises. Du mobilier aux tapis, en passant par les œuvres d'art et même les poignées de porte, tout avait été importé.

Mais, en ce qui concernait la médecine, au Cap, rien n'était comparable à ce que Barry avait vécu auparavant. Ses prédécesseurs y avaient commis tant de bêtises en ayant aveuglément recours à des traitements surannés qu'il était devenu difficile pour la médecine moderne de s'y faire accepter, probablement plus qu'en Angleterre. Fidèle aux enseignements avant-gardistes de ses professeurs favoris, Barry avait la ferme intention de faire avancer la science partout où on jugerait bon de l'envoyer. « Et ça commence ici, un patient à la fois. Je dois faire mes preuves et démontrer que la médecine est en constante progression. »

La première étape pour arriver à son but était de rapidement gagner la confiance de Lord Somerset, gouverneur de la colonie. Sa réputation et tout ce qui en découlerait dépendaient non seulement de son habileté à guérir mademoiselle Georgina Somerset, mais aussi de sa capacité à faire sa marque dans les meilleurs délais.

Debout devant celui qui détenait tous les pouvoirs, sous les regards inquisiteurs de la demi-douzaine d'officiers présents, Barry dut faire un effort suprême pour cacher la nervosité et l'émoi qui l'envahissaient. Car, outre l'importance de donner la meilleure des impressions, elle avait ressenti un certain trouble au moment où on l'avait présentée au gouverneur. Au seuil de la cinquantaine, l'homme avait quelque chose qui n'était pas sans rappeler Francisco de Miranda, son cher général, tel qu'il était lorsque Barry l'avait rencontré pour la première fois quelque douze ans auparavant. Cependant, elle n'était plus une fillette de neuf ans, mais une jeune femme dont l'identité refoulée jusque-là de façon impitoyable risquait de se manifester inopinément et avec une force décuplée.

Les deux hommes avaient le même gabarit, la taille imposante et le port altier, mais, même au-delà de cette prestance, Somerset dégageait une extrême confiance en lui, un charisme impressionnant, un charme indéniable et une attitude qui, comme celle de Miranda, laissait supposer qu'il ne craignait pas de se faire des ennemis. Par-dessus tout, sa façon de regarder Barry, avec une curiosité mêlée de scepticisme, était déroutante. Même s'ils n'épousaient fort probablement pas les mêmes opinions, Francisco de Miranda et Charles Somerset semblaient taillés dans la même étoffe.

Barry n'avait jamais éprouvé autant d'émoi devant un homme. Bien sûr, il y avait le général, mais elle le connaissait depuis de nombreuses années et lui vouait des sentiments profonds qui avaient évolué au fil des ans, tout naturellement, petit à petit. Il n'y avait pas de secret entre eux, et Barry lui faisait confiance en tout. Le gouverneur, à l'inverse, était un pur étranger, ce qui n'avait fait qu'amplifier la bizarre attraction qu'elle avait éprouvée dès le premier regard.

Issu de la lignée des Beaufort et descendant direct des Plantagenets, Somerset était le premier et le seul gouverneur de l'Empire britannique à provenir de l'aristocratie plutôt que de l'armée. Comme la plupart des hommes que Barry avait côtoyés – Buchan, Miranda, Cooper et les autres –, Lord Charles était extrêmement sûr de lui. Sa famille était immensément riche, mais on chuchotait qu'il avait réussi à se faire nommer gouverneur aux antipodes dans un ultime effort pour se faire oublier, et surtout pour faire oublier ses dettes de jeu.

Gouverneur depuis à peine deux ans, il était déjà vivement critiqué par les bourgeois du Cap pour ses politiques autocrates et son mépris de tous ceux qui osaient lui tenir tête. La mort de sa femme des suites d'une mystérieuse maladie contractée pendant le voyage était survenue dans les mois suivant leur arrivée et l'avait rendu irascible. La maladie soudaine de sa fille aînée ne faisait rien pour atténuer sa méfiance.

Mais Barry avait bien retenu la leçon apprise auprès d'Astley Cooper : un médecin devait d'abord et avant tout épater ses patients en utilisant tous les artifices à sa disposition, et surtout en faisant preuve d'une assurance sans équivoque, ainsi que d'une rapidité de décision et d'exécution implacable.

« Je ne dois pas me laisser distraire par les sentiments, surtout à ce moment-ci », se dit-elle en tentant de chasser de son esprit la confusion et l'ambiguïté qui menaçaient de s'y installer. Mais le souvenir du général était difficile à refréner à cet instant. Surtout qu'elle ne le voyait plus avec les yeux de la fillette qui avait fait sa connaissance quelque dix ans plus tôt, mais avec quelque chose de nettement plus charnel, plus naturel pour une jeune femme. Heureusement, la gravité de la situation lui offrait la possibilité de laisser ses capacités professionnelles faire taire ses émotions.

– Je sais que votre épouse est décédée l'année dernière des suites d'une grave erreur commise par le médecin en chef de la colonie, le docteur McNab, déclara-t-elle avec aplomb en choisissant de mettre tout de suite cartes sur table. Aujourd'hui, c'est votre fille qui est malade. Il y a bien entendu plusieurs médecins civils au Cap. Certains sont sans doute relativement compétents, mais, de toute évidence, vous n'avez pas confiance en eux, puisque vous m'avez fait demander ici, même si je n'occupe encore qu'un rang subalterne. J'en conclus que vous êtes tout de même disposé à me donner le bénéfice du doute... Il n'est pas question pour moi de quitter cette résidence avant d'avoir examiné mademoiselle Georgina et de lui avoir prescrit le traitement approprié à sa condition.

– Et pourquoi devrais-je vous laisser faire ? Vous ne m'avez toujours pas convaincu. Qui me dit que vous êtes plus compétent que votre prédécesseur ?

– Eh bien, vous n'avez pas d'autre choix, n'est-ce pas ! déclara Barry en laissant nonchalamment choir sur le bureau du gouverneur une liasse de documents. Voici tous les titres que j'ai mérités et qui témoignent de mes capacités. Ils sont plus qu'éloquents, je puis vous l'assurer sans vouloir me vanter. Je suis au fait des avancées les plus récentes de la science. J'ai obtenu un diplôme avec grande distinction du Guy's Hospital, où j'ai étudié auprès de Sir Astley Cooper, le plus grand médecin de notre temps, en obtenant également plus d'une mention d'excellence. J'ai complété ma formation militaire à Plymouth où, là aussi, c'est avec distinction et tous les honneurs que j'ai réussi à parfaire ma formation. Je sais ce que vous pensez de moi. Que je ne suis qu'un jeune blanc-bec sans nom et sans lignage. Mais, puisque vous avez récemment congédié le docteur McNab, je suis donc sous cet hémisphère la personne la plus qualifiée pour prendre soin de votre fille. C'est aussi pour cette raison que je devais d'abord faire escale à Sainte-Hélène et y soigner le plus célèbre hôte de l'île.

– Tant mieux si Napoléon a refusé de se faire traiter par un médecin britannique, dit Somerset avec un sourire en coin. Qui sait ce qu'il pourrait advenir de notre Empire si vous aviez réussi à le remettre sur pied…

Barry réalisa alors que, si la partie n'était pas encore gagnée, les chances étaient nettement de son côté, à en juger par le changement soudain d'attitude de la part du gouverneur.

– Nous ne le saurons probablement jamais, répondit-elle également avec un sourire en coin. Bonaparte a clairement laissé savoir qu'il n'avait que faire de nos soins.

Les officiers qui se tenaient toujours cois échangèrent un sourire moqueur, ce qui insuffla à Barry la motivation nécessaire pour oser un dernier argument, tout en haussant subitement le ton :

– La vie de votre fille est à ce moment-ci beaucoup plus précieuse que celle d'un prisonnier, fût-il général français. Avec votre permission, je me dois d'insister.

Ces dernières paroles, prononcées d'une voix qui devenait de plus en plus aiguë, retentirent dans la pièce et firent sursauter les officiers présents. Barry prit délibérément un air désinvolte tout en retenant son souffle, le cœur battant à tout rompre, sachant qu'il était crucial de marquer des points dès le début. Les documents jetés sans façon sur la table continuaient d'être ignorés, même si pour elle ils importaient plus que tout ; des papiers soigneusement conservés dans une cassette de métal fermée à clé, jalousement gardée tout le long du voyage qui venait de se terminer. Soir après soir, à l'abri des regards indiscrets, Barry avait ouvert le coffret pour relire les documents encore et encore, toujours en les manipulant avec la plus grande délicatesse comme un trésor inestimable, avant de les ranger précieusement. Car, malgré le détachement dont elle faisait montre, ces diplômes et ces lettres étaient essentiels à sa survie professionnelle. « Ces papiers sont mon bien le plus précieux, tout ce qui fait de James Miranda Barry ce qu'il est, et ce qu'il doit sembler être aux yeux de tous », se rappelait-elle souvent.

Au bout d'un moment, d'un coup de tête, Somerset fit signe à l'un des serviteurs d'ouvrir la porte et de mener Barry à l'étage. Ce fut en prenant de grandes respirations et en marchant d'un pas digne que le médecin se dirigea vers la chambre de Georgina Somerset.

Une fois dans la pièce, il ne lui fallut que quelques minutes pour établir la cause du mal dont souffrait la jeune fille. Bien entendu, elle ne put se fier qu'à ses connaissances théoriques. Il s'agissait de son tout premier cas de typhus. « Mais ça, ils n'ont pas besoin de le savoir… »

Par chance, l'historique de la maladie permettait d'étayer le diagnostic assez facilement. Quelques jours auparavant, Georgina était allée visiter son amie Celia Kline, fille d'une riche famille propriétaire du domaine qui procurait à la société du Cap la plus grande partie de sa viande. Sur le chemin du retour, le petit groupe s'était arrêté, et Georgina Somerset, malgré les mises en garde de ses compagnons, avait pris le risque de s'abreuver à même un ruisseau dont on ne connaissait pas la source. Maintenant, la fièvre qui la tenaillait et la constante diarrhée dont elle souffrait menaçaient de la tuer.

La jeune fille devenait sa seconde patiente, dans des conditions qui n'avaient aucune commune mesure avec celles du prisonnier que Barry avait examiné quelques jours plus tôt. Heureusement, elle avait réussi à faire sortir ce pauvre homme de son bagne et à le faire admettre au dispensaire. Il se remettait très rapidement, ce qui pour elle était de bon augure. Mais saurait-elle en dire autant de Georgina Somerset ?

Au lieu d'un cachot de prison, elle se trouvait dans une grande chambre illuminée et aérée, et gisait au creux d'un lit douillet aux draps de fin coton propres, entourée de gens attentionnés et inquiets. Sa chevelure rousse mettait une note de couleur sur l'oreiller immaculé et faisait paraître son visage encore plus blême. De sa bouche entrouverte s'échappait une respiration saccadée, tourmentée. « Pauvre petite, pensa Barry en s'approchant du lit. Voici bien la preuve que nous sommes tous égaux devant la maladie. »

Elle se remémora un épisode aussi lointain que flou qu'elle avait vécu peu après son arrivée à Édimbourg, vers l'âge de neuf ans. Mary Anne et Buchan se relayaient dans une chambre semblable, au chevet d'une petite fille, rousse elle aussi. Souffrait-elle des oreillons, ou de la rougeole ? Ou encore de la dysenterie ? Impossible de s'en souvenir avec précision. Une image était claire, cependant, la gratitude de Mary Anne envers les protecteurs de sa fille qui avaient payé le médecin, ce qu'elle-même n'aurait pu se permettre. Était-ce à cause de cela que Barry éprouvait ce constant désir de soigner ceux qui n'en avaient pas les moyens ?

Mais le temps n'était pas à l'apitoiement. Avec une douceur infinie, elle retourna sur le ventre la jeune fille qui était pratiquement inconsciente et s'adressa à elle dans un murmure :

– Je vous prie de m'excuser, mademoiselle, mais je dois absolument vous examiner.

La patiente répondit par un faible gémissement et se laissa faire. Tout comme Barry l'avait supposé et à son plus grand soulagement, les rougeurs sur le haut de son corps confirmaient la nature de sa maladie de façon indéniable. Le traitement était simple et rapide à prescrire : opium et quinine, un remède généralement efficace. Mais il fallait aussi compter sur l'état de santé général de la jeune fille. Sa constitution devait faire le reste. Heureusement, elle était jeune et semblait solide.

– Il faut vous assurer qu'elle boit suffisamment, expliqua-t-elle en chuchotant aux servantes de Georgina après lui avoir administré le médicament. Sa fièvre et sa diarrhée lui font perdre beaucoup de liquide. Plus que le mal dont elle souffre, c'est ce qui peut la tuer. Faites-lui avaler toutes les heures un gobelet d'eau dans lequel vous aurez ajouté un peu de miel et une pincée de sel. Réveillez-la durant la nuit, si nécessaire. Il ne faut pas passer une seule heure. Je reviendrai tous les jours jusqu'à ce qu'elle soit remise.

Les deux femmes lui adressèrent un regard rempli de soulagement, de gratitude et de confiance qui lui fit chaud au cœur. En ramassant ses affaires, elle s'aperçut que Lord Somerset était monté au chevet de sa fille et l'observait avec un mélange d'espoir et d'inquiétude. Non loin derrière, arpentant le corridor, Josias Cloete faisait preuve d'impatience. Jugeant qu'il était préférable de leur en imposer une dernière fois, il déclara avec suffisance en quittant la pièce :

– Je n'aurai pas à revenir bien souvent.

Une fois à l'extérieur, elle ne perdit pas de temps et lança sa jument au galop. Le vent ébouriffa ses cheveux et lui fit fermer les yeux un moment. La tension qui lui avait noué l'estomac se dissipa rapidement. Ne se sentant plus dirigé, l'animal s'arrêta. Barry jeta un coup d'œil autour pour s'assurer que personne ne pouvait la voir. Heureuse de constater qu'elle était seule, elle poussa un long soupir de soulagement et put finalement laisser ses mains trembler sans retenue.

* * *

La guérison de Georgina Somerset en moins de temps qu'il n'avait fallu pour le dire signifia pour le docteur James Miranda Barry une intégration quasi immédiate à la société coloniale. Celui dont on qualifiait les compétences de phénoménales était à présent de toutes les fêtes et réceptions mondaines, qui se succédaient à un rythme effarant et au cours desquelles les gens, les dames surtout, n'avaient d'yeux que pour ce nouveau venu. On avait aussi invité Barry à faire de courts séjours à Newlands, la résidence secondaire du gouverneur située en retrait de la ville, pour prendre part à des dîners réunissant les notables de la région, militaires, civils et administrateurs en poste.

À peine une vingtaine de jours plus tard, dans la salle de bal du gouverneur, une autre fête battait son plein. Ne voulant pas la manquer, Georgina avait obtenu de son médecin la permission d'y assister. Grande, maigre et de physique ingrat, elle tentait désespérément de profiter de chaque occasion pour rencontrer quelque jeune homme qui, sait-on jamais, pourrait la trouver à son goût.

– Il est absolument adorable, déclara résolument sa sœur Charlotte, vers la fin de la soirée à propos de Barry. Je ne l'avais aperçu qu'une fois, pendant que tu étais malade, et je l'avais trouvé plutôt austère. Mais je vois maintenant que je m'étais complètement trompée ! Je me demande laquelle d'entre nous il choisira pour épouse… Maintenant qu'il est établi ici, il va sûrement chercher à fonder une famille.

Georgina hocha vivement la tête avant de prendre une autre gorgée de punch.

– Ce n'est pas le choix qui lui fera défaut au Cap, acquiesça madame LaBaer. Il a dansé avec la plupart des jeunes filles, déjà. Elles tombent toutes sous son charme ; toutes, sans exception.

Assise dans un confortable fauteuil bien rembourré, entourée du groupe de jeunes filles qui observaient le plancher de danse avec attention, la veuve LaBaer ne pouvait s'empêcher de constater qu'elle n'était pas, elle non plus, complètement insensible au charme ambigu du brillant jeune médecin.

Barry, de son côté, était aux anges. Les occasions de ce genre lui plaisaient beaucoup, parce qu'elles lui offraient la possibilité non seulement de consolider sa réputation comme homme du monde, mais aussi de revêtir ses uniformes d'apparat, de danser et de se divertir, ce qui ne lui était pratiquement jamais arrivé de sa vie. Inlassablement, elle faisait tournoyer encore et encore toutes celles qui n'en avaient que pour ce singulier cavalier et qui croyaient dur comme fer qu'elles se retrouvaient dans les bras d'un homme. Il lui devenait possible de rire à gorge déployée, sans retenue et sans risque de sembler bizarre, révélant ainsi une frivolité insouciante et une spontanéité candide qui contrastaient fortement avec ses compétences médicales.

Les dames étaient fascinées par cet homme qui avait une façon si inusitée de sortir du lot. Parmi ses collègues, par contre, tous s'entendaient pour dire que le nouveau médecin faisait le jars devant la société assemblée. Néanmoins, il en étonnait plus d'un et ne laissait personne indifférent.

– C'est assurément l'un des meilleurs danseurs que la colonie ait vus depuis longtemps, acquiesça madame Brink. Et il a une façon de traiter les jeunes filles avec une attention et une déférence qui le distinguent remarquablement des autres officiers.

– Moi, j'aime bien quand il nous raconte les récents potins londoniens, déclara Georgina Somerset. Lorsque j'étais malade, il m'a mille fois divertie en me décrivant aussi les dernières modes. Qui aurait pu penser qu'un jeune médecin tel que lui pouvait discuter d'étoffes, de chaussures et de colifichets !

Elle baissa la voix et se pencha vers le groupe de femmes en prenant le ton de la confidence.

– Vous savez qu'il est d'avis que nous ne devrions pas porter de corset ? Il dit que c'est très mauvais pour les entrailles, qu'il est injuste et cruel qu'une femme doive souffrir ainsi.

– C'est singulier, répliqua sa sœur d'un air surpris. Surtout lorsqu'on considère comment tout le monde raconte…

Elle s'interrompit subitement en rougissant et posa prestement sa main sur sa bouche.

– Tout le monde raconte quoi ? demanda madame LaBaer dans un chuchotement agacé. Finissez ce que vous avez à dire, mademoiselle !

– Tout le monde raconte qu'il porte lui-même un corset, intervint Georgina pour éviter à Charlotte encore plus d'embarras. Et vous avez remarqué ses épaules ? Il utilise du rembourrage ! Vous savez comment l'ont surnommé les Malais ? *Kapok doctor*, parce qu'il se procure tout ce coton chez eux, apparemment !

Toutes les femmes acquiescèrent d'un hochement de tête entendu, et leurs regards se portèrent sur Barry, qui continuait de danser avec une grâce témoignant, corset ou non, d'une grande aisance.

– Cela ne serait pas surprenant, concéda madame Brink. Il est facile de deviner que sa veste est truffée de baleines, mais il n'est pas le seul… Vous savez, récemment, les jeunes hommes de la société londonienne ont développé un intérêt certain pour la mode et tous les accessoires qu'elle comporte.

– C'est absolument vrai ! renchérit Georgina. Il m'en a longuement entretenue. J'ai même été surprise par tout ce qu'il a été en mesure de me décrire.

– C'est parce que c'est un véritable homme de science, expliqua madame LaBaer. Il prête attention à ce genre de détails. Il remarque tout, se souvient de tout, et peut par la suite tout décrire à la perfection.

– Oui, il est assurément très intelligent, renchérit madame Brink. Mais je dois admettre que son apparence me laisse un peu perplexe. Sa chevelure, surtout… Ses cheveux repoussés vers le haut et l'arrière sur le dessus de sa tête, mais ramenés vers ses joues sur les côtés me rappellent vaguement Napoléon. Sans compter qu'il a le même gabarit… Je trouve également que cela lui donne un air pour le moins efféminé, surtout que ses cheveux ont nettement blondi depuis son arrivée. Sa stature menue et ses allures posées n'aident en rien non plus. Vous avez remarqué l'épaisseur des talons de ses bottes ? Quelle idée de chercher à se grandir ainsi ! Il ne trompe personne. Et pourquoi des talons peints en rouge, dites-moi ? Cela n'attire le regard que davantage, sans parler de sa voix ! Ma foi, s'il était chanteur, il pourrait à coup sûr interpréter le rôle de la soprano.

– Mais il est si différent des autres jeunes hommes ! protesta Charlotte. Vous savez, lorsqu'il ne porte pas son uniforme, il préfère le pantalon à la culotte. Il dit qu'en France les hommes ont totalement abandonné la culotte, de toute façon. Ici, par contre, les autres officiers sont tellement moins raffinés…

Les dames tournèrent la tête en bloc pour regarder la table placée le long du mur derrière elles, où les hommes, militaires autant que bourgeois, s'empiffraient goulûment des victuailles offertes, s'interrompant de temps à autre pour rincer le tout de bonnes rasades d'alcool.

– Charlotte a raison, approuva Georgina d'un ton rêveur. On ne le voit jamais en train de boire ou de manger. Je suis portée à croire qu'il considère cela comme une impolitesse. Cette sophistication urbaine est décidément irrésistible !

Si James Miranda Barry était passé maître dans l'art d'observer les gens, le groupe de femmes qui l'admiraient aussi ouvertement lui faisait une forte compétition en cette matière. Aucune de ces dames ne pouvait manquer de voir à quel point le jeune officier médical se distinguait des autres par sa flamboyance et elles ne se gênaient pas pour le lui faire savoir, ce qui lui procurait un énorme soulagement. Pendant ce temps, au moins, personne ne pouvait se douter de ce qu'il en était réellement.

On parlait plutôt de son épée d'apparat constamment accrochée à sa ceinture, qui était si longue qu'elle aurait touché le sol, n'eût été les épaisses semelles et les hauts talons de ses bottes. Si cette façon de se chausser impressionnait visiblement les dames, elle faisait toutefois rire tout bas les hommes, qui se demandaient ce que leurs filles et leurs épouses pouvaient bien trouver à ce jeune coq à l'allure tapageuse.

Apprécié ou non, son style outrancier ne laissait cependant personne insensible. En plus d'être populaire au sein de la société du Cap, par-dessus tout James Miranda Barry avait sans grand effort trouvé son chemin jusqu'aux bonnes grâces du gouverneur.

– Votre diligence et votre immense talent vous vaudront mon éternelle reconnaissance, déclara Lord Somerset à Barry devant la foule assemblée vers la fin de la soirée. En mon nom personnel, puisqu'il s'agit de la vie de ma fille que vous avez sauvée, j'aimerais vous offrir la récompense de votre choix. Dites-moi ce qui vous ferait plaisir et je vous l'accorderai.

Barry prit un moment avant de répondre, jubilant intérieurement de cette première victoire. Non seulement le subterfuge continuait de fonctionner à merveille, mais encore son travail acharné au cours des dernières années commençait à porter ses fruits. Bien que matérielle, la récompense qu'on lui offrait deviendrait la preuve tangible que sa réputation n'était plus à faire. On n'attendait que sa réponse.

– Je ne sais trop… fit-elle enfin en interrogeant les dames du regard. Je n'ai besoin de rien ; tout ce que je possède me suffit amplement.

Cette déclaration était bien sincère. En raison de ses origines modestes, elle avait depuis longtemps appris à se contenter de peu et de tout partager avec ceux qui, à son avis, en avaient bien plus besoin. « Et puis, à quoi bon m'encombrer de biens matériels si je dois ensuite tout laisser au moment de partir pour Caracas ? »

– Ne disiez-vous pas un peu plus tôt que les rayons du soleil vous embarrassaient souvent ? intervint madame LaBaer devant son hésitation. Que pensez-vous d'une ombrelle pour vous protéger lors de vos déplacements ?

– Oui ! s'exclama Georgina Somerset en tapant des mains et en sautillant. Une ombrelle ! Une jolie ombrelle ! C'est exactement ce qu'il vous faut, docteur Barry ! Et je connais le meilleur artisan de toute la colonie. Il pourra vous fournir toute une collection d'ombrelles et de parasols qui se marieront à ravir avec vos uniformes !

Au plus grand étonnement des hommes en présence, Barry se tourna enfin vers le gouverneur et s'ébroua en faisant voler ses boucles, le visage rayonnant.

– Voici donc l'affaire réglée, et de l'avis même de mademoiselle votre fille, milord. C'est décidé, j'aimerais bien que vous m'offriez deux ou trois ombrelles pour me protéger lorsque je dois faire de longs trajets à cheval en plein soleil.

– Oui… bien sûr, balbutia le gouverneur. Comme vous voudrez.

Avec un sourire contraint qui trahissait sa perplexité, il fit un bref signe de tête à Josias Cloete, lui intimant tacitement l'ordre de faire le nécessaire. Visiblement, le choix de Barry et la rapidité avec laquelle elle avait retenu la suggestion de sa fille l'avaient décontenancé. Son regard croisa brièvement celui de Cloete dans une interrogation muette. Mais le capitaine ne demanda pas mieux que de quitter la salle sans plus attendre, le visage rouge et hilare.

* * *

– C'est du plus grand ridicule ! s'exclama le gouverneur quelques jours plus tard.

– C'est pourtant ce que le docteur Barry a choisi, répondit Cloete qui éprouvait toujours autant de difficulté à s'empêcher de rire. Toute la haute société du Cap vous a clairement entendu lui demander ce qu'il voulait, et c'était son choix.

– Mais l'avez-vous vu, Cloete ? L'avez-vous bien regardé ?

– C'est sans aucun doute un homme de goût, déclara Cloete en toute diplomatie. Que savons-nous de la mode londonienne de ces dernières années ? Pour éviter de passer pour des barbares, nous devrions peut-être nous adapter aux plus récentes tendances. On me dit que l'attitude même de Barry, ses manières affectées et ses grands airs sont de mise dans la haute société de nos jours.

– Vous avez probablement raison, concéda Somerset en soupirant. Tout de même, ce n'était pas ce que j'avais en tête lorsque je lui ai offert une récompense. Tout cela ne fait pas très…, très masculin, disons. Sans oublier qu'avec le gabarit qu'il a le docteur Barry n'est assurément pas très..., très viril, si vous voyez ce que je veux dire. Seul son nez lui donne un je-ne-sais-quoi qui rehausse sa masculinité. Mais vous l'aviez déjà remarqué, n'est-ce pas ?

Cloete se contenta de sourire en guise de réponse. Oui, la finesse de l'ossature et des traits de Barry contrastait remarquablement avec ce bec d'aigle dont la nature l'avait affublé, ce qui lui valait des moqueries perpétuelles parmi les officiers du Cap. Cela bien entendu en plus de son attitude empruntée et la façon que le médecin avait de se pavaner avec fatuité. Mais Cloete n'osait pas dire tout haut ce que ses hommes prenaient plaisir à chuchoter.

De toute façon, Georgina avait pris les choses en main et annoncé à Cloete que son aide ne serait finalement pas nécessaire. Le lendemain même de la fête, Barry et elle n'avaient pas perdu de temps et avaient commandé plusieurs ombrelles colorées. Au risque de devenir la risée de tous, à chacune de ses sorties, on voyait Barry mettre un point d'honneur à les assortir à ses tenues. Bien entendu, elles étaient toutes confectionnées avec goût et exemptes des frisons et autres fioritures auxquels les dames portaient intérêt. Tout de même, la vue de ce nabot à la carrure si visiblement rembourrée, chevauchant nonchalamment une monture disproportionnée en brandissant une ombrelle de la même couleur que son uniforme, n'était pas sans susciter les ragots.

– Qu'aviez-vous donc l'intention de lui offrir, alors ? s'enquit Cloete. Une augmentation de sa solde, peut-être ?

Somerset se redressa et parut songeur pendant un moment. Cloete attendit sa réponse patiemment en tentant de rester impassible. Malgré toute l'animosité qu'il ressentait envers le petit médecin, il ne pouvait s'empêcher de reconnaître que l'arrivée de Barry au Cap avait amélioré beaucoup de choses en très peu de temps.

Dès sa première visite aux baraques militaires, Barry avait été à même de soigner plusieurs soldats dont les orteils semblaient être la proie d'une affreuse infection qui les faisait souffrir énormément. Ayant promptement ordonné que toute la literie ainsi que les chaussettes soient lavées et même bouillies, elle avait suggéré à ses patients de faire tremper leurs pieds dans du vin. Contre toute attente et malgré les protestations sarcastiques des sceptiques, quatre jours plus tard les hommes étaient tous rétablis. Entre-temps, Barry avait aussi réussi à en traiter plusieurs autres pour une variété de maux qui avaient jusque-là paru irrémédiables.

Mais Cloete savait qu'en dépit de ces précieux traitements plusieurs riaient franchement du docteur derrière son dos. Lui-même ne se gênait nullement pour le ridiculiser plus souvent qu'à son tour.

– Je désire le nommer médecin attitré de ma maisonnée, déclara Somerset d'une voix haute et forte. Je vais également lui assigner un salaire annuel en plus de sa solde de militaire. Et, comme je tiens de ma fille qu'il n'est pas très heureux de loger à la forteresse, voyez donc à lui trouver un appartement sur la Heerengracht. L'animation qui y règne saura probablement lui convenir davantage. Pour finir, vous embaucherez pour lui un domestique et, puisqu'il raffole des accoutrements ridicules, vous lui ferez ouvrir un compte chez Denmans. Tout cela à mes frais, bien entendu.

Cloete resta un moment sans répondre, estomaqué par la décision soudaine et à son avis irréfléchie du gouverneur. Oui, il aurait été d'accord sur l'une ou l'autre de ces rétributions. Mais toutes les cinq… Sans compter que, connaissant l'homme et ses goûts vestimentaires peu conventionnels, ses dépenses chez Denmans, le plus prestigieux des tailleurs de toutes les colonies réunies, dépasseraient largement les autres mesures en ce qui concernait les coûts.

– Bien, fit-il tout de même en guise de réponse. Je vais faire le nécessaire.

* * *

Cette décision ne fut pas sans causer des problèmes au gouverneur, dont les politiques trop souvent proches de la dictature en faisaient déjà sourciller plus d'un. Pourquoi rétribuer Barry de la sorte pour n'avoir fait rien d'autre que son travail ? Il y avait plus d'une demi-douzaine de médecins qualifiés au Cap. N'ayant même pas été appelés au chevet de mademoiselle Georgina, ils ne se gênaient pas pour manifester leur mécontentement.

Mais Charles Somerset, loin de se soucier de l'avis de ceux qu'il était chargé de gouverner, n'en avait que faire. Le jeune médecin, malgré son allure et ses habitudes incongrues, lui devenait contre toute attente de plus en plus sympathique au fil des jours, et sa compagnie lui était des plus agréables.

En moins de quatre mois, Barry avait réussi à se faire considérer comme un membre à part entière de l'entourage du gouverneur. Tel qu'exigé, Cloete avait vu à faire reloger le médecin au second étage d'une grande maison située sur la Heerengracht, l'artère principale du quartier le plus recherché de la ville, où vivaient les familles bourgeoises et où les commerçants et les artisans avaient pignon sur rue. C'était aussi là que passaient la plupart des défilés militaires, qu'elle prenait plaisir à observer de son balcon. Le dimanche, elle jouissait également d'une place réservée à l'église dans le banc qu'occupaient le gouverneur et sa famille.

Cela lui donnait plus que jamais l'assurance que la partie était gagnée. Le docteur James Miranda Barry, une créature inventée de toutes pièces, conçue par Buchan, Miranda et Fryer, puis peaufinée grâce au talent inné et au travail acharné d'une jeune Margaret, était devenu une entité à part entière.

Mais tandis que cette constatation apportait à Barry un soulagement indéniable, elle se manifestait aux yeux de certains comme de la pure arrogance. Les ragots allaient bon train, et plusieurs considéraient que ce cher docteur était devenu rien de plus que le petit chien savant, mais combien divertissant, de Lord Charles Somerset.

Josias Cloete était l'un de ceux qui commençaient à s'en inquiéter sérieusement, même s'il ne pouvait s'empêcher d'admettre en toute honnêteté que le zèle de James Barry était du jamais vu. Le médecin, pour sa part, n'avait à cœur que le bien-être de ceux qui avaient le plus besoin qu'on s'occupe d'eux et ne se souciait aucunement des conventions qui devaient être renversées au passage.

* * *

– Je me demande, capitaine Cloete, comment vous pouvez rester impassible devant la misère qui règne dans cette colonie et que notre gouvernement fait semblant de ne pas voir, accusa Barry en confrontant l'aide de camp dans le bureau du gouverneur.

– Et je me demande, docteur Barry, de quel droit vous vous avisez d'essayer constamment de donner des ordres à des gens qui ne sont pas sous votre responsabilité.

– Des ordres ? répliqua sèchement Barry. Je m'adresse à des gens qui n'ont de toute évidence aucun souci pour les autres êtres humains, qui n'ont donc aucune conscience, et je dois rectifier des conditions à mon point de vue inhumaines. Si ces gens ne peuvent se rendre compte qu'ils font partie du problème plutôt que de la solution, il faut bien que quelqu'un le leur fasse remarquer !

– Mais il y a ici une façon de faire les choses, monsieur ! lança Cloete d'un ton narquois. Ce que vous vous évertuez à ignorer, apparemment. Et, dites-moi, de quelles conditions inhumaines voulez-vous parler, exactement ?

– Depuis mon arrivée, il m'a été donné d'aller inspecter à quelques reprises la colonie des lépreux, ces pauvres gens qu'on a expulsés des hôpitaux de la ville et regroupés dans un village miteux, où ils ne sont guère mieux traités que du bétail. Je vous le dis, vous n'y enverriez même pas votre chien ! On les laisse pourrir dans des pansements souillés, entourés de leurs propres immondices, souvent sans même leur donner à manger pendant des jours. C'est un endroit d'une désolation insupportable. J'y ai vu des gens dénués de tout, des morts vivants qui n'attendent que la délivrance divine. J'ai même vu un petit enfant d'à peine un an pleurer en tentant d'enlacer sa mère qui gisait à l'agonie. Cela m'a brisé le cœur ! J'ai dû multiplier les efforts pour tenter d'obtenir le nettoyage et l'assainissement de toutes les installations et pour qu'on leur fournisse une nourriture consistante. Même chose pour l'asile d'aliénés où j'ai très rapidement perdu patience et insisté pour instaurer d'importants protocoles d'hygiène. Lorsque les dirigeants ont refusé en donnant comme excuse le manque de fonds disponibles, j'ai annoncé mon intention de couvrir une grande partie des frais à même ma solde. Pensez un peu : même l'Église n'a pas les moyens d'aider les pauvres. Les coffres des rares œuvres de charité sont vides. Heureusement, j'avais les fonds nécessaires, malgré que ce soit bien peu. Et me voici donc en attente d'une rencontre avec le gouverneur, pour lui demander d'allouer plus d'argent à ce qui est une nécessité urgente.

Pour ajouter du poids à son argument, Barry jeta sur le bureau de Cloete une pile de documents.

– Comme vous pourrez le constater, ce ne sont pas de vaines paroles. J'ai consigné ici toutes mes observations en indiquant les dates de mes visites et les sommes que j'ai engagées…

Cloete prit un moment avant de répondre, soufflé par une telle démonstration d'ardeur, dépassé par la tâche que Barry avait réussi à effectuer en si peu de temps.

– Le…, le gouverneur est absent, balbutia-t-il au bout d'un moment en feuilletant la liasse si cavalièrement déposée devant lui. Je ne peux que lui remettre ces documents lorsqu'il sera de retour.

– Faites donc, siffla Barry avant de tourner les talons et de disparaître sans en dire davantage.

« Si je dois me comporter comme le dernier des malotrus et passer pour rien de moins qu'un chien enragé pour arriver à me faire entendre, eh bien, soit ! »

* * *

Bien entendu, rien de ce que le nouveau médecin recommandait ne fut exécuté, mais Barry ne perdit pas espoir pour autant, convaincue qu'il y aurait un moment propice pour reformuler ses requêtes. Pour l'instant, il fallait prendre bonne note de tout ce qu'il y avait à réformer, étoffer ses demandes avec des arguments solides, et redoubler d'ardeur s'il le fallait. Sa persévérance serait récompensée ; il fallait avoir confiance.

Son séjour au Cap serait probablement bref, mais on ne l'oublierait pas de sitôt. De plus, elle sentait que toutes ces tâches lui apportaient une expérience qui lui serait fort utile au Venezuela, au moment où Miranda serait en mesure de l'y inviter. En raison de son éloignement, les nouvelles assidûment relayées par les bons soins du comte de Buchan dataient déjà de plusieurs mois lorsqu'elles finissaient par lui parvenir. À tout hasard, Barry continuait d'écrire à Miranda, croyant bien que ses geôliers auraient la décence de lui remettre ses lettres :

*Mon cher général,*

*J'ose espérer que cette lettre saura se rendre jusqu'à vous et que vous vous portez bien. Pour ma part, je m'habitue petit à petit à ma vie ici, bien que je n'aie pas l'intention de demeurer en ces lieux plus longtemps que nécessaire. Dès que vous me ferez signe, je donnerai ma démission pour venir enfin vous rejoindre.*

*Je comprends votre désarroi, et celui de notre ami Lord Buchan, en ce qui concerne le peu de respect que certaines personnes entretiennent envers ceux qu'ils considèrent inférieurs. Depuis quelques mois, déjà, je suis à même de constater que la valeur d'une vie humaine varie grandement selon les individus. Je n'ai encore trouvé ici personne avec qui je puis discuter du triste état des choses. Le gouverneur, Lord Somerset, même s'il vous ressemble sur plusieurs points, est issu d'une aristocratie dont les opinions ne semblent guère avoir évolué au fil des générations. Fort heureusement, sa fille Georgina, avec laquelle je m'entends très bien, est nettement plus réceptive aux idéaux que nous cherchons à atteindre.*

*Je me languis de vous revoir bientôt et d'entreprendre à vos côtés le combat dont les résultats seront fort probablement plus encourageants que ceux que j'obtiens ici. En attendant, je m'intéresse de près au sort de ceux qui, vous pouvez vous en douter, n'ont personne pour parler en leur nom. Je m'efforce de faire changer leurs conditions pitoyables, même si j'ai grand-peine à garder mon calme. J'aime à croire que j'aurai un certain succès avant mon départ, qui ne saurait venir assez tôt. J'essaie en tout de faire en sorte que vous soyez fier de moi.*

*Avec toute mon affection,*
*JMB*

En signant sa lettre, Barry se maudit de ne pas avoir le culot de livrer le fond de sa pensée. Ce n'était pas la fierté du général qui lui importait, ni même son désir de mettre ses talents au service de sa révolution, mais plutôt la suite de la promesse tacite scellée par un baiser dans un fiacre, quelques années plus tôt.

* * *

En entrant dans la chambre, Barry remarqua tout de suite la faible odeur d'amande qui flottait dans l'air. Sur la table de chevet, une kyrielle de fioles à demi vides attira son attention. Elle en saisit une au hasard, en huma le contenu, puis se tourna vers le mari de la femme inconsciente.

– Où vous êtes-vous procuré ceci ?

– Chez l'un des apothicaires, répondit l'homme avec hésitation.

– Lequel ?

– Je ne saurais dire. Ma femme avait l'habitude d'en consulter plusieurs.

Barry ne répondit pas et se dirigea vers la patiente qui gisait sur le lit. La femme était la cousine d'un soldat qu'elle avait soigné peu après son arrivée. Elle et son mari tenaient une petite mercerie dans une rue sombre pas très éloignée de la Heerengracht. C'était lui qui, à la suggestion du cousin, était venu quérir le docteur en pleine nuit.

– Elle allait mieux depuis quelques jours, expliqua-t-il avec un sanglot dans la voix pendant que Barry déballait ses instruments. Mais ce matin la douleur était revenue. Elle est retournée acheter un autre médicament, mais je ne sais pas lequel. Je sais cependant qu'elle a pris deux ou trois cuillerées de fioles différentes avant de se coucher. Je lui avais dit qu'il fallait voir un médecin. Mais nous n'avons pas beaucoup d'argent, vous savez ; les affaires ne sont pas bien bonnes ces temps-ci. Son cousin nous a dit que vous acceptiez de soigner des gens sans vous faire payer, alors… Moi, j'avais bien l'intention de vous faire demander, mais elle m'a dit d'attendre, que ça allait passer. Vous croyez pouvoir faire quelque chose ?

Barry ne répondit pas et acheva d'examiner la femme. Les dires de l'homme, même s'ils semblaient incohérents de prime abord, jumelés aux symptômes présentés par la patiente, portaient à croire qu'elle s'était empoisonnée. Il était impossible de savoir ce qu'elle avait pu prendre, tant la panoplie de bouteilles à demi entamées était compliquée, d'autant plus que le contenu n'était pas clairement indiqué sur la plupart. Toujours debout au pied du lit, l'homme ne retenait plus ses larmes. En soupirant, Barry vint vers lui et lui mit la main sur l'épaule dans un geste plein d'empathie.

– Vous devrez être fort ; j'aurai besoin de votre aide. Je ne sais pas exactement ce qu'elle a pris, mais il faut absolument le lui faire rendre.

En prenant une grande respiration, l'homme acquiesça et remonta résolument ses manches, tandis que Barry retirait sa veste, non sans une seconde d'hésitation. C'était risqué, car le marchand pourrait peut-être apercevoir toutes les bourrures qu'elle portait sous sa chemise, mais à ce moment une femme était possiblement en train de mourir, et sa vie importait plus que le secret de Barry. Et puis, le pauvre mari était tellement bouleversé qu'il n'avait d'yeux que pour sa femme.

Ils s'activèrent sans tarder à cette sale besogne, insérant un boyau dans la gorge de la patiente, puis y faisant couler quelques gouttes de vomitif.

Tout ce temps, le regard de Barry revenait constamment vers les fioles, ce qui lui faisait perdre sa concentration. « Qui sait quel poison on a pu lui vendre, en plus du cyanure... », songeait-elle. Il n'y avait aucun doute à ses yeux que c'était de là que venait cette odeur d'amande. On avait concocté une mixture sans égard aux risques, et la femme crédule l'avait probablement ingurgitée en toute confiance.

– Jetez ces infectes préparations, dit Barry au mari alors qu'ils finissaient de border la femme. Elle ne doit prendre rien d'autre que ce que je vais vous laisser.

Le mari ramassa tout et sortit précipitamment de la pièce, bousculant au passage deux jeunes enfants qui observaient la scène avec grand intérêt depuis le pas de la porte. Barry ne les avait pas remarqués jusque-là.

– Est-ce que maman va mourir ? demanda le garçonnet avec inquiétude.

Sa petite sœur, qui se tenait à peine debout, la regarda en se frottant les yeux.

– Mais non, voyons, expliqua Barry doucement en allant les prendre tous deux par la main. Seulement, comme elle est très, très malade, vous devez me promettre d'être bien sages… Pour tout de suite, cela veut dire retourner au lit. Allons, où est votre chambre ?

Le gamin l'amena à la pièce voisine, qui était en fait la cuisine où deux petits lits étaient poussés contre l'évier. Le logis situé au-dessus de la mercerie était minuscule. Ces gens n'étaient pas pauvres, mais ils ne roulaient manifestement pas sur l'or non plus. Leur accent prononcé lui permettait aussi de comprendre qu'ils n'étaient probablement pas très instruits, ce qui faisait d'eux la cible idéale pour les empoisonneurs peu scrupuleux.

Barry recoucha les enfants et les borda soigneusement en leur adressant un sourire bienveillant. « Ces pauvres petits ont failli perdre leur mère ce soir… »

Elle resta un moment à les regarder s'endormir et pensa soudain à sa propre mère, Mary Anne, et à leur choix cruel de rompre tout contact pour mieux permettre à James Miranda Barry de protéger son secret. « Mais, au moins, on ne me l'a pas arrachée de façon aussi irresponsable, dans le but de faire quelques sous. »

Elle se secoua pour chasser la nostalgie qui menaçait de s'installer et de lui amener les larmes aux yeux, et revint dans la chambre où le mari l'attendait. Elle ne devait pas laisser ses sentiments brouiller son jugement ; la vie de sa patiente en dépendait.

– Je vous en conjure, mon ami, il faut à tout prix empêcher votre femme de prendre quoi que ce soit. Trop de gens s'improvisent apothicaires alors qu'ils n'ont aucune idée de ce qu'ils font. Bien sûr, certains ingrédients peuvent apporter un soulagement, mais d'autres peuvent être fatals. Je reviendrai ce midi l'examiner de nouveau. Elle devrait dormir jusque-là…

Au moment où elle serrait la main du marchand, celui-ci lui remit un petit paquet de mouchoirs de soie délicatement enroulés et maintenus par un ruban vert foncé.

– C'est tout ce que je peux vous offrir en ce moment, fit l'homme en rougissant.

Barry serra les mouchoirs contre sa poitrine et regarda le commerçant avec sollicitude.

– Je les garderai précieusement… Ma parole, je pense même que je n'oserai jamais m'en servir. Mais ce n'était vraiment pas nécessaire, croyez-moi. Prenez bien soin d'elle d'ici à ce que je revienne. Je ne vous abandonnerai pas, je vous l'assure.

Elle ramassa son sac et sortit. Dehors, l'aube pointait déjà, et quelques marchands commençaient à garnir leurs étals. Une idée jaillit dans sa tête. Se sentant incapable de rentrer se recoucher, elle tira un petit carnet de sa trousse et se mit à arpenter les rues en noircissant des pages de notes.

* * *

– Et voilà, déclara Barry en tendant son carnet à Josias Cloete. Je vous saurais gré de bien vouloir remettre ceci à Son Excellence et de lui dire que je désire avoir un entretien avec lui.

– Et de quoi s'agit-il ? demanda Cloete en haussant un sourcil sceptique tout en feuilletant le minuscule livret barbouillé de noir.

– J'ai passé la matinée à explorer la ville pour établir une liste de tous les apothicaires, expliqua Barry. Je les ai mis en ordre géographique plutôt qu'alphabétique, ce dont je m'excuse, pour des raisons évidentes. J'ai été en mesure de m'entretenir avec la plupart d'entre eux, et je suis d'avis que la vaste majorité de ces charlatans ne sont aucunement compétents. À peine deux, Mason et Poleman, détiennent un diplôme en bonne et due forme. Les autres mériteraient de se faire envoyer au cachot pour oser duper la population !

– Et en quoi cela peut-il être de quelque importance pour le gouverneur ? demanda Cloete. Il n'est nullement concerné par l'attribution des licences aux apothicaires. Cela relève de l'administration publique et…

– Eh bien, il devrait intervenir ! l'interrompit Barry. C'est une question de santé élémentaire, et le bien-être de la population est sous sa responsabilité. Depuis des années, ces gens profitent impunément du manque de législation pour vendre à tout un chacun huiles, potions et herbes variées dont les propriétés curatives sont plus que douteuses, lorsque les produits ne sont pas carrément nocifs. J'estime qu'il faudrait à l'avenir exiger une formation en pharmacie dispensée par une université européenne pour prétendre au titre d'apothicaire !

– Encore une autre de vos brillantes idées ! soupira Cloete en mettant le carnet de côté. Vous vous imaginez comment cela va être accueilli ? Partout où vous passez, vous trouvez moyen de vous attirer les foudres de plusieurs. Eh oui, on commence à trouver votre zèle dérangeant dans certains milieux...

– Tant pis ! lança Barry en faisant un petit geste désinvolte de la main. Je sais que le gouverneur sera d'accord avec moi...

– C'est bien là le problème, concéda Cloete. Tout le monde sait que vous êtes dans les bonnes grâces du gouverneur, et personne n'ose ouvertement rouspéter.

Barry soupira à son tour en signe d'impatience.

– Si je peux contribuer à améliorer la situation de ceux qui le méritent et arrêter les manœuvres douteuses de certains individus peu scrupuleux, où est le mal ?

– Il est certain, cher docteur Barry, déclara cyniquement Cloete, que plusieurs sont ravis de votre préoccupation à leur égard. Quelques dizaines de nos soldats, entre autres, sont heureux de voir finalement quelqu'un prendre leur défense, mais cette indifférence que vous manifestez envers les protocoles bureaucratiques en vigueur n'a eu pour effet que de vous attirer une nette antipathie de tous ceux qui considèrent que leur autorité est sur le point d'être outrepassée. En dépit de la reconnaissance du gouverneur, vous n'avez pas oublié, j'espère, que vous faites partie des effectifs militaires et non de l'administration civile. Prenez garde, cela pourrait se retourner contre vous.

* * *

– Prenez note, capitaine Cloete, déclara Somerset, que le docteur Barry sera de l'expédition que nous mènerons vers Knysna.

D'abord surpris, Cloete mit un moment avant de répondre.

– Bien entendu, acquiesça-t-il finalement. Il sera utile d'avoir un médecin au sein du groupe. Et le docteur Barry est un excellent cavalier. Mais croyez-vous qu'il sera en mesure de nous suivre aussi longtemps ?

– Qu'est-ce qui vous fait penser qu'il n'en sera pas capable ? demanda le gouverneur avec un agacement à peine voilé.

Sachant qu'il était difficile de faire changer Lord Charles d'idée et bien plus facile de le mettre en colère, Cloete réfléchit à ce qu'il allait répondre.

La province de Knysna était située à l'autre bout de la colonie, à la frontière est, et nouvellement sous la tutelle du gouverneur. Cependant, les colons qui venaient de s'y établir, trop empressés à bâtir une nouvelle version de la mère patrie, avaient eu maille à partir avec les habitants de la place, la tribu des Xhosas, qui avaient vu tour à tour les Portugais, les Hollandais, les Français et finalement les Britanniques essayer d'imposer leur mode de vie de façon un peu trop ardente. En guise de protestation, les indigènes s'étaient mis à voler le bétail des habitants, ce qui rendait la situation encore plus précaire. Le gouverneur devait y aller en personne pour traiter avec les chefs, dans le but d'y rétablir la bonne entente.

Le voyage, qui allait durer près de trois mois, comprendrait un détachement de plus de trois cent cinquante fantassins. L'exercice serait en fait une campagne visant à impressionner l'interlocuteur, et aucun artifice ne serait omis. La force du nombre devait parler d'elle-même. Comme il était souvent d'usage, la maisonnée entière du gouverneur serait de la partie. Ses deux filles, Charlotte et Georgina, agiraient comme hôtesses et organiseraient tous les banquets, dîners et autres rencontres prévus en chemin et une fois sur place. Les marmitons, serviteurs et valets de pied allaient être sous leur supervision.

La décision d'amener Barry ne plaisait pas du tout à Cloete, qui commençait à s'inquiéter de la façon que le médecin avait su s'immiscer dans l'intimité du gouverneur et se servait de cette relation privilégiée pour tempêter à sa guise et en toute impunité, en dépassant trop souvent le cadre de ses fonctions.

– Je veux dire, répondit finalement Cloete en voyant le regard courroucé du gouverneur, que la route sera longue et difficile. Les dames et les serviteurs seront véhiculés en chariot, dans un confort relatif et à l'abri des rayons brûlants du soleil. Le docteur Barry, par contre, devra faire le trajet à cheval. Il y a dans la colonie plusieurs autres médecins beaucoup plus aguerris, qui sont ici depuis plus longtemps et qui ont l'habitude de ce genre de périple. Pour ce qui est de Barry, il me semble si… frêle ! Lorsque le vent souffle sur la ville, on a souvent l'impression qu'il va se faire emporter, tellement il est peu costaud. Croyez-vous que sa constitution lui permettra de supporter une telle entreprise ?

– Mais bien entendu, répondit Somerset avec impatience. Nous ferons tout en notre pouvoir pour lui rendre le voyage agréable.

Sa réponse avait été émise d'un ton sec qui laissait présager que le gouverneur n'avait que faire des craintes du capitaine Cloete, lequel le connaissait suffisamment pour savoir qu'il ne voudrait rien entendre d'autre.

* * *

– Ne craignez rien, déclara le colonel Bird. Avec le caractère que nous lui connaissons tous, il est évident que Barry ne cessera pas de se plaindre tout le long du trajet. Nous devrons couvrir plus de cinq cents miles. Contrairement à ce qu'il a l'air de penser, ce ne sera pas une partie de plaisir. Lord Charles verra bien à quel point ce minus peut être détestable lorsqu'il se montre sous son vrai jour.

Dans le bureau privé du colonel en chef des forces, le capitaine Cloete avait cru bon de venir faire part du tout dernier caprice du gouverneur relatif à son protégé. Tout comme Cloete et la plupart des officiers en poste, le colonel ressentait une vive antipathie pour le nouveau médecin et ne se gênait pas pour le faire voir à ses confrères.

– C'est bien ce que j'espère, admit Cloete avec un sourire cynique. Les journées les plus chaudes sont encore à venir. Si Barry s'avise de se plaindre à moi pour quelque raison que ce soit, je suis fortement déterminé à lui faire savoir que je n'ai que faire de ses doléances et je l'enverrai directement au gouverneur. Son Excellence n'a pas beaucoup de patience, comme vous le connaissez, pour les jérémiades. Je me réjouis déjà à la perspective de voir cet insupportable farfadet perdre son influence sur Lord Charles.

* * *

Au grand étonnement de tous, Barry se montrait de bonne humeur depuis leur départ. La seule préoccupation qui lui embrumait l'esprit concernait les indispositions qui la frappaient tous les mois et qu'elle devrait dissimuler à tous.

Durant le périple, les mésaventures se succédèrent et occasionnèrent des délais importants. Des essieux brisés, le manque d'eau et la perte de deux chevaux ne furent que quelques-unes des mauvaises surprises auxquelles le convoi eut à faire face.

Par contre, ils traversèrent des contrées au paysage féerique, des canyons impressionnants, longeant des rivières d'une limpidité incomparable, des lagons où les flamants roses se prélassaient sous le chaud soleil, puis des savanes où paissaient girafes, gnous et autres animaux que Barry n'aurait jamais pu imaginer de sa vie. Ils dormirent à plusieurs reprises à la belle étoile, parfois à proximité de cascades dont la mélodie sublime était suffisante pour faire oublier à tous les aléas du voyage et la présence des chacals qui rôdaient à proximité. De temps à autre, lorsqu'ils se trouvaient assez près d'un village, les chants des habitants s'élevaient dans la nuit, se mêlant aux cris des oiseaux nocturnes avant de se dissiper sous l'immense ciel d'Afrique.

Barry s'émerveillait de tout et avait souvent des réactions exubérantes qui en faisaient rire plus d'un. Elle ne pouvait s'empêcher de pousser des cris de joie aussi aigus qu'enfantins chaque fois qu'ils apercevaient un hippopotame, une antilope ou quelque autre créature exotique.

Souvent, le souvenir de tous les gens qui faisaient partie de son autre vie surgissait inopinément dans sa mémoire. « Si seulement je pouvais leur écrire, à tous, et leur raconter en détail ce qu'est ma vie à présent… Si ma mère pouvait me voir ! Est-ce que nous trouverons une faune et une flore semblables, une fois que nous serons au Venezuela ? Qui aurait pu deviner qu'un jour le destin m'amènerait ici ? Et qui sait ce qui m'attend encore ? Quelle fantastique expérience ! Et quelle chance de pouvoir en apprendre davantage sur le monde qui m'entoure ! »

Jamais Barry n'avait été à même de faire autant de découvertes en si peu de temps, des découvertes palpables, vivantes, totalement différentes des images figées dans les grands livres de la bibliothèque du comte de Buchan, ces images qui jadis avaient tant fasciné la jeune Margaret. Chaque jour, les trouvailles se multipliaient, fussent-elles animales ou végétales, car, par-dessus tout, le périple lui permettait de s'adonner à une autre de ses passions quelque peu négligée ces derniers temps : la botanique. À mesure que le voyage se poursuivait, elle accumulait une collection de spécimens de plus en plus importante qu'elle prenait plaisir à examiner dès que le convoi faisait une pause. Plus tard, en compagnie du gouverneur, de ses filles et des notables des villages qu'ils visitaient, elle organisait des conférences impromptues sur ses plus récentes découvertes. Ces rencontres se prolongeaient souvent tard dans la nuit, alors qu'elle et le gouverneur se retrouvaient invariablement seuls dans la tente de ce dernier. Des rendez-vous privés qui n'avaient pas tardé à en faire sourciller plusieurs.

– Je vous vois ronger votre frein depuis que nous sommes partis, Cloete, déclara un soir le colonel Bird à voix basse. N'ayez crainte, notre homme s'est bien comporté au cours des dernières semaines, mais le jour ne saurait tarder où il osera émettre un commentaire désobligeant. Je connais trop son genre : gâté, prétentieux et méprisant. Il se lassera à la longue, c'est prévisible. J'irai même jusqu'à dire qu'il s'impatientera avant que nous n'atteignions Knysna. Vous aurez bientôt votre chance de le remettre à sa place, croyez-moi.

Heureux et persuadé d'avoir une oreille attentive, Cloete entraîna Bird à l'écart, loin du feu qui crépitait et des soldats qui montaient la garde autour du bivouac.

– Il m'est de plus en plus antipathique avec chaque jour qui passe, répondit-il avec un soupir. Il tranche sur notre groupe comme un bouffon dans une meute de chiens. Son allure ridicule et son attitude suffisante m'horripilent au plus haut point. Il m'importe peu que ce soit la mode londonienne ou non, il tient aussi bien du singe que du serpent… Que diable est-il venu faire avec nous ? Nous avons effectué des dizaines de voyages comme celui-ci et nous n'avons jamais eu besoin d'amener de médecin. Nous ne sommes jamais assez loin d'un village, d'un détachement ou d'une garnison pour justifier sa présence. Mes hommes sont entraînés à prodiguer les soins les plus courants. Le seul fait qu'il soit ici est une insulte à leurs compétences ! Et était-ce vraiment nécessaire d'apporter tant de vêtements, de paperasse et de flacons d'encre ? Cela ne fait qu'ajouter au poids de ce que nous devons transporter. Et que dire de cette chèvre qu'il a tenu à emmener et qu'il insiste pour faire traire deux fois par jour ! Jamais je n'ai vu un homme de son âge boire autant de lait ! S'il s'efforçait de manger un peu de viande, il serait à coup sûr plus costaud !

– Mais il y a plus que cela, Cloete, lui confia le colonel. Avez-vous remarqué combien de temps Barry passe en tête-à-tête avec Somerset dans sa tente ? Que peuvent-ils bien avoir à se dire ? Le gouverneur exige maintenant qu'ils ne soient pas dérangés. Cela ne me dit rien de bon…

– Que voulez-vous insinuer ? demanda Cloete avec inquiétude.

– Cette expédition n'est pas une partie de plaisir, vous le savez. Elle est extrêmement importante d'un point de vue politique. Les enjeux sont beaucoup plus graves que plusieurs le pensent, et tous les bijoux de pacotille, boîtes colorées et autres colifichets que nous avons apportés ne sont que diversion. Somerset est issu de l'aristocratie, pas de l'armée, contrairement aux gouverneurs des autres colonies de Sa Majesté. C'est donc à moi, en tant que conseiller stratégique attitré, de l'instruire des tactiques à adopter, pas à Barry. Mais Lord Charles ne semble avoir d'oreille que pour ce gnome. Il m'apparaît clair depuis son arrivée au Cap que James Barry soutient toujours la cause de ceux qu'il considère comme en position d'infériorité. Vous avez sans doute entendu parler de l'intérêt qu'il porte au sort des lépreux, des aliénés, des petites gens… S'il en vient à considérer les Xhosas sous le joug des colons, qui sait comment il trouvera à faire tourner la tête de Lord Somerset pour faire échouer la mission, pour éviter que nous arrivions à étendre l'emprise de la

Couronne britannique et faire en sorte que tous les Britanniques en ressortent perdants ?

Cloete ne répondit pas, mais il resta pensif alors qu'il alla retrouver les autres officiers. À quelques reprises, sa curiosité avait été plus forte que ses scrupules. S'étant furtivement approché de la tente, il avait essayé d'écouter ce que Barry et Somerset se disaient. Mais seuls des éclats de rire, celui de Barry combien perçant et désagréable, lui étaient parvenus. Il n'avait donc aucune idée de ce qui pouvait se tramer soir après soir dans la tente de Somerset, mais il était d'avis, comme le colonel Bird, que cela ne pouvait leur attirer que des ennuis.

Le résultat ne fut pas si terrible, cependant. Après moins d'une semaine passée à Knysna, le convoi prit rapidement le chemin du retour. Fidèle à lui-même, le gouverneur avait réussi à imposer ses vues aux indigènes autant qu'aux colons, et on dut se rendre à l'évidence que le médecin n'avait aucunement influencé Lord Charles quant à ses politiques coloniales. Au moment crucial, Somerset avait carrément écarté Barry, qui n'avait pas l'air de s'en faire à ce sujet de toute façon.

Plusieurs alliances avaient été conclues à la satisfaction de tous les gens concernés, et la catastrophe anticipée par Bird ne se produisit simplement pas. Cloete ne s'en trouvait que plus ulcéré à mesure que le temps passait. De quoi diable Barry et le gouverneur pouvaient-ils s'entretenir soir après soir ? Car ces rencontres particulières se répétèrent à la même fréquence jusqu'au moment de rejoindre Le Cap. Il n'eut jamais de réponse à sa question.

Mais peu importait ce qui avait pu se produire ou ce dont il avait été question ; le temps passé en tête-à-tête dans la tente du gouverneur avait eu des conséquences fâcheuses. Une fois revenu au Cap, tout le monde s'accordait pour dire que les deux hommes avaient établi une relation dont le niveau d'intimité dépassait largement le cadre de leur titre et leurs tâches respectives.

* * *

En dépit de toutes les suppositions, nul n'aurait pu se douter de ce qui s'était réellement passé entre le jeune médecin et le gouverneur. Dans la tente, dès le premier soir où ils s'étaient retrouvés seuls, la conversation avait rapidement cédé la place aux confidences.

– Je vous remercie sincèrement, docteur Barry, d'avoir accepté d'entreprendre ce voyage avec nous. La route sera longue et difficile.

– J'en suis parfaitement conscient, avait répondu Barry humblement. Seulement, puisque vous m'avez fait la grâce d'une promotion et d'inestimables récompenses, c'est moi qui vous suis redevable.

– Je dois aussi vous avouer que j'avais des doutes quant à vos capacités lors de votre arrivée. Vous n'êtes pas sans savoir que votre... allure, disons, tranche nettement sur le gabarit et le comportement des autres officiers en poste ici. Vous avez quelque chose de juvénile, de délicat, qui en fait douter plusieurs. Mais les apparences sont trompeuses : j'ai été à même de constater vos grandes connaissances et je suis prêt à vous accorder carte blanche sur tout ce que vous jugerez bon d'entreprendre.

– Vraiment ? avait répondu Barry, dont le visage s'était tout à coup illuminé.

– Auriez-vous déjà quelque projet à me proposer ? avait fait Somerset, l'air surpris.

– Et comment ! Je dois d'abord coucher toutes mes idées sur papier, puis je viendrai, avec votre permission, vous les soumettre une à une...

– Bien sûr, avait acquiescé Somerset avec un sourire énigmatique auquel Barry n'avait pas vraiment attaché d'importance.

C'était ainsi que, dès le lendemain, Barry avait commencé à être reçu par Somerset, dans cette longue série de visites qui en laisseraient plusieurs perplexes. Elle avait vaguement senti la contrariété de ses compagnons, mais ne s'en était nullement souciée. « Si je puis profiter de toute l'attention du gouverneur, c'est le moment idéal pour finalement me faire écouter. Il ne faut surtout pas laisser passer l'occasion de lui expliquer en long et en large tout ce qui a besoin d'être réformé, ou même carrément changé. Lui en mettre plein la vue et les oreilles, voilà ce qu'il faut faire. Lui faire comprendre que c'est primordial pour la population sous sa responsabilité et que je n'en démordrai pas. »

– Tout d'abord, avait annoncé Barry d'entrée de jeu, les licences d'apothicaire... Désormais, il serait bon que toute personne désireuse de tenir un tel commerce fasse la preuve, par la production d'un diplôme émis par une université européenne, qu'elle a fait des études poussées en botanique et en pharmacologie...

Elle avait ensuite fourragé dans la pile de rapports soigneusement rédigés depuis son arrivée, de laquelle elle avait retiré une feuille pour la tendre au gouverneur.

– De plus, nous devrons nous attaquer aux soins des lépreux.

– Des lépreux ? avait répondu Lord Charles avec surprise.

– Exactement. Ces prétendues colonies où on les confine ne sont aucunement salubres. Il faut absolument les ramener à la ville, leur donner un logis décent, s'assurer qu'ils sont bien soignés et...

– Mais ce sont des lépreux ! avait clamé Somerset avec dégoût. Il est capital de les tenir le plus loin possible des gens sains ! Cette maladie est contagieuse !

– Dans des conditions adéquates, elle ne l'est presque pas ! s'était insurgé Barry.

Ces mots avaient été suivis d'une pause où chacun était mal à l'aise. « Cette réaction est un signe qu'il n'est pas prêt à ouvrir son esprit et à me faire confiance. Et il comprend à peine ce dont je parle. Ce ne sera pas gagné si facilement ; je ne peux rien tenir pour acquis. »

Constatant qu'il y avait encore du chemin à faire, Barry avait senti l'importance de s'affirmer en tant que médecin et scientifique et réagi en prenant d'instinct un air des plus hautains. Cela fonctionnait en général assez bien. À sa plus grande surprise, cependant, Somerset avait paru amusé par cette réaction. Dans son for intérieur, pendant une fraction de seconde, Barry s'était senti vaciller. L'attitude du gouverneur l'ébranlait, la déroutait, alors que son charisme indéniable l'atteignait jusqu'au plus profond de son être, l'envoûtait presque. Mais il n'était pas question de flancher, surtout pas à ce moment-là.

– À preuve, avait-elle continué en se reprenant, il y a des enfants qui naissent et grandissent dans ces colonies et se portent bien… jusqu'à ce qu'ils contractent une autre maladie, ce qui serait évitable si tous ces gens étaient logés, nourris et soignés convenablement.

– Peut-être… Quoi d'autre ?

– Les baraquements des soldats. Là encore, les conditions sont épouvantables, et la maladie en tue plus que n'importe quelle arme. Je n'y ai pas vu de latrines acceptables. C'est un scandale ! Nous ne sommes pas en temps de guerre, à ce que je sache ! Ce sont là des installations permanentes et elles ne peuvent être négligées ainsi. Il faut à tout prix reconsidérer nos façons de traiter nos soldats, et non seulement les officiers haut gradés. Même chose avec les prisonniers…

– Les prisonniers ?

– Oui, les prisonniers. Ce sont avant tout des êtres humains.

– Mais ce sont des criminels !

– Qu'importe ! Je connais de nombreux fermiers qui prennent meilleur soin de leur bétail. J'ai pris la peine d'aller inspecter la prison, et c'est à peine si on m'a laissé parler aux détenus. Quant à les soigner, c'est un véritable défi. Ces messieurs, les gardiens blancs, étaient offusqués que je porte plus d'intérêt aux prisonniers noirs !

Devant l'air perplexe du gouverneur, elle avait placé son tout dernier argument.

– Finalement, puisque j'ai heureusement la possibilité de me tenir à jour sur les plus récentes découvertes grâce aux journaux scientifiques qu'on me fournit, je suis d'avis que nous devrions mettre sur pied une campagne de vaccination contre la variole…

– Pardon ? avait demandé Lord Charles avec hésitation. Qu'est-ce que c'est, la vaccination ?

Barry avait souri intérieurement. Les bons conseils d'Astley Cooper étaient bien ancrés dans sa mémoire : épater, surprendre, choquer même ses patients et surtout leur en mettre plein la vue.

– La vaccination est une toute nouvelle méthode de prévention qui vise à rendre le patient résistant à certaines infections. La variole en est une qu'on peut contrer et, à mon avis, d'ici quelques années, plusieurs autres maladies s'y ajouteront. Je n'entrerai pas dans les détails, puisqu'ils sont hautement scientifiques, mais je puis vous assurer que cela ne pourra que profiter à la population du Cap, autant civile que militaire…

Sur ces mots, elle avait soudain interrompu son exposé, le visage rouge et couvert de sueur. Nettement pris de court par la démonstration de tant d'enthousiasme, le gouverneur n'avait pas su quoi répondre. Le silence qui avait suivi était plus qu'éloquent. Le jeune médecin, malgré sa stature menue, pensait bien avoir réussi à impressionner l'aristocrate d'âge mûr à la prestance imposante.

La situation lui avait rappelé l'après-midi à Édimbourg où Buchan était venu plaider devant le sénat de l'université pour qu'on permette à Barry de défendre sa thèse. Seulement, en présence du gouverneur, sur une terre qui lui était encore étrangère, elle jugeait que de tourner les talons et de partir sans ajouter un mot ne pourrait que lui nuire.

– Revenez me voir demain soir, avait conclu Somerset pour clore leur entretien. Nous en reparlerons plus longuement et je verrai dans quelle mesure je pourrai donner suite à vos demandes.

Le lendemain, cependant, la vexation de Barry avait atteint son comble. Les papiers laissés à Somerset la veille se trouvaient toujours là où elle les avait déposés. Pas un seul feuillet n'avait été déplacé. Le gouverneur ne les avait pas lus. Par contre, il avait visiblement trop bu, une chose plutôt rare chez lui, et il avait semblé tout à fait heureux d'écouter à nouveau ce que son médecin avait à lui dire.

Barry avait donc continué sur sa lancée et repris en détail les thèmes qui lui étaient chers, soulignant avec encore plus d'emphase l'importance de ces réformes. « Si je ne puis me voir tout accordé, j'ose au moins espérer entendre le gouverneur me confirmer que mes idées ne seront pas carrément mises de côté. »

– Vous êtes visiblement un idéaliste passionné, Barry, qui considère son travail comme une vocation, l'avait interrompu Lord Charles au bout d'un moment.

Barry avait eu l'impression que Somerset n'avait porté que peu d'attention à son boniment, et qu'il s'était plutôt amusé à l'observer monologuer. Comme le lui avait souvent raconté Georgina, il pouvait se montrer extrêmement taquin lorsque l'envie l'en prenait. Cependant, sa remarque était tout à fait inattendue.

– Bien sûr, avait-elle fait à défaut de trouver une réplique plus incisive.

– Je me demande quoi d'autre serait susceptible de vous passionner à ce point.

Du coup, elle avait cru saisir un sous-entendu qui n'avait rien à voir avec ses capacités en tant que médecin et elle n'avait pas su quoi répondre encore une fois. Le gouverneur s'était levé avec lenteur, était venu dans sa direction et s'était mis à tourner lentement, d'un pas nonchalant, autour d'elle. Curieusement, elle s'était sentie totalement incapable de bouger.

– Vous voyez, docteur Barry, depuis notre tout premier entretien il y a quelque chose chez vous qui m'intriguait hautement et que je ne pouvais identifier...

La soudaine proximité physique de Somerset avait été brutalement troublante pour Barry. Lors de leurs rencontres précédentes, ils avaient observé une distance quasi protocolaire. Quelques centimètres à peine les séparaient tout à coup et ce rapprochement inattendu, cette présence virile si intense avait réveillé à nouveau chez elle le souvenir de Francisco de Miranda. Son esprit avait fait avec trop d'empressement des liens entre l'aristocrate britannique et le Vénézuélien ; même s'il était loin physiquement, Miranda était toujours présent dans son cœur.

« Je ne dois pas me laisser berner. Ce sont deux hommes très différents malgré leur prestance similaire. » En effet, le général et le gouverneur exerçaient une attraction semblable à plusieurs points de vue. Instinctivement, Barry avait perçu que quelque chose de charnel se dégageait du gouverneur. Elle s'était souvenue subitement comment on chuchotait que, s'étant remis de la mort de sa femme, qu'il avait épousée très jeune et à qui il était apparemment resté fidèle pendant plus de vingt-cinq ans, l'homme était en proie à des envies tout à fait normales et qu'il avait commencé à rechercher la compagnie de dames disposées à les assouvir.

Ce soir-là, dans cette tente plantée en plein cœur de la savane africaine, la puissante aura libidineuse qui émanait de l'homme, additionnée à l'exotisme des contrées qu'ils avaient traversées et des cieux étoilés qu'il leur avait été donné de contempler ensemble, n'avait pas laissé Barry insensible. Quelque chose s'agitait au fond de son être, faisant ressurgir son propre instinct charnel comme une voix trop longtemps tue. C'était tout à fait naturel pour une femme de vingt-trois ans. Barry avait appris depuis longtemps à ignorer ses pulsions, à ne pas se laisser distraire par ce genre de sentiments qui, à son avis, équivalaient à se rendre vulnérable. Mais elle pouvait sentir que sa détermination serait bientôt mise à rude épreuve.

– Oui, avait continué Lord Charles, depuis l'instant où j'ai posé mon regard sur vous, j'ai senti qu'il y avait quelque chose qui clochait, mais je n'arrivais pas à déterminer de quoi il s'agissait. Mais cette impression refusait obstinément de s'estomper. Ce n'est que ce matin que tout m'est apparu si clair…

Il s'était soudain arrêté de parler et s'était immobilisé devant Barry pour la toiser avec amusement.

Barry n'avait pu s'empêcher de baisser le regard en rougissant. Elle était bizarrement incapable de se reprendre aux yeux de celui qui lui faisait perdre tous ses moyens ; incapable de penser clairement et de comprendre à quoi le gouverneur voulait en venir, mais sentant d'instinct que cela ne présageait rien de bon.

– Ma fille Georgina m'a fourni sans le savoir la clé du mystère…

À la mention de ce nom, Barry avait commencé à deviner ce à quoi le gouverneur faisait allusion. Depuis leur départ du Cap, la jeune fille avait recherché sa compagnie avec enthousiasme. Elle était tout aussi passionnée que Barry par les sciences et la botanique, ainsi que par la mode et les fines étoffes. Jamais Barry n'avait osé laisser une amitié se développer sauf peut-être, brièvement, avec John Jobson durant leurs années à Édimbourg. Mais cette camaraderie était restée superficielle, et le contact s'était étiolé depuis longtemps.

Avec Georgina Somerset, cependant, elle était plus à l'aise et elle avait passé de longs moments avec celle qui semblait partager plusieurs de ses sujets de prédilection. De son côté, la fille du gouverneur était heureuse de trouver chez le jeune médecin une oreille attentive à qui elle pouvait confier ses plus profonds secrets, entre autres les doux sentiments qu'elle éprouvait pour nul autre que le fringant capitaine Cloete, qui malheureusement ne les lui rendait pas.

Mais Barry savait d'instinct que ce n'était pas ce à quoi le gouverneur faisait référence.

– Et que…, que vous a dit mademoiselle Georgina ? demanda-t-elle avec hésitation.

Somerset n'avait pas répondu tout de suite. D'un geste tendre, il avait pris entre ses gros doigts le menton de Barry pour la forcer à relever la tête. La sensation de ce toucher étonnamment délicat avait traversé son corps comme un éclair, ravivant dans son esprit des souvenirs presque douloureux. « Mon cher général faisait la même chose. Mais ce n'est pas Miranda qui me touche ainsi, c'est un autre homme. Je dois me reprendre, sinon je cours à ma perte. »

Leurs regards s'étaient croisés un instant, celui de Somerset perçant et inévitable, celui de Barry bizarrement démuni. Immédiatement, elle avait eu l'impression que Somerset pouvait lire ses pensées et elle avait su que tout était fichu : après tant d'années de travail ardu et d'application à cacher sa véritable identité, quelqu'un avait réussi à la découvrir. Quelqu'un qu'il serait impossible de duper et qui, en plus, détenait tous les pouvoirs. Par-dessus tout, quelqu'un qui menaçait de faire céder le barrage de ses émotions.

– Elle m'a confié qu'elle se sentait plus près de vous que de sa meilleure amie, avait finalement dit le gouverneur en reculant d'un pas. Mais elle m'a aussi confié que, bizarrement, elle n'éprouvait pour vous aucune attirance, ce qui est assez étrange, quand on considère que ma fille a la fâcheuse habitude de s'amouracher, et ce assez rapidement, de tous les jeunes hommes qui daignent lui accorder quelque intérêt. Tout cela, en plus du nombre de fois où elle m'a mentionné à quel point vous étiez délicat et attentionné envers elle durant sa maladie, contrairement aux autres médecins qui étaient, selon ses dires, tellement plus brusques et cavaliers…

Barry avait retenu son souffle. Que savait donc, au juste, le gouverneur ? La réponse ne s'était pas fait attendre longtemps.

– Moi, de mon côté, je suis resté perplexe, et j'ai bien réfléchi à tout ce qu'on sait de vous, ici comme à Londres…

– Monsieur, l'avait interrompu Barry en essayant de faire dévier le sujet à son avantage, je puis vous assurer sur mon honneur que ma conduite à l'égard de votre fille a été en tout temps irréprochable !

– Bien entendu, avait riposté le gouverneur en éclatant de rire. Je n'en ai jamais douté. Il ne s'agit pas de cela, au contraire…

À ces mots, Barry s'était permis de souffler un peu, mais en restant tout de même sur ses gardes et en redoublant d'effort pour se ressaisir.

– Je vous prierais donc, milord, de bien vouloir en venir au but et de me dire ce que vous avez à me reprocher…

– Vous reprocher ? Mais rien du tout, docteur Barry. S'il s'agit effectivement de votre nom, s'entend…

Barry n'avait pas répondu et avait de nouveau baissé la tête.

« Que sait-il donc, au juste ? Et de quel droit s'amuse-t-il ainsi avec moi en tournant autour du pot ? S'il a découvert ma véritable identité, et qu'il a décidé de mettre fin à ma carrière, pourquoi ne le fait-il pas tout de suite ? »

– En repensant bien à tous ces papiers que vous nous avez fournis à votre arrivée, je me suis souvenu qu'il y avait quelque chose de Lord Buchan. Je ne le connais que de nom, mais je ne suis pas sans savoir qu'il milite depuis longtemps en faveur du droit des jeunes filles à la même éducation que les garçons. Puis, je me suis rappelé tous ces commentaires méprisants à votre sujet… Combien vous sembliez efféminé, la coquetterie dont vous faites étalage, comme vous raffolez des vêtements et colifichets auxquels seules les femmes en général portent intérêt…

– Si vous tentez d'insinuer que je suis de ceux qui préfèrent les hommes, je puis vous assurer, Lord Charles, que là encore ma conduite a toujours été irréprochable et que vous vous trompez lourdement, avait lancé Barry en désespoir de cause tout en sachant que c'était désormais inutile.

Le sort en était jeté, nul besoin de continuer de se débattre vainement. Somerset savait et prenait un malin plaisir à faire durer son supplice

– Un homme à hommes ? avait-il dit avec un grand sourire. Il ne s'agit pas de ça non plus. Il ne pourrait en être ainsi, et vous le savez fort bien, mon cher…

Doucement, il avait pris sa main et l'avait portée à son visage pour l'observer un moment. Entre ses doigts virils, ceux du médecin, d'une blancheur exceptionnelle, n'en paraissaient que plus fins.

Barry avait aussitôt revu la petite main de Mary Anne Bulkley dans celle de Miranda, ce contraste si frappant qui avait marqué son souvenir d'enfant il y avait longtemps, dans un autre lieu. Dans les yeux du gouverneur, elle avait vu la preuve que toutes ses craintes étaient fondées.

– Ou devrais-je plutôt dire « ma chère » ? avait fait Somerset dans un murmure, avant de déposer un léger baiser sur les doigts du médecin.

* * *

Barry avait regagné sa tente aux premières lueurs de l'aube, les cheveux en bataille, ses vêtements à peine boutonnés, n'ayant même pas pris la peine d'enrouler autour de sa poitrine la large bande de tissu qui servait à la dissimuler ; une bande de tissu que le gouverneur avait pris un plaisir lubrique à retirer quelques heures plus tôt. Le feu aux joues et la chair encore parfumée par l'amour, Barry portait en son âme un secret nouveau, mais combien plus délicieux.

Tout s'était déroulé très vite et il lui avait été impossible de résister. Non pas que ses sentiments pour le gouverneur eussent pu brûler de la même ardeur que ceux que suscitait le souvenir du général de Miranda, qui avait laissé une marque indélébile dans son cœur et dans son esprit. Mais le charisme du gouverneur britannique était à ce moment plus fort que celui du général vénézuélien ; la force de son désir et de sa virilité était immédiate et impossible à combattre. Cela, combiné au fait qu'il avait pu lire à travers Barry comme personne avant, avait été suffisant pour venir à bout des dernières réserves du jeune médecin.

En outre, le poids du mensonge constant et l'effort consacré à maintenir une fausse identité, qui au départ ne devait être que temporaire, devenaient parfois insupportables. Finalement, la magie qui se manifestait tous les soirs et qui imprégnait le moindre recoin de la savane africaine avait saupoudré l'aventure d'un mystère enivrant.

À partir du moment où Charles Somerset l'avait enlacée pour voracement poser ses lèvres sur les siennes, Barry savait qu'elle était perdue et avait basculé dans l'abandon. Jamais un homme ne lui avait encore témoigné la moindre attirance. Margaret Bulkley était tout sauf jolie. Mais le regard enflammé de Somerset posé sur son corps alors qu'il en avait rapidement dévoilé les charmes voulait tout dire. Il avait déboutonné sa veste et défait sa culotte sans cesser de l'embrasser, semblant prendre un plaisir fou à défaire des vêtements habituellement réservés à un homme.

Puis, avec un rire salace, il l'avait fait tourner sur place en lui retirant la longue bande de tissu qui camouflait une poitrine menue, mais ferme. Était-ce donc cette dualité qui l'excitait tant ? Était-ce la perspective de s'unir à un être qui, aux yeux du monde, semblait homme ? Barry n'avait pas eu le culot de le lui demander. De toute façon, elle n'était plus en mesure de penser logiquement.

Son corps, toujours debout devant celui qui s'apprêtait à le posséder tout entier, avait vibré du simple fait de se retrouver ainsi, nu au beau milieu d'une nature sauvage avec tout juste le pan de tissu de la tente pour le protéger du reste du monde. Son corps ne connaissait rien aux plaisirs de la chair, mais à force de vivre dans un monde d'hommes Barry savait pertinemment ce qui l'attendait. Et elle n'avait pas été déçue.

Il y avait eu encore la bouche et les mains du gouverneur, des baisers chauds, des mains expertes qui avaient exploré chaque partie de son anatomie, de la tête aux pieds, sans rien manquer, comme si l'homme voulait s'assurer de ne pas s'être trompé.

Barry n'avait pas résisté, du moins physiquement. Sentimentalement, la question ne se posait pas. Il n'avait nullement été question d'amour et c'était très bien ainsi, puisque son cœur appartenait à un autre.

Dans les bras du gouverneur, elle avait enfin le bonheur de tout oublier quelques instants, de donner libre cours à sa féminité en considérant Lord Charles comme un substitut à son cher général, un parfait exutoire à sa passion débordante.

Les pulsions qui se manifestaient de temps à autre, si difficiles à ignorer qu'elles lui faisaient presque regretter d'avoir choisi d'endosser ce personnage, avaient déferlé comme un raz de marée.

Oui, elle était femme et, non, son corps n'avait pu résister aux mains de l'homme. Réduite à l'état de poupée de chiffon dans ses bras, Barry s'était complètement abandonnée. D'abord passive, elle avait ensuite gagné en assurance au fur et à mesure que les pièces de vêtements étaient tombées.

Elle avait ainsi pu connaître l'extase et la passion, les délices du contact charnel, s'assurant du même coup que le gouverneur ne trahirait jamais son secret. Il s'était révélé un amant étonnamment fougueux, et ses caresses avaient permis à Barry de se donner sans retenue en profitant de ce sublime instant où elle n'avait plus à demeurer sur ses gardes, à faire semblant, à être quelqu'un d'autre.

Soir après soir, après s'être assuré que personne ne les dérangerait, Somerset reprenait son rituel, auquel il ajoutait à l'occasion quelque variante grivoise pour initier sa jeune maîtresse aux multiples jeux subtils de l'amour.

Pendant ce temps, à l'extérieur, Cloete, Bird et tous les autres continuaient de se demander de quoi diable le médecin et le gouverneur pouvaient bien avoir à discuter.

# IV

*Cape Town, 1818*

Dans les mois qui suivirent le retour de Knysna, la tension entre Barry et Josias Cloete ne fit que s'amplifier. Bien que témoin des premiers rangs des réalisations du docteur, le capitaine ne pouvait s'empêcher d'entretenir un vif ressentiment pour celui qu'il trouvait aussi flamboyant qu'effronté. Comme s'il ne lui suffisait pas de vouloir tout investiguer, améliorer, réformer, ou encore carrément rebâtir, Barry tentait également de mettre fin à la corruption qui lui semblait endémique et elle ne se gênait plus pour recommander le congédiement de tous ceux qui étaient à son avis incompétents.

En très peu de temps, Somerset avait spécialement créé de nouveaux postes civils, dont la charge était, bien sûr, dévolue à Barry : inspecteur des prisons, inspecteur des colonies de lépreux, responsable de la vaccination et, finalement, inspecteur médical colonial en chef. James Miranda Barry était rapidement devenu une force que plus rien ne semblait pouvoir arrêter.

Cloete continuait cependant d'entretenir la mauvaise opinion qu'il avait de Barry, et il pensait que ces promotions et ces honneurs ne servaient qu'à ajouter au prestige personnel du médecin. Il était à des lieues de comprendre que, ce qui la motivait à aller de l'avant de cette façon, à bousculer les concepts de classes sociales de l'époque, n'était pas un simple caprice, mais un concept nouveau de la dignité humaine.

En janvier 1818, Barry écrivit à Buchan pour lui faire part de ses réflexions :

*Milord,*

*Comme vous et notre bon général seriez fiers de moi ! Depuis mon arrivée ici, je puis vous assurer que je n'ai pas chômé. Partout où je passe, je vois l'injustice et je m'efforce de la corriger. Bien entendu, je dois souvent crier haut et fort pour y parvenir, mais tant pis ! On me perçoit comme un être colérique et intempestif, même si vous savez bien qu'au fond je suis tout le contraire. De toute évidence, le subterfuge fonctionne à merveille. Qu'importe si personne ne me connaît sous mon vrai jour, l'essentiel est que le travail s'accomplisse.*

*Très bientôt, avant mon départ, je l'espère, je réussirai sans aucun doute à obtenir le respect et la reconnaissance de tous et j'aurai moins de peine à arriver à mes fins. Pour le moment, l'amélioration de l'état de ceux que je soigne est une récompense en soi. Voilà tout ce qui compte, finalement.*

*Je bénéficie largement du soutien du gouverneur, Lord Charles Somerset, qui, bien qu'il ne partage pas nécessairement mon avis sur plusieurs points, me semble commencer à se rallier à mes idées. À tout le moins, il me fait confiance et me donne son aval sur tout ce que je désire entreprendre, ou presque. Pour ma part, je trouve aussi avantage à le côtoyer, mais d'une façon qu'il serait difficile d'expliquer.*

*Pour résumer, je continue à démontrer jour après jour que les bonnes intentions et la force de l'esprit peuvent venir à bout de la domination physique de ceux qui se cachent derrière les préjugés, les idées dépassées et l'intérêt financier.*

En consignant page après page des notes et des observations, en soumettant rapport par-dessus rapport destinés aussi bien à Somerset qu'au département des Affaires coloniales à Londres, Barry en dérangeait plus d'un. Elle commençait à se faire des ennemis, mais préférait ne pas y penser. Que le gouverneur lui laissât carte blanche sur tout ne faisait qu'envenimer la situation.

Peu importait l'institution à laquelle elle s'intéressait, la décision qui lui semblait la bonne pour la population concernée ou la demande qu'elle faisait expressément à la suite de ses multiples inspections, elle s'attirait sans même parfois s'en rendre compte les foudres de tous ceux que ses manières importunaient.

Et comme le gouverneur, fidèle à son attitude superbement autocratique, n'avait que faire des protestations et des plaintes qu'on formulait, Josias Cloete était celui qui se retrouvait immanquablement dans la ligne de tir des plus irascibles.

Contrairement à Barry, Cloete était très au fait des enjeux politiques, et la situation au Cap était volatile. La plupart des édits de Somerset étaient remis en question. On menaçait même d'outrepasser son autorité et de se plaindre directement au secrétaire des Affaires coloniales à Westminster. Quant à l'aide de camp du gouverneur, il ne pouvait rien faire devant les protestations des administrateurs et des propriétaires terriens et il rejetait sa rogne sur Barry en éprouvant une satisfaction certaine lorsque se présentait une occasion de contrarier le jeune médecin qui lui déplaisait tant. De façon quasi puérile, il ne manquait pas de l'informer que, malgré tout ce que Somerset pouvait en penser, Barry n'avait pas le champ libre pour faire à sa guise en tout.

Un après-midi, elle se rendit aux appartements de Somerset sans se faire annoncer. C'était devenu une habitude chez elle depuis le retour de Knysna de faire irruption quand bon lui chantait. Chaque fois, Lord Charles suspendait toute activité administrative et exigeait d'être laissé seul avec son médecin. Ils restaient parfois enfermés pendant des heures, tout comme ils l'avaient fait durant le voyage, ne se souciant nullement de ceux qui attendaient pour entretenir le gouverneur de questions urgentes.

Un après-midi, cependant, Cloete mit un point d'honneur à lui refuser d'entrer.

– Lord Charles a expressément demandé de ne pas être dérangé, déclara-t-il cyniquement en lui barrant le passage et en le toisant de haut.

– Ce genre de consigne ne s'applique nullement à moi, rétorqua Barry en cherchant à le contourner.

Faisant un pas sur la gauche, Cloete lui coupa de nouveau le chemin.

– Je me dois d'insister, docteur Barry. Vous voyez, le gouverneur est en compagnie d'une jeune dame…

Barry ne répondit pas tout de suite, mais elle pâlit de façon visible. Peu disposé à se remarier pour le moment, Somerset n'en était pas moins enclin à recevoir de fréquentes visites de dames pour le moins avenantes et il ne faisait aucun effort pour s'en cacher. Comme tout le monde au Cap, Barry en avait maintes fois entendu parler, mais elle ne l'avait jamais réalisé aussi brutalement.

– Je vois… dit-elle finalement en faisant une grimace.

Cloete eut du mal à dissimuler sa satisfaction en constatant son vif dépit, ce qui ne l'encouragea que davantage.

– Vous pourrez toujours repasser plus tard, suggéra Cloete. À condition que Lord Charles ne soit pas occupé avec quelqu'un d'autre…

Ce sous-entendu ne fit qu'ajouter au déplaisir de Barry, qui continua de fixer Cloete avec dédain en tendant désespérément le cou pour se hausser. Mais l'homme la dépassait toujours d'au moins une tête.

– Évidemment, siffla-t-elle avec un sourire méprisant au coin des lèvres. Qui sait combien de juments hollandaises Lord Charles peut ainsi recevoir en une seule journée…

Cette insinuation fut suffisante pour immédiatement faire sortir Josias Cloete de ses gonds. Une telle référence au manque de retenue de Lord Charles lui déplaisait, mais il trouvait encore plus insultant que le médecin ait qualifié de juments hollandaises les dames qui visitaient le gouverneur. C'est que le capitaine, lui-même de souche hollandaise, se sentait visé par cette attaque à la réputation de ses congénères.

– Je vous prierais, monsieur Barry, de retirer immédiatement ces propos ! rugit-il en pâlissant.

– Qu'y a-t-il, Cloete ? rétorqua Barry en riant cyniquement. Seriez-vous vexé de constater que ces dames préfèrent un Britannique à leur propre sang ?

Cloete fit un geste pour frapper le jeune médecin, mais, en se retenant avec difficulté, il se contenta de lui agripper le nez et de le tirer méchamment.

– Si j'avais votre apparence, monsieur, je me préoccuperais surtout de ce que les femmes peuvent me trouver, Britannique ou non.

Barry recula d'un pas. Le commentaire avait réussi à attiser chez elle une colère noire. Sa voix se répercuta, forte et perçante, dans l'antichambre.

– En voilà assez ! cria-t-elle, incapable de se retenir davantage. Je ne saurais supporter cette insulte ! Je demande réparation !

– Oseriez-vous me défier en combat singulier ? Pour si peu ? demanda Cloete en se redressant à son tour.

En guise de réponse, elle se contenta de retirer un de ses gants et de le jeter aux pieds de Cloete en grognant de rage :

– Demain, à l'aube… Au pistolet. Je vous verrai sur la colline du domaine Alphen.

Avant même que Cloete ait eu le temps de répondre, elle avait tourné les talons et disparu en claquant la porte.

* * *

Elle fulmina tout le long de la chevauchée du retour vers son logis. Sa jument était lancée à vive allure, au risque de causer un accident dans les rues du Cap.

Oser lui refuser de voir le gouverneur ! De quel droit ? Ça aurait été à Somerset d'en décider ! Et qu'est-ce que c'était, que cette histoire de femme ? Probablement de la pure invention !

Jamais un adversaire ne lui avait paru aussi ignoble. De tous les incompétents et imbéciles auxquels elle avait eu à se mesurer depuis son arrivée, l'aide de camp du gouverneur était de loin celui qui l'agaçait le plus. Cet idiot de Cloete ne savait pas à quel point le gouverneur et elle étaient proches, et le fait qu'il lui soit impossible d'en piper mot sans révéler son secret ne faisait qu'augmenter son dépit.

Sa soudaine idée d'un duel lui paraissait géniale à tous points de vue. Non pas pour tuer ni même blesser Cloete ; ce n'était pas son intention. Seulement, la situation s'y prêtait à merveille, sans compter que cela convenait tout à fait à l'image que tout le monde devait se faire de James Miranda Barry. De plus, c'était exactement le genre de chose qui réussirait à remettre cet effronté à sa place. Et

Barry se réjouissait déjà à l'idée de l'affronter sur son propre terrain, sachant que Cloete serait probablement trop lâche pour aller jusqu'au bout.

* * *

Le petit groupe qui accompagnait Josias Cloete ne savait vraiment pas quoi penser, alors qu'on attendait l'arrivée de Barry dans la brume matinale. Le capitaine était visiblement inquiet, mais, de l'avis de ses hommes, il aurait facilement le dessus.

– Cet homme est un médecin, un scientifique, un intellectuel. Il ne connaît rien du maniement des armes… grommela-t-il comme s'il se parlait à lui-même.

– Que craignez-vous, alors ? demanda l'un des jeunes officiers qui manifestement ne comprenait rien.

– Je crains de lui faire mal, imbécile ! répondit Cloete. Je ne peux pas me permettre de tuer James Barry. Au diable l'honneur ! Je sais combien il peut être utile pour cette colonie !

– Vraiment ? rétorqua l'officier. Pour peu, on croirait que vous avez de l'admiration pour lui…

– Il ne s'agit pas de ça ! se défendit précipitamment Cloete. Vous imaginez un peu la réaction du gouverneur ? Comment lui expliquer ? Je serais cuit ! Pourvu qu'il se désiste, qu'il décide de ne pas venir…

Mais, déjà, il était trop tard. Tandis que Cloete finissait sa phrase, on entendit le bruit de sabots qui se rapprochait. Un cavalier sortit bientôt du brouillard. Ayant revêtu son plus bel uniforme d'apparat et coiffé son bicorne à plumes, James Miranda Barry avait même pris la peine de se maquiller à la façon de ses camarades de classe du Guy's. Aucun artifice n'avait été épargné pour ce qui pouvait devenir sa dernière sortie.

– Ne perdons pas de temps, dit Barry en descendant de sa monture et en l'attachant à un arbre. J'ai beaucoup à faire aujourd'hui.

Estomaqué, Cloete mit un long moment à répondre. De toute évidence, Barry avait la ferme intention d'en finir et avait déjà établi que la victoire serait sienne. Devant tant d'assurance, Cloete n'en devint que plus inquiet.

– Êtes-vous sûr de ce que vous faites ? demanda-t-il d'une voix tremblante. Il est encore temps de nous désister. Nous pouvons régler notre différend en gentlemen…

Barry le regarda d'un air surpris.

– Mais c'est exactement ce que je viens faire ici ! Et vous ?

Sans attendre de réponse, elle fouilla dans un des sacs qui pendaient à sa selle et en sortit un magnifique pistolet argenté qui, curieusement, n'était pas sans rappeler son fameux nez. Elle sortit aussi une lettre scellée qu'elle tendit à l'un des compagnons de Cloete.

– Si les choses devaient mal tourner, voici mes dernières volontés. Par-dessus tout, je tiens à ce qu'on m'enterre dans les habits que je porte en ce moment, sans qu'aucun examen post mortem ne soit effectué sur ma personne. Je m'en remets à votre sens de l'honneur, en tant qu'officiers et gentlemen, pour respecter mon désir.

Elle toisa ensuite Cloete qu'elle fixa pendant quelques secondes.

– Vingt pas, droit devant. Puis-je imposer à l'un de vos collègues le fardeau de compter à haute voix ?

Ses instructions à peine formulées, elle alla résolument prendre place au sommet de la colline. Elle retira son chapeau de façon théâtrale et le laissa choir dans l'herbe humide. Presque à contrecœur, Cloete alla également se poster, adossé à elle, en faisant un signe de tête à l'un de ses hommes. Comme dans une scène de vaudeville, la différence de taille des duellistes était aussi flagrante qu'amusante. Le brouillard se dissipait rapidement sous l'action des rayons du soleil qui pointait à l'horizon et rendait la situation encore plus insolite.

La tension monta au rythme des secondes égrenées à haute voix. Cloete marcha de façon saccadée. De son côté, Barry avança dignement, la tête haute, sans montrer aucun signe de nervosité. Intérieurement, par contre, elle était morte de peur. La nuit durant, elle avait cherché à se convaincre que Cloete ne tirerait pas, elle qui se savait incapable de viser juste. Comme tout le reste, ce ne serait qu'une mise en scène. Mais, en ce moment précis, elle n'en était plus certaine.

Au moment où l'officier prononça le chiffre fatidique, Cloete se retourna brusquement, mais tira mollement, délibérément à droite de l'endroit où se tenait Barry, et surtout en visant le sol.

Mais, contre toute attente, Barry eut un mouvement de recul lorsque retentit son propre tir et elle dut se déplacer sur sa gauche pour maintenir son équilibre, de sorte que la balle tirée par Cloete l'atteignit directement à la cuisse. Elle s'affaissa immédiatement.

– Triple idiot ! s'écria Cloete en s'élançant. Comment pouvez-vous défier quelqu'un en combat singulier si vous ne savez même pas manier une arme ?

– Restez où vous êtes ! répliqua Barry d'une voix menaçante et perçante. Ce n'est qu'une banale égratignure. Je peux très bien m'en occuper sans vous. Partez ! Considérez ce duel comme réglé. Je vous concède la victoire.

D'une part immensément soulagée, Barry voulait à tout prix éviter qu'il vienne trop près et voie sa blessure. Mais en faisant signe à ses hommes de demeurer où ils étaient, Cloete continua de s'approcher néanmoins.

– Je vois beaucoup de sang pour une simple égratignure, dit-il en s'efforçant de contenir sa colère. Je ne peux pas vous laisser seul ici…

– Allez-vous-en, je vous l'ordonne ! rugit Barry. Je suis médecin, pas vous !

– C'est justement pour ça que je refuse de vous laisser ici. Vous êtes trop important pour nos troupes…

– Partez ! répéta Barry en tentant de le repousser à deux mains. Laissez-moi ! Il vous en coûtera si vous ne m'obéissez pas !

Loin de se laisser intimider, Cloete n'eut aucun mal à la saisir par les poignets et à la maîtriser. Sur sa cuisse, la tache de sang clair prenait rapidement de l'ampleur sur le tissu vert pois. Barry la vit également et cessa de se débattre sous l'effet de la surprise. Profitant prestement de ce répit, Cloete empoigna son pantalon et essaya de le déchirer.

– Ne me touchez pas ! hurla Barry au bord de l'hystérie. Je vous ferai rétrograder ! Je vous ferai traduire en cour martiale !

Seule une gifle promptement assenée par Cloete réussit à faire taire ce flot de paroles.

– Je n'ai que faire de vos menaces, pesta-t-il. S'il fallait que le gouverneur apprenne que je vous ai laissé ici dans cet état, il me ferait renvoyer de toute façon.

Tout en parlant, Cloete avait réussi, malgré les contorsions de Barry, à déchirer une partie de son pantalon. Mais la blessure était plus haut sur la cuisse ; il était impératif de la découvrir davantage.

– Il vous sera impossible de remonter à cheval dans cet état, continua-t-il. Vous devrez…

Il s'arrêta net, totalement décontenancé par ce qu'il venait de découvrir : dans son ardeur à vouloir déchirer le pantalon maculé de sang, il avait tiré trop fort et l'étoffe avait cédé jusqu'à la ceinture, révélant le haut de la jambe de Barry et même son entrecuisse.

– Mais…, mais… bégaya-t-il d'une faible voix, complètement soufflé par la vision de ce qui s'offrait à lui. Mais vous êtes une femme !

Également sous l'effet de la surprise, Barry se reprit néanmoins plus rapidement et tenta à nouveau de repousser le capitaine. En même temps, sans perdre un instant, elle replaçait le pan de son pantalon.

– Je ne sais pas ce que vous pensez avoir vu à l'instant, mais vous faites erreur. Je suis le docteur James Miranda Barry, médecin attitré du gouverneur de cette colonie, et je vous conseille fortement de ne jamais l'oublier ni d'en supposer autrement !

Pendant un moment, Barry et Cloete se mesurèrent des yeux. La lueur de colère qui brillait dans ceux du médecin fut suffisante pour convaincre Cloete de se retirer.

– Croyez-vous vraiment que cette blessure soit bénigne ? fit-il d'une voix hésitante en se relevant.

Avant même que Barry ne lui ait répondu, il se tourna pour faire signe aux autres officiers de rester où ils étaient.

– Absolument. Par contre, je vous saurai gré de bien vouloir aller me chercher ma trousse, accrochée à la selle de mon cheval, puis de retourner vers vos hommes… tout en tenant votre langue.

Cloete obéit sans répondre.

– Tout va bien, dit-il à ses hommes qui l'observaient avec curiosité. Un simple bandage suffira. Nous l'escorterons vers Le Cap.

N'osant pas rencontrer leurs regards chargés et inquisiteurs, Cloete s'empressa de récupérer la trousse de Barry.

Aucun mot ne fut échangé durant le retour vers la ville. Cloete, qui chevauchait devant, ne put s'empêcher de se retourner à plusieurs reprises pour regarder Barry qui suivait le groupe à distance. Ainsi qu'elle l'avait affirmé, elle n'avait eu aucune difficulté à monter à cheval ; du moins, elle n'en avait rien laissé paraître. Aux abords de la ville, Cloete se retourna une dernière fois et fit signe à ses hommes qu'ils pouvaient laisser le docteur se débrouiller sans eux. Ils poussèrent leurs montures et regagnèrent leurs quartiers au galop.

* * *

Barry et Cloete ne se revirent que le lendemain. Toujours sous le coup des événements de la veille, dès le lever du soleil, le capitaine s'était précipité à l'appartement du médecin sans même s'annoncer, incapable de se retenir.

– Je dois insister, répéta-t-il au jeune serviteur tenace qui refusait obstinément de le laisser entrer. Je tiens absolument à voir le docteur Barry et je ne repartirai pas avant de l'avoir vu.

Pendant un moment, on aurait pu croire que le domestique Dentzen, aussi muet qu'immuable, était fait de marbre. Cet ancien esclave affranchi dont le salaire était couvert par la fortune personnelle du gouverneur faisait partie des récompenses offertes à Barry à la suite de la guérison de Georgina. Il agissait à titre de bonne, de majordome, de cuisinier et surtout de chien de garde dans l'appartement du médecin. Malgré son jeune âge, dix-huit ans tout au plus, il était aussi imposant que son maître était chétif. Même un homme du gabarit de Cloete pouvait s'en trouver intimidé. En se redressant, le capitaine haussa le ton et réitéra sa requête comme s'il s'adressait à un de ses soldats. Dentzen ne broncha pas, même après une quatrième demande de la part de Cloete.

Ce ne fut qu'au bout d'un moment que la voix excédée et autoritaire de Barry se fit entendre depuis les confins du salon et se répercuta dans le modeste vestibule.

– Cela ira, Dentzen. Vous pouvez laisser entrer le capitaine.

Cloete s'introduisit prestement, mais s'arrêta net en découvrant Barry, debout devant la fenêtre, qui buvait nonchalamment une tasse de thé en regardant à l'extérieur, sans montrer aucune réaction devant cette irruption.

– Que puis-je faire pour vous, Cloete ? demanda-t-elle calmement sans se retourner. Si vous êtes venu pour me parler de ce qui s'est passé hier, c'est peine perdue. J'ai dit tout ce que j'avais à dire et je vous saurais gré de respecter ma décision. Vous avez remporté ce duel, je vous l'ai déjà concédé. Je vous offre aussi mes plus humbles excuses pour les propos que j'ai tenus chez le gouverneur avant-hier. J'ai tendance à m'offenser un peu trop rapidement, parfois...

– Ce n'est pas du tout de cela que je viens vous parler ! s'emporta Cloete en claquant la porte derrière lui. J'attends toujours une explication en ce qui concerne cette..., cette mascarade !

– Il n'y a pas de mascarade, Cloete, dit nonchalamment Barry en posant sa tasse pour saisir un des nombreux périodiques scientifiques qui traînaient sur la table et le sofa. Les raisons qui ont motivé ce défi en combat singulier que je vous ai lancé ne regardent que moi.

Elle se tourna finalement et adressa à Cloete un regard dépourvu de tout sentiment.

– Je regrette vivement que vous ayez dû me porter secours ainsi. Vous auriez sûrement aimé sauver la face devant vos hommes.

Elle marcha avec désinvolture vers la porte sans montrer aucun signe de douleur due à sa blessure de la veille, comme pour signifier à Cloete que leur entretien était terminé. Le capitaine s'empressa de lui arracher le journal des mains pour l'envoyer voler à l'autre bout du salon, avant de la saisir par les épaules pour l'attirer à lui.

– Bon sang, Barry ! Quand allez-vous cesser cette comédie ? Vous êtes beaucoup trop intelligent pour vous abaisser de la sorte ! Il n'est pas question du duel en ce moment et vous le savez très bien : je veux vous parler de ce que j'ai vu hier et que je ne vois que trop clairement désormais.

Sa voix se radoucit alors qu'il regardait fixement Barry, mais il ne relâcha pas sa prise sur ses épaules.

– Je le vois dans votre regard, même si vous tentez de vous dérober. Je le vois sur votre visage si remarquablement imberbe et surtout je le sens sous mes mains, car ces épaules, malgré le rembourrage dont vous faites usage, ne sont pas les épaules d'un homme, mais celles d'une femme. Et ce col que vous insistez pour ceindre au maximum en dépit de la chaleur, ce n'est pas par souci de bien paraître, mais probablement pour empêcher quiconque de remarquer que vous n'avez pas de pomme d'Adam… Mon Dieu, même votre voix, si aiguë qu'elle en devient rapidement insupportable, ne peut pas être celle d'un homme… Comment n'ai-je pas pu m'en apercevoir avant !

Il relâcha finalement Barry et recula de quelques pas, mais ne se retira pas pour autant.

– Je ne sais pas ce qui vous pousse à continuer ainsi, fit-il dans un murmure à peine audible, mais je ne pense qu'à cela depuis hier.

Laissant Barry en plan, ce fut à son tour de lui tourner le dos et de marcher vers la fenêtre.

– J'imagine une jeune fille pauvre, mais intelligente, continua-t-il sur le même ton. Trop intelligente pour se contenter de n'être qu'une épouse et une mère, une servante ou encore moins. On lui offre la chance inouïe de faire ses études en médecine ; elle en a l'étoffe. Elle prouve ainsi à tous de quoi elle est capable, mais cela lui suffira-t-il ?

Il s'arrêta de parler un moment pour finalement se retourner vers Barry, qui n'avait toujours pas bronché et affichait un air des plus dignes.

– Mais c'était trop beau pour durer, n'est-ce pas ! Il fallait bien que quelqu'un s'en aperçoive un jour… La partie est finie, j'en ai peur. J'ai découvert votre secret sans même le chercher. Ce n'est qu'une question de temps avant que quelqu'un d'autre en fasse autant. Seulement, cette personne pourra-t-elle démontrer la même sollicitude ? En effet, j'aurais facilement pu vous dénoncer à plusieurs reprises, depuis hier. Mais je ne saurais m'abaisser à faire une telle chose. Il vaudrait mieux que vous le fassiez vous-même, non ? Ne serait-il pas opportun à ce moment-ci de vous révéler, Barry ? Et est-ce bien votre vrai nom, en passant ?

Barry le regarda sans rien dire, les yeux soudain remplis de larmes de colère. « De quoi ce Cloete se mêle-t-il, tout à coup ? Espère-t-il que je me confonde en remerciements parce qu'il a tenu sa langue ? Je ne lui donnerai pas cette satisfaction... Surtout pas à lui ! »

Contrairement à la peur qui l'avait saisie à la prison lorsqu'elle avait craint de se voir démasquée, c'était plutôt la rage qui l'animait cette fois. De tous les gens qui auraient pu découvrir son secret, Cloete était à son avis le plus exécrable. Plus que jamais, le capitaine lui apparaissait comme un ennemi à neutraliser avant qu'il ne lui cause trop d'embêtements. La moindre insinuation à ses congénères de sa part pouvait entraîner la fin de tout ce qui avait été si ardu à bâtir. Cette seule pensée la fit blêmir. Sa mâchoire se crispa, et ses lèvres tremblèrent légèrement, mais à peine une fraction de seconde.

– Vous ne pourrez jamais vous imaginer tout ce que j'ai dû faire, déclara-t-elle finalement d'une voix dure, tout ce à quoi j'ai dû renoncer pour arriver jusqu'ici. Mes raisons ne regardent que moi. Mon chemin est tracé depuis longtemps et rien ne m'en fera changer. J'ai déjà trop risqué. Je vous l'ai dit hier, je vous le répète aujourd'hui et je vous saurais gré de vous en tenir à cela : je suis le docteur James Miranda Barry, médecin attitré du gouverneur tel qu'il en a décidé et...

Cloete ne lui laissa pas le temps de finir sa phrase.

– Parlons-en, du gouverneur ! Que croyez-vous qu'il dira lorsqu'il apprendra que son cher docteur Barry est en fait...

Il s'arrêta brusquement de parler en constatant le stoïcisme dont Barry faisait toujours montre. Leurs regards se croisèrent un instant, celui du médecin toujours aussi froid et déterminé, celui du capitaine soudain médusé.

– Il le sait déjà... murmura Cloete d'une voix faible comme s'il se parlait à lui-même.

Son visage pâlit et, visiblement secoué, il alla s'affaler dans un fauteuil. Il passa une main tremblante sur son front.

– C'était donc ça, continua-t-il à mi-voix, toutes ces soirées sous sa tente pendant le voyage à Knysna ! Sa façon de tout vous accorder sans réserve... Il y a deux jours, lorsque j'ai refusé de vous laisser entrer dans ses appartements, j'ai bien vu votre vexation, mais je croyais que c'était pur caprice... alors qu'il ne s'agissait que de jalousie féminine...

Il jeta un regard froid vers Barry.

– En effet, non seulement Somerset sait que vous êtes une femme, mais il a fait de vous sa maîtresse ! Avouez-le !

– Sortez ! aboya Barry en tentant en vain de maîtriser sa rage. Sortez ou je me rends immédiatement chez le gouverneur et je vous fais rétrograder !

Cloete n'opposa aucune résistance et se releva péniblement.

– Bien sûr, continua-t-il, vous avez à présent sur lui un ascendant indéniable. Personne ici n'ignore combien Charles Somerset aime les femmes. D'ailleurs, c'est sans doute cet appétit qui lui a permis de découvrir que vous en étiez une... Mais, ne vous faites pas d'idées, il se lassera de vous.

– Je vous ai dit de sortir ! hurla Barry alors que son domestique entrait dans la pièce. Et surtout, ne vous avisez pas de dire quoi que ce soit à quiconque, vous m'entendez ?

– Je m'en vais, n'ayez crainte, fit Cloete, de guerre lasse. Dieu sait que les deux dernières journées m'ont passablement bouleversé.

Il marcha lentement vers la porte, escorté de Dentzen. Barry l'observa de l'entrée du salon, comme pour s'assurer de son départ. Cloete se retourna encore une fois avant de reprendre son chapeau et la regarda.

– Vous n'avez rien à craindre de moi, déclara-t-il d'une voix claire. Je ne sais que trop combien nos soldats ont besoin de vous. J'ai bien l'intention de garder votre secret aussi longtemps qu'il le faudra. Mais prenez garde : d'autres n'auront pas le même scrupule. Je m'excuse aussi de vous avoir donné une gifle, hier... Il faut croire que, d'instinct, j'avais déjà deviné que vous n'étiez pas un homme, autrement c'est un coup de poing que je vous aurais assené.

Avant de sortir, Cloete laissa tomber une lettre sur la petite table à côté de la porte. Barry reconnut le document contenant ses dernières volontés, remis à l'un des officiers le jour précédent. Il n'avait pas été décacheté.

Une fois Cloete parti, Barry referma la porte du salon d'une volée, s'affala à son tour dans le fauteuil et se mit à sangloter, toutes ses défenses anéanties. Elle avait dû puiser au plus profond de son être, dans un effort suprême et désespéré, pour ne pas laisser voir à Cloete le bouleversement qui lui avait saisi les tripes dès son arrivée, la douleur cuisante qui lui transperçait la cuisse à chacun de ses mouvements, la fatigue d'une nuit sans sommeil qui lui coupait pratiquement tous ses moyens et son dépit… Oh ! le dépit de savoir que, de tous ceux au Cap que James Miranda Barry tenait en piètre estime, il avait fallu que ce soit le pire, Josias Cloete, qui découvre son secret. Et avoir aussi deviné ce qui se passait réellement entre elle et le gouverneur. C'en était trop.

Elle pleura longuement avant de commencer à se ressaisir, n'arrivant à mettre de l'ordre dans ses pensées qu'au bout d'une heure. Ce ne fut qu'à ce moment que la réalité de sa situation lui apparut, la futilité de sa réaction stupide et puérile de l'avant-veille, et surtout sa bêtise de provoquer en duel un militaire d'expérience. « À force de trop vouloir maintenir ma façade, serais-je en train de me perdre, depuis quelques jours ? La situation m'échappe et m'effraie comme jamais… Je dois à tout prix me reprendre et arrêter ces sottises ! »

Essayant en vain de contenir la rage qui l'habitait encore, Barry dut se rendre à l'évidence : un seul moment d'égarement avait suffi à lui faire mettre sa carrière en jeu, et encore, pour un homme qui ne méritait peut-être même pas son attention.

Car que s'était-il vraiment passé ? Cloete n'avait rien fait d'autre qu'obéir aux ordres qu'on lui avait donnés. Était-ce au moment où le capitaine lui avait pincé le nez avec tant de mépris qu'elle avait renoncé à son bon jugement ? Le méchant capitaine avait-il sans le savoir touché une corde sensible, fait ressurgir chez Barry de douloureux souvenirs d'enfance en lui rappelant les quolibets qu'on adressait à Margaret Bulkley, dont l'apparence était pour plusieurs source d'amusement ? Quelque vingt ans plus tard, elle pensait bien avoir mis de côté depuis longtemps ces vexations anciennes.

Et il y avait la frustration qui découlait de ses activités professionnelles, l'impression de tourner en rond, de toujours tout avoir à refaire en attendant que Miranda lui demande enfin de le rejoindre à Caracas. Oui, l'attente devenait lourde à porter.

Autant de choses qui avaient fait en sorte que Barry avait laissé ses sentiments et son tempérament impétueux l'emporter sur sa raison. Le geste commis par Cloete, bien qu'anodin, aurait pu avoir des conséquences catastrophiques.

Le matin du duel, Barry était encore sous le coup d'une colère qui l'empêchait d'y voir clair. De toute façon, il lui fallait à tout prix maintenir sa façade si ardemment bâtie. James Miranda Barry n'était pas du genre à se désister.

Bien sûr, même si elle n'en avait rien laissé paraître, au moment fatidique, les risques lui étaient apparus dans toute leur ampleur. Tout au long de leur affrontement ridicule, son visage avait semblé de glace, mais elle n'avait jamais eu aussi peur de sa vie.

Maintenant, il lui fallait affronter les conséquences de son étourderie. Cloete savait… et il avait deviné juste. Même depuis leur retour de Knysna, Barry et Somerset continuaient d'entretenir cette liaison clandestine. Mais très tôt le gouverneur avait jeté sur Barry ce qui pour plusieurs femmes aurait été l'équivalent d'une douche froide.

– Je sais que vous tenez à tout prix à demeurer médecin. Vous me l'avez vous-même confirmé. Je respecterai votre choix. Mais, pour ce faire, vous ne pourrez jamais dévoiler votre véritable identité. Malgré tous les pouvoirs dont je suis investi, je n'arriverai jamais à vous faire accepter par la Couronne en tant que femme. Vous avez leurré trop de gens et trop d'institutions, trop longtemps.

– Je le sais parfaitement.

– Et je me dois également de vous faire savoir que, s'il vous venait l'envie de vous révéler sous votre vrai jour, je ne serais pas plus en mesure de vous épouser. Personne ne pourrait accepter que le gouverneur de la colonie épouse une femme qui a passé les dix dernières années à tromper tour à tour les autorités universitaires et militaires, surtout si elle est d'origine modeste…

Ces paroles n'avaient fait que confirmer ce que Barry savait déjà. Dès son plus jeune âge, à l'époque où Margaret Bulkley n'avait pas encore adopté sa nouvelle identité, on lui avait fait comprendre sans détour que la haute société constituait un monde auquel les jeunes filles de classe inférieure ne pouvaient avoir accès. Maîtresse, oui ; épouse, jamais. Le monde était malheureusement ainsi fait.

Au fond, cela ne lui importait que peu. Épouser Somerset n'était pas dans ses plans. Aussitôt que Miranda serait de retour à Caracas, ce qui ne saurait tarder à présent, elle irait le rejoindre. Mais ça, Somerset n'avait pas besoin de le savoir.

– Mon cher ami, avait-elle répondu en se blottissant dans les gros bras du gouverneur, là n'est pas mon but et vous ne le savez que trop bien. Pour le moment, je suis parfaitement à l'aise avec l'idée d'être le docteur James Miranda Barry aux yeux de tous, mais une jeune femme affectueuse pour vous seul…

Durant les jours qui avaient suivi leur retour de Knysna, leur entente avait semblé se sceller, et James Miranda Barry occupait maintenant une place de choix dans l'entourage de Lord Somerset, sans que personne ne se doute des vraies raisons. Mais Somerset lui avait aussi laissé entendre qu'il ne pouvait se satisfaire d'une seule femme dans sa vie, et que Barry devrait s'accommoder de ne pas avoir l'exclusivité de sa couche. Elle n'aurait droit qu'à une partie de l'affection du gouverneur, jamais à toute son attention.

Un tel arrangement aurait probablement déplu à la plupart des femmes, mais, puisque Somerset compensait en donnant son accord à toutes ses demandes, Barry trouvait que c'était nettement à son avantage. La médecine était sa passion, pas les hommes, du moins pas celui-là, et c'était mieux ainsi. Cela aurait pu durer longtemps, n'eût été l'intrusion de Cloete dans ses affaires. Non, ce n'était pas la jalousie féminine qui l'avait menée à ce duel idiot, c'était seulement sa susceptibilité.

Ayant retrouvé un peu de ses forces, elle prit conscience de la gravité de la situation : ce maudit Cloete avait tout découvert. « Comment ai-je pu laisser les choses aller aussi loin ? Aurais-je complètement perdu l'esprit ? Satané caractère ! Plus jamais je ne laisserai mes émotions dicter ma conduite. Je risque trop. Et à cause d'un homme ! »

Le capitaine allait-il vraiment tenir sa langue ? Il n'aurait guère le choix. En divulguant le secret de Barry, il embarrasserait tout autant le gouverneur, ce qui n'était pas dans son intérêt.

Séchant brusquement ses larmes du revers de la main, Barry se leva et lissa soigneusement les pans de son uniforme. « Je ne vais surtout pas laisser cet ignoble Josias Cloete détruire tout ce que Buchan, Miranda et moi-même avons mis tant d'efforts à construire. »

Elle s'en fut d'un pas aussi vif que son épais bandage le lui permettait, jugeant qu'il serait bon d'avertir le gouverneur qu'une menace planait maintenant sur leur arrangement.

* * *

– Je crois, cher docteur Barry, déclara Lord Somerset avec amusement, que vous vous faites trop de mauvais sang. Le capitaine Cloete ne dira rien à quiconque.

– En êtes-vous bien sûr ? Je ne peux chasser l'inquiétude qui me ronge.

– J'en suis certain, répondit Somerset en attirant Barry contre lui et en l'enlaçant. Comme je le connais, il aurait déjà parlé s'il avait eu l'intention de le faire. Il est loyal, et ce à plusieurs égards.

– Tout de même… murmura Barry alors que le gouverneur déposait des baisers goulus le long de sa joue et tâtait à travers son uniforme à la recherche de sa poitrine bien camouflée. Je ne lui fais pas confiance. J'ai trop investi dans ma carrière pour tout voir s'écrouler en un instant. Et je sais combien il me déteste…

Dans les bras de son amant, elle était à peine capable de trouver le réconfort qui lui manquait tant. Ses sentiments pour le gouverneur étaient une contradiction. D'une part, leur relation physique lui permettait, ne fût-ce que pour un moment, de se sentir femme. D'autre part, plus que jamais l'image de l'aristocrate se superposait à celle du général de Miranda dont le souvenir menaçait autrement de s'effacer complètement. « Comment puis-je me montrer aussi égoïste, aussi ingrate, et en venir à l'oublier ? »

Parfois, elle se laissait aller à imaginer quelque scénario lubrique, se demandant si le général serait lui aussi attiré par son ambiguïté sexuelle, plus courante chez ceux qu'on surnommait sarcastiquement les jolis garçons, mais qui avait un effet certain sur plusieurs hommes. Bien sûr, si jamais elle arrivait à se rendre à ses côtés à Caracas, il n'y aurait plus d'uniforme militaire à retirer, plus de pantalons boutonnés à défaire, plus de longues bandes de coton pour écraser sa poitrine. En attendant, cet honneur salace était dévolu à Somerset, et Barry s'en accommodait.

– J'ai une surprise pour vous, déclara Somerset en se détachant d'elle.

Il sortit dans le corridor et appela sa fille d'une voix forte. Moins d'une minute plus tard, Georgina venait les rejoindre avec dans les bras un tout petit caniche blanc.

– Docteur Barry ! s'écria-t-elle d'une voix enjouée. J'avais si hâte que vous arriviez ! Voici Psyché ! Père a décidé de vous en faire cadeau.

Sans attendre de réponse, elle déposa le chiot dans les bras de Barry et recula d'un pas pour admirer le maître et la bête.

– Il vous va à ravir ! roucoula-t-elle. Quelle idée géniale vous avez eue, père !

– Psyché vient de la dernière portée de la chienne des Jackmann, expliqua Somerset. Quand je l'ai vu, j'ai tout de suite pensé à vous…

– À moi ? demanda Barry qui ne comprenait pas.

– Il vous faut un compagnon, répondit Somerset, et j'ai instinctivement compris que vous aimeriez avoir un petit animal. Ce chien est parfait pour vous. Il est d'une race docile, attachante et surtout peu encline à japper.

– Donc, tout le contraire de moi ? supposa Barry.

– Je n'oserais jamais insinuer une chose pareille, protesta Somerset en riant. Allez, prenez-en bien soin.

– Je dois vous quitter, déclara Georgina en flattant doucement la tête du chiot. Psyché, voici ton nouveau maître. Veille attentivement sur lui !

Une fois la porte refermée, Barry se tourna vers Somerset. Dans ses bras, le petit chien avait déjà l'air tout à fait à l'aise.

– C'est risqué, milord…

– Risqué ? Et comment ?

– Si je me souviens bien de ce que j'ai retenu de la mythologie grecque, Psyché avait comme compagnon Cupidon. Les gens vont jaser…

– Pas du tout, protesta Somerset. Les habitants du Cap sont ignares. Ils ne comprendront pas l'allusion.

Il lui enleva le chien, le déposa par terre et l'enlaça de nouveau.

– Psyché et Cupidon étaient des amoureux inséparables, dont la relation vit naître une fille, Volupté… murmura-t-il d'une voix rauque en reprenant ses baisers. Parlant de volupté, que diriez-vous de passer à mes appartements ?

Barry ne répondit pas, mais elle le suivit. Quelques instants plus tard, sous les draps, alors que son corps menu était voluptueusement lové contre celui de son amant, une seule image persistait à occuper son esprit : celle du capitaine Cloete. Bizarrement, pour la première fois, elle ne ressentait plus aucune animosité à l'égard du capitaine, mais plutôt une grande perplexité. Malgré toute l'antipathie qu'il lui inspirait, elle devait se rendre à l'évidence : Cloete n'avait rien dit, et Barry lui devait une fière chandelle. Mais y aurait-il un prix à payer plus tard ?

* * *

– Vous êtes comme la justice, Barry, déclara Cloete en se versant une autre tasse de thé.

– Plaît-il ? répondit Barry avec agacement.

– Vous tenez la balance entre vos mains ; les riches d'un côté, les pauvres de l'autre, mais pour vous les plateaux sont à la même hauteur.

– Bien entendu ! Un être humain a le droit d'être soigné, peu importe sa condition sociale. Quel que soit son état de fortune, il demeure un être humain.

Cloete parut ne pas l'écouter.

– Le faites-vous exprès ? demanda-t-il en se tournant vers elle.

– Je vous en conjure, Cloete, venez-en au fait ! Pourquoi m'avez-vous fait demander ici ?

Cloete ignora à nouveau la riposte. Son attitude avait nettement changé depuis sa visite chez Barry au lendemain du duel. Son arrogance habituelle s'était totalement dissipée et il semblait prendre une joie enfantine à taquiner son adversaire, ce qui ne servait qu'à le faire enrager davantage.

– J'ai l'impression que vous prenez plaisir à vous attaquer à des tâches insurmontables dans l'unique but de rendre les choses plus palpitantes, continua le capitaine. Ou peut-être voyez-vous votre affectation ici comme un défi qui se renouvelle sans cesse ? Constamment insatisfait des responsabilités qui vous sont dévolues, on dirait que vous cherchez sans relâche quelque nouveau projet à entreprendre, même si, au passage, vous vous exposez aux foudres de tous.

– Je présume que vous parlez de la colonie de lépreux ? interrogea Barry qui commençait enfin à comprendre où il voulait en venir.

– Bien entendu, admit Cloete en soupirant. Somerset m'a chargé de faire le nécessaire, mais sans rien préciser d'autre. Et voici que je me retrouve à nouveau sur la ligne de tir, à tenter de vous protéger, à mon corps défendant, des attaques de ceux que vous avez mis en rogne.

– Et de qui voulez-vous parler, au juste ? fit Barry avec un sourire en coin. Les frères Leitner ? Ils reçoivent de la Couronne des sommes qui frisent l'obscénité, soi-disant pour s'occuper des malades, alors que dans les faits ils les laissent dans un état pitoyable !

Cloete soupira de nouveau.

– Je sais, concéda-t-il. Mais personne n'est disposé à accueillir ces gens sur leurs terres.

– Alors, donnons-leur un endroit qui leur appartienne, un endroit qu'ils pourront gérer eux-mêmes. Contrairement à ce que tous ont l'air de croire, vous y compris, la lèpre attaque le corps, pas l'esprit des gens ! Ils ont encore toute leur tête et sont capables d'administrer les soins et les ressources dont ils ont besoin !

– Mais les Leitner ont beaucoup d'influence, fit mollement Cloete en guise de réponse.

– Au diable les Leitner ! riposta Barry. Le gouverneur me donne raison et est prêt à procéder selon mes recommandations. Il nous a même offert le domaine de Hemel en Aarde !

– Si seulement il ne s'agissait que de cela… continua Cloete en lui tendant un pli déjà décacheté.

Barry ne put s'empêcher de sourire à nouveau en reconnaissant sa propre écriture tracée sur le papier épais. C'était bien sûr une de ses lettres, adressée quelques semaines plus tôt au colonel Bird, qui recevait les doléances des propriétaires terriens et autres civils.

Le colonel avait reçu une demande pour le moins embarrassante de la part d'un riche propriétaire de plantation, un *landdrost* dont l'une des esclaves avait depuis peu été retirée de la colonie des lépreux, après que Barry eut découvert qu'elle n'était aucunement infectée par la terrible maladie et qu'elle y avait injustement été confinée. Le *landdrost* s'inquiétait de la possibilité de contagion et avait demandé au colonel Bird de s'enquérir des risques, ou de lui offrir un dédommagement.

Ne sachant que trop bien comment les *landdrosts* prenaient toutes les libertés, mais aucune responsabilité envers leurs esclaves, Barry avait fait part de son opinion à Bird de façon ironique, mais sans équivoque :

*Je m'empresse de rassurer Votre Excellence. Les inquiétudes du* landdrost *en ce qui concerne l'esclave Cathryn ne sont aucunement fondées ; nulle possibilité de contagion n'existe du fait de toute communication ou relation que ce gentleman ou toute autre personne puissent avoir avec ladite Cathryn. Mon intention en retirant cette pauvre femme de la colonie de lépreux était et demeure de la protéger de la promiscuité, ainsi que de tout risque d'acte disgracieux ou libidineux, de la soustraire aux saletés, horreurs et autres scènes misérables qui en ce moment sont inévitables à un tel endroit et de lui permettre de se remettre de ses autres problèmes de santé. En effet, elle souffre d'une blessure au sein résultant d'une mauvaise tétée de son nourrisson, dont elle ne saurait se remettre s'il lui fallait demeurer là.*

*Son propriétaire, qui est sans aucun doute de caractère hautement respectable et de nature bienveillante, ce qui est tout à son honneur, aura certes pris les meilleurs arrangements pour assurer la convalescence de ladite Cathryn. Je suis sans réserve d'avis qu'aucun préjudice ne peut ainsi être encouru par cette femme, bien au contraire, et je m'en remets à Votre Excellence pour s'assurer qu'elle ne soit importunée par aucun individu.*

– Et alors ? demanda Barry avec le même sourire au coin des lèvres.

– Alors ? répéta Cloete. Ils ont pu lire entre les lignes. Ils ont très bien compris vos insinuations...

– Si quiconque s'est senti lésé par ma missive, je ne vois nullement en quoi j'en suis responsable. Ce n'est un secret pour personne que beaucoup de propriétaires prennent avec leurs esclaves des libertés des plus dégradantes en se servant d'elles pour assouvir leurs plus bas instincts. Dans les faits, cette pauvre Cathryn serait plus à l'abri de la promiscuité et du libertinage si on la laissait dans la colonie ! Mais ces gens en font fi ! Aucun respect, aucune considération. Et vous savez tout comme moi que, de tout temps, les hommes n'ont jamais pris leurs responsabilités et ont toujours accusé les femmes d'être l'outil de propagation des maladies vénériennes et autres affections.

Cloete s'inclina vers Barry, prit un air complice et regarda autour de lui comme pour s'assurer que personne ne pouvait l'entendre, ce qui était tout à fait inutile puisqu'ils étaient seuls.

– Vous dites cela uniquement parce que vous êtes une femme ! chuchota-t-il avec un sourire entendu.

– Je vous prierais de ne pas vous aventurer sur cette voie, rétorqua Barry en haussant le ton en guise d'avertissement. Ne revenons pas là-dessus et tenons-nous-en aux faits. Cathryn n'est nullement susceptible de transmettre la lèpre ni aucune autre infection à son propriétaire s'il la traite honorablement. Vous ne pouvez qu'être d'accord avec moi sur ce point.

– Bien entendu, concéda Cloete. Mais je vous conseille vivement de ne pas trop faire entendre vos opinions à ce sujet. Cela risquerait de vous rendre encore plus impopulaire.

– Et qu'est-ce que ça peut bien vous faire ?

Cloete rougit avant de bafouiller sa réponse.

– Eh bien..., disons que vous avez déjà suffisamment d'ennuis et que, éventuellement, ce ne pourrait qu'empirer.

Barry resta perplexe devant cette réponse. Comme si, tout à coup, son bien-être importait vraiment pour Cloete ? C'était pour le moins bizarre et étrangement rassurant à la fois. Mais elle avait l'impression que la situation pouvait rapidement devenir inconfortable.

– Qu'importe ! dit-elle. Je sais que je suis déjà peu appréciée de toute façon. Je me singularise pour toutes sortes de raisons ; en voici une de plus ! Je suis médecin et, depuis que je soigne des soldats, j'ai vu plus d'un cas de maladie vénérienne. Je connais tout du mode de propagation et je sais que les hommes n'en sont pas d'innocentes victimes !

– Mais cela ne veut pas nécessairement dire que vous devez persister à provoquer vos adversaires et à constamment vous mettre dans le pétrin.

– Que voulez-vous, Cloete, j'ai appris à bonne école.

– Bien sûr, j'oubliais que vous avez été éduqué par un anarchiste !

– Francisco de Miranda n'est pas un anarchiste !

Cloete éclata de rire.

– Alors, pourquoi croupit-il en prison depuis tant d'années ? Le roi d'Espagne a certainement des raisons valables de le garder confiné. Et nul n'ignore le rôle qu'il a joué lors de la Révolution française, sans compter son implication aux États-Unis dans la guerre de l'Indépendance. Pas un anarchiste, dites-vous ?

Barry baissa les yeux et ne sut quoi répondre. Elle était vivement étonnée de constater à quel point Cloete était bien renseigné à son sujet, comme s'il était en mesure de lire dans ses pensées. D'où lui venait donc cet intérêt pour elle ? Cette familiarité l'épatait tout autant qu'elle l'inquiétait, car elle ne servait qu'à lui enlever ses moyens. « Mes sentiments me font dire des sottises. Il est plus sage de me taire plutôt que de m'abaisser davantage. »

Le souvenir de Miranda qui surgissait subitement dans la conversation était troublant. Avec tout ce qui avait occupé son temps depuis son arrivée au Cap, sans compter les heures passées dans les bras du gouverneur, elle l'avait presque oublié. « Comment ai-je pu me montrer aussi égoïste ? Quelques lettres à peine, après mon arrivée ici, et je l'ai pratiquement mis de côté ! »

Une sensation de perte et une grande désolation s'emparèrent de son esprit, et les larmes lui vinrent aux yeux. Malgré ses efforts pour se détourner et éviter que Cloete ne voie son embarras, ce dernier ne fut pas dupe.

– Je sais aussi que le général de Miranda présente de nombreuses similitudes avec Charles Somerset, poursuivit lentement Cloete en adoptant un ton plus doux. Je ne peux m'empêcher de croire que vous les avez vues également et que vous portez de tendres sentiments autant à l'un qu'à l'autre…

– En quoi cela vous regarde-t-il ? aboya Barry en se redressant.

Cloete ne se laissa pas démonter et continua avec la même sollicitude.

– Je cherche à comprendre, Barry, c'est tout, fit-il. Je veux savoir ce qui vous pousse à persévérer ainsi…

Cet aveu fut pour Barry aussi surprenant que désarmant. L'homme qui lui avait été jusqu'à maintenant si antipathique, qui s'était même parfois montré ignoble et qui certes ne l'avait jamais portée dans son cœur semblait avoir changé d'avis depuis qu'il avait découvert son secret. Ou bien était-ce un piège, une façon de lui soutirer quelque confidence pour ensuite l'utiliser et tout révéler au moment opportun ? Malgré ce qu'en avait dit le gouverneur, mieux valait se tenir sur ses gardes.

– Il n'y a rien à comprendre, rétorqua-t-elle. Mes raisons ne regardent que moi.

– Croyez-vous ? Vous êtes aux yeux de tous un être singulier, sans amis ni alliés, sauf peut-être au sein de la maisonnée du gouverneur. Mais moi, je commence à voir clair dans votre petit jeu, à percer votre armure. Le jour viendra où vous aurez besoin de soutien.

– Je n'ai pas besoin d'amis, Cloete, répliqua sèchement Barry. Pas plus que je n'ai besoin que quiconque essaie de s'immiscer dans ma vie privée, si telle est votre intention. Je n'ai que faire de vos menaces non plus.

– Ce ne sont pas des menaces, je vous l'assure bien honnêtement. Seulement, je suis en poste ici depuis plus longtemps que vous et je connais très bien les individus qui vous tiennent rancune.

Cette déclaration était toujours empreinte de gentillesse, mais Barry était incapable de laisser tomber sa garde. « Je ne dois pas me laisser amadouer, surtout pas par lui ! Ne montrer aucune faiblesse, jamais… »

– Je suis un homme de science, déclara-t-elle en tentant en vain de se donner contenance, ce qui n'eut pour effet que d'amuser Cloete davantage. Il se trouvera toujours quelqu'un pour être jaloux de mes compétences.

– Vous faites fausse route, Barry. Il ne s'agit nullement de jalousie, mais de politique. Oui, vous possédez des connaissances inestimables. Mais, à l'époque où vous entamiez vos études de médecine, moi, j'avais déjà joint l'armée. J'avais le même âge que vous. Vous avez bien appris vos leçons, mais j'ai tout aussi bien retenu les miennes : il y a une hiérarchie à respecter, des conventions desquelles nous ne devons pas déroger et surtout des gens que nous ne pouvons pas nous mettre à dos.

– J'ai le soutien du gouverneur, déclara Barry avec emphase comme pour se rassurer. Il continuera de m'appuyer et de me protéger en tout temps.

– Le gouverneur ne sera peut-être pas toujours ici, vous le savez certainement, tout comme vous savez que son autorité est contestée et mise en doute presque quotidiennement.

Barry hésita un moment avant de répondre. On lui avait maintes fois mentionné que la situation dans la colonie commençait à faire sourciller la Couronne. Au cours des deux dernières années, plus de quatre mille nouveaux colons, pour la plupart des Anglais, étaient venus s'établir, et la plupart s'étonnaient de constater à quel point l'administration était peu démocratique. Leurs plaintes, jointes à celles qui émanaient des riches propriétaires, avaient fait leur chemin jusqu'à Westminster et n'allaient pas être constamment ignorées. Pour le moment, par contre, elle ne voyait pas en quoi cela pouvait influencer sa vie et ses activités.

– N'ayez crainte, Cloete, déclara-t-elle enfin en retrouvant son assurance. Je suis parfaitement au courant de ce qui se passe, et je pourrai très bien parer à toute éventualité.

– Ne sous-estimez pas votre situation, Barry, dit le capitaine avec un sourire amusé. Votre effronterie et les insultes que vous avez proférées à l'égard de certains membres supérieurs de l'administration sont toujours très vives dans leurs esprits. Cela risque de vous retomber sur le nez assez tôt. Surtout, tâchez de vous débarrasser de votre air hautain. Il déplaît à plus d'un. Tout le monde ne sait pas comme moi qu'il ne s'agit que d'une comédie…

Cloete eut à peine le temps de s'esquiver lorsque Barry, écarlate de rage, lui lança au visage une liasse de papiers qui se trouvaient sur le bureau. Elle sortit en claquant la porte.

Cloete avait touché un point sensible. Mieux que quiconque, y compris le gouverneur, il était à présent capable de voir au-delà des subterfuges qu'elle avait mis tant de temps et d'efforts à élaborer. Et le fait qu'il n'ait toujours rien révélé de son secret était tout aussi inquiétant que déroutant. Se souciait-il vraiment de ce qu'il pouvait advenir d'elle, ou était-ce une ruse pour gagner sa confiance de façon mesquine ? Il était encore impossible de le déterminer et cela conférait au capitaine Cloete un avantage que Barry trouvait franchement désagréable ; non seulement ne pouvait-elle rien changer à la situation, elle ne la contrôlait nullement. La seule chose qui lui restait à faire, c'était d'attendre. Avec le temps, les véritables intentions de Cloete, surtout si elles étaient malveillantes, finiraient bien par se manifester. Avec un peu de chance, Miranda sortirait de prison et réclamerait sa présence bien avant.

Dans l'intervalle, elle ne voulait pas perdre de temps à se soucier des avertissements de Cloete. « Mes intentions sont bonnes et ma compassion triomphera, à la longue, pensa-t-elle. Il y aura toujours quelqu'un pour rouspéter et se plaindre des changements qui sont à faire. Mais quel véritable pouvoir détiennent les gens qui contestent mes exigences ? »

Dans sa vie quotidienne, elle ne sentait aucune menace. Au fil des mois, une certaine routine s'était installée dans l'appartement de la Heerengracht. Tous les matins, les voisins prenaient plaisir à saluer ce cher docteur Barry, qui sortait promener son petit chien dès la première heure et prenait soin de faire un arrêt chez madame Sanders, la boulangère, pour y acheter une brioche et une tasse de thé, se contentant de la boisson tandis que Psyché faisait honneur à la brioche.

Elle occupait le reste de la matinée en faisant sa tournée de tous les endroits qui se trouvaient sous sa supervision. Sur recommandation de Somerset, elle avait été promue par Westminster au grade d'inspecteur médical colonial et elle était ainsi responsable de la bonne marche de plusieurs institutions. Elle chevauchait d'une place à l'autre, passait en revue les baraques des soldats, la prison, l'hôpital où avaient finalement été transférés les lépreux, ainsi que le nouvel asile psychiatrique qui, encore en construction, allait être baptisé Somerset Hospital. Les après-midi étaient consacrés à la rédaction de rapports aussi variés que détaillés.

Seules les soirées se suivaient sans se ressembler, lui offrant la chance d'assister à des réceptions mondaines, à des bals de régiments, à des premières au théâtre dans la loge du gouverneur et à d'autres dîners d'apparat donnés en l'honneur de notables de passage au Cap. Les soirs où rien de particulier ne lui était offert, elle allait rendre une visite de courtoisie au gouverneur qui, sans aucun doute, devait bien être curieux d'apprendre ce que l'inspecteur médical colonial avait de nouveau à lui rapporter… en privé.

* * *

– Mais quand allez-vous donc démissionner de l'armée ? lui demanda un soir Somerset. Avec ce que je vous paie, vous ne perdriez pas vraiment. Il y a des dizaines de postes civils auxquels je pourrais vous nommer. Nous pourrions même en créer de nouveaux si nécessaire. Vous pourriez loger ici et être constamment à mes côtés, sans compter que Georgina et Charlotte en seraient ravies !

Barry lui adressa un sourire en coin avant de répondre.

– Et vous pourriez ainsi être averti de mes moindres faits et gestes ?

– Loin de moi cette idée ! protesta Somerset. Mais, en vous dégageant de vos fonctions militaires, on vous soulagerait en même temps de plusieurs responsabilités.

– Mais ces responsabilités ne me rebutent pas, bien au contraire ! En fait, plus que jamais j'ai la conviction que je suis infiniment plus utile de cette façon. J'ai accès à toutes les institutions où vous daignez m'affecter, en plus d'avoir mon mot à dire sur ce qui concerne les soldats. Eux aussi ont besoin de moi.

– Eh bien, soit ! Du moment que c'est ce que vous voulez. Mais mon offre tient toujours, si jamais vous changez d'avis.

Barry n'avait pas eu à réfléchir longtemps. L'offre du gouverneur était alléchante, mais comment lui avouer que, pour certaines choses, elle ne lui faisait pas entièrement confiance ? Leur relation charnelle lui apportait beaucoup, elle le reconnaissait bien honnêtement. Les moments passés dans les bras du gouverneur lui permettaient un bref moment d'oublier sa charge de travail, ses soucis, toutes les vexations de sa vie professionnelle. Mais il n'était toujours pas question d'amour, et elle savait pertinemment que Somerset pouvait s'en lasser du jour au lendemain. L'idée de se mettre à la merci d'un homme susceptible de vouloir se défaire de sa présence à tout moment était vaguement inquiétante.

« Si j'avais voulu me livrer corps et âme à quelqu'un, j'aurais très bien pu me marier. Cette situation me convient parfaitement ; alors, pourquoi changer ? Je conserve ainsi le contrôle de ma vie et de mon destin. »

Dans son esprit, il n'y avait pas le moindre doute que tout ne pouvait que continuer à aller pour le mieux.

* * *

Barry lut la lettre encore et encore, en s'attardant surtout aux dates et en cherchant à comprendre la chronologie des terribles nouvelles que Lord Buchan lui annonçait dans sa missive, datée de deux mois plus tôt.

Francisco de Miranda était mort en prison, à Cadix, et Mary Anne Bulkley l'avait suivi dans l'au-delà à peine trois semaines plus tard.

Cette annonce doublement funèbre avait complètement brisé Barry, qui avait prétendu quitter la ville quelques jours sous prétexte d'aller inspecter le domaine où on allait bientôt installer la nouvelle colonie de lépreux. Mais elle avait subrepticement regagné son logis sous le couvert de la nuit, clandestinement, pour vivre son deuil loin des regards.

Comment continuer, autrement ? Comment trouver la force de faire semblant jour après jour que rien n'avait changé dans la vie de James Miranda Barry, que cette lettre ne lui était jamais parvenue, ne lui avait pas fait éclater le cœur en mille miettes ?

Mais ce qui lui importait le plus de savoir était pratiquement impossible à deviner à la lecture du texte. Mary Anne avait-elle eu le temps d'apprendre que Miranda était mort avant de mourir elle-même ? Si oui, était-elle morte de chagrin ? Cette possibilité était abominable. « C'est moi qui aurais dû lui annoncer le décès du général. J'aurais dû être à ses côtés pour la soutenir... »

Au-delà du chagrin, Barry était en proie à d'atroces remords, car, avec chaque jour qui s'était écoulé depuis son arrivée au Cap, les projets multiples qu'elle avait menés de front et les moments intimes passés dans les bras de Somerset, le Vénézuélien s'était progressivement éclipsé. « Est-ce que la vie me punit pour l'avoir si cruellement négligé ? Je n'aurais pas dû me laisser distraire, mais plutôt m'employer à lui accorder plus d'importance, lui écrire plus souvent, même s'il y avait peu de chances que mes lettres lui parviennent. »

Au bout de trois jours, une autre évidence lui apparut, encore plus cruelle : il n'y avait plus d'autre destin pour elle, désormais. Jamais on ne verrait James Miranda Barry, que ce soit sous ces traits ou sous ceux de Margaret Bulkley, à Caracas. Il ne lui restait qu'une seule issue : pour pouvoir continuer à pratiquer la médecine, elle devait demeurer en poste au sein de l'armée britannique, peu importait le temps que cela durerait...

Mais là, elle savait à quoi s'attendre, du moins en principe.

* * *

– J'étais convaincu que ce jour viendrait, annonça Cloete, mais j'ignorais que ce serait aussi tôt.

– Je vous prierais, capitaine Cloete, de garder vos opinions pour vous, fit nerveusement Barry. Je me vois, à mon plus grand regret, dans l'obligation de vous demander une faveur.

– Cette faveur aurait-elle quelque chose à voir avec le fait que le gouverneur a été sommé de se rendre à Londres pour répondre des accusations qui pèsent contre lui ?

– Vous pouvez bien en penser ce que vous voudrez, je n'en ai que faire. Je n'ai aucun doute que le gouverneur saura se tirer d'affaire et sera de retour au Cap très bientôt.

– Et vous désirez rentrer à Londres avec lui, je suppose ? Laissez-moi deviner un peu... Vous souhaitez l'accompagner, mais il refuse. Tout le monde sait que les âmes bien pensantes font pression sur lui pour qu'il ramène une nouvelle Lady Somerset. Votre présence à ses côtés pourrait nuire à ses projets matrimoniaux...

– Voulez-vous bien vous taire et me laisser parler ? hurla Barry. Il ne s'agit pas de cela, pas le moins du monde ! Ce que le gouverneur fera, qu'il convole ou non, m'est absolument égal !

Pour une fois, Barry disait vrai. Le gouverneur l'avait maintes fois répété : ce mariage servait à des fins politiques et stratégiques et ne changerait en rien la nature de leur relation, ce qu'elle n'avait aucune difficulté à croire. De toute façon, elle avait fermé son cœur, pour de bon, et n'était pas de nature jalouse. Et puis, quelque chose de plus important encore occupait son esprit.

– Je ne vous crois pas du tout, fit Cloete, mais poursuivez.

– Pendant son absence, je devrai me rendre à l'île Maurice...

– L'île Maurice ? Et pourquoi donc ?

– Ne posez pas de questions et contentez-vous de faire le nécessaire ! Je vous donne la permission de vous adresser au colonel Bird, mais à personne d'autre. Les raisons de ce voyage doivent rester inconnues. Surtout, je vous prie de faire en sorte que personne ici ne m'y suive...

– Mais en quoi avez-vous besoin de moi ? Vous n'avez qu'à demander au gouverneur de vous y poster temporairement !

– Le gouverneur ne doit pas en être informé, répondit Barry précipitamment. Je m'y rends pour des raisons personnelles, sans affectation officielle. Et il est le dernier qui doit savoir que je m'absenterai de la colonie en même temps que lui. J'ai besoin que vous m'obteniez la permission du colonel Bird, qui sera responsable de tout en l'absence de Lord Charles. J'ai confiance en lui.

– Tout cela me semble bien étrange, fit Cloete avec méfiance. Je ne suis pas sûr de pouvoir acquiescer à votre demande.

– Je vous en supplie, Cloete, plaida soudain Barry dans un sanglot étranglé. Je dois à tout prix disparaître quelques mois. Fort heureusement, l'absence du gouverneur me donnera juste assez de temps pour…

Elle ne put continuer et se détourna, tentant en vain de retrouver son calme. Il aurait été tellement plus facile de tout lui avouer, mais, même après y avoir réfléchi toute la nuit, elle ne pouvait expliquer sa situation à Cloete. Force lui était de reconnaître que, contrairement à tout ce qu'elle avait pensé de lui depuis leur première rencontre, le capitaine était effectivement le seul au Cap à qui elle pouvait se confier à cet instant. Depuis le jour du duel, Cloete avait démontré, malgré ses airs moqueurs, de l'admiration pour sa détermination et sa ténacité. Au lieu de lui tenir rigueur de toutes les doléances qu'elle générait par ses demandes, il cherchait maintenant à la mettre en garde et à la protéger de ses ennemis. Surtout, il avait tenu parole, comme il l'avait déclaré alors, en ne dévoilant rien de son secret ; elle en était certaine. Et ce sans jamais rien réclamer en retour.

Mais comment lui expliquer ? Comment lui dire la détresse qui s'était graduellement emparée d'elle au cours des dernières semaines durant lesquelles aucun des saignements habituellement attendus ne s'était manifesté ? Son désarroi qui s'amplifiait aussi sûrement que sa taille s'épaississait ? Était-ce envisageable de l'avouer au capitaine ? Comment lui faire comprendre que James Miranda Barry, dont la silhouette menue et chétive était bien connue, devrait se soustraire à la vue de tous pendant quelques mois ?

Devant son silence, la méfiance de Cloete se transforma en inquiétude. Le mur que Barry avait dressé entre eux semblait soudain s'effriter, lui laissant voir une facette inconnue de sa personnalité, quelque chose qu'elle cherchait depuis toujours, si désespérément, à lui cacher : sa fragilité et son humanité.

– Assez de temps pour quoi ? demanda Cloete, préoccupé par l'attitude inusitée de Barry.

– Pour faire ce que j'ai à faire, fit-elle piteusement en soupirant longuement. Je vous en conjure, vous êtes le seul à qui je peux faire confiance à ce moment-ci…

– Eh bien, soit, concéda Cloete au bout d'un moment. Je verrai ce que je peux faire. Bird est de ceux qui ne vous portent pas en très haute estime, mais il vous déteste moins que beaucoup d'autres. Il sera probablement plus qu'heureux de se voir débarrassé de vous en l'absence du gouverneur. Mais soyez assuré que je vous demanderai des comptes à votre retour.

« Et moi, avec un peu de chance, j'aurai probablement une excuse toute prête », se dit Barry en posant instinctivement la main sur son ventre.

# V

*Cape Town, 1821*

– Une épidémie de choléra, déclara Barry avec assurance à l'entourage de Lord Somerset et au colonel Bird, assemblés dans le bureau du gouverneur, pour expliquer son départ précipité et sa longue absence. Fort heureusement, les vents favorables m'ont permis d'arriver assez tôt pour empêcher que la maladie ne fasse trop de ravages…

– Vraiment ? intervint Josias Cloete. Pourtant, l'annonce de cette épidémie ne nous est parvenue que bien après votre départ…

– C'est vous qui le dites, coupa Barry. Au risque de vous surprendre, je vous dirai que vous n'êtes pas le seul à disposer d'informations privilégiées.

Depuis le retour de Barry, l'animosité menaçait de l'opposer de nouveau à Cloete, ce dernier semblant vexé que Barry ne lui fasse pas suffisamment confiance pour lui raconter ce qui s'était passé à l'île Maurice durant son séjour là-bas, un séjour qui avait duré près de six mois. Mais Barry sentait que cette attitude tenait surtout à la frustration du capitaine, qui semblait osciller entre l'incompréhension, la peine et la colère.

Avec le temps, elle avait fini par conclure que Cloete n'était aucunement animé de mauvaises intentions. En revanche, il semblait craindre que, durant cette absence inexpliquée, Barry eût fait quelque chose qui pourrait éventuellement lui nuire. Il devenait de plus en plus évident qu'il cherchait, bien que maladroitement, à devenir son ami. Mais il était trop tard. Après avoir vécu tant de peines au cours de la dernière année, elle avait décidé de reconstruire ce mur, cette façade qui lui avait si bien servi et qui l'empêcherait d'avoir à faire face à d'autres désillusions. Par-dessus tout, elle tentait désespérément d'oublier ce qui s'était passé à l'île Maurice, et en parler ne serait que plus pénible.

Malgré tout, elle n'ignorait pas que Josias Cloete, en vertu de sa promesse et compte tenu de la façon dont il était resté loyal, méritait peut-être de connaître la vérité. Un jour, peut-être, lorsque la blessure serait moins vive… En attendant, Barry entendait garder ses secrets. Et en ce qui concernait les secrets, elle était passée maître dans l'art de s'esquiver.

– Je me souviens parfaitement de la requête qui nous a été envoyée, reprit Cloete, faisant état de la situation et nous demandant de l'aide…

– Je sais que la chose vous est insupportable, Cloete, l'interrompit Barry en scandant chaque mot, mais j'étais au courant de tout cela avant vous. J'avais même déjà mis en place les mesures nécessaires, et l'épidémie était maîtrisée avant que cette nouvelle ne vous atteigne.

– C'est vous qui le dites, cette fois-ci…

– Que tentez-vous d'insinuer, capitaine Cloete ?

– Messieurs, intervint finalement le gouverneur, peu importe la chronologie des événements, voyons ! Le docteur Barry a été dépêché sur place promptement, l'épidémie a été enrayée et tout est rentré dans l'ordre. J'aimerais qu'on se concentre sur les questions importantes. Je suis de retour et je constate qu'il y a beaucoup à faire. Nous allons donc commencer par une grande réception durant laquelle je pourrai officiellement présenter ma nouvelle épouse. Dès le lendemain, nous nous attellerons à la tâche afin de remettre un peu d'ordre dans la colonie.

Cloete et Barry se calmèrent immédiatement et échangèrent cette fois un regard entendu ; la dernière phrase prononcée par le gouverneur, avec sa teneur anodine, sous-estimait largement l'état des choses et ne laissa personne indifférent. Lord Charles était de retour, accompagné d'une nouvelle Lady Somerset, mais ce n'était pas le seul changement à survenir dans la colonie au cours des derniers mois. En peu de temps, les choses avaient beaucoup évolué.

D'un geste impatient, il fit signe à tout le monde de se retirer.

– Qu'on prépare mon cheval, ordonna-t-il. Je brûle d'envie d'aller faire un tour. Je veux aussi visiter les écuries pour voir comment se portent les nouveaux poulains. J'ai en outre beaucoup à faire pour m'assurer que la réception que mes filles sont en train d'organiser soit parfaite en tout. Les affaires de l'État peuvent attendre quelques jours.

Cloete et Barry sortirent avec les autres sans oser répondre, sachant parfaitement que Lord Charles n'avait pas compris l'ampleur de ce qui s'était produit pendant son absence.

– Le colonel Bird a laissé les choses aller trop loin, soupira Cloete alors qu'il chevauchait aux côtés de Barry sur la route qui les ramenait vers la ville. Il n'avait jamais été d'accord avec les vues de Lord Charles, mais de là à trop laisser faire…

– De quoi voulez-vous parler, au juste ? demanda Barry. Des trois journaux qui sont maintenant publiés, ou des groupes de propriétaires qui se sont formés ? Je ne vois pas en quoi les uns ou les autres peuvent causer du tort.

– Vous ne voyez pas ? s'esclaffa Cloete, incrédule. Dans les deux cas, il s'agit principalement d'une façon de contester l'autorité ! La population est en train de s'unir dans l'unique but de gagner plus d'indépendance vis-à-vis de la mère patrie. En audience à Londres, le gouverneur a apparemment eu beaucoup de difficulté à convaincre notre nouveau roi qu'il tenait la situation bien en main ici. Sa Majesté a consenti à le maintenir en poste, mais non sans lui avoir servi de sérieux avertissements.

– Comme toujours, vous êtes merveilleusement informé, répondit Barry en fronçant les sourcils. Effectivement, j'ai bien vu que les choses ont commencé à changer ici, même si mon absence n'a duré que six mois…

– Une absence que vous n'avez toujours pas expliquée de façon claire, l'interrompit Cloete d'un ton moqueur.

Contrairement à son attitude défiante d'un peu plus tôt, Cloete tentait la taquinerie pour avoir réponse à cette question qui le consumait. Le cœur de Barry ne se serra que davantage. « Tâcher d'oublier, ne rien dire… », songea-t-elle. Il fallait lui faire comprendre de laisser tomber le sujet. La meilleure tactique consistait peut-être à s'en tenir à la besogne qui restait à abattre, à s'en tenir à des choses concrètes, à regarder devant.

– Vous m'irritez, capitaine ! Je suis de retour, c'est tout ce qui importe. Comme je le disais, je vois que les choses ont changé, mais je ne doute aucunement que Lord Charles sera en mesure de restaurer l'ordre, tel que Westminster le lui a demandé. Personnellement, la chose politique ne m'intéresse que peu, du moment qu'on me laisse faire mon travail.

– J'aimerais pouvoir faire montre d'autant de détachement, avoua Cloete. Malheureusement, la politique fait partie des aléas de ma tâche. J'envie aussi votre capacité à mettre en Lord Somerset une confiance quasi aveugle. Pour moi, tout dépendra de la conduite du gouverneur, maintenant qu'il est de retour. Je ne prendrais pas les choses à la légère, à votre place.

Le capitaine arrêta son cheval devant la maison de Barry et lui adressa un signe de tête courtois.

– N'ayez crainte, fit Barry avec un sourire un peu forcé. Je ne vois pas en quoi cela me concerne de toute façon. Je suis médecin avant tout et ce sont mes malades qui me préoccupent le plus. Pour le reste, j'ai plus que jamais confiance en Somerset.

Ce fut au tour de Cloete de répondre d'un sourire avant de reprendre la route. Barry le regarda s'éloigner un moment, brûlant d'envie de lui dire de revenir. Tandis qu'il n'y avait pas si longtemps, elle craignait de le voir lire dans ses pensées, maintenant elle aurait voulu qu'il sache tout sans avoir à le lui dire. Sa seule présence la réconfortait. Dans un sens, ces prises de bec taquines lui plaisaient, du moment qu'il n'était pas question de son identité, de son intimité. Elle avait maintes fois déclaré qu'elle n'avait pas besoin d'ami, mais elle puisait tout de même dans leur complicité un certain soutien qui autrement lui aurait fait cruellement défaut. Même s'il connaissait son secret, Cloete persistait à traiter Barry en égal, au même titre que n'importe quel autre collègue officier, alors qu'il lui aurait été facile de se prévaloir de l'information qu'il possédait pour agir ainsi que faisaient les hommes à l'égard de la gent féminine, en adoptant une légèreté condescendante et en démontrant une politesse empruntée qui laissaient constamment entendre qu'on ne discutait pas certaines choses avec les femmes. Autant de comportements dont Barry n'avait cure.

Paradoxalement, l'attitude du capitaine aidait grandement à établir entre eux une distance confortable, et c'était très bien ainsi. Mais combien de temps serait-il possible à Barry de la maintenir ?

* * *

Après son retour, Somerset n'attendit pas bien longtemps avant de convoquer Barry à ses appartements.

– Comme je vous l'avais dit avant mon départ, cher docteur Barry, que je me sois remarié ne change en rien l'arrangement que nous avions précédemment conclu..., déclara-t-il suavement en déposant un langoureux baiser sur sa main.

– Vraiment, milord ?

– Bien entendu, continua Somerset en l'attirant à lui. Ma femme vient d'un monde où, de tout temps, les maîtresses sont non seulement un droit, mais aussi une nécessité.

Barry soupira d'aise en se blottissant dans les bras de son amant, réalisant soudainement combien ce contact physique lui avait manqué. Un instant plus tard, le gouverneur reprenait sa bonne vieille habitude de la déshabiller quasi violemment, en rugissant de façon salace tandis qu'il déchirait presque sa veste et sa culotte, pour finalement se calmer en finissant de découvrir le corps résolument féminin.

Une fois nue, elle fut surprise de voir son amant reculer de quelques pas. Elle se sentit rougir alors qu'il la contempla de pied en cap. Allait-il voir que son corps avait changé ? Son air amusé la rassura immédiatement. Il se tourna vers la penderie pour en tirer une masse de tissu rouge foncé.

– Tenez, fit-il ensuite en lui tendant un amas de velours et de dentelles. Je vous ai rapporté un cadeau...

C'était une robe. Une superbe robe. Barry la prit fébrilement. Bien entendu, ce n'était pas le premier cadeau qu'il lui faisait, mais elle n'avait plus possédé aucun vêtement de femme depuis ce fatidique dimanche de 1808 où, dans le salon de Lord Buchan, on avait assisté à l'avènement de James Miranda Barry. Ses doigts se refermèrent doucement sur le fin velours, et elle le porta à son visage pour le poser contre sa joue. Au contraire des uniformes auxquels elle était habituée, le tissu était frais et fluide, d'une très grande qualité, sans aucun doute. Cette douceur inattendue lui amena presque les larmes aux yeux.

Mais déjà le gouverneur lui tendait quelque chose d'autre.

– Il y a aussi ceci, dit-il en lui remettant cette fois une culotte blanche, une crinoline légère et un corset de satin. J'aimerais que vous les portiez, juste par curiosité.

Ces derniers mots avaient été dits avec un sous-entendu qui n'échappa point à Barry. Il aimait ce genre de jeu, et elle s'empressa d'obtempérer.

Un moment plus tard, ce fut au tour de Barry de se contempler, cette fois dans le grand miroir fixé au mur.

De toute évidence, cette robe avait été confectionnée pour elle. La longueur n'aurait pu convenir à Lady Somerset ni aux filles du gouverneur, qui étaient toutes plus grandes que Barry. Mais comment le tailleur avait-il pu deviner ? La taille était parfaitement ajustée, les hanches, agréablement amplifiées par la culotte et la crinoline, le corsage était juste assez révélateur…

Puis, Barry aperçut finalement son visage dans la glace. Elle tressaillit violemment, surprise de se voir en femme.

« Voilà donc de quoi j'aurais l'air… » Bien sûr, il lui faudrait laisser pousser ses cheveux et les coiffer, se mettre peut-être un peu de rose aux lèvres, mais l'ensemble n'était pas si mal, après tout.

Somerset vint se placer derrière elle et l'enlaça. Barry se sentit curieusement minuscule, comme la toute première fois où il l'avait séduite. Elle s'attendit un moment à ce qu'il lui fasse un compliment. Le genre de compliment que lui seul aurait pu formuler. Mais son regard de plus en plus brillant lui fit comprendre que les sentiments qui l'animaient étaient nettement plus concupiscents.

Effectivement, à peine quelques secondes plus tard, elle se retrouva de nouveau nue. La robe et tout ce qui venait avec avaient cavalièrement été repoussés dans un coin de la chambre, d'un seul coup de botte de Somerset.

Le jeu était fini, ce qui laissa Barry vaguement amère. Elle aurait aimé que le moment s'étire un peu, avoir un peu plus de temps pour goûter à cette féminité retrouvée.

Mais Somerset n'avait pas le temps pour ce genre de chose. Son instinct primait sur les sentiments de Barry. Jamais il ne remarqua qu'elle avait changé, aussi bien physiquement que dans son attitude, depuis leur dernière rencontre. Ou alors il n'en dit rien. C'était préférable ainsi.

Ces retrouvailles lubriques laissèrent Barry curieusement nostalgique et perplexe. Il ne lui était plus possible de superposer le visage de Miranda à celui de Somerset. À son grand désarroi, l'image qui prenait lentement forme au fond de ses pensées était maintenant celle de Josias Cloete, une image qu'elle s'évertuait désespérément à chasser ; Josias qui, bien que célibataire, s'était toujours honorablement comporté à son égard, sans jamais rien demander ni rien attendre en retour ; Josias qui ne cachait plus l'admiration qu'il éprouvait devant la détermination et l'ardeur au travail de Barry, devant tous les accomplissements qui n'en finissaient plus de se multiplier ; Josias qui s'évertuait à l'avertir des possibles foudres de ses ennemis et qui, probablement, la protégeait de la rogne environnante ; Josias qui, pour dire vrai, était le seul en qui elle pouvait aveuglément avoir confiance, même si c'était trop pénible à admettre.

« Peut-être devrais-je éventuellement me résigner à ne plus entretenir de telles relations avec le gouverneur, si c'est la seule façon de bannir de mon esprit les pensées qui me rongent... », songea-t-elle une fois de retour à son logis. Cette idée lui amena un immense soulagement. Bien sûr, cela lui faciliterait grandement les choses d'oublier ses propres besoins, de faire taire son appétit charnel. Mais peut-être pas tout de suite...

Elle se secoua et empoigna résolument la lourde pile de rapports qui s'accumulaient. Il y avait tant à faire, et de toute urgence. Pourquoi perdre son temps en vaine sentimentalité ? Elle se fit la promesse solennelle de ne plus se laisser aller à contempler sa situation personnelle de façon aussi ridicule. Il valait mieux ne pas céder aux émotions, ne pas se plier aux désirs des sens. Il y avait trop de tâches à accomplir pour se laisser distraire par quelque chose d'aussi futile. Maintenant que le gouverneur était de retour, il fallait se remettre au travail et rattraper le temps perdu. La vie de trop de pauvres gens en dépendait.

* * *

Quelques mois plus tard, Barry fut à même de constater que les prédictions pessimistes de Cloete étaient en voie de se réaliser. En dépit des avertissements que Westminster lui avait servis et en tant que digne aristocrate d'une époque révolue, Somerset ne semblait toujours pas comprendre qu'il aurait été sage d'accorder une plus grande importance aux affaires de l'État, plutôt qu'aux réceptions mondaines, expéditions de chasse et autres activités divertissantes. La grogne montait chaque jour davantage.

De nouveau, Josias Cloete, maintenant élevé au rang de major, était celui qui devait composer avec les critiques et les demandes incessantes de la population coloniale.

– Je ne peux pas concevoir, Barry, que vous soyez d'accord avec Lord Charles lorsqu'il tente de restreindre de façon aussi radicale la liberté de presse. Hier encore, son ordre de faire fermer les imprimeries commerciales a failli provoquer une émeute !

– Je comprends ce que vous voulez dire, Cloete, répondit Barry. La liberté de presse était cruciale pour mes mentors, Buchan et Miranda. Je partage cet avis. Mais ces jours-ci les questions médicales et sanitaires me donnent tant de fil à retordre que je n'ai ni la force ni la motivation de le faire changer d'idée quant à ses politiques administratives. Par chance, Bird semble avoir pris plus d'assurance en plus de m'appuyer sur plusieurs points, ce dont je suis fort aise. Il ne se gêne pas pour faire valoir ses opinions. Ma foi, j'oserais même dire que je m'entends mieux avec lui depuis mon retour au Cap.

Cloete soupira.

– J'aimerais pouvoir en dire autant. Autrefois, il agissait uniquement comme conseiller et nous nous entendions très bien. Mais, depuis le retour de Lord Charles, il tente constamment de s'imposer. L'avez-vous au moins remarqué ? Il me semble que vous passez de moins en moins de temps à Newlands…

– Je ne vois pas en quoi cela vous regarde, répliqua Barry, acerbe.

Contre toute attente, Cloete décida de s'en tenir à cette réponse. Depuis que Barry était de retour de l'île Maurice, l'aide de camp du gouverneur essayait manifestement d'éviter les confrontations. Mais cela ne l'empêchait pas d'avoir raison. Barry se dévouait sans relâche aux causes qui lui étaient chères et se rendait de moins en moins souvent à la résidence du gouverneur, où Lord Charles avait pris l'habitude de s'isoler comme s'il voulait tout oublier de ses obligations. Toute la famille n'en avait à présent que pour la nouvelle Lady Somerset. Pourtant, lorsque Barry et Somerset se retrouvaient en tête-à-tête dans le bureau du Cap, leur relation ne semblait pas avoir changé, ce qui laissait Cloete perplexe.

Cependant, les activités professionnelles de Barry avaient grandement évolué, et pour le pire. Sous la pression des marchands, notables et autres administrateurs qui ne cessaient de protester, Lord Charles ne donnait plus suite avec la même assiduité à ses demandes, et c'était à son tour de se fier à Cloete pour faire valoir ses requêtes auprès du gouverneur.

– Qu'en est-il de l'affaire Liesching ? demanda Cloete. Avez-vous accepté de revenir sur votre décision et de faire attribuer à son fils sa licence de pharmacie ? En avez-vous au moins considéré la possibilité ?

– Ma décision était finale, déclara Barry d'un ton sec en fronçant les sourcils, agacée. Et en ce qui me concerne, la question est réglée depuis fort longtemps.

– Pourtant, Liesching père n'en démord pas. La situation traîne, et vous ne faites rien pour l'arranger.

– Ce n'est pas un match de paume, Cloete ! Les choses traînent pour eux, pas pour moi. Ce qui est dit reste dit. Je ne reviendrai pas là-dessus. Était-ce donc le but de votre visite ?

– Mais non, répondit Cloete en souriant. Comment pouvez-vous croire cela ? Seulement, on me talonne de toutes parts et, comme le gouverneur n'a que faire des considérations vraiment importantes, sans compter que c'est là l'une des rares contestations dont Bird ne veut pas se mêler, c'est à moi de ramasser les pots cassés.

– Le fils de Liesching n'a aucune compétence pour maintenir son commerce, décréta Barry avec emphase. Je sais qu'il a fait cinq années d'études et presque autant à titre d'apprenti, mais comment juger de la qualité de ce qu'on lui a appris ? Je refuserai de lui octroyer une licence tant et aussi longtemps qu'il ne pourra me soumettre les papiers qui prouvent qu'il a obtenu son diplôme d'une université européenne. C'était dans mon rapport ; si vous vous étiez donné la peine de le lire…

– J'en ai soupé, de vos rapports, Barry ! Comment trouvez-vous le temps d'écrire autant, dites-moi ? Jamais je n'ai vu un officier noircir tant de feuilles. Rapport par-dessus rapport, comptes rendus, requêtes de toutes sortes… Toutes les semaines depuis des mois, des années même ! Vous auriez dû vous faire écrivain plutôt que médecin.

– J'avoue que je n'y ai jamais songé. Il me semble que j'ai plus à offrir en soignant le corps plutôt que l'esprit des gens.

– Alors, auriez-vous quelque remède pour les esprits échauffés ? Carl Liesching commence à proférer des menaces qui risquent de vous coûter cher.

– Je sais que le docteur Liesching est un membre bien en vue de cette société. Il est puissant et influent. Mais cela ne change en rien le fait que son fils n'est nullement qualifié en tant qu'apothicaire. Je le traite comme les autres qui m'ont soumis pareille demande sans avoir la formation requise.

– Votre ténacité ne cessera jamais de me surprendre, Barry, mais prenez garde. Au même titre que Miranda et Somerset, tout le monde sait que vous avez appris à bonne école et que vous ne craignez pas de vous faire des ennemis. Par contre, vous n'aurez jamais les moyens de vous en sortir. Parmi tous ceux à qui vous avez refusé une licence, Liesching est de loin celui qui est le plus susceptible de vous nuire. Souvenez-vous comment vous avez critiqué sa façon de gérer l'hôpital psychiatrique, il n'y a pas si longtemps. Il est revanchard et aussi tenace que vous, sinon plus. Il a fait de vous son ennemi à vie et il peut attendre pendant des mois, voire des années, le moment opportun où il prendra sa revanche.

– Nous verrons bien, rétorqua Barry avec assurance. Je ne le crains nullement. J'ai tous les faits en main, l'hôpital était insalubre. Ma foi, on y trouvait plus de chiens, de chats, et de porcelets en liberté que de patients. Les installations sont nettement meilleures depuis qu'on a accédé à mes demandes, vous ne pouvez le nier ! N'oubliez pas non plus que, à la suite de ce rapport, on m'a nommé inspecteur des hôpitaux. Cette décision provenait de Westminster, et non du gouverneur. Il semble que mes opinions comptent en haut lieu, désormais. Quant au fils Liesching, c'est la même chose que son père, il n'a pas les diplômes requis et n'est aucunement apte à tenir un tel commerce. Qui sait à quel point ma complaisance pourrait avoir des conséquences néfastes ? D'ailleurs, il n'y a pas que moi qui pense ainsi ; le docteur Bailey et le professeur Poleman sont également de mon avis.

– James Poleman, l'apothicaire ? demanda Cloete avec un air surpris.

– Oui. Depuis quelques mois, j'ai passé beaucoup de temps dans le petit laboratoire qu'il a aménagé à l'arrière de son magasin. C'est un botaniste brillant et il en sait long sur la flore locale. J'apprends beaucoup à son contact.

– Essayez-vous de me dire que vous êtes en train de vous faire des amis ? demanda Cloete, cette fois avec un amusement manifeste. D'abord Bird, et maintenant Poleman…

– Cela vous surprend-il ? demanda Barry en souriant. Je peux reconnaître la valeur des gens qui ont du mérite. Sinon je ne serais pas ici en ce moment, à vous écouter.

– Vous me flattez ! Et qu'en est-il du docteur Bailey ?

– Bailey est aussi un allié précieux. Il a pris sa retraite de la pratique active en raison de son âge et de ses problèmes de vision, mais il possède une vaste expérience et une connaissance de la population locale qui me sont très utiles.

– Oui, je me souviens qu'il vous a secondée dans vos démarches pour faire exécuter la réforme de l'hôpital psychiatrique. Il vous a même soutenue contre Harold Plaskett, l'administrateur en chef.

– Ce Plaskett est un âne ! Un âne dont le crâne dégarni est aussi repoussant qu'un derrière de babouin. Il y a quelques semaines, il a eu le culot de me faire demander pour lui arracher une dent pourrie. Moi ! Comme si je n'étais qu'un vulgaire arracheur de dents ! Je lui ai fait envoyer le vétérinaire. Il n'a pas digéré cet affront, semble-t-il. Il a été nommé dans le seul but de nuire à Lord Charles, de le prendre en faute, ce qu'il fait à merveille. Il ne peut supporter l'importance que le gouverneur accorde à mes opinions !

– Plaskett est aussi un ami de longue date de la famille Liesching, ne l'oubliez pas. Ils se mettent à deux pour vous détester davantage. Et il a le pouvoir de vous faire traduire en cour martiale, s'il réussit à amasser suffisamment de chefs d'accusation contre vous.

– Ces deux-là ne me font pas peur. Des chefs d'accusation ? Quels chefs d'accusation ? Peu importe, j'ai la science et le gouverneur de mon côté !

* * *

Barry comprit subitement à quel point sa situation était précaire quelques mois plus tard.

C'était une journée qui, comme tant d'autres depuis un peu plus de deux ans, avait commencé par une balade matinale avec Psyché. Ce matin-là, par contre, les regards dirigés vers eux étaient très révélateurs. Dès l'aube, sur un écriteau près du port, un placard avait été affiché :

*Une personne résidant à Newlands est désireuse de faire ici état devant la population et les autorités publiques de cette colonie que, le cinquième jour de ce mois, il lui a été donné d'apercevoir Lord Charles et le docteur Barry en train de s'adonner à un acte de bougrerie*[1]*. Lady Somerset avait des soupçons, ou à tout le moins elle devait avoir vu quelque chose qui était susceptible de lui déplaire, puisqu'une querelle s'est ensuivie. L'auteur de cette annonce est prêt à témoigner sous serment de cette affirmation.*

Un passant avait rageusement déchiré l'affiche, mais il était trop tard. La rumeur avait déjà commencé à faire son chemin à travers la ville et se propageait rapidement, comme transportée par le vent qui soufflait ce matin-là : ce cher docteur Barry et Lord Charles, surpris en flagrant délit, dans une position non seulement immorale, mais aussi illégale.

Josias Cloete fut le premier à se précipiter chez Barry, à peine quelques heures plus tard.

– Je vous en conjure, Barry, plaida-t-il, faites ce qu'il se doit ! Vous risquez votre vie et vous le savez !

– Et que devrais-je faire, selon vous ? demanda Barry sans le regarder, continuant de trier son courrier avec détachement.

Sa question laissa Cloete pantois.

– Mais… révéler votre véritable identité… N'est-ce pas la chose à faire ?

– Non, je ne crois pas.

– Vous n'êtes pas sans connaître les ragots qui circulent à votre sujet. La situation ne peut qu'empirer.

– Je ne vois pas comment, fit Barry en se mettant à feuilleter un journal scientifique. Cette supposée annonce aurait été arrachée quelques minutes à peine après avoir été affichée. On pourrait même douter qu'elle ait jamais existé ! De toute évidence, il y a des gens honorables dans cette ville qui ne sont pas disposés à croire ces sornettes.

– Il y en a d'autres, par contre, qui savent quelque chose et qui sont prêts à tout révéler.

– Je ne crois pas ! lança Barry avec aplomb. Cette affiche, si vraiment elle a existé, est l'œuvre d'un lâche qui n'a visiblement pas le courage de ses opinions et qui a préféré une dénonciation vague, sans fondement et anonyme.

---

1. Pratique sexuelle réprouvée par la morale de l'époque.

– Tout de même, Barry, songez un peu aux conséquences auxquelles vous vous exposez, vous et le gouverneur. La bougrerie est passible de la peine de mort. Somerset y échapperait sûrement en raison de son âge et de son statut, mais pas vous !

– Encore faut-il que ce soit prouvé.

– Et si on s'avisait de vous faire un mauvais parti ? Supposez un instant qu'on décide de vous traîner sur la place publique et de vous humilier en vous retirant vos vêtements ? Cela s'est déjà vu, vous savez. De quelle preuve supplémentaire aurait-on besoin alors pour vous chasser d'ici ?

– Cessez de vous faire du mauvais sang, Cloete. Il ne m'arrivera rien de tel.

– Je n'en suis pas si sûr, et quelque chose me dit que vous ne l'êtes pas non plus. Joueriez-vous la comédie ? Vous vous êtes fait beaucoup d'ennemis et, cette fois-ci, vous êtes vraiment dans le pétrin.

Barry mit de côté ses papiers pour enfin regarder Cloete dans les yeux. Le major semblait sincèrement inquiet, et cette inquiétude la toucha vivement. Elle comprit à ce moment à quel point son sort comptait pour lui. Un bref instant, elle se sentit vaciller. Tant de loyauté inconditionnelle méritait d'être rétribuée. Mais elle ne pouvait plus se laisser aller au sentiment, ne sachant que trop bien à quel point cela pourrait éventuellement lui faire mal.

– Votre sollicitude me touche, déclara-t-elle finalement. Je comprends ce que vous me dites et, non, je ne vous joue pas la comédie. Vous me connaissez trop bien, maintenant. Mais, malgré tout ce que vous pourrez dire, vous n'arriverez pas à me faire changer d'avis.

– Si jamais vous aviez besoin d'aide, ajouta Cloete sur un ton solennel, je vous donne ma parole que je ne vous abandonnerai pas.

Il se leva, claqua des talons et fit une petite révérence avant de quitter les lieux, ce qui eut pour effet d'amuser vivement Barry.

Il n'y avait aucun doute dans son esprit que Cloete était sincère, mais elle l'était tout autant en affirmant qu'elle ne ressentait aucune inquiétude. Malgré sa fougue lubrique et son empressement pour la chose amoureuse, le gouverneur avait toujours pris bien soin qu'ils demeurent à l'abri des regards lors de leurs rencontres illicites. Et cette querelle avec Lady Somerset ne s'était simplement jamais produite. C'était donc de la pure invention. À moins que...

Barry se cala dans son fauteuil un instant, essayant de bien évaluer la situation. Quelqu'un avait-il pu les apercevoir ? Un domestique, peut-être ? Il était vrai qu'à plusieurs reprises...

Même s'il n'y avait personne d'autre dans la pièce, elle se sentit rougir sous l'effet de la gêne qui l'envahissait en se remémorant quelques-uns des épisodes qui lui avaient laissé une impression indélébile. En effet, Somerset avait pris la gaillarde habitude de surgir derrière elle et de l'enlacer sans crier gare, de déboutonner rapidement sa braguette et de baisser son pantalon avant de l'incliner vers l'avant sur une table, un fauteuil ou tout autre meuble ; il se déculottait lui-même en vitesse et la prenait par-derrière, presque comme un homme.

Docile et surtout incapable de résister, Barry se laissait faire ; elle prenait un plaisir coupable aux brèves, mais combien subtiles caresses du gouverneur, dont la passion était hautement contagieuse et qui s'assurait toujours qu'elle y trouve également son compte.

Aussi intenses qu'expéditifs, ces instants lubriques étaient devenus la norme depuis l'arrivée de Lady Somerset au Cap, et Barry préférait de beaucoup ce genre de rencontres, non seulement parce qu'elles se produisaient le plus souvent alors que Somerset était attendu ailleurs, ce qui n'était pas sans leur donner une délicieuse saveur de fruit défendu, mais aussi parce qu'elles lui procuraient plus que jamais le sentiment de pouvoir faire un immense pied de nez à tous ceux qui ne se doutaient de rien. Sans oublier qu'elles lui évitaient d'avoir à se déshabiller, puis à se rhabiller, un exercice long et compliqué, compte tenu des particularités de sa toilette.

Barry sentit un doux frisson lui parcourir l'échine ; elle pouvait presque percevoir le toucher du gouverneur sur ses cuisses et sa chair. Mais son cœur, lui, ne ressentait pratiquement rien ; la sensation restait essentiellement physique. Comme toujours, la nature charnelle de leur relation prévalait sur tout. Beaucoup de lubricité, un peu d'affection, un soupçon de tendresse, mais très peu de sentiment. Et c'était probablement beaucoup mieux ainsi.

Bien entendu, n'importe quel œil indiscret qui ignorait la véritable identité de Barry aurait automatiquement conclu à un acte de sodomie. Mais l'œil de qui, au juste ? Comme elle l'avait fait remarquer à Cloete, cette dénonciation était l'œuvre d'un lâche. L'auteur du placard n'avait pas jugé bon de s'identifier et il était plausible qu'il ne le fasse jamais. La seule intention était de nuire en semant le doute. Avec le temps, la rumeur disparaîtrait probablement comme tant d'autres.

Mais Barry crut tout de même bon d'en tirer une certaine leçon. Mieux valait redoubler de prudence à l'avenir.

* * *

Du jour au lendemain, la ville du Cap se divisa en deux camps. D'un côté, il y avait ceux qui prenaient plaisir à entretenir la rumeur et qui montraient leur satisfaction de voir Somerset et Barry soupçonnés ainsi et, de l'autre, ceux qui se portaient à la défense du bon médecin.

Les ragots allaient bon train, mais Barry continuait de traiter la situation avec un détachement qui désespérait Cloete.

– De deux choses l'une, supposa un soir le major lors d'une autre visite à Barry. Soit vous êtes d'une inconscience qui frôle la folie, soit vous savez quelque chose que j'ignore.

– Ni l'un ni l'autre, mon cher. Oui, quelqu'un a osé accrocher cette supposée dénonciation à un endroit où il était certain qu'elle serait vue par quantité de gens, mais son auteur n'a de toute évidence pas le courage de se manifester publiquement. Voilà plus d'une semaine qu'elle a été affichée et aussitôt détruite. On ne l'a plus revue et aucune déclaration semblable n'est venue la corroborer. Ce n'est qu'une question de temps avant que la rumeur disparaisse également.

– Vous êtes bien optimiste ! La décision de Somerset de faire fermer toutes les imprimeries commerciales en guise de représailles n'augure rien de bon. Cela ne fait qu'ajouter aux récriminations de ceux qui réclament qu'on rétablisse la liberté de presse. Vous avez sans doute appris que le parlement de Londres a déjà débattu de la situation pas moins de trois fois en chambre au cours des deux dernières années ? On accuse ouvertement Lord Charles de mauvaise gestion, d'oppression tyrannique et d'hostilité indue envers la libre presse. On menace même d'envoyer des inspecteurs juger de l'opportunité de mettre la colonie sous tutelle.

– Oui, soupira Barry. Le gouverneur ne semble pas comprendre la précarité de sa position…

– Tout comme vous semblez ne pas comprendre la précarité de la vôtre, ajouta aussitôt Cloete.

– Ne vous inquiétez pas. Tout finira par rentrer dans l'ordre aussi bien pour lui que pour moi.

Le lendemain, contre toute attente, Cloete commença à réaliser que Barry avait probablement raison. Ce soir-là, devant toute la haute société du Cap assemblée au grand théâtre africain du Riebeeck Square pour marquer le début de la nouvelle saison, on vit apparaître dans la loge royale le gouverneur, Lady Somerset, le colonel Bird accompagné de son épouse et, curieusement, ce cher docteur Barry.

Après quelques minutes d'un silence respectueux, l'assistance se mit à applaudir à tout rompre, alors que Lady Somerset prenait place dans son fauteuil, entre celui de son mari et celui du docteur Barry.

Même Josias Cloete ne put s'empêcher d'en faire autant.

* * *

À l'hiver suivant, par contre, il devint évident que ce fâcheux incident était plutôt banal en comparaison de la tempête qui allait déferler sur la jeune colonie. Tel qu'annoncé par Cloete, juillet 1823 vit arriver deux inspecteurs du secrétariat des Affaires coloniales, Edward Bigge et Charles Woodhall, dépêchés par Londres pour enquêter sur les allégations soulevées contre Charles Somerset et son administration. Depuis l'accession au trône de George IV quelques années plus tôt, la population exigeait une plus grande transparence et commençait à se lasser de se faire jeter de la poudre aux yeux. Tandis que la presse libre florissait dans la mère patrie, celle du Cap était réduite à recourir aux imprimeurs clandestins pour publier pamphlets et autres feuillets dénonciateurs.

Coincé de toutes parts, Somerset devait sentir l'étau se resserrer autour de lui. Malheureusement, Barry, ne semblant pas voir l'incertitude dans laquelle son allié de toujours se trouvait, continuait sur sa lancée et ne cessait de lui soumettre des rapports quasi quotidiens où elle réclamait l'un ou l'autre changement.

– Je suis inspecteur médical colonial ! s'exclama-t-elle un soir qu'elle venait de nouveau se plaindre à Cloete. J'ai des documents qui prouvent que cette décision a été prise en plus haute instance, à Westminster. Je suis la personne la mieux placée ici pour voir quels sont les besoins les plus criants ! Que faut-il de plus à ces gens pour qu'ils m'écoutent ?

Cloete ne répondit pas. Assis derrière son bureau, l'air sombre, il releva simplement la tête et regarda Barry tristement. Elle vit tout de suite que quelque chose ne tournait pas rond.

– Qu'y a-t-il ? demanda-t-elle. Il s'est passé quelque chose de grave ?

– Bird a été rappelé à Londres. On a nommé Plaskett pour le remplacer. Le poste de gouverneur est temporairement suspendu. Le juge Denyssen est chargé de réviser tous les édits proclamés par Somerset et de les annuler le cas échéant.

Incrédule, Barry dut aller s'asseoir sous l'effet du choc.

– Je soupçonne qu'il y a des forces qui agissent en coulisse, ajouta Cloete. Le temps de Lord Charles à titre de gouverneur est compté, j'en ai bien peur…

– Plaskett… Plaskett… répétait Barry dans un murmure. Le plus incompétent des administrateurs…

– Oh ! il est beaucoup plus rusé que vous ne pouvez l'imaginer. Il a eu maille à partir avec le gouverneur dès sa nomination, mais Somerset n'a jamais réussi à se débarrasser de lui. Voilà maintenant que le secrétaire des Affaires coloniales lui octroie encore plus de pouvoir.

Pendant un moment, Barry ne sut quoi répondre. Elle finit par dire tout bas :

– Voilà donc pourquoi Lord Charles était si distant avec moi, l'autre soir, au bal du régiment… Mais pourquoi ne m'en a-t-il rien dit ?

– Il n'a d'autre choix que de se distancer de vous publiquement. Vous êtes une des raisons majeures pour lesquelles on lui en veut. Il a montré trop de favoritisme à votre égard…

– Mais mes intentions ont toujours été honorables, protesta Barry avec une naïveté sincère. J'ai trouvé ici tant de gens dans des conditions effroyables, souvent laissés à eux-mêmes et en proie à d'horribles souffrances ! Vous le savez bien ! Je les ai examinés, j'ai parlé avec eux, j'ai fait tout ce qui était en mon pouvoir pour améliorer leur situation. Et il y a encore beaucoup à faire.

Elle avait exhalé les derniers mots péniblement, alors qu'un sanglot lui serrait la gorge. Cloete se leva prestement et traversa la pièce pour venir vers elle. Il tira une chaise et s'assit juste à côté. Cette soudaine proximité physique, aussi surprenante qu'inattendue, ne déplut pas à Barry. En fait, elle était aussi troublante qu'agréable.

Cloete avait toujours maintenu entre lui et Barry une distance physique quasi protocolaire. Mais, en ce moment où la situation n'en finissait plus de se dégrader pour elle, on aurait dit que Cloete avait senti son désarroi et qu'il tentait de la seule façon qu'il avait trouvée de lui offrir un peu de réconfort. Mais paradoxalement ce geste était la dernière chose dont Barry avait besoin.

Son cœur se mit à battre plus rapidement, et une douce chaleur l'envahit. Le visage de Cloete tout près du sien lui parut tout à coup si beau qu'elle se demanda comment il lui avait été impossible de le constater auparavant. Il n'était pas surprenant que Georgina Somerset se fût amourachée de lui, et combien d'autres comme elle. Du coup, Barry ne le vit plus comme un officier ou un collègue, mais comme l'homme qu'il était. Et, alors que Cloete avait sûrement voulu alléger son désarroi, dans les faits il ne réussit qu'à l'augmenter, et elle sentit sa volonté s'effriter dangereusement.

– D'un point de vue médical, votre conduite est irréprochable, dit Cloete au bout d'un moment. Mais en critiquant si vertement les institutions en place, vous avez froissé beaucoup de gens pour qui le sort du petit peuple n'est pas important. Vous avez dénoncé la corruption et je crains que vous n'ayez sous-estimé la hargne de ceux qui s'en mettaient plein les poches.

– Dieu sait combien sont de connivence !

– Oui, c'est un facteur que vous avez refusé de considérer. Je vous l'avais bien dit, rappelez-vous...

Cette déclaration eut l'effet d'une douche froide. Bien que ce ne fût probablement pas son intention, les mots de Cloete lui conféraient une certaine supériorité, quelque chose qui répugnait à Barry.

– Bien sûr, et j'ai refusé de vous écouter ! siffla-t-elle avec agacement tout en bondissant sur ses pieds. J'avais mieux à faire, voyez-vous. M'occuper des gens malades, ou maltraités, et des mourants, entre autres. Des choses beaucoup plus importantes, vous en conviendrez. Et je refuserai encore et toujours de céder sur ce que j'estime être un droit fondamental de tout être humain.

Sur ce, Barry saisit son chapeau et ses gants et se dirigea vers la porte. Le rapprochement tenté par Cloete resterait sans suite. Sans doute vexé de voir sa sollicitude si ouvertement ignorée, le major renchérit alors que l'autre était toujours à portée de voix.

– Votre ténacité vous honore, Barry, mais soyez sur vos gardes. Le gouverneur a trop à faire et trop peu de pouvoirs à présent pour vous venir en aide si vous continuez de vous jeter dans la gueule du loup.

* * *

Ayant réussi à se reprendre, Barry mit un temps à analyser la situation, puis, fidèle à ses convictions, elle décida de ne pas tenir compte des avertissements de Cloete, étant d'avis que ces jeux politiques étaient bien minimes en comparaison de la misère humaine qui régnait encore à trop d'endroits. Ces gens retrouveraient bien la raison un jour, espérait-elle.

Quelques semaines plus tard, à son grand étonnement, une sommation officielle lui fut apportée par Dentzen. James Miranda Barry était sommé de paraître en cour pour s'expliquer au sujet d'un de ses rapports critiquant le traitement d'un prisonnier :

*Je suis d'avis que le matelot Aaron Smith n'a pas sa place au Somerset Hospital. Le docteur Liesching partage mon avis. L'homme a effectivement fait montre d'un comportement pouvant le faire considérer comme dérangé, mais cet état n'était que temporaire et principalement dû au fait qu'il était sous l'emprise de l'alcool. De plus, les mauvais traitements dont il a été victime lors de son arrestation et de son séjour en prison ont contribué à le rendre encore plus imprévisible. Il appert que cette première condamnation avait pour unique but de le punir d'avoir endommagé la propriété du juge en chef Denyssen, lequel a lui-même demandé son transfert subséquent au Somerset Hospital.*

*Cela, malheureusement, n'est que trop fréquent et témoigne du peu de considération que l'administration policière porte aux sujets admis sous sa garde.*

Barry avait répertorié des dizaines de situations semblables depuis son arrivée au Cap, des punitions impitoyables pour des peccadilles, qui se voyaient imposées non pas en fonction du crime commis, mais plutôt selon le statut social de la victime ou dans la foulée de règlements de comptes personnels. Trop souvent aussi, des gens instables dont la place était à l'asile psychiatrique se retrouvaient en prison et vice versa. Dans les deux cas, ils y étaient durement traités.

Cette attaque, dans laquelle pour une fois Barry semblait défendre Liesching, allait en fait se révéler un piège qu'elle s'était tendu elle-même sans le savoir. De connivence avec Liesching, Plaskett avait remis la lettre à Denyssen, qui sommait le médecin de se présenter en cour pour retirer ses ignobles accusations.

Faisant fi des conséquences que cela pouvait engendrer, Barry saisit l'ordre de comparution qui lui était adressé, le déchira en mille morceaux et le jeta promptement au visage du messager.

– Allez dire au juge Denyssen que je refuse de reconnaître son autorité quant aux questions médicales et que je me chargerai de lui couper les oreilles si pareille bêtise venait à se reproduire.

Un tel défi n'empêcha toutefois pas la cour d'émettre une seconde sommation à comparaître, à laquelle Barry ne put qu'obéir, malgré ses efforts pour tenter d'avertir le gouverneur de ce qui se tramait. Curieusement, Somerset avait choisi exactement ce moment pour amener sa femme et ses filles dans une expédition de plusieurs jours loin dans les terres.

– Je ne reconnais aucunement l'autorité de cette cour, déclara Barry d'entrée de jeu lors de la tenue de l'audience. Votre honneur est directement concerné dans cette histoire et je suis d'avis que ma comparution est tout à fait inappropriée. De plus, à titre d'inspecteur médical, je relève du secrétaire des Affaires coloniales et de ce fait j'estime que je n'ai à répondre à aucune question ni à formuler aucun commentaire sur tout rapport que j'ai soumis à ce jour. Qui plus est, je ne prononcerai plus un seul mot devant ce tribunal.

Comme pour donner plus de poids à son argument, elle grimaça en pinçant fortement les lèvres et en relevant le menton comme un enfant têtu et alla se rasseoir prestement. À la fois agacée d'avoir à perdre son temps ainsi, alors que tant de gens souffraient, et médusée par la bêtise dont ces hommes faisaient montre, elle était bien déterminée à ne pas faire marche arrière.

« Si ces gamins veulent agir de façon puérile, j'en suis tout aussi capable ! » Dans l'esprit de Barry, cette confrontation découlait presque exclusivement du réflexe constant des mâles de se mesurer les uns aux autres, leur orgueil de coq les poussant à se défier au moindre prétexte pour prouver leur supériorité sur leurs semblables. Même après tant d'années passées dans un monde d'hommes, elle n'avait jamais su développer les outils ni surtout l'intérêt pour s'abaisser à ce genre de quête futile. Il y avait tant de causes beaucoup plus importantes auxquelles consacrer son temps et ses efforts ! Mieux valait couper court et espérer qu'ils trouveraient un autre sujet vers qui diriger leur hargne.

Le juge Denyssen se leva alors et, avec un sourire au coin des lèvres, il déclama une décision qu'il avait manifestement bien préparée.

– Conformément à l'article 117 du guide des procédures de la Couronne, je me prévaux du privilège de rejeter le droit d'intervention du secrétariat colonial, puisqu'il est de mon avis qu'il s'agit ici d'une affaire qui ne regarde que la cour locale. N'en déplaise à monsieur Barry, j'en ai le pouvoir et je l'exercerai. Et si monsieur Barry persiste à refuser de coopérer, il sera assigné à résidence.

Barry pâlit en entendant cette déclaration. « Bigre ! Cet idiot n'a aucune notion de la justice. Il n'y voit que son propre intérêt et se moque totalement du sort réservé à Aaron Smith. J'avais sous-estimé le pouvoir de sa stupidité... et son autorité. Pas question de baisser les bras. Nous allons bien voir qui de nous deux aura finalement raison. J'ai le gouverneur de mon côté, ne le sait-il pas ? »

D'un geste théâtral, mais toujours en tenant sa langue, elle prit son chapeau, le cala sous son bras et sortit de la salle la tête haute. « Cet imbécile ne mérite même pas que je lui réponde. »

Mais les surprises, toutes plus désagréables les unes que les autres, n'allaient pas s'arrêter pour autant.

* * *

– Comment pouvez-vous me trahir ainsi ? lança rageusement Barry à Somerset. Comment pouvez-vous vous entretenir avec Denyssen et conclure une entente à mon sujet avant même que je puisse faire valoir mon point de vue ? Vous saviez que je venais ce matin. Pourquoi avez-vous accepté de le rencontrer avant et de me mettre devant le fait accompli ?

Le regard terne du gouverneur parla de lui-même. En une fraction de seconde, Barry put voir comme l'homme avait soudain vieilli et elle comprit que ses traits tirés n'étaient pas uniquement le résultat de réceptions tardives. Lord Charles commençait à perdre de sa vitalité au fur et à mesure que ses ennemis augmentaient la pression.

Il vint vers elle, l'enlaça et déposa un tendre baiser sur son front.

– Barry, annonça-t-il tristement d'une voix morne, au nom de tout ce que nous avons traversé ensemble, je vous prie de bien vouloir me pardonner, mais c'est tout ce que je puisse faire en ce moment. Denyssen accepte de laisser tomber les charges qui pèsent contre vous, mais à la condition expresse que vous lui présentiez des excuses publiques. Je me vois à mon grand regret incapable de me ranger entièrement de votre côté. Ne considérez pas cela comme une trahison, je vous en supplie. Je ne pourrais pas supporter de vous perdre ainsi, surtout en ce moment où j'ai tant besoin de vous.

– Mais pourquoi ? Mon honnêteté et ma candeur ne valent-elles plus rien à vos yeux ? Le rapport que j'ai soumis au sujet d'Aaron Smith n'était pas si différent des centaines d'autres que j'ai rédigés au cours des dernières années. C'est une simple question de justice.

– Non, avoua le gouverneur, je suis à présent assiégé politiquement.

« Et grandement plus que je ne l'avais soupçonné... », pensa Barry.

Le coup de grâce lui fut assené quelques jours plus tard, dans une lettre livrée non pas par un, mais bien par trois messagers, au cas où il viendrait au petit médecin l'envie d'éclater à nouveau :

*Nous avons le regret de vous informer que, sur décision du juge Denyssen, le poste d'inspecteur médical colonial sera aboli en date du 15 novembre courant.*

*Par conséquent, vous pourrez reprendre le poste qui vous avait été assigné auparavant, celui de médecin de l'armée de Sa Majesté.*

* * *

– Un comité ! ragea Barry en faisant les cent pas dans le salon du gouverneur. Ils vont me remplacer par un comité ! En plus, ils m'offrent d'y siéger à titre d'officier subalterne ! Alors que je devrais en être le président ! Comment peuvent-ils ainsi faire fi de mes neuf années en ces lieux ! De tout ce que j'ai réussi à mettre en œuvre ! Neuf ans balayés sous le tapis ! On me traite comme si je n'étais qu'un jeune blanc-bec sans cervelle, malgré mes trente ans bien sonnés ! Sans aucune considération ! Ça, c'est l'œuvre de Plaskett, je n'en doute pas une seconde.

– Je n'y peux rien, Barry, fit Somerset d'une voix lasse. Je vous l'ai déjà répété mille fois, j'ai les mains liées. Et puis, vous avez poussé trop de gens à bout avec vos accusations et vos insultes. Vous avez adopté un ton trop hostile. J'aurais dû intervenir, mais je savais trop à quel point vos fonctions vous tenaient à cœur. Ils ne vous connaissent pas comme moi. J'oserais même affirmer qu'il faut tomber malade pour avoir l'occasion de vous voir sous votre vrai jour !

Dans un coin du salon, Lady Somerset, confortablement installée dans son récamier, brodait en écoutant distraitement la conversation. Assises par terre, Georgina et Charlotte jouaient avec Psyché, comme si elles n'étaient nullement concernées par ce qui se tramait contre leur père, ni comment on lui avait enlevé toute autorité.

« Quel beau tableau de famille ! pensa Barry. Pour peu, on croirait qu'il s'agit ici d'un père qui gronde son enfant turbulent. »

– Je refuse de leur donner la satisfaction de m'humilier ainsi, continua-t-elle. Je ne siégerai pas à ce comité qui n'est qu'une farce. Rendez-vous compte, je me retrouve au même point où j'étais, simple médecin de l'armée de Sa Majesté ! En dépit de tout ce que j'ai mis en œuvre pour la population de cette colonie, je ne détiens plus aucun poste civil. Du revers de la main, ils ont essuyé tout ce que vous et moi avions construit. Croyez bien que je ne laisserai pas les choses ainsi ! Si vous ne pouvez plus m'aider, soit ! Je trouverai bien le moyen de m'en tirer autrement. Il serait peut-être temps que j'apprenne à combattre le feu par le feu.

* * *

– Docteur Barry ! s'exclama l'inspecteur colonial Bigge en se levant. Quel bonheur de vous revoir !

– Mon cher Bigge ! s'exclama à son tour Barry. Comment va votre jambe ?

– Elle se porte à merveille, grâce à vous ! Quelle malchance de chuter de mon cheval à peine quelques jours après mon arrivée ici ! Mais cela m'a donné l'occasion de m'en remettre à vos bons soins, et tout est bien qui finit bien.

Petit et replet, Edward Bigge était la risée de plusieurs en raison de sa gestuelle qu'on trouvait maniérée et empruntée. On se moquait aussi de ses doigts boudinés, de son cheveu sur la langue et de sa poignée de main mollasse. Barry, par contre, ne se formalisait pas des apparences, sachant pertinemment que l'homme avait beaucoup de pouvoir et pouvait lui être un allié précieux. Et, puisque l'inspecteur avait eu l'occasion de profiter de son expertise et de ses soins, il se trouvait en un certain sens redevable envers elle.

L'inspecteur fit quelques pas en claudiquant légèrement, avec une démarche semblable à celle d'une oie.

– À la bonne heure ! acquiesça Barry d'un ton affable. Je viens vous parler, si vous me le permettez, de Lord Bathurst. Je voudrais savoir s'il a été averti, à titre de secrétaire des Affaires coloniales, que l'un de ses inspecteurs médicaux est mal traité dans la colonie sur laquelle il vous a chargé d'enquêter.

– Bien sûr, confirma Bigge en soupirant. Je lui ai fait un rapport des plus positifs à votre sujet. Le juge Denyssen, par contre, n'est pas de mon avis. Et son opinion compte pour beaucoup. Je dois aussi vous confier que la situation ici est très confuse et que le prochain compte rendu, que je me prépare à envoyer à Londres, n'est pas très élogieux envers votre ami Somerset. Je lui suis reconnaissant de m'avoir référé à vous lorsque j'ai eu besoin de soins médicaux ; malheureusement, je suis au regret de constater que ses politiques administratives contreviennent sérieusement à celles de la Couronne.

– Somerset a toujours fait ce qui lui semblait juste et bon, protesta Barry. Tout comme moi.

– Oh ! mais je ne remets aucunement en doute ses intentions. Ni les vôtres, d'ailleurs. Ce sont ses méthodes que je réprouve, et ses opinions qui semblent être demeurées fidèles à une époque révolue. Vous, vous êtes un visionnaire ! Vous tournez le dos au passé et vous ne regardez que l'avenir de la science et de la médecine. Vous avez à cœur le bien-être et la santé de tous, peu importe leur statut social. Le gouverneur, cependant, refuse toujours de voir que les temps ont changé et que la démocratie et la liberté d'expression sont importantes, de nos jours.

– Oui, j'en conviens, admit Barry. Il est décidément vieux jeu. J'ai eu un mal fou à plusieurs reprises à le convaincre d'évoluer et de vivre avec son temps.

– Lui et plusieurs autres, d'après ce que j'ai entendu, dit Bigge d'un ton grave. Est-ce pour cela que vous êtes venu me voir ?

– Oui, avoua Barry. On vient de me traiter d'une façon que je considère des plus injustes, et je vous demande humblement d'intercéder en ma faveur.

– Je ne peux rien ici, indiqua Bigge. Mais, dans mon rapport à Bathurst, je peux recommander une révision de la décision prise par les autorités locales en ce qui vous concerne. Cependant, je ne peux rien vous promettre. Il se passe au Cap des choses beaucoup plus importantes que le congédiement, fût-il injustifié, d'un médecin.

– Toute aide que vous pourrez m'apporter me sera précieuse, avoua Barry avec une humilité inhabituelle.

Bigge se leva, toujours en claudiquant, et vint poser sa main sur son épaule.

– Je ferai de mon mieux, cher docteur Barry. Puisque nous sommes si pareils… et si différents d'eux…

Tout en parlant, l'inspecteur avait relaxé sa prise sur l'épaule du médecin et avait laissé le bout de ses doigts remonter le long de son cou. Ce tendre geste mit Barry mal à l'aise et ramena à sa mémoire une certaine soirée, sur la route de Knysna, plusieurs années plus tôt, la nuit où, sous la tente, Lord Charles était devenu son amant. Bigge soupçonnait-il quelque chose, lui aussi ?

– Si différents d'eux ? Mais de qui donc ? demanda Barry en retenant son souffle.

– Mais des autres hommes, pardi ! J'ai tout de suite réalisé en vous voyant que nous sommes taillés dans la même étoffe…

Barry se raidit. Elle commençait à voir où l'inspecteur voulait en venir. Finalement, les rumeurs qui couraient à son sujet étaient peut-être fondées.

– J'avoue que je ne comprends toujours pas, mentit-elle.

Cette fois-ci, Bigge glissa doucement la main dans sa chevelure.

– Je suis parfaitement au courant de cette…, disons…, dénonciation, expliqua Bigge d'une voix qui se voulait langoureuse, mais qui était en fait plutôt comique. Oh ! bien sûr, Somerset n'est pas réellement des nôtres, n'est-ce pas ? Il joue sur les deux tableaux, car il aime trop les femmes pour s'intéresser uniquement aux hommes…

Il se pencha en collant son bas-ventre contre le bras de Barry et lui susurra à l'oreille :

– Vous et moi, par contre, pourrions bien nous entendre…

On lui avait sans aucun doute rapporté les rumeurs selon lesquelles Barry avait été l'amant de Somerset. Des rumeurs de ce genre ne meurent jamais complètement. Mais si Bigge était effectivement de ceux qui préféraient leur propre sexe, cela n'était-il pas suffisant pour qu'il voie à travers le personnage de James Miranda Barry ? La situation menaça de devenir encore plus inconfortable lorsque Bigge posa son autre main sur sa cuisse. Elle eut le réflexe de se lever d'un bond en protestant d'une voix forte.

– Je crois qu'il y a erreur ! Je sais très bien à quoi vous faites allusion, mais je crains que vous ne fassiez fausse route.

Bigge se redressa tout aussi subitement et rougit jusqu'à la racine des cheveux.

– Eh…, eh bien…, je vous prie de bien vouloir pardonner ma méprise. Tout ce qu'on m'a raconté, et le fait que vous ne soyez toujours pas marié…

Barry s'inclina respectueusement.

– Je ne vois là aucune offense, cher monsieur Bigge. Toutefois, j'aimerais que la situation demeure claire. Je suis probablement de ceux qui n'ont pas besoin de la compagnie intime des femmes, et encore moins de celle des hommes.

– Je comprends très bien. Je m'excuse encore une fois. J'ose par contre espérer pouvoir compter non seulement sur votre pardon, mais aussi sur votre discrétion.

– Bien évidemment. J'ai été votre médecin, après tout, et en un sens notre conversation pourrait relever du secret professionnel. Nous avons tous, chacun à notre façon, quelque facette de notre vie que nous ne voudrions révéler à quiconque.

– Vous me rassurez, docteur Barry. Vous êtes un homme d'une grande probité et d'une grande intégrité. Un vrai gentleman ! Vous êtes un…, un…, un grand homme.

– Vous n'avez pas idée… fit Barry avec un sourire en coin.

Bigge eut pour sa part un sourire encore plus grand, probablement soulagé que cette méprise soit si vite oubliée.

Mais, en ce qui concernait les affaires d'État, Edward Bigge ne s'était pas trompé. En mars 1826, en compagnie de sa femme et de ses filles, Lord Charles Somerset s'embarquait sur la frégate *Atlas*, en direction de l'Angleterre, après avoir été officiellement destitué.

N'ayant reçu aucune instruction concernant ses fonctions, James Miranda Barry, désormais prisonnier de ce qui semblait être sa destinée, n'avait d'autre choix que de demeurer au Cap.

* * *

De longues semaines passèrent, durant lesquelles Barry dut ronger son frein, sachant qu'il lui fallait patiemment attendre la suite des choses et espérer que l'intercession de Bigge porterait ses fruits. Maintenant que Somerset était parti, sa situation était incertaine, et il était préférable pour elle de montrer patte blanche, ce qui ne l'empêchait pas pour autant de se dévouer à d'autres causes tout aussi importantes, mais surtout moins susceptibles de lui attirer des ennuis.

– Je suis heureux de voir que vous acceptez enfin de suivre mes conseils, Barry, déclara Josias Cloete alors que Dentzen, le serviteur, lui versait une tasse de café.

– Et les miens également, renchérit James Poleman. Même si notre bon docteur se tient loin des institutions qui lui sont si chères depuis des mois, il réussit tout de même à abattre une somme de travail colossale. Et regardez ce qu'il a reçu ! Vous connaissez cette chose ?

Au beau milieu du salon trônait une caisse remplie d'instruments médicaux, fraîchement arrivée de Londres. Cloete prit délicatement l'objet que Poleman venait d'en sortir, un long cornet avec deux embouts en forme d'entonnoir.

– Un stéthoscope ! annonça triomphalement Poleman. Cela sert à écouter le cœur des patients. L'auriez-vous cru ? C'est tout nouveau, mais notre ami sait déjà comment l'utiliser. Vous savez, monsieur Cloete, qu'il fera bientôt publier le résultat de ses recherches dans un prestigieux journal scientifique ? Qui aurait pensé qu'une simple plante épineuse de la région pouvait receler un traitement efficace contre la syphilis et la gonorrhée ?

– C'est vrai, Barry ? fit Cloete d'un air surpris. Vous ne m'en aviez pas parlé. Bien sûr, je vous savais occupé ces derniers mois, mais j'ignorais à quoi…

Barry ne manqua pas de détecter un soupçon d'amertume dans cette déclaration, comme un doux reproche. Depuis que Somerset était parti et que Cloete avait été réaffecté à d'autres tâches, leurs chemins ne se croisaient plus. En fait, Barry l'évitait presque, n'osant toujours pas confronter les sentiments incertains qui refusaient de s'estomper malgré tous ses efforts dans ce sens. Ce soir-là, en présence de Poleman, elle avait pensé qu'il lui serait plus facile de garder une certaine distance et elle avait accepté de le recevoir.

– Je n'ai aucun mérite, dit-elle mollement en se versant une tasse d'eau chaude. C'est Poleman qui m'a suggéré d'explorer cette piste.

– Allons donc ! protesta l'apothicaire. C'est vous qui avez eu l'idée de diriger vos recherches de ce côté. Je n'ai fait que vous fournir les spécimens.

– Mais c'est grâce à vos connaissances en botanique et au laboratoire génial que vous avez aménagé que j'ai pu poursuivre mes études sur l'*Arctopus echinatus.*

– Quoi qu'il en soit, trancha Cloete, c'est tout simplement fantastique !

– C'est surtout encourageant pour les malades, précisa Barry en flattant tendrement Psyché qui dormait sur ses genoux. Les maladies vénériennes font tellement de ravages chez nos soldats, sans compter les civils… Désormais, il ne sera probablement plus nécessaire de les traiter avec du mercure et de l'antimoine.

– Ah ! oui, fit Cloete. Comme le disent la plupart des soldats, une nuit dans les bras de Vénus, le reste de votre vie en compagnie de Mercure… Et que faites-vous d'autre ? Je sais que vous ne pouvez plus vous rendre inspecter la colonie de Hemel en Aarde, pas plus que le Somerset Hospital et la prison. Mais, en plus des soldats, à qui acceptez-vous de dispenser vos bons soins ? J'ai entendu dire que plusieurs familles influentes font régulièrement appel à vos services.

– Oui, le docteur Bailey me refile souvent ses anciens patients. À défaut de pouvoir soigner les pauvres, je m'occupe des riches, de tous les civils qui ont besoin de moi, en fait. Je me fais un point d'honneur de considérer tous mes patients avec la même déférence et je ne voudrais pas qu'on hésite à venir me trouver par crainte de ne pas pouvoir me payer.

– En passant, suggéra Poleman, ne deviez-vous pas retourner chez la famille Munnik après dîner pour voir comment progressait la délivrance de madame ?

– Parce que vous faites aussi office d'accoucheur, maintenant ? demanda un Cloete incrédule.

– Seulement lorsque les choses se compliquent, expliqua Barry. Il y a ici au Cap de nombreuses sages-femmes expérimentées qui savent très bien se tirer d'affaire toutes seules. Je n'interviens qu'à leur demande.

À ces mots, comme par coïncidence, quelques coups discrets furent frappés à la porte. Le chien sursauta et jappa, comme pour inviter le nouvel arrivant à entrer. Une seconde plus tard, une femme noire coiffée d'un lourd turban coloré passa timidement la tête dans l'entrebâillement.

– Monsieur docteur Barry, implora-t-elle au bord des larmes en triturant nerveusement un vieux mouchoir fripé, il faut venir immédiatement ! Nous allons perdre la mère et l'enfant !

Stupéfaits, Cloete et Poleman regardèrent Barry, qui restait immobile, le visage livide. Elle se reprit une seconde plus tard.

– Allez quérir le docteur Bailey ! s'écria-t-elle à l'endroit de Poleman et de Cloete en se levant d'un bond.

Ce mouvement inattendu fit à nouveau sursauter Psyché qui se mit à japper de plus belle.

– Dites-lui de venir me rejoindre immédiatement chez les Munnik ! ajouta ensuite Barry par-dessus les cris de son chien.

Avant que ses invités aient le temps de réagir, elle dévala l'escalier et se précipita à l'extérieur, la femme à ses trousses.

* * *

– C'est de la folie, déclara le vieux docteur Bailey à voix basse pendant que Barry alignait ses instruments en préparation de l'intervention. Vous risquez de les tuer tous les deux !

Mais Barry ne l'écoutait pas. Dans sa tête, mille images se succédaient, s'entrechoquant avec des bribes de texte qui jaillissaient du fond de sa mémoire ; c'étaient les instructions contenues dans le traité d'obstétrique de William Smellie, tant de fois consultées près de vingt ans plus tôt : « La césarienne ne doit être tentée que si la mère est forte et en excellente santé. Sinon, il est préférable d'attendre qu'elle meure et de faire tout ce qui est possible pour sauver l'enfant. » Même son professeur de l'époque, James Hamilton, avait tenté à deux reprises l'intervention, avec des résultats catastrophiques.

« Je suis le digne héritier de mes maîtres, se répétait-elle silencieusement. Je peux faire aussi bien qu'eux, sinon mieux… »

Elle jeta un coup d'œil à la femme qui gémissait faiblement sur la table de la cuisine et eut la conviction de faire exactement ce qu'il fallait. De descendance hollandaise, mariée à un riche cultivateur de tabac et vivant dans de la ouate depuis son plus jeune âge, Wilhelmina Munnik était tout de même bâtie comme une fille de ferme et probablement aussi forte qu'un cheval de labour. Mais saurait-elle résister à la douleur ?

Une vague d'émotion s'empara de son esprit. Des images d'un autre accouchement catastrophique, six ans plus tôt, à l'île Maurice, s'imposaient à sa mémoire. Une mère qui, pour conserver le secret de son identité, avait choisi de rester seule, dans une toute petite maison, dans le fond de la jungle, pour mettre au monde son enfant… C'était un épisode qu'elle avait cru pouvoir reléguer aux oubliettes et elle y avait effectivement fort bien réussi jusque-là. Comme un cauchemar qui s'estompe rapidement si on s'efforce d'en chasser le souvenir dès qu'il menace de refaire surface, pour complètement disparaître de la mémoire au bout d'un moment. Mais ce n'était pas un rêve ; c'était vraiment arrivé. Et tout ce qui se passait dans la maison des Munnik ne faisait qu'en raviver le souvenir.

Barry se secoua vigoureusement, refusant de laisser les relents de cette époque l'écarter de ce qu'il lui fallait faire à présent. Ce qui était du passé devait y rester. Heureusement, après tant années à mettre ses propres intérêts de côté, le réflexe lui venait sans peine, et la marche à suivre surgit bientôt des confins de sa mémoire pour chasser toute autre pensée.

– Donnez-lui encore un verre de brandy, ordonna-t-elle. Mettez aussi un peu d'opium sur une éponge et faites-la-lui sucer. Il me faudra procéder rapidement pour lui éviter toute souffrance inutile.

Prenant un moment pour rassembler ses pensées et tenter de se remémorer avec précision le protocole opératoire, elle se revit sur le quai de Southampton onze ans plus tôt. Le nouvel officier fraîchement émoulu de la base navale de Plymouth savait que le navire allait l'emporter vers l'inconnu. Mais cela n'était rien en comparaison avec ce qui l'attendait à ce moment précis.

Dans quelques instants, il lui faudrait couper le ventre d'une femme et explorer sa matrice pour en dégager l'enfant. Elle n'avait eu la chance de s'exercer qu'une seule fois. Et encore, sur un cadavre. La perspective d'intervenir sur un corps en vie était tout autre. Il lui fallait à tout prix agir rapidement et avec précision, en prenant bien garde que son scalpel ne dévie pas ne fût-ce que de un millimètre, pour ensuite suturer le tout soigneusement, mais aussi vite que possible pour épargner toute souffrance inutile à la patiente. Cela à la lueur des quelques lampes que les domestiques avaient disposées un peu partout dans la pièce.

– Ou alors, attendons que le fœtus décède, suggéra encore Bailey, après quoi nous ferons une craniotomie. Un tout petit cadavre… Nous pourrons aisément le défaire en morceaux et le sortir rapidement. Je l'ai déjà fait, plus d'une fois. De cette façon, nous aurons assez de temps pour sauver la mère. Munnik comprendra que c'était inévitable…

– Mon cher ami, l'interrompit Barry, vous m'avez été d'une aide précieuse ces derniers temps, et je vous en remercie. À présent, je vous prie respectueusement de m'assister en m'obéissant à la lettre, ou bien de quitter les lieux, car rien de ce que vous saurez me dire ne me fera changer d'idée.

– Dans ce cas, puisse Dieu guider votre main. Qu'aimeriez-vous que je fasse ?

– Faites rassembler tous les alcools forts qui se trouvent dans la maison. Je veux m'en servir pour nettoyer mes instruments. J'ai lu récemment que l'alcool empêcherait peut-être la dissémination des infections à la suite de la chirurgie.

Sans attendre de réponse, elle se tourna vers la table et se pencha doucement vers sa patiente.

– Madame, soyez assurée que je suis de tout cœur avec vous en ces moments difficiles. J'ai besoin que vous soyez brave et forte. Je vous promets d'agir avec toute la hâte et l'expertise dont je suis capable.

Pendant un bref moment, ses yeux s'embuèrent de larmes. « Je sais exactement la terreur qui la possède en ce moment. Je dois sauver cet enfant, non seulement pour son salut, mais pour le mien également… »

Sous l'effet de l'alcool qui l'abrutissait, Wilhelmina Munnik ne put lui adresser qu'un faible sourire. Barry lui inséra délicatement une serviette roulée dans la bouche et intima aux deux sages-femmes l'ordre de bien lui presser les épaules contre la table. Elle ne chercha pas à se débattre. Un instant plus tard, elle émit un faible cri alors que le scalpel pénétrait la peau distendue de son ventre.

Ce fut la seule manifestation de douleur qu'elle laissa échapper. Ayant bien appris sa leçon, entre autres le mantra tant de fois répété par Cooper selon lequel il fallait agir rapidement et sans hésitation, Barry s'exécuta. À ses côtés, Thomas Munnik, qui retenait les jambes de sa femme, la regardait d'un air inquiet, mais résolu.

En une fraction de seconde, Barry était de retour en arrière, quinze années auparavant, dans la remise du docteur Fyfe, alors qu'elle apprenait à manier le scalpel. Découvrir les couches de peau, le fascia musculaire… Dégager l'utérus distendu, puis le fendre en une longue ligne nette… Prévoir des éponges au moment de crever la poche des eaux, puis plonger les mains dans la matrice pour saisir la tête de l'enfant… Une main derrière le petit cou, les autres doigts sous la minuscule mâchoire…

En moins de temps qu'elle n'aurait osé l'espérer, l'enfant fut extirpé. Il se déplia et se mit à gesticuler immédiatement au contact de l'air. En le soutenant sous la tête et sous le fessier, Barry leva le bébé à la hauteur de ses yeux et sentit sa gorge se nouer dans un sanglot. Le nouveau-né se mit à vagir, et son visage mauve tourna au rose le moment d'après.

Incapable de réprimer l'émoi indescriptible qui menaçait de l'envahir, Barry remit le bébé à la sage-femme alors que, tout autour, un soupir collectif se faisait entendre. Dans une tentative désespérée de se contenir, elle serra les poings. « Surtout, que personne ne puisse me voir ainsi… »

Barry se ressaisit subitement, puis, avec l'aide de Bailey, elle entreprit de bien suturer l'utérus, les muscles et la peau, pour finalement recouvrir le tout d'un épais bandage.

– Donnez-lui encore un peu d'opium, dit-elle à Bailey avant de quitter la pièce. Il se pourrait qu'elle se mette à vomir sous peu.

Ne pouvant se retenir un moment de plus, Barry sortit en catastrophe pour se réfugier dans le salon en prenant soin de fermer la porte. Contre toute attente, Josias Cloete l'y attendait, seul. Il lui ouvrit les bras et elle s'y précipita sans hésitation.

* * *

De retour à son logis, aux premières lueurs de l'aube, Barry était encore sous le choc.

– J'ai réussi…, répéta-t-elle pour la énième fois dans un murmure. J'ai sauvé la mère et l'enfant…

Ayant pour une fois laissé de côté sa veste rembourrée pour ne revêtir qu'une robe de chambre par-dessus sa chemise de la veille, elle paraissait minuscule à côté de la large fenêtre à travers laquelle filtraient les rayons du soleil encore pâle.

– Et avec brio, acquiesça Cloete. C'était un geste audacieux et sans précédent. Mais tout ce que vous faites est toujours audacieux et sans précédent. C'est Munnick qui vous a raccompagnée ?

– Oui, dit Barry d'une voix qui trahissait sa fatigue. Le pauvre homme était encore trop secoué pour aller dormir. Sa femme se remet bien ; son fils est fort et vigoureux. Il voulait m'offrir de l'argent, mais j'ai refusé. Il m'a demandé la permission de nommer l'enfant James Barry Munnick et j'ai accepté. Ça lui faisait tellement plaisir !

Cloete vint vers elle et lui prit doucement les épaules. Ce toucher lui apporta non seulement le réconfort dont elle avait besoin, mais également une sensation difficile à définir, et encore plus difficile à combattre. « Quelques secondes à peine..., songea-t-elle en fermant les yeux. Après, je lui dirai de s'en aller. »

Avec tout ce qui s'était passé quelques heures plus tôt, elle n'avait pas la force et encore moins l'envie de résister, de s'éloigner. Ce contact, même aussi léger, était un baume rassurant que Josias Cloete était le seul à pouvoir lui procurer, malgré tous les efforts qu'elle aurait pu déployer pour se persuader du contraire. C'était un contact qui n'avait rien à voir avec les caresses lubriques, mais sans grande affection de Somerset. Il y avait dans le toucher de Cloete quelque chose de nouveau, de désintéressé, d'apaisant, qui, tout comme celui de qui il provenait, ne demandait rien en retour. Mais cette douce sensation disparut subitement une seconde plus tard lorsque Cloete reprit la parole :

– C'est bien noble de sa part, mais cela ne vous rendra pas votre fils, n'est-ce pas ?

– Vous dites ? fit Barry avec hésitation.

– Ou était-ce une fille ? Je parle de cet enfant que vous avez eu à l'île Maurice, lorsque vous avez quitté Le Cap à la sauvette...

Se détachant brusquement de lui, Barry tenta de s'éloigner.

– J'ignore de quoi vous voulez parler !

– Il y a six ans, reprit Cloete, pendant que le gouverneur était à Londres... Vous m'aviez demandé en toute confidence de vous aider à obtenir la permission de quitter Le Cap pour vous rendre à l'île Maurice.

– C'était pour soigner l'épidémie de choléra, je vous l'ai déjà dit.

– Et je vous ai dit que je ne vous croyais pas, insista Cloete avec sollicitude. Nous n'avons eu vent de cette épidémie que plusieurs mois plus tard, tout juste avant que vous ne reveniez.

– Mais vous ne pouvez contredire les faits. Il y avait bel et bien une épidémie de choléra et j'ai dû y aller pour l'enrayer.

– Alors, pourquoi aviez-vous besoin que je vous aide à obtenir la permission de Bird pour pouvoir vous y rendre ? Et comment se fait-il que vous n'ayez soumis aucun rapport durant les six mois que vous avez passés là-bas ?

Cette fois, Barry ne sut quoi répondre et le regarda fixement.

– C'est un fait, Barry, que vous écrivez copieusement tous les jours. Vos dépenses en encre et en papier sont du jamais vu pour un officier de votre rang ! Mais rien pendant votre séjour là-bas. Oui, j'ai eu le temps de me renseigner depuis. Vous n'avez soumis aucun rapport, ni requête, ni compte rendu de vos activités à l'île, ce qui est tout à fait contraire à vos habitudes. Et la méthode que vous aviez choisie pour vous y rendre est très révélatrice. Vous ne vouliez donner aucune explication, et vous insistiez pour que personne ne vous y suive. Pourquoi ne nous avez-vous pas simplement fait part de l'épidémie qui sévissait, si c'était là le but de votre périple ?

Sans dire un mot, Barry retourna à la fenêtre pour éviter d'avoir à regarder Cloete. Comme toujours, Cloete était merveilleusement renseigné. Encore une fois, cet intérêt qu'il lui portait était tout aussi flatteur que déroutant.

– Quand allez-vous cesser de vous dérober ainsi, Barry ? C'est agaçant, à la fin ! N'avez-vous donc pas compris que je ne vous trahirai pas ? Tout m'est apparu si clair hier soir, dans votre entêtement à sauver cet enfant et sa mère ! Vous avez dû vous réfugier à l'île Maurice parce que vous portiez l'enfant de Somerset, avouez-le ! Vous y avez accouché clandestinement et vous y avez laissé l'enfant... C'est bien ça, n'est-ce pas ? Comme par hasard, l'épidémie de choléra s'est déclarée au même moment, ce qui vous a procuré un alibi parfait.

– En voilà assez, Cloete, dit finalement Barry d'une voix terne. Tout cela est du passé. Si vraiment vous êtes mon ami, je souhaiterais que vous cessiez de me harceler ainsi. Je n'ai pas eu d'enfant à l'île Maurice et je vous saurais gré de bien vouloir vous contenter de ma parole.

Un instant plus tard, le bruit de la porte qui se refermait lui confirma que Cloete était parti. Elle soupira longuement, incapable de déterminer si ce départ cavalier lui apportait soulagement ou chagrin.

* * *

Quelques mois plus tard, après plus de deux ans d'attente à ronger son frein, elle prit enfin livraison du document tant espéré. Lord Bathurst, secrétaire des Affaires coloniales, avait révisé tous les faits entourant ce qui était devenu à Londres l'affaire Barry et avait conclu que, en dépit de son manque flagrant de diplomatie, le docteur James Miranda Barry « était sans contredit un homme de grande valeur, qui manifestait une sollicitude peu commune pour ses semblables et qui méritait la considération de tous ceux à qui ses requêtes étaient adressées ». Pour célébrer cette bonne nouvelle, elle invita ses amis les plus chers, Bailey, Poleman et Josias Cloete, à venir lui rendre visite pour un lunch. L'heure était à la réjouissance.

– Chirurgien en chef des forces armées ! fit Bailey avec admiration. Que voilà une belle promotion !

– Et ce n'est pas tout, ajouta Barry avec fierté. La commission d'enquête a décrété que le traitement qu'on m'avait fait était tout à fait injuste et devrait être réévalué. Elle a décidé de m'exonérer de tout blâme. Toutes les recommandations que j'avais formulées ont été soigneusement étudiées, et les réformes qui ne sont pas encore mises en œuvre le seront probablement sous peu.

– Quelle satisfaction, de se voir ainsi blanchi ! s'exclama Poleman. J'ose espérer que la reprise de vos activités officielles ne mettra cependant pas un frein à notre projet de recherche ! Comme vous le savez, j'ai encore plusieurs spécimens à vous faire découvrir.

– Bien sûr que non, l'assura Barry avec un large sourire. J'ai encore beaucoup à apprendre.

– Mais qu'en est-il de Somerset ? demanda Cloete avec inquiétude.

Barry se rembrunit subitement, plia la lettre et la replaça soigneusement dans la poche intérieure de sa veste avant de répondre.

– Lord Charles, je le crains, ne reprendra pas le poste de gouverneur. Il n'a pas réussi à faire lever les charges qui pesaient contre lui, malgré tous les efforts qu'il a déployés dans ce sens.

– Même avec l'aide de son frère ? interrogea Cloete en haussant les sourcils.

– J'en ai bien peur.

– Mais Fitzroy Somerset est très haut placé dans la hiérarchie gouvernementale.

– Je sais, répondit Barry en sortant une seconde lettre d'une autre de ses poches. Cependant, Georgina m'a écrit qu'il n'avait eu d'autre option que de démissionner de son poste peu après la chute du gouvernement tory.

– Que dit-elle d'autre ? demanda Cloete.

Barry déplia les deux minces feuillets en les manipulant avec le plus grand soin et scruta le texte rapidement.

– Elle me dit qu'il a baissé les bras, qu'il a décidé que, maintenant dans la soixantaine, le temps était venu pour lui de délaisser la politique et de se consacrer à son activité favorite, la chasse. Selon ses propres dires, il est revenu dans un pays qu'il considère nettement plus civilisé, puisque tout le monde y connaît son rang. Physiquement affaibli par la lutte qu'il a dû mener pour se défendre, Lord Charles a simplement décidé de se retirer sur ses terres ancestrales…

La voix de Barry se brisa. Ses trois invités se regardèrent sans rien dire.

– Mais pensez donc un peu à vous ! s'écria Poleman. Comme le disait notre ami Bailey, vous avez reçu une excellente nouvelle. Et vous en étiez si heureux il y a une minute à peine ! Rassurez-vous, vous détenez plus de pouvoir que vous ne semblez le croire. Plus que n'importe qui d'autre en ce moment. Et vous avez de votre côté une ténacité et une persévérance peu communes. De ma vie je n'ai vu un homme capable de faire exécuter tant de changements.

– Oh ! il ne faut pas se leurrer, avertit Cloete. Cette promotion est essentiellement militaire. Cela ne lui donne pas carte blanche pour se relancer sur la même voie. Du moins, pas tout de suite. Il y aura une période de transition qui risque d'être longue. Puisque Somerset ne revient pas, il y aura forcément un autre gouverneur, mais en attendant…

– C'est comme vous dites, confirma Barry en se reprenant. Plaskett et Denyssen sont encore en poste et feront tout ce qui est en leur pouvoir pour contrecarrer mes plans. Mais leur temps est compté. Ils perdront leur influence aussi rapidement que la mienne augmentera, je dirais.

– Je n'en suis pas si sûr, dit Cloete. Ils ont toujours des contacts précieux. Sans le gouverneur pour vous venir en aide, votre position est toujours aussi incertaine.

– Quel rabat-joie vous faites, Cloete ! fit Barry avec un sourire triste. Prenez-vous plaisir à vous faire passer pour ma conscience ? Vous devriez savoir après toutes ces années que je n'en fais toujours qu'à ma tête, de toute façon !

* * *

Encore une fois, les événements donnèrent raison à Barry. À la suite de la démission de Somerset et des recommandations de la commission d'enquête, Plaskett et Denyssen furent remerciés, et une réforme administrative complète fut entamée derechef.

Ce revirement de situation redonna à Barry l'espoir qu'elle allait de nouveau pouvoir accomplir de grandes choses et se consacrer à son but premier, soit améliorer les conditions des démunis. Quelques jours plus tard, elle écrivit à Lord Buchan :

*Milord,*

*Il y a trop longtemps que je ne vous ai écrit, mais j'ose espérer que vous vous portez bien. Il y a tant de choses qui m'occupent et me préoccupent que j'en perds parfois la notion du temps.*

*Comme vous le savez peut-être, mon séjour au Cap semble se prolonger indéfiniment. La situation ici est en voie de s'améliorer. Un grand ménage devrait être effectué, mais ma réinstallation à titre d'inspecteur médical est encore incertaine. Quoi qu'il en soit, j'ai bon espoir que tout le travail que j'avais amorcé sera mené à bien. Et vous en seriez fier.*

*Vous aurez sans doute entendu dire que les récits de mes exploits commencent à se propager à travers l'Empire britannique. Je tiens à vous assurer que, même si James Miranda Barry a acquis la réputation d'être colérique, vaniteux et entêté, je demeure fidèle à cette promesse que je vous avais faite, ainsi qu'au général de Miranda, à Fryer et aux autres, de toujours faire de mon mieux pour rétablir les injustices et d'être la voix de ceux qui sont sans défense. En tant que médecin, je crois bien que je fais un bon travail. Et, encore une fois, il semblerait que j'aie réussi à réhabiliter mon nom, mon bien le plus précieux et, tout compte fait, ma plus belle réussite.*

Barry relut sa lettre deux fois, tandis qu'une vague appréhension se formait au fond de son esprit ; la première phrase voulait tout dire ; cette lettre allait-elle parvenir à temps à Buchan, ou arriver trop tard comme dans le cas de Miranda ? Il avait depuis peu dépassé le cap des quatre-vingt-cinq ans, mais il n'était néanmoins pas immortel.

Se maudissant intérieurement, Barry s'empressa de cacheter et de faire expédier sa missive, se faisant la promesse de ne plus négliger celui qui avait tant compté dans sa vie, le créateur même de son personnage.

* * *

Une autre lettre, reçue quelques mois plus tard, mit à rude épreuve ce vœu solennel, et ce même s'il s'agissait d'une tout autre personne.

Cette fois, il ne serait pas question de faire passer ses intérêts en premier. Josias Cloete en fut le témoin de premier rang lorsqu'il débarqua dans le logement de Barry pour le trouver sens dessus dessous. Le médecin et son serviteur s'affairaient à préparer leurs bagages. Elle avait décidé de rentrer en Angleterre pour se rendre au chevet d'un Lord Charles à l'agonie.

– Plus que quiconque ici, je connais les sentiments que vous entretenez pour Somerset, expliqua Josias avec un léger reproche dans la voix. Mais, en tant que militaire, je me dois de vous mettre en garde. Comme vous êtes chirurgien en chef des forces, toute absence sans permission risque de vous voir traduit devant la cour martiale.

– Mais Somerset est malade ! protesta Barry en entassant cavalièrement chapeaux, vêtements et bottes dans une large malle. Qui sait quel incompétent est peut-être chargé de le soigner ? Il a besoin de moi. Il faut que je rentre, avec ou sans permission. Tout est bien en place, ici ; ma présence est beaucoup plus importante à son chevet.

– Vous a-t-il seulement fait demander ?

– Non, mais il n'a pas besoin de le faire. Il sait que je viendrai. Il m'attend, j'en ai la conviction.

Ne trouvant rien à répondre, Cloete ne broncha pas et continua de regarder Barry qui s'affairait à empaqueter sans réserve tout ce qui lui tombait sous la main, passant et repassant devant lui en toute hâte.

– Le général de Miranda est mort avant que je puisse le revoir, continua-t-elle, au bord des larmes. Et j'ai récemment appris que Buchan est mort avant que je puisse le revoir lui aussi… Tout cela à cause de mon orgueil, de mon égoïsme et de mon entêtement. J'aurais dû tout laisser tomber et retourner en Angleterre il y a longtemps. Tout ce qui m'intéressait, c'était de faire la pluie et le beau temps ici.

– Allons donc ! s'écria Cloete. Vous avez fait de belles et bonnes choses pour toute la population. Personne d'autre que vous n'aurait pu en faire autant. Vos intentions étaient nobles et vous le savez aussi bien que moi. Et ça continue… Les réformes que vous aviez demandées sont presque toutes en voie d'être complétées…

– Justement ! l'interrompit Barry. Le Cap n'a plus besoin de moi, désormais ! C'est pourquoi je rentre.

– Mais vous n'avez pas de permission ! répéta Cloete avec véhémence.

– Et qui va m'en empêcher ? Vous, peut-être ?

Devant le silence de Cloete, l'ardeur de Barry n'en parut que décuplée. Son pressentiment s'était avéré fondé et elle avait appris quelques jours plus tôt que le comte de Buchan était décédé paisiblement, à l'aube de son quatre-vingt-septième anniversaire. Une autre lettre reçue le matin même, par contre, lui annonçait que Charles Somerset, dans des circonstances beaucoup plus tragiques en raison de son plus jeune âge, semblait à l'article de la mort, en proie à d'atroces souffrances.

– Cette lettre de Georgina date de plusieurs semaines déjà, annonça mollement Cloete. Comment pouvez-vous savoir qu'il est encore en vie ?

– Il m'attend, répéta Barry en bouclant la dernière valise. Il m'attend…

– Vous l'aimez donc à ce point ? demanda Cloete d'une voix qui trahissait son émotion.

Barry s'arrêta soudain, et son regard devint fixe. Normalement, une pareille question l'aurait fait sortir de ses gonds, mais son état d'esprit était tel que la surprise lui avait coupé le souffle. Et le ton de Cloete voulait tout dire. Ce n'était pas de la jalousie, loin de là, mais la peine profonde de celui qui, peut-être, réalisait qu'elle allait sortir de sa vie pour rejoindre un homme probablement déjà mort, qui ne l'avait même pas fait demander, de toute façon.

Mais comment lui faire comprendre qu'elle ne pourrait retrouver la paix de l'esprit qu'en se rendant au chevet de Somerset ? Il lui fallait se racheter, en quelque sorte, effacer sa culpabilité de n'avoir jamais revu les autres disparus ; du moins, tenter le coup.

D'autre part, même si rien n'avait été dit entre eux, Cloete ne pouvait-il pas se rendre compte qu'il n'y aurait jamais entre lui et Barry rien de plus que l'amitié profonde qui les unissait néanmoins ? En rougissant de pudeur, elle ne put lui offrir qu'une timide excuse.

– Je lui dois beaucoup. Je n'aurais jamais pu accomplir autant ici si je ne l'avais pas eu de mon côté.

– Mais il en tirait également des privilèges, continua Cloete avec sarcasme.

Barry n'en rougit que davantage. Force lui était de constater que la relation charnelle qu'elle avait entretenue avec Somerset avait vivement déplu à Cloete, même s'il ne se décidait qu'à ce moment à le manifester aussi ouvertement.

– Nous avions un arrangement qui nous convenait, admit-elle, mais j'estime que je lui suis tout de même redevable.

– Au point de mettre en péril votre carrière ? Comme vous me l'avez dit vous-même déjà, et comme j'en ai été personnellement témoin, vous avez sacrifié beaucoup…

Cette dernière phrase avait été prononcée avec plus d'admiration que Cloete n'en avait jamais montrée, ce qui toucha vivement Barry. Mais l'heure n'était pas à l'attendrissement. Comme tant de fois auparavant, un patient attendait ses soins.

– Le fait de laisser mon poste sans permission ne m'enlèvera pas mes connaissances ni mes diplômes, répliqua-t-elle sèchement en quittant la pièce pour aller retrouver Dentzen.

Le lendemain, toujours sans en avoir obtenu de permission, elle s'embarquait pour l'Angleterre, quitte à être traduite en cour martiale.

En quittant Le Cap en octobre 1829, après douze ans de loyaux services ponctués de controverses, James Miranda Barry y laissait sa jeunesse, sa réputation légendaire et une marque indélébile qui prévaudrait au cours des années à venir. Tels les vents qui soufflaient constamment sur la ville, tantôt forts, tantôt faibles, aussi bien de la mer que des terres, sans jamais être prévisibles, son passage au Cap avait été une véritable tempête, qui allait fort probablement se propager ailleurs.

* * *

En entrant dans la chambre de Lord Charles, Barry eut un mouvement de recul. Debout, à côté du lit du mourant, se tenait un homme qui lui ressemblait à s'y méprendre, mais avec une douzaine d'années en moins. Du même âge, en fait, que Somerset lorsqu'elle avait fait sa connaissance.

– Je suis Fitzroy, son frère, déclara l'inconnu à voix basse.

Barry hésita de nouveau un instant, mais cette fois pour une tout autre raison. Fitzroy Somerset était non seulement officier militaire, mais également secrétaire des Affaires coloniales à Londres.

En le voyant, Barry se souvint tout à coup des mises en garde de Cloete. Dès que sa frégate avait accosté à Plymouth, elle avait laissé Dentzen voir à l'entreposage de leurs bagages à la base navale pendant qu'elle se précipitait au chevet de Somerset, mais elle ne s'était nullement souciée de faire savoir aux autorités militaires qu'elle était de retour en Angleterre après avoir déserté son poste. Il n'y avait nul doute dans son esprit que cette nouvelle allait faire son chemin assez rapidement.

Malgré ses inquiétudes, Fitzroy Somerset ne sembla pas lui en tenir rigueur.

– Je ne sais pas exactement ce qui vous lie à mon frère, déclara-t-il alors qu'ils ressortirent tous deux de la chambre pour discuter, mais il vous tenait en très haute estime. Tout comme ma belle-sœur et mes nièces, je vous suis immensément reconnaissant d'être ainsi venu à son chevet. On me dit que votre présence à ses côtés lui a procuré un bien immense…

Barry soupira intérieurement de soulagement. Il serait toujours temps plus tard pour les reproches et pour faire face à sa désertion.

Effectivement, depuis son arrivée quelques semaines plus tôt, Lord Charles avait d'abord pris du mieux, à tel point qu'elle en était venue à douter que sa condition soit si grave. Ils étaient même allés faire une randonnée à cheval, l'avant-veille, sur l'insistance de Lord Charles et malgré ses propres réticences. Elle savait maintenant qu'elle aurait dû être plus stricte avec lui, puisque son état s'était rapidement détérioré depuis.

L'homme était condamné, son cœur ne pouvait tenir le coup encore bien longtemps. Malgré toutes ses connaissances et toute son expérience, Barry n'y pouvait rien. D'être à ses côtés jusqu'à la fin, par contre, lui avait apporté cette paix d'esprit qui lui aurait autrement fait défaut pour apaiser la culpabilité qui avait motivé son départ précipité du Cap. Elle n'avait pas pu revoir tant d'êtres qui lui étaient chers, et elle se rachetait enfin.

Ces dernières journées n'en furent pas pour autant moins pénibles. La mort imminente de son ancien amant représentait à elle seule celle des êtres chers que Barry avait perdus sans avoir eu la chance de revoir : Miranda, Buchan et Mary Anne. Le temps passé à attendre sans rien pouvoir faire était une véritable torture, ses souvenirs n'en finissant plus de faire image dans son esprit, et Barry en venait même à se demander si ce n'était pas là le châtiment qu'elle méritait pour ce qu'elle considérait comme de l'égoïsme : ne pas avoir donné ni pris plus souvent de leurs nouvelles, ne pas s'être souciée d'eux autant qu'elle aurait dû, même de si loin.

Lady Somerset et elle passèrent les trois nuits suivantes à veiller le malade. De temps à autre, Charlotte et Georgina venaient les relayer pour quelque temps. Mais Barry ne s'absentait jamais de la chambre bien longtemps.

Très souvent, dans un souffle rauque et pénible, Somerset la demandait, et Barry lui tenait la main jusqu'à ce qu'il se rendorme. Lady Somerset ne semblait pas se formaliser de cette préférence.

Ces longues nuits passées ensemble constituaient la première fois que Barry se retrouvait si longtemps en présence de celle qu'elle n'avait jamais vraiment considérée comme une rivale. Une envie indescriptible la tenaillait de demander à la femme ce qu'elle savait exactement de la nature du lien qui unissait l'ancien gouverneur et son médecin, mais ce genre de conversation aurait été complètement déplacé vu les circonstances.

Son instinct lui disait que Lady Somerset avait probablement tiré ses propres conclusions, à tort ou à raison, à la suite de l'affichage de cette accusation de bougrerie quelque six ans plus tôt. Néanmoins, sa sollicitude et sa reconnaissance envers Barry n'étaient pas feintes. Par pudeur, par respect et par convenance, rien ne fut dit.

Charles Somerset rendit l'âme un soir d'hiver, et Barry eut au moins la chance de dire adieu à celui qui lui avait permis de se réaliser, de se découvrir et de s'épanouir de plus d'une façon.

* * *

Une fois les funérailles et la courte période de deuil derrière eux, James Miranda Barry avait été traduit en cour martiale, tel que Cloete l'avait prédit.

La procédure, si officielle et combien importante, s'était déroulée un peu comme dans un rêve. Barry avait endossé par automatisme le personnage que tous connaissaient et avait trouvé la force de formuler quelques bonnes répliques cinglantes aux reproches qui lui avaient été adressés. Tout près de vingt ans à vivre en tant que James Miranda Barry faisait en sorte qu'elle n'avait même plus besoin de se forcer.

Il était maintenant temps de faire face aux conséquences. Fort heureusement, Fitzroy Somerset était celui qui allait l'informer du verdict. Mais, contrairement à toutes ces fois où ils s'étaient croisés au domicile du gouverneur, cette rencontre dans le bureau du secrétaire des Affaires coloniales était purement professionnelle, malgré les efforts de ce dernier pour alléger l'atmosphère.

– Je crois que la déférence de mon frère à votre égard allait bien au-delà du fait que vous ayez jadis sauvé la vie de ma nièce, déclara Fitzroy d'entrée de jeu. Comme vous le savez peut-être, il m'a demandé un peu avant de mourir de toujours faire tout ce qui serait en mon pouvoir pour vous venir en aide, et je suis fermement déterminé à honorer ce souhait.

Barry ne sut quoi répondre et se contenta de hocher la tête, tandis que son cœur battait la chamade. Fitzroy tentait-il de lui faire comprendre qu'il en savait plus qu'il ne voulait l'admettre ? Il avait certainement dû entendre parler du scandale qui avait secoué Le Cap quelques années auparavant. Mais, en vrai gentleman, l'officier n'en laissait rien transpirer.

– Et comme je vous le disais il y a quelques semaines, je vous suis reconnaissant d'avoir pris le risque de venir le retrouver avant qu'il ne décède. J'aime à penser qu'il nous aurait probablement quittés encore plus rapidement si vous n'aviez pas été là. Mais, en tant que militaire, je ne suis pas d'accord avec votre décision d'abandonner vos fonctions sans permission. Disons que je suis ambivalent...

Il se leva, alla vers une petite armoire le long du mur et en tira une bouteille et deux verres.

– Vous recevrez demain le verdict de la cour martiale, continua-t-il en leur versant deux rasades de sherry. Aucune charge ne sera retenue contre vous, mais vous serez rétrogradé. C'est le mieux que je puisse faire. Vous avez bien défendu votre cause, mais le général avait déjà décidé de vous renvoyer à Plymouth, au grade le plus bas. Il faut dire que votre impertinence pendant le procès n'a pas aidé...

– Je suis un être passionné, milord ! protesta Barry pour se donner contenance. Votre frère le savait et l'appréciait. Avant tout, je suis médecin. J'ai fait serment de secourir ceux qui en ont besoin. C'est exactement ce qui a motivé mon retour en Angleterre. Votre frère avait besoin de moi. Si cela est un crime, qu'on me mette aux arrêts. Sinon, qu'on me laisse faire mon travail en paix.

– Ce n'est pas aussi simple, Barry, répondit Fitzroy, et vous le savez. Avec mon frère, vous avez eu longtemps carte blanche, mais ce n'est plus le cas à présent. De même, vous avez été protégé par Lord Buchan et avez bénéficié de ses contacts puissants à une certaine époque. Mais ni l'un ni l'autre ne sont aujourd'hui de ce monde. Il est temps que vous appreniez à vous débrouiller seul. Bien entendu, en raison de l'estime en laquelle mon frère vous tenait, je vous épaulerai de mon mieux. Mais sachez que je n'ai pas autant de pouvoir à Londres que lui en avait au Cap.

# Troisième partie
# Les Antilles

# VI

*Jamaïque, 1831*

– Alors, docteur Barry, êtes-vous vraiment sûr que nous ne rencontrerons pas de pirates ?

Barry ne put s'empêcher d'éclater de rire devant l'air piteux du jeune Horace Reilly. Le gamin faisait la moue, les sourcils froncés sous l'épaisse frange blonde qui lui descendait pratiquement dans les yeux, des yeux qui brillaient d'une innocence désarmante.

– Mon ami, répondit-elle avec empathie, voilà une question que tu devrais poser à notre capitaine, pas à moi.

– Mais, docteur Barry, maman dit que vous êtes un grand savant et que vous connaissez tout de ce monde.

Jetant un bref regard à Marjorie Reilly, Barry n'eut besoin que d'une fraction de seconde pour s'apercevoir que la dame avait rougi jusqu'à la racine des cheveux.

Mis à part Charles Somerset, en plus de vingt ans Barry avait réussi à berner tout le monde, tant et si bien qu'au fil du temps son alter ego masculin avait fini par l'habiter entièrement, surtout que son air juvénile s'était depuis longtemps estompé pour faire place à un visage toujours glabre mais décidément asexué.

De camoufler ses attributs féminins en revêtant tous les jours des vêtements d'homme était devenu pour elle machinal au superlatif. Ses gestes n'avaient plus à être étudiés ou empruntés ; tout lui venait naturellement. Sa petitesse et sa taille menue lui conféraient une agilité et une aisance faisant souvent défaut aux hommes du même âge, qui pour leur part commençaient à arborer un léger ventre et des gestes plus pataudS. Tant et si bien que James Miranda Barry devenait attirant aux yeux de certaines femmes, telle Marjorie Reilly.

– Je connais la médecine, mon cher petit, pas la mer, déclara-t-elle finalement. Ce soir, au souper, tu demanderas au capitaine ce qu'il en pense.

Déçu, le petit garçon baissa la tête et s'en fut arpenter le pont à la recherche de son père. Barry abaissa le dossier de son fauteuil, ferma les yeux et se laissa bercer par le faible mouvement du bateau et caresser par les chauds rayons du soleil. En repensant aux pirates tant espérés, elle ne put s'empêcher d'admettre qu'il aurait effectivement été intéressant d'en rencontrer. Mais, contrairement au garçon fasciné par l'aventure et les récits époustouflants qui meublaient son imaginaire et celui de tous les jeunes de son âge, l'intérêt de Barry se situait à un tout autre niveau, à savoir les rumeurs qu'on entretenait parfois sur la véritable identité de ceux qui écumaient les mers.

Elle en avait entendu parler jadis, alors qu'elle avait surpris une conversation entre le général de Miranda et Lord Buchan, quelques mois après avoir fait leur connaissance.

– Je n'étais guère surpris de les voir ainsi, avait raconté Miranda en relatant une rencontre avec un bateau pirate dans le cadre de ses nombreux déplacements. Il y en avait au moins deux sur ce navire, je ne puis en douter. Elles étaient sales, brutales, violentes même. Mais, moi, j'ai tout de suite vu que c'étaient des femmes. Bien sûr, elles se fondaient bien avec leurs compagnons mâles. Pensez-y : les pirates affectionnent tous les bijoux, les vêtements taillés dans de riches étoffes, les jabots à dentelle, même si cela détonne singulièrement avec leurs activités sanguinaires. Quoi de plus facile pour une femme, notamment si elle ne possède que de modestes attributs, que de se faire passer pour un moussaillon imberbe ? Et, si cette femme est un tant soit peu effrontée, éprise de liberté et d'aventure, et qu'elle a le culot de s'habiller et de se comporter comme un homme, il suffit de peu pour que ses acolytes n'y voient que du feu.

Ces mots étaient restés gravés dans la mémoire de Barry. Cette histoire relatée par Miranda était-elle à l'origine de leur projet de transformer Margaret Bulkley en James Barry ? Elle ne le saurait jamais, mais l'idée de faire une telle rencontre, ne fût-ce qu'une seule fois, aurait à tout le moins suffi pour confirmer les allégations de Miranda. Mais il était maintenant trop tard, du moins pour ce voyage. Chaque instant qui passait les amenait un peu plus près de la Jamaïque et du début d'une autre étape de sa vie. Bientôt, elle pourrait quitter le *Guardian* et retrouver la terre ferme.

Sentant les yeux de Marjorie Reilly toujours fixés sur elle, elle ne broncha pas. Depuis que la goélette avait pénétré dans la mer des Sargasses, tous ses passagers, Barry y compris, pouvaient s'offrir un peu de répit et trouver la force de sortir sur le pont. Comme toujours, le mal de mer l'avait fait souffrir pratiquement tout le long de la traversée. Par contre, cette fois, au moins une autre personne avait partagé ses souffrances : madame Reilly, l'épouse du major qui allait lui aussi prendre un nouveau poste dans la même île. Confiant le jeune Horace aux bons soins de sa nourrice, elle avait passé le plus clair de son temps enfermée dans sa cabine, en proie à des malaises quasi constants. Barry avait dû faire appel à toute sa détermination pour mettre de côté son propre inconfort et tenter de la soigner. Cela lui avait permis, ne fût-ce que de courts moments, d'oublier ses soucis.

Bien entendu, la proximité avait amené les confidences ; il s'était développé entre le médecin et la patiente une intimité qui commençait à devenir inconfortable, du moins pour Barry.

– Dites-moi, docteur Barry, avait innocemment demandé madame Reilly au bout de quelques jours en mer, madame Barry viendra-t-elle vous rejoindre bientôt ?

– Il n'y a pas de madame Barry, avait répondu le médecin sans trop se soucier de la question sur le moment. Je n'ai pas de famille, outre mon petit chien et mon domestique qui m'accompagnent partout.

Mais cette réponse tout à fait anodine avait galvanisé la femme qui avait dès lors, et d'une façon si évidente qu'elle en était embarrassante, entrepris par tous les moyens de séduire son médecin, lui laissant savoir sans prendre de détours que son mariage ne la comblait pas et que ce cher docteur Barry exerçait sur elle une attirance aussi indéniable que puissante. Multipliant les subterfuges, Barry avait habilement évité de se retrouver en tête à tête avec elle. Dans le fond, cette attention indue était somme toute cocasse. Par-dessus tout, elle était des plus étonnantes. « Qui aurait cru que James Miranda Barry puisse être un tombeur ?... »

Mais l'ardeur de la femme était triste à voir, dans un sens. Sans compter qu'à force de lui tourner autour et de chercher à s'immiscer dans sa cabine Dieu seul savait quels ennuis elle pourrait lui causer. Par chance, dans quelques jours à peine si les vents le permettaient, ils seraient arrivés à destination. Une fois à Kingston, leurs chemins prendraient sans doute des directions différentes, au plus grand soulagement de Barry.

À trente-six ans, ayant grandement profité de l'expérience acquise en Afrique du Sud, elle était plus que jamais en possession de ses moyens et dégageait une maîtrise qui en impressionnait plus d'un. Sa petitesse, compensée tant bien que mal par ses éternelles bottes à talons épais, et sa façon de se vêtir des plus flamboyantes continuaient d'intriguer. Mais elle s'efforçait de paraître insensible aux regards aussi bien étonnés qu'admiratifs qui lui étaient adressés. Elle déambulait avec panache et on lui voyait toujours la même assurance hautaine qui lui avait permis de se tirer habilement d'affaire en cour martiale quelques mois plus tôt, comme si ses accoutrements et son comportement parlaient d'eux-mêmes et étaient suffisants pour faire oublier son petit gabarit. Surtout, ils dissimulaient astucieusement son véritable sexe.

Elle ouvrit de nouveau les yeux et dirigea son regard vers la vaste étendue d'eau, espérant enfin voir la terre apparaître à l'horizon. Mais, tout ce qui s'offrait à sa contemplation, c'était les longues filées d'algues jaunâtres qui flottaient à la surface de l'onde, tels de longs cheveux d'or, caractéristiques de cette partie des Caraïbes. De temps à autre, et de plus en plus souvent, des poissons volants sautaient hors de l'eau et venaient parfois même s'écraser sur le pont du bateau, pour la plus grande joie du jeune Horace. Plus ils approchaient de leur destination, plus la mer était calme. Déjà, Barry pouvait imaginer, au loin, une île vert émeraude suspendue entre le jaune doré de l'océan et le bleu ininterrompu du ciel des tropiques.

On l'avait avertie plusieurs fois de la colossale somme de travail qui l'attendait, mais elle espérait que, tout comme au Cap quelques années plus tôt, la colonie en effervescence allait lui donner la possibilité de mettre en place des mesures qui bénéficieraient à toute la population. Sa carrière allait-elle prendre un nouveau tournant ? « Combien de temps me faudra-t-il, et quels défis devrai-je relever avant de pouvoir reprendre du galon et surtout rétablir ma réputation ? »

À l'issue de son procès en cour martiale, le tribunal avait finalement levé toutes les accusations d'insubordination, tel que l'avait annoncé Fitzroy Somerset. On en était tout de même venu à la décision qu'elle prendrait son poste à Kingston en tant que simple médecin militaire.

Par contre, lorsqu'on lui avait transmis l'ordre de se rendre en Jamaïque, la seule mention de l'île avait suffi pour réveiller dans son esprit des souvenirs endormis depuis plus de vingt ans, lorsque James Miranda Barry avait fait son apparition à Édimbourg en tant que modeste étudiant. Parmi les livres à l'étude figurait le traité de John Hunter intitulé *Observations sur les maladies tropicales en Jamaïque*. Avec ses compagnons de classe, elle l'avait feuilleté à maintes reprises. Au-delà des notions de médecine et d'épidémiologie, les descriptions consignées par Hunter évoquaient dans l'esprit des jeunes carabins les plages paradisiaques, la jungle dense et des aventures sans fin.

Mais, à quelques jours de l'arrivée, Barry commençait à ressentir une certaine anxiété. Qu'est-ce qui l'attendait là-bas, au juste ? Les rapports qu'on lui avait remis faisaient état d'une situation précaire, mais sans autre précision, toujours à mots couverts. Impossible d'en apprendre davantage.

Elle émergea de sa rêverie et chercha des yeux le jeune Horace. Le gamin était occupé à gambader sur le pont où il embêtait les matelots au passage, mais il semblait réconcilié avec le fait que les pirates tant espérés ne se matérialiseraient pas. Toujours calée dans son fauteuil, sa mère s'était assoupie.

« À quoi bon s'en faire ? pensa Barry. Tant que je pourrai éviter de me retrouver en présence de cette chipie trop entreprenante, le voyage devrait se poursuivre sans incident. Une fois que nous serons rendus à destination, je devrai faire face aux situations qui se présenteront, quelles qu'elles soient, les unes après les autres, avec ordre et méthode. »

* * *

– Je suis venue m'excuser pour l'attitude impertinente de mon fils, roucoula Marjorie Reilly en tentant d'entrer dans la cabine de Barry.

Se plantant prestement devant elle, Barry leva les bras et prit appui sur le cadre de la porte pour l'empêcher de faire un pas de plus. Dentzen était dans une autre cabine en train de préparer leur dîner et n'était malheureusement pas à portée de voix. Même Psyché n'était pas aux alentours pour ameuter tout le navire avec ses jappements. « J'aurais dû deviner que des coups aussi légers ne pouvaient venir que d'elle. J'aurais pu lui demander de s'identifier avant d'ouvrir la porte, ou simplement l'ignorer. »

À quelques reprises déjà, la femme avait cherché à se retrouver seule avec l'objet de ses désirs, allant jusqu'à verrouiller la porte du petit salon où elles avaient pris le thé de l'après-midi, la semaine précédente. Tous les prétextes avaient été bons et elle avait simulé mille et un malaises pour réclamer sa présence, toujours à sa cabine, bien sûr. Mais chaque fois Barry avait agi rapidement et, un jour, au risque de passer pour le dernier des malotrus, elle était allée jusqu'à lui annoncer que le mystérieux mal qui semblait l'affliger ne pouvait être guéri que par son mari.

Avec l'énergie du désespoir, sachant qu'ils accosteraient probablement le lendemain, Marjorie avait visiblement décidé de jouer le tout pour le tout et elle cherchait maintenant à pénétrer dans la cabine du médecin.

– J'ignore ce dont vous voulez parler, répondit Barry aussi froidement que possible. Jamais votre fils n'a fait preuve d'impertinence avec moi.

– Tout de même, insista madame Reilly en tentant encore d'entrer, depuis quelques jours il vous importune constamment, il vous poursuit, même…

« Pas autant que son emmerdeuse de mère », pensa Barry qui commençait à s'impatienter. Devant le petit médecin, la femme paraissait plus grande et plus forte, et Barry dut redoubler de vigilance pour l'empêcher d'entrer. Mais la femme était exceptionnellement résolue.

– De plus, fit-elle à voix basse, je dois vous entretenir de quelque chose…

– De quoi donc ? demanda Barry en continuant de lui barrer le passage.

– Je ne peux pas vous le dire ici, dans ce couloir, répondit la femme en souriant avec une gêne feinte. Ce serait beaucoup trop embarrassant…

– Il n'y a personne qui puisse nous entendre, dit fermement Barry en regardant à droite et à gauche.

Ce dernier mouvement lui fut fatal. Saisissant l'occasion, Marjorie Reilly réussit à déjouer son attention et se faufila prestement dans la cabine. Barry ne put que soupirer devant tant de détermination, mais elle s'empressa toutefois de faire glisser une cale du bout de son pied pour la placer sous la porte et l'empêcher de se refermer.

– Madame, veuillez pardonner mon impolitesse, mais je n'ai vraiment pas de temps à vous accorder ce soir. Je dois finir de boucler mes bagages. J'attends d'un moment à l'autre que mon serviteur vienne prendre ce qui est déjà prêt.

– Je vois, fit Marjorie d'un ton contrarié en observant l'abondance de valises et de caisses empilées au beau milieu de la cabine. Je constate également que vous avez énormément de possessions, pour un homme seul.

Elle fit un geste pour tenter d'ouvrir une des malles, et Barry eut tout juste le temps de lui saisir le bras pour l'arrêter. Son intention était de l'empêcher de découvrir ce qui se trouvait à l'intérieur, mais Marjorie Reilly interpréta son geste plutôt comme une invitation. Se tournant brusquement, elle plaqua son corps contre le sien, prit la tête du médecin entre ses mains et l'embrassa goulûment sur la bouche.

Cette fois, c'en était trop. Barry l'agrippa solidement par les épaules et la repoussa violemment contre la pile de bagages, au risque de la blesser.

– Je vous prie de sortir, madame, ordonna-t-elle d'un ton hautain et outré. Un tel comportement ne sied pas à l'épouse d'un major de l'armée britannique.

– Je n'ai que faire de mon mari, qu'il soit major ou non. Ce soir, c'est d'un docteur que j'ai besoin…

Dans une nouvelle tentative, elle se rua vers Barry qu'elle poussa vers la couchette, puis se jeta dessus.

– J'ai envie de vous, docteur Barry, et je sais que vous avez envie de moi tout autant…

Le souffle coupé devant une telle démonstration de passion et sous le poids de ce corps qui l'étouffait, elle eut de la difficulté à la repousser. Déjà, la femme avait défait son corsage d'une main leste et avait amené sa poitrine nue à la hauteur de son visage. Barry prit panique en réalisant que l'autre main de la dame se dirigeait de façon rapide et inexorable vers son entrejambe. D'une seconde à l'autre, Marjorie Reilly allait probablement découvrir avec stupeur pourquoi le docteur James Miranda Barry, brillant chirurgien des forces armées de Sa Majesté, réussissait si stoïquement à résister à ses avances.

Le cri d'horreur de la femme les fit sursauter toutes les deux bien avant. Elle se releva brusquement, pivota d'un bond et retomba sur le lit aux côtés de Barry.

– Mais quelle est cette créature immonde ? cria-t-elle en reculant d'effroi devant la chèvre qui était venue innocemment lui humer les chevilles.

– Il s'agit d'une chèvre, madame, dit Barry sur un ton détaché tout en essayant de cacher son soulagement et son amusement.

– Mais je le vois bien, imbécile ! Qu'est-ce qu'une sale chèvre fait dans votre cabine ?

– Elle me fournit du lait, madame, expliqua Barry en se relevant et en se dirigeant vers la porte. Elle m'est très précieuse et j'aimerais que vous daigniez la traiter honorablement.

En lisant le dégoût sur le visage de la femme, elle sut qu'il ne lui serait plus nécessaire de se soucier d'elle, à l'avenir.

– Ceci est grotesque ! s'écria-t-elle en se hâtant de refermer son corsage. Grotesque et dégoûtant. C'est donc vrai ce que tous racontent à votre sujet. Vous êtes un être bizarre et pervers. Dieu sait ce que vous fabriquez réellement avec cette chèvre, et je préfère ne pas le savoir. Adieu, docteur Barry !

En sortant de la cabine, elle agrippa la porte dans le but évident de la claquer. Mais la cale ne céda pas et, après une courte lutte, Marjorie Reilly tourna les talons d'un air digne.

Barry revint vers le lit et caressa lentement la tête de sa chèvre en riant doucement. Si cette mésaventure était un avant-goût de ce qui l'attendait, sa nouvelle affectation risquait d'être mouvementée.

* * *

D'un point de vue géographique, Le Cap et la Jamaïque semblaient présenter plusieurs similitudes ; les deux sites se distinguaient par des palmiers de taille imposante, une chaleur et une humidité quasi constantes, une flore et une faune intéressantes et variées. Tout de suite après avoir accosté, Barry n'avait pas perdu de temps et avait rapidement parcouru une grande partie du territoire sous sa supervision, que ce soit à pied, à cheval ou en carriole. En parlant à tout un chacun et en portant comme d'habitude plus d'attention à ceux qui lui semblaient en avoir grandement besoin, il ne lui avait fallu cependant que quelques jours pour voir s'estomper son sentiment de déjà-vu.

Sur le plan politique, il n'y avait rien de commun. Alors qu'en Afrique du Sud les colons n'hésitaient jamais à outrepasser le pouvoir du gouvernement établi et à adresser leurs revendications à Westminster, à Kingston les barons du sucre, comme on les appelait, tentaient de soudoyer les autorités militaires et coloniales pour conserver ce qu'ils considéraient comme leur droit de gérer leurs possessions eux-mêmes.

De ce fait, en tant que l'une des dernières colonies à ne pas reconnaître à ses esclaves le droit à l'émancipation, la Jamaïque était peuplée par deux groupes très distincts : les Britanniques et leurs esclaves noirs. La liberté était refusée aux seconds par l'Assemblée législative jamaïquaine, de connivence avec les riches propriétaires de plantations.

Malgré tout, Barry avait constaté avec soulagement que certains esclaves avaient réussi à s'affranchir et tentaient maintenant d'amener leurs frères toujours enchaînés à faire de même. Cependant, les propriétaires blancs, désireux de garder cette main-d'œuvre bon marché pour continuer de s'emplir les poches avec les revenus que leur procuraient le sucre et le rhum, n'entendaient pas se laisser faire et maintenaient leur pression sur les autorités militaires pour qu'elles voient à enrayer toute tentative de rébellion.

Dès le premier jour où Barry avait gravi la longue pente le menant à ses quartiers, il lui était apparu que les soldats britanniques étaient en si piteux état qu'ils auraient eu de la difficulté à mater quoi que ce soit, même l'attaque d'une mouche.

Situées au pied de la colline, dans un creux où ni le vent du large ni celui des montagnes ne parvenaient à se faire sentir, les baraques des quatre mille fantassins semblaient flotter dans une espèce de marais impossible à drainer, qui engendrait une humidité malsaine et repoussante. Même les édifices étaient imprégnés d'une infecte odeur d'urine. Aussi, ce fut sans grande surprise que Barry apprit peu après son arrivée que le taux de mortalité due à la maladie se chiffrait à cent dix décès pour mille soldats.

Le mince rapport que lui avait laissé son prédécesseur, un certain docteur Wilson, était peu reluisant :

*Ils sont en mauvaise posture. Je quitte mon poste sans avoir réussi à améliorer véritablement leur condition. Mon âge et mon propre état de santé m'ont empêché ces dernières années de faire mieux. J'ose espérer que vous serez plus déterminé et plus tenace.*

*Ils souffrent d'un mal atroce et pour lequel il n'existe à ce jour aucun remède efficace : l'ennui. Confinés à leurs baraques de neuf heures à cinq heures durant la saison chaude, ils sortent ensuite dans l'humidité suffocante de la fin d'après-midi pour leurs exercices de manœuvres. Pour finir, ils entreprennent systématiquement de noyer leur triste réalité en ingurgitant tout le rhum que leur maigre solde leur permet d'acheter. Parfois, ils réussissent à mettre assez d'argent de côté pour se payer les services d'une prostituée quand ils n'arrivent pas à convaincre leurs collègues mariés de leur prêter leur femme.*

*Les mois de pluie, tentant de garder la forme, ils sortent un peu plus durant la journée pour piétiner dans une fange infecte qui leur monte jusqu'aux chevilles. Mais c'est à ce moment-là que la maladie les guette le plus, puisque les fièvres se propagent plus facilement avec les pluies.*

*Vous verrez de tout ici, mais la malaria, la fièvre jaune et le typhus sont les affections les plus fréquentes. Tout ça en plus des maladies des poumons, du foie et des intestins, des dysenteries et des diarrhées...*

Barry décrocha avant d'avoir fini de lire le document. De toute évidence, Wilson avait depuis longtemps abdiqué et se contentait ces dernières années de soigner la maladie plutôt que de la prévenir. Un bref coup d'œil à son rapport lui avait permis de découvrir que son prédécesseur était de la vieille école et qu'il avait encore recours en guise de traitements aux saignées, lavements et autres mesures dépassées.

Fidèle à la détermination et au zèle qui avaient fait sa renommée au Cap, Barry entreprit dès le lendemain une inspection minutieuse des installations sous sa supervision. Elle avait déjà la ferme intention de demander la permission de faire la même chose avec les bâtiments destinés aux soins des malades civils.

En moins d'une semaine, elle était en mesure de dresser un portrait concret de la situation et de s'adresser à Lowry Corry, comte de Belmore, gouverneur de la colonie.

– Voici mes recommandations, annonça-t-elle avec autorité aussitôt que les présentations d'usage furent terminées.

– Vous ne perdez pas de temps, dites-moi ! s'exclama le gouverneur, abasourdi, en prenant la liste que Barry lui tendait.

Semblable aux rapports qu'elle avait jadis soumis au gouverneur du Cap, celui-ci parlait d'amélioration des installations sanitaires, d'approvisionnement en eau potable, de diète et de rations de nourriture fraîche, ainsi que d'une foule d'autres choses visant à améliorer les conditions sanitaires des soldats.

– Je ne perds jamais mon temps, admit-elle avec aplomb. Tout comme vous ne pouvez vous permettre d'en perdre vous-même. On m'avait dit que la situation ici était précaire. Je comprends maintenant pourquoi.

– Et pourquoi donc ? demanda Belmore avec méfiance.

– Parce que cette colonie a été construite sur un mirage, avec la sueur et le sang de pauvres gens que notre bon roi a laissé exploiter pendant des années. L'émancipation des esclaves est en voie d'être complétée dans la plupart des colonies ; ici, elle commence à peine. Ce système ne peut tenir très longtemps et peut s'écrouler d'un moment à l'autre.

– Vous ne manquez pas de culot, docteur Barry ! Et comment pouvez-vous avancer une telle opinion ?

– Parce que j'ai des yeux pour voir et des oreilles pour entendre. J'observe, j'analyse et je tire des conclusions on ne peut plus logiques. Par conséquent, si vous voulez maintenir vos effectifs, vous devez suivre mes instructions. Il me répugne de croire que je devrai peut-être soigner des soldats qui auront pour ordre d'aller tuer des innocents, mais j'ai mes ordres et vous avez les vôtres.

Belmore s'essuya le front avec peine. Malgré sa stature imposante, il était évident pour Barry que le gouverneur de la Jamaïque n'avait pas autant de poigne que celui du Cap. Il avait déjà probablement abdiqué, au même titre que le docteur Wilson, et tentait seulement de suivre le courant déterminé par les autres.

– Vous avez tout à fait raison, admit Belmore, l'air soudain contrarié. Souvent, je me demande ce que je fais ici… Mais je vous conseille fortement de garder vos opinions pour vous. Comme je viens de vous le dire, votre affectation consiste à soigner les soldats, pas à discuter des politiques coloniales du gouvernement qui paie votre solde. En ce moment, les proabolitionnistes sont mal vus dans la société de Kingston. En tant que médecin militaire, vous êtes au service de la machine institutionnelle, un agent de l'Empire, et il est impossible que vous puissiez à vous seul tout réformer de l'intérieur, que cette situation vous plaise ou non.

Barry reprit instinctivement l'air hautain qui avait irrité tant de gens durant ses années au Cap.

– Sachez, milord, que jamais je n'ai eu d'hésitation lorsque est venu le temps de faire connaître mes opinions. Je ne vais surtout pas commencer maintenant. Sur cette île, en ce moment, vos troupes ne valent guère mieux que les esclaves que les planteurs tentent si désespérément de garder sous leur joug. La vie de ces soldats que je dois soigner se résume à une existence centrée sur le rhum, la sodomie et les mauvais traitements… en essayant d'éviter la maladie et la mort aussi longtemps que possible. Pour ce qui est de la société de Kingston, et je suppose ici que vous faites référence à la population britannique, son temps est compté, j'en ai bien peur. Elle détient un pouvoir ténu, construit grâce à l'exploitation et à la violence. Les riches, dans leurs vastes châteaux, peuvent bien faire la fête dans le faste et le luxe, maintenant que la culture du sucre n'est plus le monopole de cette île, tout menace de s'effondrer. Tout n'est plus que façade, et cette façade risque de craquer à tout moment.

– Je dois vous avertir une dernière fois, docteur Barry. On m'avait prévenu que la diplomatie n'était pas monnaie courante chez vous, mais retenez-vous un peu. Même si vous ne faites que dire tout haut ce que plusieurs pensent tout bas, vous pourriez vous attirer des ennuis.

Barry réprima le fou rire qui lui montait dans la gorge. Tout comme au Cap, ils n'y verraient que du feu. Même sans le soutien de ses amis, elle savait qu'elle réussirait à accomplir ce qui devait être fait. Elle avait son expérience derrière elle, après tout.

* * *

– A-t-on idée de transporter autant de bagages, grommela la vieille madame Magnus en tentant de déplacer une autre malle pour atteindre la fenêtre avec son plumeau. Seigneur Dieu, il y en a plus que dans les trousseaux des jeunes filles riches ! Mais que pouvez-vous bien avoir là-dedans ?

Barry eut tout juste le temps de se précipiter pour empêcher la domestique d'ouvrir la malle sur le dessus de la pile pour jeter un coup d'œil dedans. Son geste brusque surprit la femme qui s'arrêta net, l'air interdit, en brandissant toujours son plumeau.

– Vous n'aurez pas à vous soucier de ma maisonnée, madame Magnus, s'empressa-t-elle de lui expliquer. Je sais que c'est votre travail de faire le ménage dans la maison des officiers, mais, en ce qui me concerne, j'ai mon propre serviteur qui est parfaitement capable de voir à tout. C'est lui aussi qui s'occupera de traire ma chèvre et de préparer mes repas.

– Comme vous voudrez, fit la femme en haussant les épaules tout en continuant d'épousseter les rebords des fenêtres qu'elle pouvait atteindre. Moi, je ne fais que ce qu'on me demande, en espérant que tout le monde sera satisfait. Si on ne veut pas de moi ici, je saurai me rendre utile ailleurs.

Faisant fi des regards de Barry et de Dentzen qui restaient fixés sur elle, elle continua néanmoins à tout nettoyer autour d'elle. Elle babillait constamment comme si elle pensait à voix haute, sans jamais attendre de réponse.

– C'est comme la femme de ce lieutenant Clarkson, poursuivit-elle pour elle seule. Elle ne voulait jamais que je vienne le matin, après que son mari fut parti. Pas question de rester près de la maison, qu'elle disait. C'est parce qu'elle attendait la visite galante de ce monsieur, c'est certain. Ah ! elles sont toutes comme ça. Quand elles ont quelque chose à cacher, elles éloignent la femme noire. La femme noire, c'est le diable, pour elles.

Ce ne fut que lorsqu'elle quitta la chambre sans pour autant se taire que Barry se tourna enfin vers son domestique.

– Je ne veux personne d'autre que vous ici, Dentzen. Je ne veux surtout pas de ce genre de femme qui bavarde sans arrêt même si elle n'a rien à dire. Qui sait ce qu'elle pourrait répéter ailleurs sans même s'en rendre compte !

– Bien, monsieur, fit simplement Dentzen.

Un instant plus tard, ils entendirent la porte se refermer, puis, venant de l'extérieur, la voix de madame Magnus qui continuait à parler toute seule en s'éloignant de la maison.

– Aidez-moi à défaire mes bagages, je vous prie, demanda Barry. Il y a presque dix jours que j'attendais qu'on me les livre. J'aurai bientôt besoin de quelques-unes de ces choses.

Méthodiquement, Dentzen entreprit d'ouvrir chaque caisse et d'en ranger le contenu dans les petits placards.

– Et où voulez-vous que je mette ceci ? demanda le domestique en ouvrant la dernière malle.

Barry vint le rejoindre, l'air songeur, et se pencha pour saisir une épaisse liasse de bandes de coton. *Kapok doctor*… Le surnom que lui avaient donné les Malais du Cap lui revint subitement à l'esprit. Ils produisaient un tissu d'une qualité incomparable, qui tenait bon même après quinze années de trempage et de frottage. Bien entendu, le prétexte du rembourrage lui avait été bien utile, à l'époque, et ses multiples achats auprès des tisserands avaient réussi à maintenir l'illusion. Entre les coussinets destinés à être fixés aux épaules de ses vestes et ceux pour les mollets, elle avait fait de grandes provisions de longues bandes minces pour écraser sa poitrine ; d'autres, plus épaisses, comblaient ses besoins de protection absorbante, comme n'importe quelle femme.

– Je m'en occupe. Vous avez déjà suffisamment de travail comme cela.

« Il y a des choses qu'on doit garder pour soi, même lorsqu'on a la chance d'avoir le plus discret des serviteurs. »

* * *

En entrant dans la salle de bal, Barry sentit immédiatement que tous les regards se tournaient dans sa direction et elle étira instinctivement le cou. D'un geste nonchalant, sa main monta vers sa ceinture et se posa sur le pommeau de son épée.

Plus d'un mois s'était écoulé depuis son arrivée, mais c'était le premier bal auquel on l'invitait. Le nom de James Miranda Barry était sur toutes les lèvres, selon ce qui lui avait été rapporté. Il lui fallait donc créer tout de suite une impression inoubliable.

Quelques semaines lui avaient été nécessaires pour se remettre du voyage en mer et s'adapter à sa nouvelle vie.

« Et maintenant, il est temps de faire mon entrée officielle dans le grand monde, fût-il factice… »

Contrairement au Cap, la Jamaïque lui était apparue nettement sauvage. La maladie y faisait plus de ravages, et la vie quotidienne s'y révélait un plus grand défi. C'était beaucoup plus excitant que ce qu'il lui avait été donné de vivre jusque-là et rendait les mondanités encore plus incongrues, étant donné qu'elles mettaient en scène des gens qui lui avaient semblé d'une superficialité peu commune.

Barry avait deviné juste en disant à Belmore que la classe supérieure avait sur l'île une mainmise pouvant lui échapper à tout moment. L'excès dont on faisait montre dans les salons, les jardins et lors des parties de chasse n'avait d'égal que le mépris qu'on entretenait envers les esclaves et les ouvriers. La révolte grondait, c'était palpable, du moins pour Barry qui avait méthodiquement sillonné non seulement Kingston et ses environs, mais aussi les villages plus au centre des terres.

Dans la salle de bal de l'une des plus grandes plantations, toutefois, les bourgeois et les militaires qui virevoltaient et s'amusaient n'avaient rien en commun avec les gens qui peuplaient les rues et les cases des villages, et cette soirée construite sur de faux-semblants n'allait certainement rien changer à son opinion.

– Docteur Barry ! Aimeriez-vous vous joindre à nous ? Ma femme est assise là-bas.

La voix rieuse du major Reilly tira Barry de sa contemplation. Une telle invitation de la part du major était surprenante et elle lui permit de conclure que sa chère Marjorie ne lui avait pas soufflé mot de leur dernier entretien. La perspective d'embarrasser celle qui avait failli lui causer des problèmes lui parut soudain réjouissante.

– Ce sera avec la plus grande joie, major. J'aurai plaisir à revoir votre charmante épouse. J'espère qu'elle s'est bien remise de la traversée ! Et comment se porte mon bon ami Horace ?

Tout en parlant, elle avait accompagné le colonel à sa table. Marjorie Reilly, captivée par une conversation avec ses voisines, ne les avait pas vus s'approcher. Ce ne fut qu'au moment où ils s'arrêtèrent à moins de un mètre d'elle qu'elle releva la tête. Elle remarqua d'abord l'uniforme qu'elle ne sembla pas reconnaître et prépara le plus beau des sourires pour le nouveau venu. Lorsqu'elle s'aperçut un instant plus tard qu'il s'agissait de Barry, son sourire se figea sur son visage qui blêmit, puis tourna au cramoisi.

– Docteur Barry, quelle..., quelle agréable surprise ! bêla-t-elle d'une voix complètement exempte de conviction. Je ne m'attendais pas à vous revoir de sitôt.

– Cette île est bien petite, répondit Barry avec emphase. Nos chemins risquent de se croiser encore et encore.

À en juger par l'air déconfit de la femme et les interrogations muettes dans les regards des autres convives, Barry put facilement conclure que sa présence la rendait aussi à l'aise que si elle eût été assise sur des charbons ardents. Elle décida qu'il serait encore plus amusant de l'ébranler davantage ; elle s'inclina respectueusement, lui prit doucement la main et y déposa un chaste baiser.

Marjorie Reilly retira sa main prestement et se recroquevilla sur sa chaise en baissant les yeux et en rougissant de plus belle. Barry ne put manquer les regards étonnés mais intéressés des autres femmes. Aucun moyen de savoir ce que certaines d'entre elles allaient sans doute s'imaginer. Pensaient-elles à ce qui avait pu se passer entre le brillant James et la confuse Marjorie, à quelque moment tendre, peut-être ? Chose certaine, rien de ce que pourrait dire la femme en guise de protestation ne pourrait les dissuader de penser ; son attitude en disait trop.

– Nous avions beaucoup entendu parler de vous avant votre arrivée, docteur Barry, expliqua le major Ramsey en s'approchant, mais il semble que vous avez fait encore plus parler de vous depuis !

– En bons termes, j'espère ?

– Bien entendu ! On m'a dit que, tout juste en arrivant, vous avez dû vous rendre à la garnison de Stone Park pour y soigner une épidémie de fièvre jaune et que vous avez réussi à l'enrayer à la vitesse de l'éclair.

– Le docteur Barry est un grand spécialiste des maladies tropicales, intervint le major Reilly. C'est expressément pour cela qu'il a été envoyé ici.

– Je m'excuse de vous contredire ainsi, major, mais je m'aperçois de plus en plus avec chaque jour qui passe que j'en sais bien peu !

– Mais vous en savez suffisamment pour tenir nos soldats en santé. C'est tout ce qui importe. Si vous arrivez à vous perfectionner, ce sera évidemment tant mieux, mais laissons un peu tomber cette conversation trop sérieuse. Venez ! Il y a quelques personnes à qui j'aimerais vous présenter.

En cette seule soirée, Barry fut à même de constater comme elle l'avait pressenti que les gens qu'il lui serait donné de côtoyer n'avaient rien en commun avec la population du Cap. Sa première lettre, destinée à son ami Cloete, englobait toutes les impressions qui s'étaient formées dans son esprit :

*Mon cher Cloete,*

*Aucun honneur, aucune loyauté. Chacun pour soi, à la limite de la décence. Voilà l'opinion que j'ai de mes chers compatriotes en sol jamaïquain, ceux avec qui je devrai vivre et travailler aussi longtemps que le secrétariat des Affaires militaires jugera bon de me laisser ici. Je ne fais confiance à personne. La condescendance semble régner en maître et, en dépit de leur statut, militaires autant que civils m'apparaissent moins civilisés que les soldats et les esclaves de qui ils se considèrent supérieurs.*

*J'ai su que l'Europe s'approvisionne maintenant en sucre au Brésil et en Inde, ce qui rend la situation des plantations incertaine. Mais la société demeure entièrement occupée à garder désespérément la face. Elle continue à faire preuve d'une indolence et d'une complaisance hors du commun, même si cette façade commence inéluctablement à s'effriter…*

Barry s'efforça de ne rien ajouter de personnel dans sa lettre. Non pas que l'envie lui manquât, bien au contraire ; en cette terre étrangère, il n'y avait personne à qui se confier, personne qui pouvait voir au-delà de son regard et lire jusqu'au plus profond de son être, personne avec qui partager son désarroi, son découragement parfois, et de qui espérer un quelconque réconfort. Seul Cloete pouvait parfois combler ces besoins. Mais il était hors de question de lui révéler ses pensées les plus intimes. Elle avait quitté Le Cap depuis deux ans déjà et, dans son esprit, il était clair qu'il s'agissait d'un adieu définitif. Les sentiments que Cloete avait commencé à faire naître dans les derniers mois et l'idylle qui risquait de se développer entre eux auraient pu avoir des conséquences catastrophiques. Tandis que sa relation avec Somerset avait été essentiellement physique, son amitié avec Cloete menaçait de se transformer en quelque chose de plus profond, de plus noble, et ainsi de remettre en question ce qu'elle avait choisi et établi comme seule et unique voie : la médecine.

L'amour ne pouvait être une possibilité à envisager. Ça avait été le cas, au tout début, du temps de Miranda, mais à présent elle comprenait bien que cela n'avait été qu'une chimère, un stupide béguin d'adolescente qui de toute façon ne connaissait rien à l'amour. Un homme tel que Francisco de Miranda ne pouvait pas être amoureux d'une femme de quarante ans sa cadette.

Mais Josias Cloete lui avait démontré son admiration, sa loyauté et son respect. Il n'aurait probablement pas refusé que ces sentiments s'intensifient. C'était la raison pour laquelle Barry ne devait lui donner aucune indication qu'il y avait ne fût-ce qu'un mince espoir pour eux. Ses lettres, au risque de paraître froides et impersonnelles, devaient s'en tenir aux faits. Puisque Cloete y répondait sur un ton semblable, même si c'était avec empressement, il semblait s'y être résigné également.

* * *

Pendant plusieurs mois, Barry prit grand soin de n'accepter aucune invitation. Tout comme au Cap, les occasions de fêtes, les bals de régiments et les célébrations de toutes sortes se succédaient à un rythme effarant, mais elle ne pouvait se résoudre à s'intégrer à cette société comme jadis. Les seules exceptions étaient les services religieux et autres rares événements organisés par l'unique œuvre de charité de l'île, à laquelle elle donnait généreusement les quelques sous qui lui restaient après avoir payé à Dentzen son salaire et le théâtre où elle s'était procuré une loge, mais où jamais personne ne l'accompagnait.

Là comme partout, il lui suffisait de saluer gracieusement les autres invités ou spectateurs en arrivant et en repartant, sans jamais s'éterniser ; elle prétextait toujours une somme de travail colossale pour se soustraire aux conversations insipides et insincères.

Cela valait mieux ainsi et ce n'était pas si loin de la vérité. Les relations sociales demandaient beaucoup de temps, une chose qui lui faisait défaut à ce moment de sa carrière. Tant pis si cet excès de sobriété contrastait trop fortement avec l'exubérance coloniale. Elle était maintenant un chirurgien expérimenté et un administrateur dévoué. Sa satisfaction du travail bien fait était une récompense en soi. Sans compter que tous ces gens ne l'intéressaient pas. Chaque fois qu'elle s'aventurait dans le grand monde, Barry réalisait à quel point elle n'aurait jamais pu en faire partie. Comme on le lui avait fait réaliser depuis si longtemps, la classe supérieure entretenait un mépris considérable pour les petites gens. Et elle aurait pu jurer que c'était pire en Jamaïque. C'était une chose d'endosser son personnage, de faire semblant d'être quelqu'un d'autre, mais c'en aurait été une autre de côtoyer ses congénères et de les entendre constamment rabaisser ceux qui avaient eu la malchance de ne pas naître riches.

De plus, en passant outre à toutes ces occasions de se mêler à des gens qui, de toute façon, ne l'intéressaient pas, elle pouvait davantage se consacrer à ce qui était, à son avis, infiniment plus important. Inutile de gaspiller sa salive ou son énergie avec des requêtes futiles et des discussions mouvementées ; elle pouvait faire beaucoup plus en travaillant sans relâche. Ses opinions abolitionnistes en faisaient encore sourciller plusieurs, mais elle ne s'étendait plus sur le sujet, sachant qu'il ne fallait pas que l'enjeu devienne politique.

N'osant se confier à personne sur l'île, elle pouvait cependant livrer le fond de sa pensée dans ses lettres à Poleman et à Bailey :

*Mes chers amis,*

*Je ne sais pas par où commencer pour vous expliquer les défis auxquels je fais face. Tout d'abord, je vous prierais de vous imaginer un monde aux frontières des connaissances de la science. Il n'y a ici ni médecins dignes de ce nom, ni hôpitaux civils décents, aucun apothicaire et encore moins de gens disposés à le devenir.*

*Mes collègues – j'ose à peine utiliser ce terme – sont presque uniquement motivés par l'idée de s'enrichir, ne sachant que trop bien que les gens n'ont aucun autre moyen pour contrer une trop grande variété de maladies endémiques.*

*Mais voici qu'en très peu de temps on m'a fait l'honneur d'une promotion à titre de chirurgien en chef des forces. Je suis donc à présent responsable de huit hôpitaux militaires, quatre du côté nord de l'île et quatre du côté sud, mais tous situés dans des lieux aussi malsains qu'hostiles.*

*J'ai déjà commencé à me plaindre avec véhémence au département médical de l'armée et j'ose espérer qu'on m'autorisera à entreprendre une restructuration en règle des pratiques et des traitements jusqu'ici en usage. C'est, je le crains, la seule façon de venir en aide à ces pauvres soldats qui sont en si mauvais état.*

* * *

– Prenez note, madame Silverstone, que vous devrez trouver un autre point d'approvisionnement en eau.

– Oui, docteur Barry.

– J'aurai aussi besoin d'un inventaire complet des médicaments de la pharmacie. J'aimerais un rapport semblable à celui que vous m'avez préparé pour la literie ; il était très détaillé et je vous en félicite.

Pour la première fois depuis son arrivée en Jamaïque, Barry se sentait en confiance avec quelqu'un qui lui était étranger. Lilian Silverstone, la matrone de l'hôpital civil qu'elle avait eu un mal fou à faire accepter, avait été un choix judicieux. Jour après jour, il devenait plus qu'évident que cette femme valait bien les efforts et les requêtes que Barry avait dû multiplier pour arriver à convaincre le gouverneur Belmore de l'autoriser à engager une femme noire, fût-elle doctoresse, pour l'assister à l'hôpital civil de Stony Park.

Tout comme Barry, la femme était d'une intelligence vive, infatigable, soucieuse du bien-être de ses semblables et surtout nullement gênée de livrer le fond de sa pensée. Sous la tutelle de Barry, elle menait l'institution de main de maître et prenait de plus en plus d'initiatives visant à améliorer les conditions de la place.

– Merci, docteur Barry, dit-elle avec un sourire qui trahissait sa fierté. Et si vous me permettez…

– Je vous en prie, dites !

– Nous aurions besoin d'autres bras pour laver les draps et récurer les bassines.

– Je verrai à vous faire assigner de l'aide supplémentaire.

– Avec votre permission, il y a au village deux jeunes filles dont je me porte garante. Deux charmantes jeunes filles, si je puis ajouter en passant, depuis peu en âge de se marier. Bien qu'elles soient britanniques, elles ne font pas partie de la bourgeoisie, mais elles sont tout de même issues de bonnes familles ; elles sont chrétiennes et travaillantes. Je pourrais vous les présenter, si le cœur vous en dit.

Cette dernière suggestion amusa Barry.

« Ce n'est pas la première fois qu'elle me sert ce genre d'allusion. James Miranda Barry serait-il devenu un homme à marier ? »

Jugeant cependant qu'il ne devait pas inviter la femme à persister dans cette voie, elle décida plutôt de feindre une légère irritation.

– Pourquoi persévérez-vous à vouloir me présenter toutes les jeunes filles disponibles de la région ? Je vous ai déjà dit que je ne cherchais pas à convoler.

– Mais voyons, docteur, il le faudra bien. Les gens parlent de plus en plus…

– Laissez-les parler ! Je me fiche éperdument de ce qu'on peut dire sur mon compte. Ce n'est pas un crime, que d'être célibataire, à ce que je sache ! Je n'ai jamais prêté attention aux ragots qu'on a pu véhiculer à mon sujet par le passé et je ne vais surtout pas commencer maintenant !

– Eh bien, moi, je crois que vous devriez, docteur ! continua la femme à voix basse. Il se dit des choses à votre sujet qui sont très méchantes. Qui sait à quel point cela pourrait vous nuire ! Moi, je n'ai aucun doute que vous êtes un très grand médecin et je vois aussi combien vous êtes dévoué. Mais vous ne faites qu'envenimer la situation en continuant de vous présenter au théâtre, semaine après semaine, toujours seul. Vous acceptez rarement les invitations des messieurs, mais vous ne manquez jamais de porter vos hommages aux dames et aux jeunes filles, comme si vous vouliez vous rapprocher d'elles, tout en tenant leurs maris et leurs pères à distance.

De toutes les rumeurs qu'on avait pu rapporter à Barry au fil des ans, cette dernière était de loin la plus farfelue. « Jamais je n'aurais pensé qu'on pût dire de telles choses à mon sujet parce que je démontre plus de courtoisie et de déférence aux femmes et que je ne porte pas autant d'attention aux hommes ! C'est tout bonnement ahurissant ! »

– Les rumeurs ne m'atteignent pas, madame Silverstone. Je m'en tiens aux faits et aux observations, comme je vous l'ai déjà expliqué. Je suis comme je suis et je n'ai pas l'intention de changer.

– Mais, quand il est question de Marjorie Reilly, poursuivit madame Silverstone dans un murmure, vous devriez vous méfier.

En entendant ce nom, Barry prêta plus d'attention aux propos de la femme. Marjorie Reilly habitait tout juste à l'extérieur de Kingston, tout de même assez loin de Stony Park, depuis un an tout au plus. Comment diable pouvait-on la connaître jusqu'ici ?

– Que voulez-vous dire ? En quoi la femme du major Reilly pourrait-elle me nuire ?

Madame Silverstone parut hésiter un instant. Elle regarda pudiquement autour d'elle pour s'assurer que personne ne pouvait les entendre.

– Elle raconte que vous êtes un être démoniaque, que vous entretenez des relations malsaines avec les animaux et que vos talents en tant que docteur relèvent plus de la magie noire que de la science.

Cette déclaration provoqua chez Barry un éclat de rire aussi soudain qu'inhabituel.

– Il paraît qu'il se trouve en ville et un peu partout plusieurs médecins qui partagent son avis, poursuivit la matrone. Ils seraient tous curieux d'aller visiter vos quartiers et d'examiner toutes ces choses que vous avez apportées, mais que vous ne laissez voir à personne.

– Toutes ces choses ? Quelles choses ?

– Vous savez bien… Toutes ces malles et ces valises… Jamais on n'avait vu un homme seul arriver pour prendre son poste en apportant autant de bagages. Cette île est bien petite et il n'a pas fallu longtemps pour que les rumeurs se propagent.

– Allons donc ! s'exclama Barry. Il ne s'agit que de vêtements ! Que peut-on imaginer que je transporte ainsi ?

– Alors, pourquoi avez-vous refusé que madame Magnus vous aide à ranger vos affaires ? Oui, tout le monde sait que vous avez une garde-robe impressionnante, mais on chuchote qu'il y a autre chose aussi. C'est pour cela que vous l'avez chassée de vos quartiers, pour éviter qu'elle ne découvre ce que vous aviez apporté ici.

– J'ai horreur qu'on touche à mes affaires, c'est tout. En quoi est-ce si mystérieux ?

– Mais vous devez aussi reconnaître qu'il n'est pas courant de voir quelqu'un se nourrir seulement de fruits et de légumes, et ne boire que du lait de chèvre. Lorsque vous vous êtes rendu à Botany Bay pour y inspecter la reconstruction des baraques, durant toute la semaine, tout le monde vous a vu donner votre ration de viande à votre chien. Avouez que c'est bizarre. Pourquoi se priver ainsi de bonne nourriture ?

– Ce sont ces habitudes qui me permettent de me maintenir en bonne santé, madame. Vous m'avez vous-même affirmé que vous considériez les aliments frais comme salutaires. Préférerait-on que je me gave de viandes et de fritures et que je m'imbibe de rhum jusqu'à plus soif, comme le font certains de mes collègues ? De toute évidence, ils trouvent insupportable que je me démarque d'eux, aussi bien dans mes habitudes personnelles que dans ma pratique. Je ne peux rien faire pour empêcher quiconque de médire quant à ma vie privée et il y a longtemps que j'ai cessé de m'en soucier. Quand il s'agit de ma réputation professionnelle, par contre, c'est une autre histoire. Bien sûr, la plupart des médecins de cette île, tous aussi véreux les uns que les autres, sont uniquement motivés par la peur que je ne dénonce leurs méthodes immorales et leur absence de conscience ! Je me bats depuis toujours contre la corruption et les profiteurs, et ce n'est que pour cela qu'ils me craignent. Vous savez vous-même à quel point ils sont incompétents, n'est-ce pas ?

– C'est vrai, acquiesça la femme, soudain rassurée. Vous êtes exactement ce qu'on nous avait annoncé : un missionnaire de la médecine moderne. Moi, je n'ai aucun doute sur vos capacités et votre sens moral. Mais je pense tout de même que, pour un homme, de rester sans attaches, ce n'est pas bien. Vous devriez vous marier et fonder une famille. Ça ferait peut-être taire cette vipère de Marjorie Reilly.

– Laissez-moi m'occuper de madame Reilly, dit Barry avec un sourire en coin. Je crois que je lui dois une petite visite de courtoisie, surtout que ces jours-ci son mari est absent et qu'elle doit se sentir bien seule.

* * *

De l'extérieur, la villa de la famille Reilly ressemblait à toutes celles qui l'entouraient. Mais, en descendant de sa carriole, Barry ne pouvait s'empêcher de la voir comme la tanière d'une bête féroce et redoutable. Elle se serait bien passée de cette visite, mais il n'y avait pas d'autre option. La femme n'avait pas perdu de temps pour s'imposer comme source intarissable de racontars et elle avait fait de Barry sa cible préférée. Il fallait agir et la neutraliser avant qu'elle ne lui cause trop de dommages.

– Docteur Barry, hoqueta-t-elle avec un sourire aussi dégoûté que peu sincère en l'accueillant elle-même à la porte. À quoi dois-je le plaisir de cette visite ?

– Il ne s'agit aucunement de plaisir, répondit froidement Barry en entrant dans la maison sans même attendre une invitation. Vous le savez fort bien.

Elle s'avança cavalièrement dans le salon, Marjorie à ses trousses, et mit un point d'honneur à soigneusement refermer la porte. Soudain inquiète, madame Reilly recula d'un pas vers la fenêtre.

– Si vos intentions sont malhonnêtes, docteur Barry, je tiens à vous avertir qu'il y a dans l'autre pièce des gens qui m'entendront crier et se porteront immédiatement à mon secours.

– Mes intentions ne sont nullement malhonnêtes. Elles sont même franchement plus honnêtes que celles qui vous animaient lorsque vous avez eu l'audace de pénétrer dans ma cabine à bord du *Guardian.* J'imagine que je n'ai pas à vous le rappeler… Quant aux gens à qui vous faites allusion, j'ai vu que vos deux domestiques étaient affairés au jardin. De plus, en arrivant, j'ai croisé vos amies, mesdames Oswell et Barton, alors qu'elles repartaient vers la ville.

– Elles vous ont vu entrer ici… fit la femme en pâlissant.

– Oui, admit Barry en souriant cyniquement. Et Dieu sait ce qu'elles vont en penser… Le docteur James Barry rendant visite à notre chère madame Reilly, en plein midi, pendant que son mari est absent et que son fils est parti avec sa gouvernante. Madame Reilly, qui se porte à merveille et n'a nullement besoin de soins médicaux. J'entends déjà les ragots !

Marjorie ne répondit pas, mais elle baissa les yeux en se mordant la lèvre inférieure.

– Quel effet cela fait-il, de se retrouver de l'autre côté de la clôture, chère amie ? s'enquit Barry.

– Je… Je ne vois pas de quoi vous voulez parler…

– Je veux parler de tous les potins que vous inventez et colportez à mon sujet, sans compter ceux que vous alimentez probablement sur d'autres personnes.

La femme prit un air outré, mais Barry n'était pas dupe.

– On vous cite jusqu'à Stony Park, vous savez. Il ne vous a pas fallu longtemps pour vous établir une solide réputation en tant que commère de l'île !

– Je vous interdis…

– Et moi, madame, coupa rageusement Barry, je vous interdis de continuer sur cette voie, du moins en ce qui me concerne. Il y a au moins deux personnes qui ont parfaitement pu me voir entrer ici cet après-midi, et il n'en tient qu'à vous que votre honneur soit sauf, s'il vous reste quelque honneur à sauver, bien entendu !

– Grossier personnage ! Sortez immédiatement, sinon…

– Sinon quoi ? la défia Barry avec hauteur. Vous allez crier ? Vos domestiques sont de l'autre côté de la villa ; ils ne sauraient vous entendre. Par contre, je peux très bien faire courir la rumeur que c'est vous qui m'avez fait demander ici, et que je vous rends visite de cette façon régulièrement. J'imagine aisément ce qu'en penseraient mesdames vos amies.

– Sortez ! ragea Marjorie. Ce sera comme vous voulez, mais ne remettez jamais les pieds ici, m'entendez-vous ?

– Parfait, dit Barry en s'inclinant avec courtoisie. Mais n'oubliez jamais que celui qui vit par l'épée périra par l'épée.

– Comment osez-vous, goujat ! Je vous ai demandé de sortir, docteur Barry !

– Et moi, madame, je vous ai avertie de cesser de colporter quelque potin que ce soit à mon sujet. J'espère ne pas avoir à vous le répéter, car j'ai la nette impression que je pourrais en dire tout autant à votre égard.

À ces mots, la dame se redressa d'un air digne et fit une moue tout aussi dégoûtée que théâtrale.

– Je n'ai rien à me reprocher, docteur Barry. Ma conduite a en tout temps été irréprochable.

– Sauf lorsque vous vous êtes jetée sur moi dans ma cabine. Dois-je vous le rappeler ? Et je connais assez la nature humaine pour savoir que je n'étais probablement pas votre seule proie. Puisque vous m'avez si bien expliqué que votre mari ne vous comblait point, il est facile de deviner combien d'autres hommes vous avez tenté de séduire d'une façon si peu digne.

Vaincue, Marjorie Reilly s'affala sur le sofa, n'osant plus soutenir le regard de Barry, qui comprit que la femme tiendrait sa langue désormais.

« Comment diable ai-je pu viser aussi juste ? se demanda-t-elle. Seulement à la regarder, il est clair qu'elle n'a pas réalisé que je bluffais. J'ai tiré dans le mille sans même le chercher. »

– Madame, je vous souhaite une bonne fin de journée.

Barry tourna promptement les talons et regagna sa carriole en essayant de ne pas éclater de rire. Contrairement à tout ce qui avait trait à Marjorie Reilly, cette rencontre avait été hautement amusante. Ayant passé les vingt dernières années de sa vie dans un monde d'hommes où sa propre féminité avait été refoulée, elle avait appris à considérer les femmes pratiquement comme des créatures étrangères, les classant sans le vouloir dans l'une ou l'autre de deux catégories. D'une part, il y avait les femmes sensées et posées comme

Georgina Somerset ou Lilian Silverstone, avec lesquelles elle avait certaines affinités et pouvait entretenir des conversations sérieuses. De l'autre, il y avait les femmes du genre de Marjorie Reilly, les linottes écervelées sans grand intérêt qui ne savaient que se pavaner en société, parler des autres à leur insu et feindre l'évanouissement lorsque cela leur convenait.

Si les premières étaient intéressantes, Barry tâchait d'éviter les secondes. Premièrement, les ragots et les potins ne l'intéressaient résolument pas. Ils étaient si peu scientifiques. Il était à son avis toujours préférable de s'en tenir aux faits et de faire fi de l'ampleur que certains événements pouvaient prendre selon la fantaisie de ceux qui les rapportaient. De plus, ce fameux sixième sens qui lui semblait un trait universel de la gent féminine était constamment à redouter. Dieu seul sait ce que Marjorie Reilly aurait pu découvrir, à la longue.

Un bruit familier, mais inattendu, la tira de ses pensées, et elle s'arrêta juste avant de monter dans sa carriole pour instinctivement tendre l'oreille. Quelqu'un toussait à s'en déchirer les poumons, et cela paraissait provenir de l'autre côté, quelque part dans le grand jardin. Elle rebroussa chemin et emprunta un petit sentier qui faisait le tour de la villa. Il ne lui fallut pas longtemps pour découvrir d'où provenait cette toux âcre.

S'efforçant de bêcher la terre récalcitrante du potager, un jardinier et sa femme, tous deux en sueur, peinaient bien au-delà de leurs forces malgré leur condition chancelante. Barry les observa un instant et ne manqua pas de remarquer la difficulté avec laquelle ces gens bougeaient et combien chaque geste leur demandait un effort considérable. Ils n'étaient pourtant pas très vieux, trente ans au plus, mais le travail ardu les avait prématurément usés. Leur souffle rauque était un signe indubitable de l'emprise que la maladie avait sur eux.

Remarquant enfin la présence de Barry, qui parut les surprendre, ils se redressèrent tous les deux et hochèrent respectueusement la tête.

– Je vous prie, mes amis, de venir me retrouver à l'hôpital militaire plus tard cet après-midi, déclara Barry d'un ton courtois, mais sans équivoque en s'approchant. Vous avez, je le crains, besoin de soins urgents. Malheureusement, je n'ai pas apporté ma trousse avec moi. J'ai peine à croire que le major Reilly vous force à travailler en dépit de ce qui me semble être une très mauvaise santé...

– Le major Reilly ? interrogea l'homme en consultant sa femme d'un air surpris. Nous ne le voyons que rarement. C'est madame Marjorie qui décide de tout.

– Tout de même, répondit Barry avec gentillesse, je vous prie de venir me rencontrer. Il est impératif qu'on vous soigne au plus tôt.

– Sauf votre respect, monsieur, que dira madame ? demanda la femme. Elle sera très fâchée si elle apprend que nous nous sommes absentés ainsi.

– Je m'occupe d'elle. À quoi lui servent ses gens s'ils ne sont pas en bonne santé ?

L'homme ne put répondre, soudain en proie à une autre violente quinte de toux. Il s'épuisa rapidement et se laissa choir sur le sol. Apeurée, sa femme poussa un petit cri et se jeta à quatre pattes pour lui porter secours.

Sans hésitation, Barry se mit à genoux devant eux, dans la terre meuble du jardin, et posa sa main sur la poitrine et le dos de l'homme pour l'ausculter. Surpris, le jardinier se calma un moment plus tard.

– Vous savez qui je suis ? s'enquit-elle avec sollicitude. Vous savez comment vous rendre à l'hôpital ? Celui des soldats de Rangewood Bay ? J'y resterai jusqu'à la tombée de la nuit et je vous y attends sans faute. Il faut absolument que je vous examine comme il se doit.

L'homme et la femme se contentèrent de hocher la tête, toujours aussi perplexes, alors que Barry s'en allait sans se soucier de ses genoux sales. Son sentiment de satisfaction était plus grand que cet inconvénient. Le but premier de sa venue avait été de neutraliser une chipie, mais, contre toute attente, sa visite allait bénéficier également à d'autres. Et c'était tant mieux.

* * *

Pendant un court moment, Barry se demanda pourquoi il faisait tout à coup si froid. Son corps était pris de frissons et de tremblements incontrôlables, ses membres étaient curieusement lourds, et sa bouche, incroyablement desséchée. La réponse lui vint, plus troublante que l'étonnement que lui procurait sa condition. Ces mêmes symptômes, elle les avait observés quelques jours auparavant chez plusieurs matelots récemment débarqués. C'était ceux de la fièvre jaune.

À force de côtoyer la maladie au cours des quatre années qui s'étaient maintenant écoulées depuis qu'elle avait débarqué en Jamaïque, il fallait bien que ça lui arrive un jour, surtout que, sur cette île au territoire limité, les épidémies étaient plus fréquentes et plus fulgurantes. Tâchant de chasser la brume qui enveloppait son esprit et refusait de se dissiper, elle se maudit intérieurement. « J'ai trop à faire pour me permettre d'être malade. Les matelots peuvent compter sur mes soins. Il n'y a personne qui soit digne de confiance à qui je pourrais faire appel. À moins que… »

Malgré ses efforts pour crier, seuls de faibles gémissements parvinrent à sortir de sa bouche. Ce fut cependant suffisant pour que Dentzen l'entende et accoure à sa chambre.

– M'avez-vous appelé, monsieur ?

– Oui, répondit Barry péniblement. Apportez-moi de l'eau fraîche, une bouteille d'alcool, des compresses humides et de la quinine.

– Seriez-vous malade ? s'enquit Dentzen avec étonnement. Aimeriez-vous que je fasse demander un médecin ? Madame Silverstone, peut-être ?

– Non ! s'écria-t-elle avec toute la force qui lui restait. Je ne veux absolument personne d'autre que vous ici. Peu importe ce qui doit m'arriver, il ne faut à aucun prix qu'on s'approche de moi ! Je vais vous expliquer quoi faire et vous suivrez mes indications à la lettre, vous m'entendez ?

– Comme vous voudrez, monsieur.

Une fois Dentzen reparti, Barry entreprit une des choses les plus difficiles de sa vie. Dentzen saurait-il se montrer digne de confiance ? Son vaillant serviteur était avec elle depuis déjà plus de quinze ans, mais jamais elle ne lui avait révélé sa véritable identité.

S'il avait deviné quoi que ce soit, il n'en avait jamais rien laissé paraître. Dentzen était toujours demeuré discret, il n'avait jamais posé de questions et, elle aurait pu en jurer, il ne parlait à personne de ce qui se passait dans l'intimité de son logis.

À présent, Barry devait se dévêtir devant lui et le laisser la frictionner avec de l'alcool pour faire diminuer la fièvre. Bien sûr, il lui serait toujours possible de ne se dénuder que partiellement, mais à quoi bon jouer la comédie ? En Jamaïque, elle et Dentzen étaient deux étrangers unis par leurs solitudes respectives, et le temps était venu de voir jusqu'où pouvait aller le lien de confiance qui s'était établi entre eux.

Elle osa à peine regarder le visage de son serviteur lorsqu'il revint dans la chambre. Sur le ventre, la tête tournée vers le mur, elle se demanda si les battements précipités de son cœur étaient dus à la fièvre ou à l'appréhension de ce qui allait se passer.

Contre toute attente, Dentzen resta de glace.

– Que dois-je faire, maintenant, mons..., euh..., docteur Barry ? se contenta-t-il de demander.

– Je vous prie de frictionner mon dos de haut en bas, ainsi que mes épaules, puis mes jambes. N'hésitez pas à utiliser autant d'alcool que vous jugerez nécessaire.

– Bien, docteur Barry.

Dentzen s'acquitta silencieusement de sa tâche. L'alcool paraissait encore plus froid contre sa peau brûlante, et Barry claquait des dents. Mais il était hors de question de dire à Dentzen d'arrêter. C'était la meilleure façon de faire baisser la fièvre. Elle n'hésita pas non plus à se retourner sur le dos, malgré l'effort que cela lui demandait, pour que son serviteur puisse l'asperger aussi complètement que possible.

Dans un état qui tendait vers le semi-coma, elle eut une pensée pour tous ses patients à qui on avait servi le même remède. C'était désagréable, violent même, mais combien nécessaire. La seule différence était qu'aucun de ces patients n'avait un secret intime à protéger. Tout comme eux, elle ne vit dans les gestes de Dentzen que l'administration d'un traitement. Les mains de son serviteur sur son corps ne lui apportèrent rien d'autre qu'un réconfort curatif. Le tout se passa sans accroc. Jamais Dentzen ne broncha durant cet exercice.

« De deux choses l'une : il savait déjà, ou alors il est meilleur comédien que moi... »

* * *

Au haut de la colline, Barry eut du mal à refouler ses larmes, alors que s'offrait à ses yeux un spectacle d'une rare désolation. À quelques centaines de mètres plus bas, la majeure partie de Kingston brûlait, les lueurs des flammes se mêlant à celles du soleil couchant. Plus à l'ouest, il ne restait rien du domaine Roehampton où tout avait commencé il y avait moins de vingt-quatre heures.

On avait bien tenté, sur ordre de Belmore, de l'avertir que la situation s'était envenimée depuis quelques jours, mais la fièvre implacable semblait avoir dressé un mur infranchissable entre elle et l'extérieur, lui faisant parfois même perdre contact avec la réalité.

Ce n'était que ce matin-là que Dentzen lui avait appris que les esclaves s'étaient finalement rebellés. À peine rétablie et au prix d'un effort considérable, Barry avait réussi à se lever et à revêtir son uniforme, avec la ferme intention de se rendre sur les lieux de la bataille pour voir ce qu'il lui était possible de faire. Mais, avant même qu'elle ne mette un pied dehors, un ordre lui avait été transmis, contraire à ce qu'elle aurait espéré. James Miranda Barry, chirurgien en chef de la colonie, devait se placer sous le commandement du major Cotton. Pour la première fois de sa carrière au sein de l'armée de Sa Majesté, sa présence était requise au front. « Cela ne présage rien de bon. Ce Cotton est apparemment d'une rare cruauté, dépourvu de scrupules et prêt à tout pour se distinguer. »

Au moment de s'enrôler vingt ans plus tôt, Barry avait imaginé plus de mille scénarios de ce que pouvait être le travail en zone de combat : les vies à sauver, les blessés à amputer, le danger à éviter, les convalescents à soigner... Malgré tout ce que son esprit avait pu inventer, la réalité présente n'avait rien à voir avec ce qu'elle aurait pu envisager. Le camp opposé n'était pas un ennemi du royaume, mais plutôt une entité qui méritait qu'on la défende plutôt qu'on la réprime. Or, Cotton ne serait certainement pas de cet avis.

En descendant lentement à dos de cheval la pente qui menait à la ville, elle put tout de suite constater à quel point ses pressentiments s'étaient avérés réalistes. Les corps qui jonchaient le sol, atrocement battus à mort, n'étaient pas ceux de soldats, mais bien ceux d'esclaves. Un peu partout, des femmes et des enfants, penchés au-dessus des cadavres, pleuraient et criaient leur douleur. Alors qu'elle avançait péniblement, Barry sentit son cœur se serrer lorsque le comble de l'horreur s'offrit à son regard. Dans un coin à l'écart, entre deux cases, quatre soldats s'acharnaient à battre un homme dont le corps gisait déjà sans vie. En raison de sa propre faiblesse due à la maladie et de la désolation qui l'entourait, elle n'eut pas le courage d'intervenir pour tenter de les arrêter, sachant que les seules choses qui pourraient sortir de sa gorge seraient des sanglots.

* * *

Quelques jours plus tard, ayant rapidement repris des forces, Barry ne perdit pas de temps pour laisser savoir à ses supérieurs ce qu'elle avait vu et à quel point la situation lui semblait injuste. Elle savait trop bien que cela allait lui attirer des ennuis, mais elle avait néanmoins décidé de tenter le coup. Il lui fallait faire quelque chose, et en cet instant elle ne disposait que de mots. Tant pis pour les conséquences, qui ne se firent pas attendre.

– Je vous prie de garder vos opinions pour vous, Barry, répéta Cotton en haussant le ton. Vous avez déjà maintes fois été averti à ce sujet ; par le gouverneur Belmore, entre autres. Si vous persistez sur cette voie, nous devrons vous faire traduire en cour martiale.

– Je sais exactement ce qui m'attend et je ne crains nullement de devoir aller m'expliquer à Londres, s'il le faut. Je ne peux me résoudre à croire que le secrétariat des Affaires coloniales pousserait l'indécence jusqu'à approuver ce qui se passe ici.

– Les Affaires coloniales n'ont rien à dire ! Nous relevons maintenant du département des Affaires militaires ! C'est la guerre, monsieur ! Et tous les moyens sont bons lorsqu'il s'agit de livrer bataille !

– La guerre ? s'emporta Barry. Montrez-moi en quoi ces pauvres gens menacent la Couronne britannique et la paix dans la mère patrie.

– Nous avons pour mandat de faire respecter la loi. Ces gens ont décidé d'avoir recours à la violence ; nous devons les mater et les remettre à leur place. Et vous êtes aussi sous mes ordres, ne l'oubliez pas ! Je ne saurais tolérer quelque forme d'insubordination que ce soit.

Barry préféra ne pas répondre, sachant que tout argument serait inutile.

– Et dites-moi en quoi cela vous choque tant ? demanda Cotton d'un ton condescendant. Voyez plutôt comment tout cela pourrait tourner à votre avantage. D'après ce qu'on m'a dit à votre sujet, vous n'êtes encore jamais allé au front. Vous n'avez obtenu aucune médaille, ni même mérité une mention. En prenant part à cette campagne, vous en deviendrez automatiquement un héros. Laissez-moi vous dire, car je parle d'expérience, que c'est très flatteur, en plus d'ouvrir plusieurs portes dans notre belle société.

– Je me fiche bien de ce que cette société peut penser ! Je sers l'armée depuis plus de vingt ans et j'y ai fait ma marque en faisant le bien autour de moi, pas en m'acharnant contre d'innocentes victimes, médaille ou non !

– Qu'importe, dit Cotton. J'ai mes ordres et vous avez les vôtres. Tenez-vous-en à cela, sinon il vous en coûtera !

Sentant que cette conversation ne mènerait décidément à rien, Barry préféra prendre rapidement congé. Elle savait déjà ce qu'il lui restait à faire. Encore et toujours, les gestes seraient plus efficaces que les mots.

* * *

La missive lui parvint environ trois mois plus tard. Barry avait pris d'énormes précautions, mais elle avait, semblait-il, poussé sa chance trop loin :

*Avis est donné que le docteur James Miranda Barry, chirurgien en chef des forces, a été surpris à soigner un membre participant de la rébellion, en l'occurrence un certain Charles Bigelow, et ce en dépit des ordres qui avaient été clairement signifiés audit docteur.*

*De plus, il appert que l'administration de ces soins s'est produite alors que la présence du docteur Barry auprès des troupes de Sa Majesté était d'une extrême urgence et importance.*

*Comme il a été rapporté de source sûre que ce type d'agissements de la part du docteur Barry a été observé à plusieurs reprises malgré des avertissements répétés, le secrétariat des Affaires militaires n'a d'autre choix que de le faire traduire en cour martiale.*

Barry ne put s'empêcher de sourire intérieurement. Il était matériellement impossible que sa conduite ait été rapportée à Londres et qu'une ordonnance de comparution ait si rapidement été envoyée en Jamaïque. C'était un coup monté, une manigance. Oui, elle avait clandestinement soigné des esclaves. Des dizaines, même. Comment un médecin digne de ce nom aurait-il pu rester insensible au drame qui se jouait dans cette communauté si mal aimée ? Et Cotton avait probablement prévu sa prétendue défection dès le début de la rébellion. En regardant bien la sommation, on pouvait y voir que les noms et les dates avaient été écrits d'une autre main et avec un autre type d'encre. La missive provenait sans aucun doute de Londres, mais des espaces laissés blancs avaient été complétés à Kingston.

Pendant un moment, elle se demanda si Fitzroy Somerset était au courant de cette machination. Bien que ses agissements eussent dû lui être rapportés, il était impensable que la lettre soit consécutive à une décision du département des Affaires militaires. La faute n'était pas si grave, vue d'un autre monde. Tout émanait de Kingston, elle en avait la certitude.

Elle déchira la note en soupirant et regarda de sa fenêtre la ville qui, au loin, paraissait maintenant si paisible. Après plus de cinq ans à ce poste, en dépit de tout ce qui avait été accompli sous sa supervision, on venait de lui faire comprendre de la manière la plus ignoble et la plus déloyale que sa présence sur l'île n'était plus souhaitée. Peu importait que le taux de mortalité eût baissé de moitié, que les soldats fussent ostensiblement en bien meilleure santé, que même les civils puissent maintenant être décemment traités.

Perdue dans ses souvenirs, elle ne remarqua pas immédiatement l'arrivée du visiteur. Les éclats joyeux de Dentzen, pourtant si rares, ne parvinrent pas à vraiment interrompre sa méditation. Quelque chose se passait dans le vestibule, mais, puisque la porte du salon était fermée, le bruit de ce remue-ménage était à peine audible. Puis vinrent ces coups frappés à sa porte, d'une façon qui était particulière à son serviteur, les deux premiers timides, mais rapides, suivis d'une courte pause, le troisième coup plus accentué.

Barry l'invita distraitement à entrer, n'ayant toujours pas constaté que Dentzen n'était pas seul.

– Comment ? fit une voix familière. Me voici à peine arrivé et déjà on m'annonce que vous repartez ? Et pour encore une fois comparaître en cour martiale ? Si j'avais su, je serais demeuré à Londres pour vous y attendre…

Barry sentit son cœur battre plus vite et ses mains devenir moites en reconnaissant la voix de Josias Cloete. Une chaleur parcourut son corps et lui donna le vertige. Son esprit était-il en train de lui jouer un mauvais tour ?

Elle se retourna lentement de crainte d'être dans l'erreur, et un immense réconfort l'envahit lorsqu'elle réalisa que ce n'était pas un rêve. C'était effectivement son vieil ami du Cap qui se tenait bien droit, pratiquement au garde-à-vous, dans l'entrée de son salon. Il avait peut-être un peu vieilli, mais sa silhouette n'avait pas changé. N'eussent été les rideaux qui battaient au vent, on aurait pu la croire figée dans le temps. Dans les rayons du soleil couchant, la scène avait quelque chose d'irréel, mais il s'agissait bel et bien de Josias Cloete, qui soudain lui parut encore plus grand, plus beau que dans ses souvenirs.

Un sourire aux lèvres, Dentzen se retira aussitôt en refermant la porte derrière lui.

Tout comme la nuit où Barry avait effectué la césarienne sur Wilhelmina Munnik, son premier réflexe fut de se jeter dans les bras de Cloete, qui l'enlaça éperdument, presque violemment. Contre sa joue, la toile de l'uniforme du major offrait la même sensation qu'alors. Son odeur, aussi, la ramenait à cette nuit fatidique.

Ils restèrent ainsi un moment, comme si plus rien n'existait autour d'eux, leurs corps se berçant légèrement l'un l'autre. Au bout de quelques minutes, Cloete relâcha son étreinte, et ils se regardèrent intensément, comme si chacun voulait s'assurer de ne pas se tromper, de ne pas être en train de rêver.

C'était bien lui. Sa présence éveilla chez Barry une sensation oubliée, mais combien agréable. Leurs visages se rapprochèrent et leurs lèvres se touchèrent presque, mais, au dernier moment elle se retint et fit un pas en arrière.

– Quel accueil ! constata doucement Cloete en lui prenant les mains. Pour peu, j'irais jusqu'à croire que je vous ai manqué.

– Tout le monde du Cap me manque, se défendit Barry en baissant les yeux. La vie ici est tellement différente !

– C'est bien ce que j'ai cru comprendre au fil de vos lettres. Et c'est pour cela que j'ai demandé à me faire muter ici.

– Vous êtes venu ici pour rester ? demanda Barry, incrédule. Mais pourquoi donc ?

– Je viens de vous le dire, pour être à vos côtés.

– Allons donc, c'est tout à fait ridicule !

Elle laissa les mains de Cloete et recula d'un autre pas tout en se redressant.

– Vraiment ? À en juger par la façon dont vous m'avez accueilli…

– C'était…, c'était la surprise. Je ne serai plus ici bien longtemps, de toute façon.

Tentant désespérément de se donner une contenance, elle se mit à faire les cent pas. Jetant un regard vers la porte, il lui vint l'envie de l'ouvrir, comme pour briser cette intimité, de peur de ne pas être capable de résister aux émotions qui l'envahissaient tout à coup, des émotions qui lui étaient étrangères, difficiles à endiguer. Josias avait été d'un soutien indéfectible, d'une loyauté à toute épreuve, et il n'avait jamais caché à quel point ce qui pouvait advenir d'elle lui importait.

Sans contredit, si Barry avait pu se laisser aller à l'amour, à coup sûr ses sentiments lui auraient été destinés. Fort heureusement, il y avait eu l'océan pour les séparer. Autrement, c'eût été à Cloete qu'elle eût confié le soin de son corps malade, et le traitement aurait pris une tout autre dimension. Et c'eût été dans les bras de Josias qu'elle aurait trouvé réconfort lors de cette horrible rébellion.

Avec lui, elle aurait peut-être trouvé plus facile de tenir tête aux autorités de Kingston, de faire face à ses ennemis, au lieu de se cantonner dans son personnage têtu et intraitable.

Mais, à présent, Cloete était là, et avec lui elle n'avait plus à faire semblant. Depuis la mort de Somerset, outre Dentzen, il restait le seul à connaître son secret, ce qui était aussi excitant qu'inquiétant. Excitant parce que Barry pouvait laisser tomber sa garde, inquiétant parce qu'avec Cloete à ses côtés il lui deviendrait peut-être trop facile de tout laisser tomber…

– Je sais, soupira finalement Cloete. Les nouvelles vont vite. Alors, vous repartez ? Ou bien avez-vous l'intention de tenter de tout régler ici ?

– Tout régler ici ? Je ne vois pas comment.

– En offrant vos plus plates excuses, suggéra Cloete. En vous soumettant aux désirs des autorités, en cherchant à réparer vos fautes…

– C'est peine perdue, constata Barry en secouant la tête. J'ai fait de mon mieux pour améliorer les conditions des gens d'ici. Dieu merci, j'ai eu le temps et les moyens de faire des progrès énormes…

– Mais…

– Mais je me heurte à la mauvaise volonté des autorités en place. Je suis un médecin, pas un saint. Ma seule option à présent est de rentrer à Londres tel qu'on me l'ordonne et de faire face à la cour martiale en espérant pouvoir me défendre comme la première fois.

– Comment ? James Miranda Barry baisserait les bras ? Voilà qui me surprend, déclara Cloete d'un ton faussement sarcastique.

– Il vient un temps où il faut accepter que la bataille soit perdue, répliqua Barry en relevant dignement le menton. J'aurais aimé croire que vous, plus que n'importe qui, auriez été en mesure de me comprendre. Vous venez à peine d'arriver et voilà que vous vous mêlez de me dire quoi faire ?

– Loin de moi l'idée de vous dicter votre conduite, expliqua Cloete en riant doucement. Mais il y a une autre possibilité…

– J'en doute, fit Barry en secouant la tête. Même Fitzroy Somerset, fort de tous ses contacts à Londres, ne peut rien pour moi, puisque les procédures ont été enclenchées.

– Tout comme son frère aîné qui n'a jamais eu le courage de faire ce qu'il aurait dû ! s'écria Cloete. Mais moi, je suis prêt à le faire.

Barry s'arrêta, son esprit affecté par la confusion que provoquaient les événements. Le ton de Cloete, empreint de tendresse et de sollicitude, était troublant, tout comme son aveu du fait qu'il avait demandé à se faire assigner à la Jamaïque expressément pour l'y rejoindre. Cependant, elle n'osait pas le questionner à ce sujet, craignant que sa réponse ne l'émeuve que davantage. Mais si Cloete pouvait lui offrir une autre issue, elle voulait l'entendre.

– De quoi diable voulez-vous parler ?

Il revint vers Barry et lui prit à nouveau doucement les mains. Leurs corps se rapprochèrent un moment. La tête légèrement inclinée vers l'arrière, Barry ferma les yeux une seconde. La proximité de Cloete lui apportait une sensation nouvelle et étrange, difficile à identifier et encore plus difficile à combattre, mais décidément plaisante. Même le contact de Somerset, à l'époque où ils étaient intimes, ne lui avait pas procuré autant de bien-être. Encore une fois, leurs lèvres faillirent s'unir, mais au dernier moment les boutons de leurs uniformes se touchèrent, et le tintement inattendu du métal brisa la magie qui menaçait de s'installer. Barry détourna la tête.

– Rentrons ensemble à Londres, murmura Cloete à son oreille et en enfouissant son nez dans ses boucles rousses. Je suis prêt à démissionner s'il le faut. Pendant le voyage, vous laisserez pousser vos cheveux. Lorsque nous toucherons terre à Plymouth, vous pourrez révéler votre véritable identité et je témoignerai de tout ce que vous avez accompli au Cap et ici. Vous vous en remettrez à la bonne grâce du roi. Avec un peu de chance, l'armée vous déchargera sans punition, puisque, en tant que femme, vous ne sauriez être condamnée à une peine militaire.

– C'est complètement ridicule !

Barry eut un mouvement de recul et tenta de se détacher. Mais, en son for intérieur, elle devait admettre que l'idée était aussi géniale que tentante. Elle comprit qu'il lui fallait redoubler de vigilance et continuer de résister. Cloete réagit en retenant ses mains plus fort. À nouveau, ils se regardèrent intensément, et dans la tête de Barry se déroulèrent les images de tout ce qu'ils avaient vécu ensemble : de ces premiers jours alors qu'ils se détestaient, puis de la longue route qu'ils avaient faite côte à côte tandis que l'amitié et le respect s'étaient graduellement, inexorablement, installés entre eux, des sentiments qui n'avaient fait que s'amplifier au fil de leur correspondance pour culminer à cet instant. Mais cette union arrivait à un bien mauvais moment.

– Vous rendez-vous compte de ce que vous me demandez ? continua Barry en réprimant un sanglot. Que je mette fin à ma carrière ! Que je fasse disparaître James Miranda Barry ! Que ferai-je alors ?

– Alors, déclara Cloete en posant un genou au sol, vous seriez libre de m'épouser. Nous pourrions rester en Angleterre, retourner au Cap ou revenir ici, à votre guise. Je suis prêt à quitter l'armée. Ma famille n'est pas aussi fortunée ni aussi influente que celle des Somerset, mais nous pourrions vivre confortablement.

Alors, Barry comprit, et cette réalisation ne fit qu'augmenter son désarroi. Cloete l'aimait, probablement depuis longtemps. Ces références à Somerset dans ses propos lui révélaient aussi qu'il ne s'était jamais cru capable de se comparer au gouverneur, à son prestige, à sa fortune. La relation que Barry avait entretenue avec Lord Charles avait dû être une véritable torture. Cela lui mit le cœur en miettes. Si seulement elle avait pu comprendre plus tôt.

Et voici que Cloete lui offrait son cœur, sa vie. Elle n'avait qu'un mot à dire et, elle le savait déjà, elle serait heureuse avec lui. Il ferait tout pour cela. Mais tout ce temps passé à soigner les malades, les pauvres, les indigents et tout le travail qu'il restait à faire l'empêchait de considérer cette possibilité.

– Vous n'y pensez pas ! s'écria-t-elle en reculant. C'est hors de question pour moi. Il y a trop à faire pour soulager les malades, des milliers de gestes que je ne pourrais faire en tant que femme. Ce serait tourner le dos à toutes les promesses que j'ai faites…

– Mais au moins vous seriez libre d'être vous-même ! protesta Cloete en se relevant. Tous ces efforts que vous déployez, votre activité incessante, votre façon de vous cacher derrière vos responsabilités, tout cela est bien noble, mais pour continuer ainsi vous devez payer un lourd tribut. Tous ceux à qui vous avez fait des promesses sont morts, à présent. De toute façon, ne croyez-vous pas qu'ils auraient la grâce de vous en libérer ? Votre capacité d'abnégation vous honore, Barry, mais il vient un temps où, comme vous le disiez vous-même, il faut savoir baisser les bras.

Barry lui tourna le dos, mais ne répondit pas, incapable de surmonter l'émoi qui l'envahissait, sans compter la tentation d'accepter qui lui brûlait les tripes. En même temps, du fond de sa mémoire surgissaient les souvenirs de Lord Buchan, du général de Miranda, de sa propre mère qui avait dû sacrifier leur lien filial sans jamais en retirer quoi que ce fût. Elle voyait encore plus clairement les visages des prisonniers, des lépreux, des pauvres, et plus récemment des esclaves qui avaient pu profiter de ses soins. Et combien d'autres l'attendaient encore ?

– Vous vous condamnez à rester apatride, continua Cloete sans se démonter. Votre façon de vous comporter n'est qu'une stratégie pour détourner l'attention de vos bizarreries, votre excentricité n'a pour but que d'éviter qu'on soupçonne qui vous êtes vraiment. Comment trouverez-vous la force de continuer ainsi ? Vous savez bien que vous n'aurez d'autre choix que de persévérer tant et aussi longtemps qu'il le faudra.

Cloete s'était rapproché d'elle et lui avait doucement pris les épaules. De son côté, Barry commençait à vaciller et, dans un rare moment d'abandon, elle laissa sa tête retomber contre la poitrine du major qui poursuivit :

– Et qu'en est-il de votre vie personnelle ? Je ne sais pas si vous avez aimé Somerset, mais, moi, je vous aime. Justement parce que vous persévérez encore et toujours, que nul obstacle n'est insurmontable pour vous, que vous vous donnez sans compter ni rien demander, en ne pensant qu'à la façon dont vous pourriez améliorer le sort des autres. Et je sens une telle passion en vous, qui ne demande qu'à s'épanouir…

Barry sentit ses mains descendre le long de ses bras et resserrer leur étreinte. Une chaleur lui parvint à travers le tissu de son uniforme, et elle soupira d'aise malgré elle.

– Vous êtes une femme passionnée, et de plus d'une façon, murmura Cloete à son oreille. Mais je sais bien que, là encore, vous vous refusez à l'admettre. Si vous saviez combien je vous désire, depuis si longtemps…

Il y avait dans sa voix une tendresse que Barry n'avait jamais connue. Le genre de tendresse qu'elle avait maintes fois espéré du temps de sa relation avec Somerset, mais à laquelle elle n'avait hélas jamais eu droit.

– Si seulement vous saviez combien j'ai souffert quand je vous savais avec lui, dans ses bras, dans son lit… reprit Cloete avec cette fois un sanglot dans la gorge. Il ne vous méritait pas. J'aurais tant voulu être à sa place, apprendre à vous découvrir. Je sais bien que votre apparence androgyne devait l'attirer par-dessus tout ; je le connaissais assez bien pour savoir que cette dualité devait allumer chez lui ses instincts les plus primitifs…

Barry le laissa parler, incapable de lui confirmer qu'il avait parfaitement raison. Bien sûr, elle l'avait compris depuis longtemps, c'était l'essence de l'attraction qui se manifestait chez le gouverneur.

– Mais moi je voyais à travers tout cela, dit-il en serrant les dents. Je voyais la femme que vous étiez, celle que vous êtes, même si vous réussissez toujours à si bien le cacher. Dans votre démarche, dans chacun de vos gestes, dans votre façon de sourire, je ne voyais plus qu'une femme. Sous vos uniformes empesés, je devinais vos courbes… Et je n'en finissais plus de me demander pourquoi les autres n'y voyaient rien. Encore en ce moment, je perçois l'odeur de votre peau, qui n'est décidément pas celle d'un homme. Et que dire de la blancheur de cette cuisse que j'avais dévoilée jadis.

Il trembla de tout son être et arrêta de parler un moment. Un moment magique durant lequel Barry osa à peine respirer. Jamais elle n'aurait pensé avoir droit à une telle déclaration. Somerset était un homme expéditif et de peu de mots. Cloete, de son côté, lui témoignait son désir avec tant de ferveur et de respect qu'elle en venait à souhaiter qu'il cherche à aller plus loin. Mais la façon dont il se reprit ensuite lui amena presque une déception.

– Mais je saurais vous tenir en grand honneur si tel est votre choix, déclara-t-il sur un ton qui ne laissait nulle place au doute.

Malgré ce feu qui me consume, cette envie de vous, de vous tenir dans mes bras comme lui l'a fait, je vous respecterai.

Et Barry sut qu'il tiendrait parole. Il avait toujours tenu ses promesses. À ce moment, par contre, elle en venait à souhaiter que ce fût le contraire. Ses mots avaient fait déferler en elle un désir probablement aussi intense que le sien, et à tout moment elle pouvait céder, encore plus facilement qu'elle avait cédé à Somerset autrefois. Mais déjà Cloete semblait mieux contrôler ses ardeurs.

– Acceptez de rentrer avec moi, proposa-t-il encore. Je vous jure de tout faire pour vous faciliter les choses. Qui sait ? Peut-être trouverez-vous le moyen d'être médecin, une fois de retour en Angleterre. Après tout, personne ne pourra nier vos capacités, votre expérience. Si Dieu le veut, nous trouverons une autre façon d'atteindre ce but que vous vous êtes fixé. Et vous n'aurez plus à vous cacher, à faire semblant. Nous serons ensemble, je ferai tout pour vous rendre heureuse. Comment pouvez-vous ainsi vous refuser le bonheur auquel vous avez droit ?

– Oh ! Josias, fit Barry avec lassitude, comme j'aimerais vous croire ! Mais le monde n'est pas prêt à accepter une femme médecin, vous le savez bien. Jamais je ne serais en mesure de faire tout ce que je peux faire maintenant. Et si vous saviez combien j'ai encore à faire. Il y a tant de gens qui souffrent, qui ont besoin de moi. Chaque jour, je rencontre tant d'indifférence, tant d'incompétence ! Je ne peux pas tout abandonner maintenant… Comment pourrais-je connaître le bonheur en sachant qu'il y a tant de misère à soulager ? Que je peux y faire quelque chose ? Mon amour, ma passion, est la médecine. C'est le choix que j'ai fait et je ne le regrette pas.

Elle se détacha brusquement et s'éloigna de quelques pas pour lui signifier que le sujet était clos. « Je ne dois pas me laisser fléchir, se disait-elle comme un mantra. C'est le chemin que j'ai choisi. Le soulagement de la souffrance importe plus que ma petite personne… »

– Nous pourrions aller à l'île Maurice et récupérer votre enfant, persista Cloete d'une voix forte, mais où l'émotion était néanmoins perceptible.

– Je vous l'ai déjà dit, déclara Barry sans se retourner. Il n'y a pas d'enfant qui m'appartient à l'île Maurice. J'y ai soigné les victimes du choléra…

– Même en un moment aussi grave, vous insistez pour vous retrancher dans ce mensonge ? Je n'ai jamais cru à cette histoire, vous le savez bien. Et je vous ai déjà dit que j'avais toutes les preuves.

Barry se retourna lentement, les yeux à nouveau remplis de larmes. Toujours immobile, Cloete lui-même avait les larmes aux yeux, totalement démuni devant un tel entêtement.

« Inutile de lui cacher la vérité : il a pris ses informations. Et il me lit trop bien depuis longtemps. »

La douleur revint alors brutalement, comme un raz de marée, ramenant à la surface des souvenirs aussi pénibles que si les événements s'étaient produits la veille. Elle se rappela les longs mois d'incertitude durant lesquels elle avait tenté tant bien que mal de dissimuler son ventre qui grossissait et sa poitrine gonflée. Bien entendu, sa présence sur l'île avait été découverte et on était venu demander son aide à plusieurs reprises. Elle s'était alors évertuée à ne sortir le plus souvent que sous le couvert de la nuit et qu'elle refusait qu'on allume trop de lampes dans les baraques des soldats malades ou les chaumières des pauvres. Un déluge des sentiments qui l'envahissaient, l'amour et l'inquiétude qu'elle ressentait pour l'enfant à naître, la crainte constante que le choléra ne l'atteigne, même s'il lui était impossible de s'empêcher d'accourir pour soigner ceux qui en avaient besoin. Puis, les douleurs, le long travail qui avait duré des heures, qui lui avait labouré les entrailles, qui l'avait épuisée et lui avait enlevé toute capacité de réfléchir objectivement. Au matin du troisième jour, la délivrance était venue, malheureusement trop tard. Elle se remémora le petit corps sans vie qui lui était apparu comme une punition ultime et combien injuste.

Seule comme une bête, Barry avait traversé son deuil sans jamais pouvoir se confier à personne. Avec le temps, elle était presque parvenue à l'oublier. Parfois, il lui arrivait de se demander si tout cela était vraiment arrivé ou si elle l'avait rêvé. Jusqu'à maintenant…

– Oui, j'ai eu un enfant, admit-elle de guerre lasse en se cachant le visage dans les mains. Un garçon. Le fils de Somerset, bien sûr.

Mais il était mort-né. Croyez bien qu'autrement je l'aurais ramené avec moi au Cap en inventant quelque excuse plausible pour justifier son existence. Je lui ai donné naissance après de longues et horribles souffrances, mais il était trop tard. La pire journée de ma vie, malgré tout ce qu'il m'a été donné de vivre. Vous aviez raison, comme toujours. Et, oui, c'est pour cela que j'ai tout risqué pour sauver Wilhelmina Munnik et son fils.

Elle fit une pause et tourna vers Cloete un visage baigné de larmes.

– Voilà ! Vous êtes satisfait, maintenant ?

Cloete pâlit et se mit à trembler en la prenant dans ses bras.

– Pardonnez-moi. Je ne savais pas... Je..., je croyais que vous y aviez laissé l'enfant à une famille ou à un orphelinat. Je me suis toujours demandé pourquoi vous ne l'aviez pas ramené. Pardonnez-moi. Si j'avais pu savoir, je serais allé avec vous. J'aurais peut-être pu faire quelque chose pour vous aider. Au moins, vous n'auriez pas eu à vivre avec un si lourd fardeau sans le partager.

Barry cessa alors de résister et se mit à sangloter. Toutes les émotions si profondément enfouies dans son âme refaisaient surface, trop fortes et trop violentes pour qu'elle cherche à les réprimer. Seul le bras de Cloete autour de sa taille l'empêcha de s'effondrer. De même, la main qui se glissa doucement dans ses cheveux pour lui prendre la nuque lui procura un bien-être immense, et elle s'y appuya sans hésitation. Un moment plus tard, Cloete se mit à recouvrir son visage de tendres baisers. Lorsque leurs lèvres se rencontrèrent, elle ne chercha pas à le repousser.

* * *

Il avait suffi d'un baiser, et Barry avait flanché. Elle s'éveilla lorsqu'un rayon de soleil filtrant à travers les rideaux vint lui chatouiller le visage. Il devait être tout près de midi. Elle fut presque surprise de retrouver Cloete qui dormait à ses côtés. C'était la première fois qu'elle passait une nuit complète avec un homme. Son visage endormi avait quelque chose d'enfantin et d'attendrissant.

Un doux frisson la parcourut alors qu'elle se remémorait la nuit qui s'était achevée quelques heures plus tôt, une nuit remplie de tendresse où les mots d'amour s'étaient succédé, ces doux mots que Somerset n'avait jamais prononcés, mais que Cloete n'avait cessé de répéter. Même ses caresses avaient été à des lieues de ce que Barry avait connu avec son amant précédent : empreintes de douceur, de générosité, de respect. Elle avait lâché prise, s'abandonnant comme jamais auparavant, son âme tout entière saisie par un amour totalement désintéressé.

Ils s'étaient endormis alors que pointaient les premières lueurs de l'aube, leurs corps nus tendrement enlacés, une autre situation que Barry n'avait jamais connue avec Somerset. Leurs rencontres, nettement plus lubriques, étaient toujours aussi effrénées que brèves.

À l'époque, Barry s'en était bien accommodée. Maintenant qu'elle avait connu une tout autre facette de l'amour, elle voyait bien tout ce qu'elle avait manqué. Malheureusement, elle avait déjà décidé que ce serait l'unique nuit qu'ils passeraient ensemble. La décision était déchirante, et Barry savait qu'elle le regretterait peut-être un jour, mais sa conscience lui interdisait de dévier du chemin qu'elle s'était fixé. Cloete le savait déjà et, malgré toute sa peine, elle savait qu'il comprendrait, qu'il lui pardonnerait.

Elle se glissa doucement hors du lit, enfila rapidement sa chemise et sortit de la chambre. Inutile de laisser perdurer les choses, si agréables fussent-elles. En plein jour, la magie était brisée, et la froide réalité la rattrapait. Elle allait s'embarquer le lendemain, et il fallait encore boucler ses bagages.

Son cœur se serra néanmoins en entrant dans le salon, où un Dentzen rayonnant s'affairait à ramasser et à soigneusement plier les deux uniformes qui avaient été éparpillés dans une longue trace menant vers la chambre.

– Alors, demanda Dentzen avec un large sourire ému. Est-ce que le major Cloete rentrera avec nous à Londres ? Ou est-ce que nous restons ici ?

De toute évidence, son serviteur était heureux. Probablement heureux de revoir Cloete, mais surtout de constater que Barry ne serait plus seule. Celui qui, de tout temps, se contentait de faire son travail avec diligence, loyauté et discrétion, ne parvenait plus à dissimuler sa joie. Jamais Barry n'avait discuté avec lui de choses personnelles, même durant sa maladie. Mais, bien entendu, Dentzen avait des sentiments, comme tout être humain. Et cette façon de les dévoiler à ce moment n'aurait pu tomber plus mal.

Barry avait pris sa décision, et elle savait que Cloete avait déjà compris, mais elle dut prendre une grande respiration avant de se résigner à briser le cœur de celui qui le méritait le moins.

– Non, Dentzen. Nous rentrons seuls. Le plus tôt sera le mieux.

# VII

***Les Caraïbes, 1842***

« Naviguer, encore naviguer, toujours naviguer… C'est le destin que j'ai choisi. Les gens ont besoin de moi », se répétait Barry chaque fois que le mal de mer se manifestait. Par chance, la mer des Caraïbes était rarement grosse.

Il y avait maintenant quatre ans qu'elle avait pris ce nouveau poste ; quatre années à sillonner inlassablement les eaux dans lesquelles baignaient les îles où l'Empire britannique avait réussi à imposer sa présence et ses politiques de colonisation. De la Barbade à Antigua, en passant par Trinité-et-Tobago, la Grenade et Saint-Vincent, la liste comprenait treize destinations des petites Antilles qui, malgré leur aspect paradisiaque, étaient infestées de tous les maux imaginables sous ces latitudes.

Que ce soit en bateau à vapeur ou en frégate à voile, pour un voyage de quelques heures ou de quelques jours, James Miranda Barry et ses curieux compagnons formaient un clan qui se déplaçait en bloc, sans relâche, apatride et insulaire à sa façon. La vue de ce groupe hétéroclite qui patrouillait ainsi les îles en amusait plus d'un ; lorsque son arrivée était annoncée, les gens prenaient plaisir à venir se poster sur les quais pour observer le débarquement de ce cher docteur Barry et de sa suite hors du commun.

Il y avait bien sûr son placide serviteur, ainsi qu'un chiot qui ressemblait à s'y méprendre à Psyché ; c'était son successeur, puisque le premier avait paisiblement rendu l'âme sans faire de bruit au cours d'une traversée. Pour Barry, le chagrin avait été terrible. Le petit chien était le dernier être qui lui rappelait sa vie au Cap, ce qui avait été ses plus belles années. Sans même lui demander son avis, Dentzen s'était empressé de lui trouver un remplaçant, quasi identique de surcroît. Sa sollicitude avait grandement touché Barry qui, par réflexe, avait choisi de baptiser l'animal du même nom que son prédécesseur, comme pour se persuader que rien n'avait changé. Les gens autour d'eux n'avaient pour la plupart même pas remarqué la substitution.

Suivait une chèvre laitière qui, elle, était rarement la même. Pour compléter le tableau, Barry avait aussi fait l'acquisition d'un singe au pelage gris-vert et d'un perroquet au plumage bigarré, même s'il était à demi chauve.

Jamais le médecin et sa ménagerie ne demeuraient longtemps sur une île. Une dizaine de jours, deux semaines tout au plus, tout juste assez pour examiner les soldats, soigner les malades et prendre un peu de temps pour profiter du répit offert par la terre ferme sous ses pieds.

Barry aimait les îles et vibrait comme elles sous l'effet d'une dualité paradoxale. Chacune était un monde isolé en soi, mais au sein duquel une énorme complexité était représentée. En dépit de leurs dimensions restreintes, elles pouvaient offrir des contrastes surprenants à qui savait les découvrir. En un sens, elles étaient tout à fait semblables à James Miranda Barry. C'était cette essence qu'elle avait perçue et qu'elle avait tenté de faire partager à Cloete, au fil d'une correspondance assidue qui demeurerait probablement leur seul lien désormais :

*Leur beauté masque les horreurs qu'elles renferment ; leur géographie précise et leurs bordures immuables marquent un fort contraste avec la liberté qu'elles peuvent aussi offrir. Les nouvelles les atteignent lentement, les contraignant à demeurer un monde serré, mais sans cesse en changement au gré des navires qui y accostent ou en repartent.*

*Chacune d'entre elles a ses particularités, sa population métissée de mille façons, ses traditions parfois distinctes, mais elles sont toutes sans exception des pions sur le grand échiquier avec lequel s'amusent de loin nos dirigeants britanniques.*

*Ma destinée semble également être un jeu pour eux, puisque mon affectation ne comporte aucune date de fin. Je me contente donc d'endurer ce purgatoire et de soigner les malades de mon mieux, à défaut de pouvoir faire quoi que ce soit pour améliorer leurs conditions.*

* * *

– Je vous prie, soldat, de sortir de ma cabine pendant que je me mets au lit, ordonna Barry au sergent Wesley.

L'homme releva la tête et la fixa d'un air surpris. Pendant un moment, il promena son regard entre le docteur, son chien et son domestique qui finissait de sortir les vêtements de nuit du médecin, comme s'il cherchait une réplique à cette demande surprenante.

– Je suis sergent… fit-il, à défaut de trouver quelque chose de plus incisif. Et c'est également ma cabine.

– Qu'importe, insista Barry. Je suis officier médical principal, donc d'un grade largement supérieur au vôtre, et c'est bien contre mon gré que j'ai accepté de vous laisser partager mes quartiers pour dormir. Je m'attends en retour à un minimum de respect et de considération.

Le ton était sans équivoque. Le sergent, médusé, n'eut d'autre choix que de prendre congé et sortit avec un air penaud. Barry regarda Dentzen en soupirant.

– Je ne devrais pas avoir à le leur dire encore et encore. Quel abruti !

– Abruti ! croassa le perroquet.

À force de passer plus de temps en mer que sur la terre ferme, Barry avait fini par se faire à ce mode de vie peu routinier. La protection de son intimité primait sur tout. Avant d'entreprendre ce périple prolongé, fidèle à ses bonnes habitudes, elle avait adressé en bonne et due forme plusieurs requêtes à ses supérieurs, dont celle de toujours avoir une cabine privée. Ce faisant, elle avait été à même de constater à quel point, en dépit de son déclassement, l'armée avait besoin de ses talents. Sans tergiverser, on lui avait accordé le droit d'amener son domestique et ses animaux dans ses déplacements. On avait aussi accepté que tous ses effets personnels soient chargés sur les navires selon son itinéraire et déchargés à l'arrivée, sans limite de poids. La seule chose au sujet de laquelle on n'avait pu lui donner de garantie, c'était de ne pas avoir à partager sa cabine avec un autre soldat ou officier. Les vaisseaux étant parfois de dimensions restreintes, et le temps en mer, relativement court, cela ne serait pas toujours possible.

Alors Barry, avec la complicité de Dentzen, ne se gênait pas pour réclamer à grands cris un peu d'intimité lorsque cela devenait nécessaire. Ses malles demeuraient verrouillées à clé en tout temps, et même son courrier était soigneusement conservé loin des regards indiscrets. Depuis quelques mois, cependant, les lettres se faisaient rares. Ses amis du Cap, Poleman et Bailey, avaient quitté cette terre pour un monde meilleur. Georgina Somerset, résignée au célibat, vivait à Londres et ne lui écrivait que sporadiquement. Les seules missives qui lui parvenaient étaient des documents officiels et les lettres de Josias Cloete, resté en poste à Kingston.

Depuis la demande en mariage qu'il lui avait faite plus de six ans plus tôt et que Barry avait si cruellement dû refuser, leur correspondance tournait autour de leurs affectations respectives, de leurs connaissances communes au Cap et souvent de la tendance si déconcertante qu'avait Barry de se mettre tous ses collègues à dos.

Mais rien n'avait besoin d'être dit pour que tout soit compris. Le lien qui s'était établi entre eux, aux antipodes de l'antipathie qui avait régné dès leur première rencontre au Cap en 1816, était paradoxal, inhabituel, et hautement honorable.

* * *

– Delirium tremens, déclara Barry en regardant le major Cooney droit dans les yeux.

– Et c'est…, c'est contagieux ? demanda ce dernier avec inquiétude tout en adressant au patient gisant devant eux un regard rempli de crainte.

En quelque sorte, oui, je dirais, fit Barry en couvrant le malade à l'agonie.

Sentant l'angoisse du major, elle le prit par le bras et l'entraîna un peu à l'écart.

Vous n'êtes ici que depuis peu, je suppose ? demanda-t-elle.

– Trois semaines, admit Cooney. On m'avait mis en garde contre les maladies contagieuses, mais jamais personne ne m'avait parlé de celle-ci.

Barry revint vers le patient, prit un moment pour rincer la serviette dans la cuvette d'eau fraîche, la tordre soigneusement et tenta tant bien que mal de le soulager en la plaçant sur son front. Malgré ses vingt-quatre ans, le soldat était à l'agonie.

– Ce n'est pas une contagion au sens classique, expliqua Barry avec lassitude. Elle n'est pas directement transmissible comme tant d'autres. Plus précisément, elle découle uniquement de l'abus d'alcool. C'est le nœud du problème dans ces îles. Voyez-vous, depuis bientôt cinq ans que je patrouille ces eaux, j'ai compris que le mode de vie de nos soldats est l'unique responsable de la majorité des maux qui les affligent. En plus, bien entendu, des multiples cas de dysenterie, fièvre jaune, maladie du sommeil, malaria, consomption et maladies vénériennes qu'il m'est donné de rencontrer et pour lesquels je peux heureusement faire quelque chose. Mais les maux de l'âme font, je le crains, encore plus de ravages…

– Mais nos hommes sont bien traités ! Personne ne manque de nourriture ni ne se fait malmener !

– La souffrance mentale est une cause majeure de décès, rétorqua Barry en remballant son stéthoscope, bien plus que n'importe quelle autre maladie. Oui, vous les traitez bien, dans la mesure où on passe outre au manque de sollicitude que l'armée manifeste à l'égard de ceux qui la servent, à la nourriture fade, au désœuvrement… Leur vie est si misérable, si désespérante, leurs baraques sont si mal entretenues qu'ils n'ont souvent d'autre choix que de chercher l'oubli dans l'alcool. Comme me disait l'un d'entre eux, la température est toujours trop chaude ; la viande, trop salée ; les gosiers, trop secs ; et le rhum, trop facile à acheter. Le seul moyen de les tirer de cette fâcheuse situation serait de les réassigner en des lieux plus frais, avec une diète plus variée et équilibrée.

Elle fit une pause, le temps de reprendre son souffle et de calmer l'indignation qui commençait à s'emparer de son esprit. De tels cas étaient malheureusement trop fréquents. Mais il ne servirait à rien de s'emporter devant le major Cooney, qui de toute façon ne pouvait rien y faire. Elle s'efforça de parler sans émotion, en bordant avec sollicitude le patient qui gémissait faiblement, à présent.

– On l'appelle aussi démon bleu, cette rage qui se saisit d'un être lorsque le corps ne supporte plus l'alcool. Le tourment est tel que la victime peut aller jusqu'à s'enlever la vie si on la laisse seule assez longtemps. Autrement, elle cesse de réagir, peu importe le type de stimulation. L'estomac rejette tout ce qu'on tente de lui administrer, les propos incohérents cèdent leur place à une respiration bruyante, saccadée et ardue que seule la mort peut finalement faire taire.

Abasourdi et horrifié, Cooney regarda Barry sans dire un mot.

– Avez-vous un aumônier que nous pourrions faire demander de toute urgence ?

– Je crains que non, répondit Cooney d'une voix tremblotante. Il s'est embarqué pour la Grenade avant-hier. Je pourrais peut-être dépêcher un de mes hommes vers la paroisse la plus proche ! Ce n'est qu'à quelques heures à cheval.

– Ce sera probablement trop tard, avisa Barry avec un pâle sourire, mais faites toujours. Je crains qu'il n'en ait plus pour bien longtemps.

Le major acquiesça d'un bref signe de tête et s'en alla sans attendre qu'on le lui répète. La vue d'un homme à l'article de la mort le rendait manifestement mal à l'aise.

Toujours debout auprès du malade qui gisait sur un brancard de fortune, Barry retira sa veste et tenta de le couvrir tant bien que mal. Depuis plus de trente ans, ses vestes rembourrées lui avaient servi d'armure contre les regards indiscrets et en tout temps elle avait préféré endurer vaillamment la chaleur et l'humidité plutôt que de prendre le risque de se faire voir en chemise. Mais, à ce moment, l'idée de compenser ses frêles épaules et de tenter de dissimuler les bandes de coton qui ceignaient sa poitrine lui paraissait bien futile en comparaison de la souffrance du patient qui grelottait violemment.

Un instant plus tard, le retour de Cooney lui confirma qu'elle n'avait pas à s'inquiéter. Lorsqu'il s'approcha d'un pas hésitant, l'officier ne parut pas remarquer la soudaine chétivité du médecin.

– Je..., j'ai envoyé quelqu'un chez le père Coburn, fit-il avec hésitation. Mais je n'ai aucune idée du temps qu'il mettra pour revenir.

– Alors, prions nous-mêmes pour le salut de son âme, suggéra-t-elle.

Ils passèrent tous deux quelques minutes en silence. Fort heureusement, il n'y avait personne d'autre dans l'infirmerie. Au moment où le major Cooney se signa, le malade eut un long râle et expira devant eux.

Pour sa part, Barry eut un soupir de soulagement.

– Ses souffrances sont terminées, à présent...

Celles du major, en revanche, ne faisaient que commencer et il se mit à trembler à son tour sous l'effet du choc. Avec des gestes lents, Barry remit sa veste, monta le drap pour en couvrir le visage du défunt et prit par le bras un Cooney au bord des larmes, qui aurait été incapable de faire un pas si elle ne l'avait pas entraîné doucement.

– J'imagine que c'est la première fois que vous voyez quelqu'un mourir... Ce ne sera malheureusement pas la dernière, je le crains. Vous devrez apprendre à vous endurcir, mon ami.

Barry continua de marcher, tandis que Cooney tournait de nouveau la tête vers le cadavre qu'ils venaient de laisser.

– Il n'y a que trop de cas de ce genre dans la région, expliqua-t-elle d'une voix terne. Il fut un temps où j'aurais pu y changer quelque chose, mais, malheureusement, depuis quelques années on m'a enlevé toute autorité. Je ne puis que mentionner les faits dans les rapports que je fais parvenir à Westminster, mais il y a fort à parier qu'aucune de mes recommandations ne sera mise en œuvre. On m'a fait comprendre bien trop clairement que je dérangeais...

En sortant du bâtiment, ils furent tous deux éblouis par le soleil ardent. Du coup, Cooney parut reprendre ses esprits.

– Allons donc ! protesta-t-il en réaction aux propos de Barry. Dès mon arrivée ici, le docteur O'Connor m'a dit à quel point vous étiez compétent et expérimenté. Ces compliments n'ont pas été faits à la légère, je puis vous en assurer. Il est, après tout, l'officier médical le plus haut gradé de notre détachement.

Barry ne put s'empêcher de sourire. Oui, Edward O'Connor avait gravi plus d'échelons, mais il reconnaissait humblement qu'il possédait bien moins d'expérience qu'elle. Les deux médecins étaient très différents : elle possédait beaucoup plus de science, mais tout autant d'insolence, tandis que l'autre avait été promu autant pour la qualité de son travail qu'en raison de son caractère placide et conciliant. Lors de leurs brèves rencontres, il leur était apparu que chacun avait à apprendre de l'autre, puisque, mis en un, ils se complétaient si bien.

– Le docteur O'Connor est bien bon, déclara Barry en agrippant les rênes du cheval qu'on avait mis à sa disposition. C'est un des rares confrères à qui je porte une haute estime. Il a déjà retenu plusieurs de mes suggestions et a veillé à transférer les malades mentaux dans un édifice spécialement aménagé pour eux, plutôt que de les détenir en prison.

– Il est aussi d'accord avec vous sur la nécessité pour les médecins et les apothicaires de détenir une licence.

Barry haussa le ton instinctivement, sa voix aiguë retentissant dans la petite cour autour de laquelle étaient disposées les baraques.

– Pouvez-vous croire que je me bats pour mettre en place de telles mesures depuis près de vingt ans ? J'ai toujours eu horreur des charlatans, ainsi que de tous ceux qui les protègent. Heureusement, le docteur O'Connor est de mon avis. Seulement, jusqu'à maintenant, il n'a jamais eu l'audace de prendre les moyens qui s'imposent pour que ses principes soient appliqués.

– Et sans se faire d'ennemis, peut-être, suggéra Cooney qui semblait s'être remis de ses émotions.

– Ça reste à voir, déclara Barry avec un sourire en coin. J'ai appris à mes dépens que nos ennemis se manifestent parfois de façon inattendue.

* * *

– Si je puis me permettre, docteur Barry…, commença doucement Dentzen.

Barry releva la tête et poussa délicatement son encrier de côté. Il était rare que Dentzen vienne ainsi interrompre ses séances de rédaction. Mais dans la cabine exiguë du vaisseau qui les amenait à une autre destination, la proximité incitait aux confidences.

L'homme qui partageait son quotidien et qui lui était si dévoué connaissait sa place et ne disait pratiquement rien sans y être invité. Au gré de leurs voyages tout comme sur la terre ferme, Dentzen s'effaçait doucement une fois ses tâches accomplies pour aller se joindre aux autres domestiques lorsqu'il y en avait à bord, ou même pour simplement rester seul. Il ne semblait pas avoir d'amis et ne recevait que rarement du courrier. Il était si discret que plusieurs s'étonnaient de l'entendre parler, l'ayant de prime abord cru muet.

Jamais Dentzen n'émettait de commentaires ni ne s'imposait, et il semblait n'attendre rien d'autre de la vie que ses gages. Même après tant d'années ensemble, Barry et lui vivaient un peu comme des étrangers. Leurs échanges se déroulaient toujours selon les règles tacites encadrant les relations entre un domestique et son maître. Après sa maladie, durant laquelle Dentzen avait constaté qu'elle était femme, l'attitude du serviteur était restée la même, comme s'il n'avait rien remarqué. La seule différence était qu'il l'appelait désormais « docteur » au lieu de « monsieur ». Décidément, il connaissait sa place. C'est pourquoi, ce soir-là, le ton employé par Dentzen et le fait qu'il se hasarde à poser une question laissaient supposer qu'il se passait quelque chose de grave.

– Qu'y a-t-il, Dentzen ? demanda Barry.

– Nous allons bientôt toucher terre, et je me demandais…

– Quoi donc ? Vous m'inquiétez ! Venez-en au fait, je vous prie.

– Eh bien, croyez-vous vraiment qu'il nous faille toujours tout emporter ?

– Tout emporter ? De quoi parlez-vous ?

– De toutes ces malles, docteur Barry. Les boîtes à chapeau, les ombrelles, vos vieilles vestes, les paquets de guenilles… On dirait que, de port en port, elles se font plus nombreuses.

– Bien sûr, répondit Barry qui ne voyait pas où son compagnon de toujours voulait en venir. Nous ne remontons que rarement sur un même navire deux fois d'affilée, nous ne pouvons prendre le risque de laisser quoi que ce soit derrière.

– Je voulais dire, docteur Barry, que le temps est peut-être venu de nous départir de certains de vos vêtements…

Venant de n'importe qui d'autre, la suggestion l'aurait outrée. Mais une telle idée était si inusitée venant de Dentzen qu'elle n'en devint que plus perplexe.

– Et pourquoi donc ? Qu'essayez-vous de me dire, au juste ?

– Voici, votre réputation vous précède d'île en île, désormais, et il se dit beaucoup de choses parmi les matelots. Et il me peine de vous informer que plusieurs considèrent que vous êtes au comble du ridicule en persistant à porter des uniformes qui ne sont plus au goût du jour. Et tous ces chapeaux, ils ne vous sont vraiment plus d'aucune utilité…

Cette fois, Barry ne put s'empêcher de rire franchement.

– Mes uniformes sont tout ce qu'il y a de plus réglementaires. L'armée a accepté de voir au transport de mes effets personnels sans condition ; je ne vais surtout pas m'en délester maintenant ! Sans compter qu'il faudrait que je me trouve un tailleur discret et disposé à conserver mon secret si je voulais m'en faire confectionner d'autres, et que j'ignore à qui je pourrais faire confiance en cette partie du monde. Pour ce qui est de mes chapeaux, j'y tiens ! Si certaines personnes sont intriguées ou même choquées par mes choix vestimentaires, tant pis pour elles ! Mais, dites-moi, est-ce qu'on vous questionne à mon sujet ?

– Non, jamais ! s'empressa de répondre Dentzen. Et je ne dirais rien de toute façon. Je sais que ce ne serait pas ma place.

– Et j'ai toute confiance en vous, avoua Barry. Dites-moi, alors… Essayez-vous de me faire comprendre que vous en avez assez de cette vie ? Désirez-vous que je vous laisse partir et rentrer au Cap ?

– Oh ! non ! Je ne changerais de vie pour rien au monde ! Seulement…

– Seulement quoi ?

– On parle souvent devant moi comme si je n'existais pas. Je ne suis qu'un domestique, après tout. Mais les choses qu'on colporte à votre sujet ne sont pas très gentilles et vous ne le méritez pas. Je crains parfois que quelque curieux ne se mette à fouiller dans vos affaires…

– Et pourquoi le ferait-on ?

– Pour chercher à en savoir plus sur vous. Les gens sont tellement avides de potins ! Par exemple, plusieurs se demandent pourquoi vous tenez tellement à toujours quitter le navire avant tout le monde.

Barry regarda son domestique comme s'il venait de dire quelque incroyable absurdité. Effectivement, chaque fois que leur navire arrivait à destination, le médecin se tenait tout près de la passerelle, son chien dans un bras et une de ses vieilles ombrelles défraîchies dans sa main libre, son perroquet souvent perché sur son épaule. Elle ne se gênait pas pour frapper du coude à grand renfort de cris et d'injures quiconque osait tenter de passer devant et descendre en premier. Dentzen suivait immanquablement en tenant la chèvre en laisse et en voyant à ne pas perdre le singe de vue. Les habitués de la scène riaient franchement, mais ceux qui étaient témoins pour la première fois de cette pratique inusitée restaient la plupart du temps médusés.

« Cher Dentzen… Serviteur fidèle, mère poule, protecteur de mes secrets, et maintenant chien de garde ! »

– Je suis un officier senior sur tous les navires que nous empruntons, déclara finalement Barry en haussant les épaules. Il y a des privilèges qui, même s'ils semblent ridicules aux yeux de certains, ne peuvent être niés. J'estime qu'après plus de vingt-cinq années de loyaux services, j'ai bien le droit de passer devant et de ne pas avoir à demeurer une seule minute de plus à bord !

Elle reprit son encrier et retourna à sa rédaction pour signifier que l'entretien était clos. Sachant qu'il était inutile d'insister, Dentzen se retira silencieusement et sortit.

Une fois la porte refermée derrière lui cependant, Barry se leva pour la verrouiller soigneusement, puis elle alla se planter devant le grand miroir au fond de la cabine avant de se dévêtir complètement. Le tain usé lui renvoya une image floue par endroits, mais tout de même suffisante pour qu'elle puisse voir que son corps nu contrastait étrangement avec l'image du médecin qui alimentait tant de conversations.

« Je vieillis bien, malgré tout… » constata-t-elle en se tournant légèrement d'un côté puis de l'autre. La maladie qui l'avait fait souffrir en Jamaïque avait aussi laissé des traces : ses membres décharnés ne semblaient plus aussi souples qu'avant, et sa peau mince révélait tout un réseau de veines bleutées qui couraient sous la surface. Ses flancs s'étaient amenuisés, laissant maintenant poindre ses côtes. Sur son ventre, les vergetures qui à l'origine étaient violacées s'étaient estompées en lignes grises et cireuses. La couleur de sa peau avait faiblement gardé la même teinte que le mal qui l'avait fait souffrir : le jaune. Ses cheveux se faisaient plus rares et beaucoup plus pâles. Ses boucles, autrefois en bataille, étaient à présent moins serrées. Avec les années, ses yeux s'étaient enfoncés dans les orbites, et ses paupières lourdes semblaient incapables de s'ouvrir comme jadis. Même son menton, depuis toujours fuyant, avait commencé à s'allonger et à se retrousser en galoche.

Du fond d'une de ses malles, elle extirpa un médaillon, une miniature peinte par un artiste dont Somerset était particulièrement entiché, mais dont elle avait depuis oublié le nom. Le portrait datait de 1819, alors qu'elle était encore dans la vingtaine, et n'avait que peu en commun avec l'image que lui renvoyait le miroir. Qu'était-il donc advenu de sa crinière auburn, de ses pommettes saillantes, de ses lèvres gourmandes, de ses grands yeux bleus ? La maladie et le poids des années avaient ravagé non seulement son corps, mais aussi son visage.

Elle se pencha davantage vers le miroir et passa une main hésitante à travers sa chevelure clairsemée, où les mèches grises commençaient à prendre le dessus. « Peut-être qu'avec du jus de carotte… »

Pour le reste, elle ne pouvait s'empêcher de penser que l'émaciation était préférable au gain de poids, Dieu seul pouvait savoir de quelle manière les kilos superflus auraient pu envahir son corps et lui donner le genre de hanches et de poitrine susceptibles de rendre sa silhouette plus féminine.

En replaçant le médaillon dans la malle, sa main rencontra une étoffe particulièrement rugueuse, une toile vert pois qui avait perdu de sa souplesse avec les années. Un sourire nostalgique aux lèvres, elle sortit son vieux pantalon, celui qui avait survécu au duel du domaine Alphen. La longue déchirure avait été savamment reprisée par Dentzen et paraissait à peine, mais la couleur du tissu était nettement défraîchie. Barry se mit à rire doucement en se rappelant comment Josias Cloete, qui tentait de lui porter secours, en avait trop fait et involontairement exposé son anatomie. La tête qu'il avait faite…

En dessous, un autre vêtement, quelque chose de doux et légèrement frais, une étoffe qui contrastait fortement avec le tissu plus rigide et rugueux de ses uniformes. À nouveau, ses doigts se refermèrent lentement, et elle retira avec délicatesse une robe en velours rubis.

Le corsage et les poignets de fine dentelle étaient affreusement jaunis, mais le reste de la robe avait gardé son éclat. Le fameux cadeau de Somerset. Barry se souvint comment elle avait senti ce soir-là que Lord Charles se l'était offerte à lui-même, en quelque sorte, pour s'amuser à dévêtir une femme qui n'existait pas aux yeux du monde.

En fourrageant fébrilement dans la malle, elle constata à regret que la culotte bouffante et le corset qui avaient jadis accompagné la robe avaient disparu. Les mains tremblantes, elle entreprit de la revêtir. Elle sentait son cœur battre comme la toute première fois et elle hésita longuement avant de trouver le courage de se regarder dans le miroir.

Ses courbes n'avaient jamais été manifestement féminines, mais, au moins, à l'époque où la robe avait été confectionnée, ses hanches et sa poitrine étaient tout de même un peu plus généreuses. À présent, son corps frêle semblait flotter dans le vêtement. Elle se contempla un long moment.

Plus rien ne restait du couple qui avait fait la même chose dans la chambre de Lord Charles, des années auparavant. Maintenant, ce que Barry croyait voir au fond du miroir, c'était plutôt le visage d'un autre homme, celui de Josias Cloete. Pendant un instant, une idée folle surgit dans son esprit. « Il en faudrait peu… Un chapeau de paille avec un ruban assorti à la robe, des gants finement brodés, de jolis escarpins… Il m'attend, je le sais bien. »

Les images se succédèrent dans sa tête et se répercutèrent jusqu'au plus profond de son être ; les souvenirs de la nuit qu'ils avaient passée ensemble à Kingston, tout juste avant qu'elle ne revienne à Londres pour y faire face à la cour martiale. C'était la nuit la plus heureuse de sa vie, qui avait largement compensé les multiples sacrifices qu'elle avait dû consentir avant comme après.

Près de sept ans plus tard, la blessure laissée par une telle décision n'était pas complètement guérie. Mais il lui fallait continuer ; chaque jour lui amenait un lot de souffrances que personne avant elle n'avait apparemment pu soulager et raffermissait dans son esprit la certitude d'avoir fait ce qu'il fallait. Josias Cloete avait accepté sa décision et n'en avait jamais reparlé. Par contre, il ne s'était jamais marié, et Barry se doutait bien qu'il eût été encore temps de changer d'idée et…

L'instant d'après, la nostalgie céda la place à la rage. Elle essuya brusquement ses larmes du revers du poignet, retira prestement la robe, la fourra sans ménagement dans le fond de la malle et entreprit de se rhabiller. « S'il ne faut me débarrasser que d'une seule chose, ce serait à coup sûr de cette satanée guenille ! »

Elle jeta un coup d'œil circulaire dans la cabine et soupira. Au fil du temps, elle trouvait de plus en plus difficile de combattre les émotions paradoxales qui se manifestaient inopinément. Oui, la quantité de vêtements qui l'accompagnaient partout était inhabituelle par rapport à ce que transportaient les autres officiers. C'était là tout son butin, car, en dépit de ses efforts et de sa vigilance, une demi-douzaine de caisses s'étaient tout de même égarées. Et l'idée d'en perdre plus l'effrayait.

Ce qu'elle n'osait pas avouer à son serviteur, même s'il devait bien s'en douter, c'était la précarité de sa situation financière. Depuis le début de sa carrière, Barry avait toujours dépensé sans compter pour se procurer les médicaments et les fournitures à son avis nécessaires, mais que l'armée avait refusé de lui accorder, à plus forte raison de lui rembourser. À cela s'étaient ajoutées les oboles généreusement distribuées aux rares institutions de charité qui commençaient à s'implanter en réponse à la pauvreté et à la misère, qu'elle s'évertuait précisément à dénoncer.

Comme la solde qu'on lui versait était à peine suffisante pour payer les gages de Dentzen, Barry avait été incapable de mettre un sou de côté et encore plus impuissante à se procurer terres et titres, comme avaient pris soin de le faire la plupart des officiers qui étaient parvenus au même point dans leur carrière.

Elle s'accrochait donc au peu qui lui restait. En dépit de leur valeur monétaire nulle, ses vêtements de jadis faisaient partie de sa vie depuis si longtemps qu'ils étaient devenus le seul souvenir tangible de ses belles années, de sa jeunesse envolée, des sacrifices consentis ; c'était tout ce qui lui permettrait de continuer à se distinguer des autres hommes.

* * *

En regardant le drapeau jaune qu'on hissait au mât principal du *Brison Guard*, Barry se souvint soudain des paroles prononcées par son vieil ami Poleman, lors de ses dernières années au Cap : « Vous détenez plus de pouvoir que vous ne semblez le croire. Plus que n'importe qui d'autre. De ma vie, je n'ai vu un homme capable de faire exécuter tant de changements. »

Pour la première fois en près de dix ans, elle se sentait revivre. Quelques semaines plus tôt, on lui avait demandé d'agir temporairement à titre d'inspecteur colonial médical en remplacement du docteur Fitzgibbon qui avait dû rentrer à Londres pour voir à des affaires de famille. Et voilà qu'arrivait le *Brison Guard*, un bateau que les autorités voulaient mettre en quarantaine.

Naturellement, Barry n'en voyait pas la nécessité. Depuis longtemps déjà, les lois régissant la quarantaine n'avaient plus leur raison d'être et n'étaient qu'une autre des politiques qui avaient grandement besoin d'être révisées. En cette occasion, cependant, c'était à elle qu'il revenait, même si son assignation n'était que temporaire, de faire exécuter l'ordre. L'occasion était trop belle pour la laisser passer. Finalement, on allait peut-être l'entendre. Il n'y avait en ce moment personne sur l'île qui avait le pouvoir de révoquer ses ordres et, si cela se passait sans anicroche, ce ne serait que le début ; il y avait mille autres choses à faire, mille réformes qu'elle brûlait de mettre de l'avant.

Sur le quai du port de Trinidad, le vent chaud soufflant du large sembla lui apporter l'audace et la détermination qui lui avaient fait défaut au cours des dernières années.

« J'ai tenu ma langue assez longtemps, et trop de gens en ont souffert… »

– J'ordonne que tout le monde quitte ce bateau ! déclara-t-elle d'une voix forte et aiguë.

Elle dirigea son cheval avec souplesse et alla barrer le chemin des autres cavaliers. Le bruit des sabots sur les planches de bois résonna autant que ses paroles.

– Vous ferez passer tous ces gens, autant les civils que les militaires, dans deux hangars distincts à l'entrée du port et vous veillerez à ce que personne n'en sorte avant que je les aie tous examinés.

Les trois officiers se regardèrent avec stupéfaction.

– Mais…, mais, docteur Barry ! Il y a des cas de typhus à bord !

– Oui, je le sais fort bien ! s'écria Barry sur un ton qui laissait entendre que toute protestation serait vaine. Mais je suis d'avis que de laisser ces gens confinés, ne fût-ce qu'une journée supplémentaire, serait encore plus dommageable.

– En êtes-vous certain ? hasarda le major Bradford. En les laissant descendre, nous risquons peut-être de contaminer toute la population de l'île.

– Ce n'est pas le fait de les laisser descendre qui causera quoi que ce soit, du moment que nous ne les laissons pas se promener librement, expliqua-t-elle poliment mais fermement. Il n'y a que quatre cas déclarés. Faites-les admettre dans une salle séparée de l'hôpital. Mettez les cas qui semblent douteux dans un hangar, ceux qui se portent bien dans un autre. J'examinerai tout le monde dans les heures qui viennent et je prends l'entière responsabilité de ceux que je laisserai partir. Pour ce qui est du cargo, faites ouvrir toutes les malles et les caisses, et faites-en aérer le contenu en plein soleil.

Veillez à ce qu'il y ait suffisamment de soldats postés dessus et autour pour éviter toute tentative de pillage.

Fidèle à sa promesse, Barry alla examiner avec minutie les passagers du *Brison Guard*, temporairement installés dans une grange désaffectée dont l'armée se servait parfois comme entrepôt. Les civils comme les soldats étaient étonnés. Ne fallait-il pas tout brûler, dans un tel cas ? Barry redoubla d'assurance en répondant aux multiples questions qui lui furent posées à ce sujet. Elle ressentit une immense satisfaction à voir les inquiétudes s'envoler rapidement.

À peine quatre des cas douteux méritaient d'être isolés, et elle estima que les autres étaient bien portants. Les gens ne furent gardés sur place que deux jours, au cas où leur état changerait. Comme ils ne paraissaient représenter aucune menace au bout de ce laps de temps, on les laissa partir.

* * *

– Vous voyez, déclara Barry à Bradford quelques semaines plus tard. Il y a aujourd'hui quarante jours que le *Brison Guard* a accosté. Réalisez-vous que, si nous avions suivi l'ancienne procédure, les passagers auraient croupi tout ce temps à bord sans raison ? Il suffisait de les isoler sur la terre ferme, de les observer et d'attendre pour voir si les symptômes allaient se manifester. Aucun cas n'a été rapporté, comme vous le savez sans doute. Pouvez-vous imaginer l'état dans lequel ces gens seraient aujourd'hui si on les avait forcés à demeurer à bord ?

Pour la première fois depuis longtemps, ce soir-là Barry alla s'asseoir à sa table et entreprit la rédaction d'un long rapport, semblable à ceux qui faisaient sa renommée autrefois. « Les autorités coloniales et militaires ne savent pas ce qui les attend. James Miranda Barry est de retour, et cette fois pour de bon. »

* * *

« Non, pas encore, pas maintenant... », pensa Barry en pestant intérieurement.

Mais la lourdeur qui l'envahissait et rendait pénible chacun de ses mouvements fut suffisante pour confirmer ses pires craintes. Déjà, Dentzen s'était posté à son chevet et avait entrepris le même exercice auquel il s'était livré près de douze ans plus tôt en Jamaïque. Ayant dévêtu le médecin qui se retrouvait patient, le fidèle domestique l'aspergeait méthodiquement d'eau fraîche de la tête aux pieds pour tâcher de faire tomber la fièvre. Au pied du lit, Psyché observait la scène d'un œil triste.

Une rechute. Il fallait bien que ça arrive un jour. En effet, la fièvre jaune, sournoise et impitoyable, n'offrait qu'un répit temporaire à ceux qui réussissaient à y survivre. Elle attendait, tapie au plus profond d'un être, le moment propice pour refaire surface.

– Depuis..., depuis combien de temps ? demanda Barry en passant faiblement sa langue sur ses lèvres desséchées.

– Bientôt quatre jours, répondit Dentzen, visiblement soulagé de la voir reprendre connaissance. Mais je ne sais plus quoi faire désormais. Il faut me le dire. Vous avez vomi le sang noir déjà trois fois. Cela n'avait pas été aussi sévère les autres fois.

Barry ferma les yeux et retint son souffle un moment. Ce n'était effectivement pas la première fois que la maladie revenait, mais jamais les symptômes n'avaient été aussi violents. Qu'elle fût demeurée dans le coma pendant près de trois jours dont elle ne gardait aucun souvenir ne laissait pas d'être inquiétant. La jaunisse s'était installée, à en juger par la couleur de son bras nu qui reposait sur le drap blanc. Si rien n'était fait, ce serait la mort à plus ou moins court terme.

La tempérance, une alimentation équilibrée, le lait de sa chèvre tous les matins... Elle avait la conviction que c'étaient ses habitudes de vie saines qui lui avaient permis de s'en sortir lors des épisodes précédents. Mais, cette fois-ci, rien n'était certain. Dentzen, si dévoué fût-il, n'était pas médecin et ne saurait que faire si elle devait replonger dans le coma.

Pour la première fois de sa vie, son instinct de survie l'emportant sur son orgueil, elle décida de jouer le tout pour le tout :

– Faites demander le docteur O'Connor. Mais dites-lui qu'il vienne seul. Je ne sais pas jusqu'à quel point je peux lui faire confiance, mais je n'ai pas d'autre choix.

* * *

– Bon sang, Barry ! Vous qui avez traité tant de gens, ne savez-vous pas que la collaboration entre le patient et le médecin est essentielle au succès du traitement ?

– O'Connor, je vous prie de bien vouloir acquiescer à mes demandes..., fit faiblement Barry.

– Mais comment voulez-vous que je vous examine convenablement si vous refusez de vous déshabiller ?

– Je vous ai déjà donné le diagnostic. C'est un épisode de fièvre jaune. Ce n'est pas la première fois que cela m'arrive. Il n'y a aucun doute sur la nature de mon mal. J'ai besoin maintenant que vous trouviez les médicaments appropriés et que vous laissiez à mon domestique les instructions relatives à leur administration.

– Votre domestique ? Mais il faut vous admettre à l'hôpital ! Vous avez besoin de soins immédiats et surtout d'être sous constante observation.

– Je vous l'ai dit lorsque vous êtes entré, O'Connor, je ne quitterai pas cette maison.

Malgré la faiblesse qui avait envahi son corps, Barry se sentait plus lucide que jamais. Il lui fallait demeurer tenace pour éviter que O'Connor ne prenne le dessus et force son transfert à l'hôpital. À la merci du personnel soignant, menacée par un nouveau coma, elle savait bien qu'elle n'aurait plus aucun moyen de protéger son intimité.

– Je me rends à votre demande, Barry, concéda O'Connor. J'estime que vous avez largement plus d'expérience que moi dans le traitement des maladies tropicales. Je me dois cependant de vous mettre en garde : si, demain à la même heure, votre état ne s'est pas amélioré, je ne vous écouterai plus.

Avec toute la force qui lui restait, Barry hocha la tête en signe d'accord, encore heureux que la maladie ait refait surface pendant qu'ils étaient à la Barbade, l'île la mieux approvisionnée, et que le docteur O'Connor se trouvât à y être de passage également. Le reste de sa vie, et de plus d'une façon, allait se jouer dans les prochaines heures.

Mais, en dépit de cet accord, tout sembla basculer le soir même. En se réveillant subitement, Barry constata avec horreur que les draps qui couvraient son corps nu avaient glissé et que la personne qui montait la garde devant son lit n'était pas Dentzen.

Elle se releva brusquement, agrippa un coin de la couverture et tenta de se cacher. Au pied du lit, le docteur O'Connor semblait changé en statue de sel. Il l'observait fixement.

– Comment avez-vous osé ? siffla Barry. Nous étions convenus que vous ne reviendriez que demain !

– Je me faisais du souci pour vous..., admit O'Connor d'une voix monocorde. J'ai frappé en bas, mais personne n'a répondu. J'ai pris la liberté d'entrer et j'ai trouvé votre domestique profondément endormi. Le pauvre homme est épuisé. Enfin, quand je dis homme, je n'en suis pas vraiment sûr, à présent. Dieu sait ce qui se passe dans cette maison !

– Il m'a fait une friction au coucher du soleil, expliqua précipitamment Barry pour changer de sujet, remontant plus haut la couverture sur sa poitrine. Je lui ai par la suite donné congé. Je savais déjà que la fièvre allait tomber.

– Bien sûr, dit O'Connor d'une voix blanche. Vous êtes la personne la mieux placée pour savoir ce genre de choses. Je crois bien que je n'aurai pas à vous faire admettre.

Pendant un moment, les deux médecins se regardèrent fixement. O'Connor avait très bien pu voir le corps nu de Barry, gisant sur le lit défait. Seule une lampe à huile jetait dans la pièce une faible lueur jaunâtre. La timide flamme ne vacillait pas. La fenêtre était grande ouverte, et d'habitude un léger vent faisait bouger les rideaux. Mais pas ce soir-là. On aurait dit, curieusement, que le temps venait de s'arrêter.

– Je comprends maintenant votre réticence, continua O'Connor sans cesser de la fixer. Je comprends aussi pourquoi vous avez demandé à être enterrée avec les vêtements que vous porterez, enveloppée dans vos draps, au moment de votre mort. Oui, Dentzen m'a montré ce matin les papiers que vous aviez rédigés à cet effet. Je ne comprenais pas. De tout temps, les officiers de votre grade ont été enterrés dans leur uniforme d'apparat. Votre insistance aussi pour que le tout soit effectué dans les délais les plus brefs... J'avoue que cette idée saugrenue m'avait hautement intrigué, surtout lorsqu'on considère que la plupart des pionniers de la médecine, le grand Astley Cooper y compris, ont fait don de leur corps à la science après leur décès. Oui, je vous vois comme un pionnier de la médecine, et de plus d'une façon, à partir de ce soir. Mais, bien entendu, vous devez conserver votre secret à tout prix.

– Je vous en conjure, O'Connor, implora Barry. Ne me trahissez pas !

– Comment le pourrais-je ? J'ai fait serment, moi aussi. Je suis tenu par le secret professionnel. En outre, je ne saurais trahir un collègue officier.

À ce moment seulement, O'Connor étira le bras et vint prendre appui sur l'un des montants du lit, comme s'il était sur le point de défaillir. Il réussit à se reprendre un moment plus tard. Pour sa part, Barry n'avait pas bronché, ne sachant pas vraiment ce que son collègue, le seul qui, à ce jour, avait mérité sa confiance, allait faire. Il avait parlé de serment professionnel, de son honneur d'officier, mais était-il sincère ?

– Seulement..., reprit O'Connor en avalant sa salive avec peine.

– Seulement quoi ? demanda timidement Barry.

– J'aimerais bien savoir... Comment avez-vous réussi à berner tant de monde, pendant tant d'années, sans que personne ne se doute de rien ? Oh ! il se dit bien des choses à votre sujet, mais ça... Comment avez-vous pu maintenir si longtemps une telle mascarade ?

Barry ne put s'empêcher de pousser un soupir de soulagement devant une question qui lui paraissait anodine et bien naturelle.

– Vous venez de le dire, O'Connor, il se dit bien des choses à mon sujet... Et je laisse les gens parler. Tout n'est que diversion, finalement.

Elle resta un moment sans rien dire, un sourire au coin des lèvres. La crise était passée. Déjà, ses forces lui revenaient. Quelqu'un d'autre avait découvert son secret, mais O'Connor ne parlerait probablement pas. Tout allait rentrer dans l'ordre.

– Je vous lève mon chapeau, Barry. Si je n'avais pas eu le privilège de vous voir à l'œuvre, je n'aurais jamais pensé qu'il était possible pour…

– N'importe qui peut devenir médecin, l'interrompit Barry qui ne désirait pas l'entendre finir sa phrase, à condition d'être prêt à travailler comme il se doit et d'accepter de faire les sacrifices nécessaires…

– Non, pas n'importe qui, et surtout pas à n'importe quel prix ! J'en sais quelque chose. Vous êtes un être exceptionnel, Barry. Moi-même, je n'aurais jamais consenti à un tel sacrifice.

– Le sacrifice, tel que vous le qualifiez, est somme toute facile lorsqu'on pense à tout ce qu'il devient possible de mettre en œuvre quand on y consent. Le sentiment du devoir accompli est une récompense en soi.

– Si vous le dites…, admit O'Connor. Vous êtes vraiment un…, un…

– Un grand homme ? suggéra Barry avec un pâle sourire. C'est ce qu'on m'a dit à plus d'une reprise…

O'Connor rit doucement.

– Et on avait raison ! Toutefois, prenez grand soin de vous. C'en serait fini de votre carrière si la vérité venait à éclater.

– Ce n'est pas la première fois que je me trahis malgré moi. D'autres avant vous ont découvert mon secret. Fort heureusement, ils se sont tous montrés assez aimables pour ne jamais rien dire.

– Oui, j'imagine que ceux qui vous connaissent bien sont à même de constater ce que vous valez. Mais vous n'avez pas que des amis, vous savez !

Comme elle avait à présent acquis la certitude que O'Connor garderait son secret, Barry lui adressa un sourire cette fois empreint de reconnaissance.

– Là encore, vous ne m'apprenez rien…

* * *

– Quelle joie de vous revoir ! déclara Fitzroy Somerset avec une sincérité non feinte. Vous n'avez, ma foi, pas changé...

Barry ne savait pas si cette remarque était un compliment ou une insulte. Dès son arrivée en terre anglaise, elle avait compris que le pays tout entier, son peuple et ses modes n'étaient plus les mêmes. Ce n'était guère surprenant. Il s'était écoulé plus de dix ans depuis son dernier séjour à Londres. Cette décennie avait été suffisante pour qu'elle se sente aussi peu familière dans la ville qu'à n'importe quel autre endroit qu'elle aurait visité pour la première fois.

L'ère victorienne, sous le règne d'une femme, était en plein essor et avec elle les révolutions industrielle et sociale dont Barry n'avait pas été témoin. Durant tout ce temps passé sous les tropiques à se déplacer d'une île à l'autre dans une partie du globe où le temps paraissait suspendu, sans même s'arrêter pour s'informer de ce qui se passait en Angleterre, le monde moderne avait évolué sans l'en avertir.

À son arrivée, c'était Noël, et Londres était plein de fumée, de suie et de boue. Mais Barry n'avait pas eu la force de sortir, de toute façon. Sa dernière rechute, combinée à un voyage de retour très difficile, lui avait presque été fatale. Dangereusement faible, elle n'avait personne à qui se fier, sauf Dentzen, et personne pour lui tenir compagnie, sauf ses animaux qui ne pouvaient pas s'aventurer à l'extérieur non plus. Il lui avait fallu plusieurs semaines de convalescence avant de commencer à retrouver assez de force pour se vêtir et oser mettre le nez dehors.

De sa carriole, le panorama printanier offert par la capitale l'avait laissée plus que perplexe. Les dandies de l'époque de la régence avaient tous disparu pour laisser place aux hommes de ce nouvel âge. Ces messieurs étaient virils, costauds, austères et bizarrement poilus, à commencer par Fitzroy Somerset qui arborait lui aussi rouflaquettes et moustaches démesurées.

– Je vous remercie, dit-elle simplement. En ce qui vous concerne, par contre, permettez-moi de vous transmettre mes plus sincères félicitations, Lord Raglan ! Vous voici maintenant baron !

Et décoré de l'ordre de Bath ! Quel bel honneur vous a été conféré avec ce titre ! Feu votre frère aurait été fier de vous. Je sais qu'il vous adorait. Chaque fois qu'il me parlait de vous, ses yeux se mouillaient et sa voix tressaillait. Vous voici maintenant récompensé par la reine pour un travail qui, je n'en doute point, le mérite largement !

Elle avait les larmes aux yeux en offrant ses félicitations. Contre toute attente, le nouveau Lord Raglan ne rougit pas et accueillit ses compliments flatteurs, mais sirupeux avec une certaine froideur. De toute évidence, la sentimentalité et le romantisme qui avaient régné à l'époque de son internat étaient maintenant choses du passé. La masculinité était plutôt définie par un niveau élevé de décorum, le stoïcisme et une répression émotive tout à fait nouvelle et déconcertante.

– Je vous remercie, dit-il courtoisement. J'ose espérer que vous vous portez mieux ! On m'a indiqué que vous refusiez toujours de consulter quiconque parmi vos confrères. À quel point en êtes-vous dans votre convalescence ?

– J'ai eu tout loisir de me reposer durant la traversée, mentit Barry, puis durant les dernières semaines de l'hiver. D'ici quelques jours, je crois bien que je serai sur pied et disponible pour reprendre du service. Quant à mes confrères, j'ai appris à m'en passer. La fièvre jaune n'est pas une maladie qui requiert des soins compliqués et, à Londres, je doute qu'il y ait un seul médecin qui s'y connaisse autant que moi de toute façon. De plus, je n'ai que rarement rencontré des collègues en qui j'aurais assez confiance pour accepter leurs soins. Enfin, j'ai horreur qu'on me touche, si bien que j'ai laissé des ordres pour que, dans l'éventualité de mon décès, on m'enterre illico dans les vêtements que je porterai et sans procéder à aucun examen post mortem…

– Je doute que nous en soyons rendus à ce point, interrompit Raglan.

– Tout de même, j'aimerais que vous en preniez bonne note. J'ai passé le cap des cinquante ans, vous savez.

– Je suis plus vieux que vous, ne l'oubliez pas ! Néanmoins, je crois bien que nous avons tous deux de longues et fructueuses années devant nous. En fait, dès que vous vous sentirez prêt à vous remettre au travail, dépêchez-vous de revenir me voir. J'aurai fort probablement quelque chose de très intéressant à vous proposer.

* * *

Cette invitation de Raglan intrigua hautement Barry, qui ne perdit pas de temps à revenir. Une semaine plus tard, de retour dans le bureau, elle se déclarait apte à reprendre du service. Non pas que son rétablissement fût complet, mais sa curiosité, couplée à la frustration que lui causait son oisiveté involontaire alors qu'elle était si naturellement impatiente, l'encourageait à se remettre à la tâche.

De plus, quelque chose d'important venait de survenir : l'arrêt de ses règles. Même s'il était prévisible, ce changement l'avait surprise et avait engendré des sentiments partagés entre le soulagement d'avoir un souci de moins à pallier et la vive conscience que sa vie entrait dans une autre phase. « Le temps file, songeait-elle, j'ai entamé la seconde moitié de mon existence sans même m'en rendre compte. Mais j'ai encore tellement à faire ! »

Finalement, le deuil avait été facile à traverser : Barry n'avait jamais vécu et ne vivrait jamais comme une femme de toute façon. Les indispositions périodiques n'avaient été qu'un inconvénient pour elle. Pour couronner le tout, quelques poils se dressaient désormais obstinément sur son menton, ce qui était d'une ironie particulière, pour elle qui depuis longtemps ne craignait même plus de se faire repérer à cause de sa peau glabre.

Cette période de métamorphose avait cependant vu naître un autre problème. Barry ne pouvait pas déterminer si c'était de devoir ronger son frein ou du fait des changements biologiques qui s'effectuaient dans son corps, mais force lui était d'admettre que son caractère ne s'améliorait pas, bien au contraire. Même si, au fil des ans, elle avait à peine réussi à maîtriser son tempérament versatile, sa vexation de se voir au repos forcé engendrait une irascibilité qui dépassait tout ce qu'elle avait connu. « Il me faut quitter Londres et repartir au plus vite, me remettre à la tâche sans tarder, même si ce n'est que pour éviter de devenir une vieille chipie ! »

– Plus que jamais, déclara Lord Raglan, le ministère constate combien vous pouvez être utile pour nos forces postées à l'étranger.

– À condition que je me tienne tranquille ? insinua Barry. Je ne suis pas sans savoir que mes décisions dans le passé ont plus que dérangé. Surtout lorsque j'étais en Jamaïque.

– Oh ! fit Raglan en balayant la question du revers de la main. Ne vous en faites pas. Nous avons été très satisfaits de votre performance là-bas, malgré ce que les gens de la place aient pu en penser. Je savais ce que je faisais en vous y envoyant. Je vous prie de me pardonner pour ces désagréments. Vous n'avez pas idée de ce que vous avez finalement réussi à y mettre sur pied, même si la différence n'est devenue évidente que bien après votre départ. Cela fait plus de dix ans, vous savez. Beaucoup de choses ont changé, et pour le mieux, dans le sens des améliorations que vous aviez suggérées. Mais qu'importe. Tout cela est du passé. La situation a changé ici aussi, et l'importance de l'Empire britannique dans le monde avec elle. En ce moment, la Méditerranée est l'endroit où vous nous seriez le plus utile…

– La Méditerranée ? répéta Barry avec surprise.

– L'île de Malte, plus précisément.

La surprise de Barry fit place à la plus grande perplexité.

– La tâche n'est nullement pénible, ajouta Raglan, même si la population est nettement plus nombreuse que ce à quoi vous êtes habitué. Le climat y est moins humide, et les rues sont pavées… Quoique je sache très bien que la température ne vous ennuie pas, au contraire ; on me dit que, plus il fait chaud, plus vous vous activez ! Alors, vous y serez à votre aise, j'en suis sûr. Pour ce qui est des bâtiments et édifices, j'irais jusqu'à dire que c'est le grand luxe. Vous y trouverez des palaces, des églises, des constructions de style baroque, dont certaines qui datent de l'époque des croisades. Rien en commun avec nos colonies des Antilles et de l'Atlantique Sud, je vous en donne ma parole.

# Quatrième partie
# La Méditerranée

# VIII

***Malte, 1846***

Du haut de la falaise, sur sa nouvelle jument, Barry contemplait le port de La Valette, point névralgique de l'île de Malte, qui baignait dans la lumière jaune de la fin d'après-midi. La longue péninsule, avec des quais sur trois de ses côtés, accueillait les nombreux bateaux qui traversaient la Méditerranée, en route pour le Moyen-Orient. Le niveau d'activité y était frénétique, incessant. Un bateau en particulier avait rapidement capté son attention.

– Quel étrange vaisseau !... fit-elle en fronçant les sourcils. Jamais je n'en ai vu de pareil ! Il est manifestement de construction récente et ne ressemble en rien à un navire militaire, ni à un bateau de la marine marchande ! Et pourquoi tant de hublots ?

– Il s'agit d'un paquebot à vapeur pour les touristes, expliqua le major Henry Hibbert qui chevauchait à ses côtés. N'en avez-vous pas vu lorsque vous avez quitté Southampton ? Il est conçu pour rendre le voyage aussi plaisant que possible. Imaginez : chaque passager a sa cabine avec vue sur l'extérieur.

– Les touristes ? Que voulez-vous dire ?

– Vous savez bien, docteur Barry, les gens qui viennent ici pour visiter l'île, voguer sur la Méditerranée, prendre du repos, se distraire... Ils débarquent et s'installent pour quelques semaines. Ils profitent de la station balnéaire, visitent parfois d'autres îles, puis repartent à Londres pour la nouvelle saison.

– Quelle idée singulière ! s'étonna Barry. Venir ici pour n'y faire absolument rien ? Avec l'unique intention de rentrer quelques semaines plus tard ? Sans raison aucune, ni pour affaires ni pour voir des parents ?

– Exactement, confirma Hibbert. C'est la toute dernière mode parmi les gens fortunés. On veut voyager, découvrir des contrées étrangères, juste pour le plaisir. Les Maltais en sont très heureux, car les Britanniques sont généralement plus que généreux et dépensent beaucoup d'argent durant leur visite. Vous avez devant vous le plus grand port au monde, le saviez-vous ? La Valette n'a rien à envier à Cadix ou à Venise, comme vous avez pu le constater. Cela fait de Malte une destination très prisée.

– Les temps ont bien changé, soupira Barry en continuant d'observer le panorama.

À mi-chemin entre Gibraltar et le canal de Suez, aux portes de l'Empire ottoman, l'île était un important point de ravitaillement pour les navires et occupait ainsi un emplacement stratégique dans les plans des dirigeants britanniques, même si rien ne le laissait deviner une fois sur place.

Finalement, les années de purgatoire, comme Barry les avait surnommées, passées à patrouiller dans les Antilles sans remplir de fonction administrative lui avaient été très utiles. Ses efforts étaient restés concentrés presque entièrement sur les soins médicaux et quelques assignations temporaires de remplacement des inspecteurs en poste. Contrairement à l'attitude qu'elle avait eue lors de ses séjours au Cap et en Jamaïque, Barry avait bien pris garde de n'y jamais faire trop de vagues. Curieusement, cela avait suffi pour démontrer à quel point sa grande expérience et son ardeur au travail étaient précieuses. Elles lui avaient même valu une promotion.

Dès son arrivée à Malte, elle avait pu constater avec satisfaction que l'endroit était tel, sinon plus beau, que ce qu'on lui avait annoncé. Tout comme Fitzroy Somerset l'avait laissé entendre, l'estime que lui portaient les autorités militaires pouvait se mesurer à l'ampleur de l'honneur qu'on lui faisait. Par le fait même, le dépit et la frustration qui avaient été son lot se trouvaient relégués au rang de lointains souvenirs. Elle avait enfin droit à une récompense tant espérée.

Car c'était une récompense de taille. Contrairement aux autres contrées que ses affectations lui avaient fait découvrir, le pays où elle allait vivre était une terre où la civilisation s'était installée avant même que l'Angleterre ne sorte de son époque barbare. Ouvrages d'architecture et installations témoignaient de la présence des Phéniciens, des Grecs, des Romains, et de tout ce qui avait été apporté par la longue suite de colonisateurs au fil des siècles. Les boulevards de La Valette étaient larges, systématiquement pavés et bordés de palmiers. Il y avait des églises et des palaces monumentaux. Çà et là, de charmants cafés aux fenêtres garnies de rideaux propres agrandissaient leur superficie en installant sur le trottoir des petites tables recouvertes de nappes finement brodées. Même les édifices de pierre jaune, avec leurs balcons de bois en surplomb, témoignaient fièrement de la prospérité de leurs propriétaires.

« Les gens ici savent vivre, avait pensé Barry au premier coup d'œil. Mais restons sur nos gardes, les apparences peuvent être trompeuses. »

On lui avait assigné un appartement au troisième étage d'une très grande maison située tout juste à un coin de rue de la place principale. L'endroit était richement décoré ; les hauts plafonds étaient ornés de cimaises et de chérubins dorés. Par les portes françaises que Dentzen tenait ouvertes presque en permanence, le vent doux et chaud faisait danser les rideaux, aérant le logis d'un bout à l'autre, rappelant à Barry les vents du Cap. Il compensait largement le désagrément d'avoir à gravir tant de marches pour s'y rendre.

En débarquant, Barry avait pris des dispositions pour se procurer une nouvelle chèvre, que l'intendant de l'immeuble avait accepté de garder dans le jardin à l'arrière, un endroit luxuriant et ombragé. Le reste de sa ménagerie s'était aussi habitué très rapidement au nouveau domicile.

Durant les quelques jours suivant leur arrivée, Barry et Dentzen avaient passé un peu de temps à explorer la ville et été charmés de constater la présence de théâtres, de musées et de salles de concerts. Même le serviteur, d'habitude si peu démonstratif, avait paru enchanté par la perspective de demeurer à Malte quelque temps. Comme lors de ses affectations précédentes, on n'avait aucunement indiqué à Barry combien de temps celle-ci durerait.

Néanmoins, elle sentait vraiment qu'une nouvelle vie était sur le point de commencer. La société maltaise lui apporterait-elle la même notoriété, le même respect que celle du Cap, jadis ?

« J'ai déjà passé le demi-siècle. Serait-ce l'occasion pour moi de repartir du bon pied ? De redevenir sociable ? » Pendant un moment, un fol espoir était né au fond de son esprit. « Peut-être va-t-on m'inviter à des réceptions, des spectacles ! Il y a si longtemps que je n'ai pas dansé ! »

En effet, les conditions plutôt primitives des Antilles avaient signifié l'absence de toute vie sociale. Bien sûr, de son côté, elle n'avait fait aucun effort pour établir quelque forme de relations que ce fût. Tout d'abord, la Jamaïque lui avait laissé un goût amer. Par la suite, les autres îles ne lui avaient offert aucune possibilité de divertissement, et seules les petites gens avaient capté son intérêt. C'était avec eux qu'il y avait le plus à faire.

Mais, ici, c'était un tout autre monde. À quel point les choses seraient-elles différentes ? L'opéra, le théâtre, les réceptions mondaines, c'était là toutes sortes d'occasions pour Barry de ressortir les quelques uniformes d'apparat qui lui restaient et dont Dentzen s'était occupé avec le plus grand soin depuis tant d'années. « Heureusement que nous n'avons rien jeté... », pensa-t-elle.

Soudain, son cheval se cabra légèrement, la tirant de sa rêverie. À ses côtés, le major Hibbert semblait aussi perdu dans sa contemplation.

Barry regarda un moment celui qui allait lui servir d'aide pendant son séjour sur l'île. C'était la première fois qu'on lui assignait officiellement quelqu'un pour l'assister, un signe certain et flatteur que son statut professionnel avait atteint un niveau encore jamais égalé. Avec le recul, il était plus que flagrant que le chemin de Barry s'était écarté de celui qui avait été prévu trente-cinq ans plus tôt. Le général de Miranda, la révolution au Venezuela, rien de tout cela ne s'était matérialisé. Mais elle avait su s'adapter, progresser différemment et surtout apporter beaucoup à l'humanité souffrante.

– J'aimerais que vous m'ameniez vers Casal, demanda-t-elle finalement en se secouant. J'ai ouï dire qu'il y aurait peut-être un foyer de choléra en développement.

Le major Hibbert ne répondit pas. Âgé d'à peine vingt-trois ans et nouvellement promu, il lui était tout de suite apparu comme un gamin timoré que la tradition familiale avait probablement forcé à s'enrôler, comme c'était le cas de trop de soldats de sa génération. Au moment où il s'était présenté, un rapide calcul avait permis à Barry de constater que le militaire chargé de l'assister aurait pu facilement être son fils. Ce constat avait provoqué une certaine nostalgie.

Son fils… Depuis toujours, Barry avait tâché de ne pas y penser. Ce qui était du passé devait rester dans le passé. Et puis, à quoi bon ressasser ces vieux souvenirs ? Cela n'apportait que du chagrin et risquait de lui faire perdre sa concentration, de remettre en question ses choix, alors que de toute façon elle ne pouvait désormais plus rien changer à son destin.

Mais ce matin-là, force était d'admettre que la vue de son nouvel assistant contribuait à prendre encore plus conscience de sa situation : jusque-là, elle avait presque toujours eu affaire à des hommes sensiblement de son âge, ou plus vieux, à la rigueur. Un autre signe, doux-amer, que le temps filait…

Alors qu'elle attendait toujours une réponse, elle toisa son compagnon et ne put manquer de constater l'air de dégoût sur son visage.

– Ma requête vous étonne ? Ne vous a-t-on pas dit que j'étais ici à titre d'officier médical en chef et qu'il était de mon devoir de faire rapport sur tout danger de maladie pour nos soldats ?

– Mais nos soldats sont en excellente santé ! protesta Hibbert. Justement parce qu'ils sont postés loin de Casal ! Je ne vois pas en quoi une épidémie de choléra peut vous concerner, puisque vous êtes rattaché aux forces, et non au service de la population civile !

« Et ça recommence… Un autre ignare à éduquer. Cela semble être mon lot désormais. Eh bien, je n'ai jamais reculé devant ce genre de défi. Avant que je ne quitte cette île, je trouverai bien un moyen de lui faire comprendre certaines choses. Heureusement, il est jeune et il a encore tout à apprendre. Reprenons de zéro. »

– J'ai à cœur la santé de tous, expliqua-t-elle posément. Une population civile saine peut être très utile à nos troupes. Si elle devient malade, nous en subirons les répercussions à coup sûr.

Surtout en cas d'épidémie. Rien ne garantit que nos hommes ne seraient pas touchés par cette maladie si elle devait se répandre. Il faut savoir prévoir, vous comprenez ? On croit que le choléra se transmet par l'air malsain, par un miasme. C'est une théorie à laquelle je souscris également, et Dieu sait comment le vent peut choisir de tourner. Je dois faire tout ce qui est en mon pouvoir pour prévenir une telle menace. C'est la moindre des choses.

– Comme vous voudrez, concéda finalement Hibbert en haussant les épaules.

Redescendant lentement la pente abrupte qui menait à la ville, Barry fut à même de comprendre pourquoi les gens venaient d'aussi loin pour le seul plaisir de la visiter. Contrairement aux îles des Antilles, Malte se présentait comme un énorme rocher, tout en relief et à la végétation nettement moins abondante, baigné de soleil et sans l'épais couvert de verdure qui maintenait là-bas l'humidité à un niveau aussi désagréable que malsain. De tous côtés, la vue était fascinante.

Autour des deux cavaliers, des chèvres paissaient nonchalamment dans des prés ondoyants où l'herbe se faisait aussi rare que jaune en ce début de juillet. Les bêtes sursautaient de temps à autre lorsqu'un lézard se faufilait entre leurs pattes. L'agriculture n'était pas très développée faute de place, et les paysans semblaient incapables de parler sans constamment gesticuler, démontrant ainsi un tempérament très différent de la placidité des Antillais.

En équilibre précaire sur sa monture, Barry dut redoubler d'efforts pour pallier le mouvement de la jument qui manœuvrait sur la pente de plus en plus raide. Cet effort faisait naître la douleur, qui amenait à son tour la fatigue, un enchaînement qui semblait se répéter presque quotidiennement depuis son arrivée.

Elle n'eut d'autre choix que de se rendre à l'évidence : sa convalescence à Londres n'avait pas été suffisamment longue. Ou alors peut-être trop… Les trois mois passés à ne rien faire, sauf à lire les nombreux journaux scientifiques qui étaient fort heureusement facilement disponibles à Londres, lui avaient permis de se remettre de la dernière rechute. Cette oisiveté forcée, par contre, avait rendu son corps plus pataud. Son envie de se remettre à la tâche, elle, n'avait jamais diminué.

Elle n'aurait pu demeurer à Londres, ne fût-ce qu'une semaine de plus. L'industrialisation qui s'était installée pendant qu'elle bâtissait sa carrière loin de la mère patrie lui avait fait voir la ville comme un territoire hostile. Le contraste entre les riches et les pauvres y était plus évident que jamais. De plus, la maigre demi-solde que lui versait l'armée en attendant son plein rétablissement lui rendait la vie difficile, ne lui permettant de louer qu'un tout petit deux-pièces mal chauffé et surtout très bruyant, car les rues étaient bondées de jour comme de nuit, ce qui ne lui laissait que peu de tranquillité. Les cris des charretiers, le hennissement des chevaux, le vacarme constant de leurs sabots contre les pavés, on aurait dit que tout s'était ligué pour l'empêcher d'avoir la paix, en plus de la pollution qui flottait dans l'air en permanence et qui ne faisait rien pour améliorer sa santé. Rien qu'à regarder par la fenêtre, elle en perdait le goût de mettre le nez dehors.

La deuxième incarnation de Psyché avait rendu l'âme plus rapidement que son prédécesseur, lui causant encore une fois un chagrin énorme et ne lui rappelant que trop bien tous ceux qui avaient aussi quitté ce monde. Elle avait réussi à se procurer un autre chien pratiquement identique et elle avait décidé de se déclarer apte à reprendre du service, même prématurément, dans l'unique but de repartir au plus tôt, de préférence sous des cieux plus cléments et plus paisibles.

À trop ruminer ses sombres pensées, elle avait fini par se sentir inutile et la nostalgie menaçait de s'installer pour de bon. De temps à autre, le facteur lui apportait une lettre de Josias Cloete, ce qui ne faisait rien pour améliorer son état. C'était presque une torture, pour tout dire. Chaque fois, le poids des sacrifices consentis s'amplifiait sur ses épaules et la lassitude s'emparait de son âme à l'idée que c'était peut-être en vain qu'elle avait renoncé à sa vraie vie, puisque l'armée semblait avoir oublié James Miranda Barry. Ainsi avait-elle commencé à ressentir quelque chose qui lui avait toujours été étranger : le désespoir. Soudain, il devenait pour elle beaucoup plus difficile d'y voir clair, de se convaincre qu'elle avait pris les bonnes décisions à différentes étapes de sa vie.

La paix de l'esprit allait-elle lui revenir à Malte ? Au fur et à mesure que les deux officiers se rapprochaient du centre de la ville, les rues s'élargissaient et les habitations de paysans faisaient place à des cafés et à des étals de marchands. Dans l'enceinte fortifiée de La Valette, les nombreux palais et églises qui bordaient les rues, imposants et solides, semblaient sortis tout droit d'un autre monde. Ici et là, les amuseurs publics s'évertuaient à divertir les passants en échange de quelques pièces. Les enfants, autant ceux des habitants de la ville que ceux des touristes en visite, s'amusaient en courant derrière un cerceau ou un ballon, tous propres et bien habillés. Les banderoles colorées qui flottaient au gré de la brise et les cris joyeux qui fusaient dans le soleil couchant rendaient l'endroit idyllique.

Mais Barry n'était pas dupe. À peine quelques centaines de mètres plus loin, dans les ruelles sombres et tortueuses, les pauvres croupissaient dans leurs taudis, le long des égouts à ciel ouvert qui emportaient avec eux à la fois les déjections humaines et celles des cochons et des poules qu'on élevait encore dans les cours de certains quartiers. Elle n'avait pas perdu de temps pour explorer les recoins de la ville, à pied comme à cheval, et elle avait eu tout loisir d'observer ce que l'on ne montrait jamais aux touristes. Tandis que ceux-ci profitaient de leur temps, de leur argent et de leur statut, elle avait déjà entrepris de solidement nouer sa cravate, de remonter ses manches, et de se mettre au travail. « Si les gens choisissent de faire le voyage de l'Angleterre dans l'unique but de voir cette île, ils doivent avoir à cœur le bien-être de ses habitants. S'ils ne savent que faire de leurs surplus d'argent, aussi bien l'utiliser à bon escient. »

Un espoir était ainsi né. Cette fois-ci, il lui serait peut-être plus facile de se faire des alliés dans sa quête constante d'amélioration. Si les temps avaient changé, les mentalités devaient elles aussi avoir évolué. À coup sûr, l'île d'où étaient issus les chevaliers de Malte, ces templiers dont la mission était de porter assistance aux malades et aux indigents, ne pouvait que réveiller le côté charitable de ceux qui prenaient la peine de venir la visiter.

* * *

– Du calomel et de l'opium ! s'écria Barry. Espèce d'idiot ! Mais vous voulez l'achever !

– Absolument pas ! protesta le docteur Pickett. Je n'ai peut-être pas votre expérience, mais je sais très bien reconnaître un cas de choléra et administrer le traitement approprié.

– Et qu'est-ce qui vous dit que cette femme souffre effectivement du choléra, triple buse ? Avez-vous pris le temps d'examiner ses selles ?

– Elle n'en a aucune, répliqua le médecin d'un air outré. Elle est cataleptique depuis déjà trois jours, et on ne peut rien tirer d'elle. Qu'auriez-vous voulu que je fasse ? Un lavement ? Une saignée ? Quelque traitement archaïque comme ceux que les médecins de votre époque semblent encore préconiser ? Sachez, monsieur, que ce genre de torture n'est plus acceptable.

– Je le sais, imbécile ! hurla Barry. Je le savais déjà bien avant que vous ne soyez né ! Mais ne croyez-vous pas que, si cette pauvre femme n'a plus rien dans les entrailles, c'est probablement parce qu'elle n'a rien à manger dans sa maison ! D'ailleurs, l'avez-vous vue, sa maison ? Pourquoi pensez-vous qu'elle gît sur cette paillasse, sous cet escalier, plutôt que dans un lit ? Parce qu'elle n'a nulle part où habiter, peut-être ?

Pickett ne répondit pas et se contenta de hocher piteusement la tête comme un enfant pris en faute, confirmant ce que Barry avait déjà deviné.

« Autrefois, c'était les vieux médecins dont je me méfiais. Aujourd'hui, je dois tenir même les jeunes à l'œil ! Moi aussi j'agissais promptement, à son âge. Mais, au moins, je ne faisais jamais de telles erreurs. »

Autour d'eux, les conditions de vie des autres villageois ne semblaient guère meilleures. Antithèse du centre de La Valette, le district de Casal était un amas de taudis en triste état, décrépis et puants. Des marmots sales et pouilleux y erraient sans but et sans joie. Les abris de fortune, souvent construits de vieilles planches trouées, avaient en guise de porte des couvertures réduites à l'état de guenilles qui n'offraient qu'un semblant d'intimité.

Barry enleva sa veste, s'accroupit à côté de la femme et tenta de la couvrir tant bien que mal. Pickett resta figé pendant que son aîné examinait rapidement la patiente qui avait probablement son âge, mais qui en paraissait facilement vingt de plus, tant les années et la misère avaient laissé leur marque sur elle.

– Cette femme est à l'agonie, souffla-t-elle à l'intention d'Hibbert en se redressant. Voyez à la faire admettre à l'hôpital civil dans les meilleurs délais. Je prendrai tous les frais à ma charge, si nécessaire. Nous ne pouvons pas l'abandonner ici dans cet état.

Estomaqué devant la scène qui s'était déroulée devant lui, Henry Hibbert s'en fut comme un automate, en se frayant avec difficulté un chemin à travers la foule qui s'était rassemblée, intriguée par la dispute entre le docteur Barry, vieux et chétif, et le docteur Pickett, jeune et séduisant. Ce groupe de curieux constituait un ramassis de gens aussi maigres et sales que la vieille qui gisait pratiquement à même le sol.

Barry soupira de découragement en regardant John Pickett du coin de l'œil. Son assurance semblait s'être subitement envolée. Il n'était pas militaire, mais il avait été embauché par l'armée pour soigner la population civile. « Il est encore trop tôt pour savoir s'il était désireux de faire sa marque, ou s'il a sérieusement à cœur le bien-être de ses patients, mais, une chose est certaine, il est incompétent. Il l'apprendra à ses dépens : il faut être autrement ferré pour pouvoir faire le paon. J'en sais quelque chose. »

Barry ne doutait nullement qu'on avait dépêché Pickett pour parer au pire, mais sans vraiment prêter attention à l'indigence endémique qui régnait dans ce village, lequel n'était guère mieux qu'un dépotoir. Comme partout ailleurs, encore une fois, elle voyait un mur se dresser sur son chemin. Il fallait se remettre à l'œuvre pour effectuer des changements radicaux. Ce n'était rien de nouveau, mais la faiblesse qui l'accablait trop souvent allait-elle l'empêcher d'avancer, cette fois-ci ?

Un moment plus tard, le doute se dissipa. Elle avait vu pire plus d'une fois et elle savait exactement ce qu'il lui restait à faire. Il fallait simplement recommencer. Encore et encore. C'était pour ça qu'on lui avait offert ce poste, après tout. Son esprit devait triompher de son corps. La vie de trop de gens en dépendait.

* * *

*Mon cher Lord Raglan,*

*C'est avec peine et désillusion que je vous prie de recevoir ce premier rapport. L'île de Malte, bien que de prime abord charmante et agréable, n'est néanmoins nullement en meilleur état que les autres endroits où j'ai eu l'occasion de vivre jusqu'à maintenant. Ici plus qu'ailleurs la différence entre certains quartiers, autant en ce qui concerne l'architecture que les installations sanitaires et le type de gens qui les peuplent, est aussi flagrante que démoralisante.*

*Compte tenu de ce fait, il me paraît de la plus haute importance de m'assurer que nos soldats soient traités de la meilleure des façons, ce qui ne peut se faire sans ressources adéquates. De plus, puisque Malte est une destination prisée par nos compatriotes civils, je suis d'avis que nous devons montrer l'exemple et nous maintenir constamment dans une situation qui renforcera l'image de nos troupes.*

*Je vois ici beaucoup de travail à accomplir, des tâches qui se compliquent par l'apparente indifférence de ceux qui seraient en mesure de faire quelque effort pour changer les choses. Dans ce sens, je me permets de croire que je pourrai, comme par le passé, continuer à compter sur votre aide précieuse.*

En écrivant cette lettre, Barry avait dû avoir recours à un talent qui ne lui était pas inné, loin de là : la diplomatie. Les mots qui lui étaient venus d'abord à l'esprit étaient beaucoup plus durs. Sachant par contre que Raglan avait des problèmes de santé et qu'il risquait à tout moment de se voir remplacer, elle ne voulait pas trop s'attirer d'ennuis et avait fait un gros effort pour adoucir le ton de sa prose. Elle s'était mise dans le pétrin trop souvent par le passé et avait retenu la leçon, même si son tempérament bouillant menaçait souvent de lui faire reprendre ses vieilles habitudes.

Une autre lettre, écrite quelques jours plus tard et destinée à quelqu'un qui aurait probablement plus d'empathie pour sa détresse, fut nettement plus éloquente :

*Mon cher Josias,*

*Des m'as-tu-vu qui se fichent de tout ! Voilà mon lot, maintenant. Comment les gens peuvent-ils être si aveugles, si détachés, si peu conscients de la misère humaine, quand elle se trouve seulement à quelques mètres devant eux ? Depuis bientôt six mois, je croise tous les jours des touristes qui ne viennent ici qu'avec la seule intention de se payer du bon temps. Ils ne se gênent nullement pour se départir de leur précieux argent, du moment qu'ils obtiennent quelque chose en retour.*

*Je parie que ce sont ces mêmes gens qui, de retour en Angleterre, se targuent de donner leurs sous à quelque œuvre charitable. Que penseraient leurs amis et leurs voisins, sinon ? Mais ici, dans un endroit qu'ils ne reverront peut-être jamais, devant des individus avec qui ils n'entretiennent que des relations superficielles le temps d'un voyage, la charité n'est résolument pas à la mode…*

* * *

– Allons, Barry ! s'écria le docteur Richardson, nous avons tous deux fait l'examen post mortem du soldat Wilmot. Vous serez d'accord avec moi que le choléra qui l'a emporté était de type non épidémique.

Barry eut de la difficulté à retenir son sourire. « Pourquoi faut-il toujours, partout où on m'envoie, faire face à des hommes qui se comportent comme des enfants, qui cherchent à avoir raison en tout, uniquement pour la satisfaction de remporter un débat qui, finalement, ne change rien à la triste réalité ? Qu'importe qui a raison ? Malheureusement, encore aujourd'hui, je dois continuer de jouer à ce petit jeu puéril. ».

George Richardson, l'inspecteur des hôpitaux en poste à Malte, et James Barry avaient été convoqués simultanément dans le bureau du gouverneur Jamieson. Officiellement, même s'il était plus jeune et moins expérimenté, Richardson avait autorité sur Barry qui était à ce moment d'un grade inférieur. Au cours des derniers mois, les deux médecins s'étaient graduellement apprivoisés, ayant appris à se respecter mutuellement et partageant souvent les mêmes opinions, du moins en ce qui avait trait au bien-être et à l'intérêt des troupes. Mais un différend les opposait, et Barry se doutait bien qu'il lui faudrait à nouveau faire appel à tous ses pouvoirs de persuasion, sinon à son instinct combatif, pour faire valoir son point de vue. Cela, bien entendu, même si le débat devait s'avérer stérile.

– Je sais que, en ce qui concerne la santé de la population civile, vous ne vous souciez jamais de rien, déclara Barry à Richardson. Pourtant, tout vient de là…

– Je sais, je sais… coupa l'autre avec une impatience teintée de condescendance. Vous ne cessez de me rebattre les oreilles avec cette rengaine depuis des semaines ! Mais les civils ne sont pas sous ma responsabilité, et nous avons engagé des médecins expressément pour les soigner.

– Des médecins comme James Pickett ? s'exclama Barry. Que Dieu ait pitié de la population locale !

– Écoutez, grogna Richardson. Je sais quelle opinion vous entretenez au sujet de Pickett, mais j'ai trop à faire avec les tâches qui me sont dévolues pour m'en mettre encore plus sur le dos.

– Eh bien, vous devriez ! s'emporta Barry. Si vous aviez porté attention à mes mises en garde, l'épidémie n'aurait pas commencé à se répandre dans les secteurs pauvres et les villages avoisinants. En ce moment, seul le centre de la ville, avec ses quartiers huppés et tous les endroits qu'affectionnent les touristes, semble y avoir échappé. Mais cela ne saurait durer. La maladie gagne du terrain et, si nous ne faisons pas quelque chose tout de suite, ce sera la catastrophe dans peu de temps ! Voyez, le choléra s'est finalement répandu parmi nos troupes.

C'était là ce qui avait valu à Richardson et à Barry leur convocation. Un soldat était décédé deux jours auparavant, plusieurs autres étaient tombés malades, et voilà que les deux médecins n'arrivaient pas à s'entendre sur la cause réelle du décès, à savoir si le choléra qui l'avait fauché était de type endémique ou non, puisqu'on entretenait la théorie qu'il y en avait plus d'une variété. Dans son for intérieur, Barry était d'avis que ça importait peu. Il n'y avait aucun risque à prendre et il fallait tout faire pour éviter que cela ne se reproduise. Richardson, par contre, était en faveur du statu quo.

– Contrairement à ce que vous semblez croire, continua Barry en relevant le menton, je n'ai pas d'entière certitude quant à la cause exacte du décès, mais j'estime tout de même que nous devrions mettre en place les mesures appropriées pour empêcher que la maladie ne se répande encore plus.

– Ce qui veut dire ? intervint finalement le gouverneur Jamieson avec inquiétude.

Barry le dévisagea en adoptant instinctivement son air hautain de jadis. On avait probablement averti Son Excellence que James Miranda Barry, le nabot colérique et hargneux dépêché en renfort par Westminster, allait lui causer des soucis et le forcer à instaurer des réformes extrêmes et coûteuses ; et elle était prête à donner le change.

– Ce qui veut dire sortir les pauvres gens de leurs quartiers sordides et voir à les reloger de l'autre côté de la ville, loin des cloaques qui bordent leurs maisons et qui servent de déversoirs aux égouts des quartiers chics. Tout vient de là, comme je vous l'ai déjà dit. Les effluves délétères se dispersent sans que nous puissions prévoir dans quelle direction, au gré des vents. Je m'évertue depuis des mois à vous le faire comprendre. J'en ai d'ailleurs fait part à Lord Raglan dans mon dernier rapport…

– Un rapport à Lord Raglan ! explosa Richardson. Depuis quand et de quel droit lui faites-vous des rapports ? Comment osez-vous outrepasser mon autorité ?

– Je maintiens une correspondance assidue avec Son Excellence, répondit calmement Barry. Si cela vous irrite, ce n'est pas mon problème. Pour ce qui est d'outrepasser l'autorité, ce n'est pas la première fois que cela m'arrive. En Jamaïque, entre autres… Selon Lord Raglan lui-même, à cette occasion, j'avais entièrement raison de le faire, tout comme j'ai raison dans mon évaluation de la situation à laquelle nous faisons face ici. J'espère seulement qu'il n'est pas trop tard !

– Mais je croyais que vous aviez vous-même déclaré l'été dernier que la vieille femme de Casal n'était pas morte du choléra ! protesta Richardson en tentant manifestement de se contenir.

– Non, c'est vrai. Elle est morte d'indigence, ce qui ne veut pas dire que le choléra n'est pas présent en ces lieux. Nous en savons peu sur le mode de propagation de la maladie, mais il est clair que l'insalubrité et la proximité des porcs jouent un rôle important. C'est pourquoi il est urgent de nettoyer cet endroit, avant que le vent ne tourne et ne renvoie vers la ville le miasme qui apporterait l'infection aux habitants, aux soldats et aussi à vos précieux touristes.

– Vous n'avez pas cette autorité ! s'emporta Richardson.

– Tout à fait, intervint le gouverneur pour calmer les ardeurs qui menaçaient de déborder. Et vous non plus, Richardson. Contrairement à ce que vous semblez croire tous les deux, c'est à moi qu'il revient de prendre une telle décision. Mais je ne vous ai pas convoqués ici pour discuter de cela. Ma priorité est de confirmer la cause du décès du soldat Wilmot et de voir comment nous pouvons prévenir que le reste de nos hommes tombe malade.

– Il y a un risque certain, décréta Barry. Je suis d'avis qu'il a été victime de choléra de type épidémique.

– Et moi, non ! objecta Richardson. Vous avez vu tout aussi bien que moi l'état du corps. Comment pouvez-vous arriver à une conclusion différente de la mienne ?

– Parce que j'ai trop vu de cas semblables, en Jamaïque et ailleurs dans les Antilles, commença Barry.

– Mais nous ne sommes ni en Jamaïque ni dans les Antilles, coupa le gouverneur. De plus, docteur Barry, vous semblez oublier que le docteur Richardson vous dépasse en grade et qu'à tout le moins, à titre d'officier subalterne, vous devriez vous ranger derrière son avis.

Barry éclata d'un rire sardonique. Debout devant le bureau du gouverneur, elle y mit les mains à plat et s'inclina vers lui.

– Sachez, milord, qu'au cours de ma carrière j'ai dû paraître en cour martiale à deux reprises. On a débattu de mon cas au Parlement de Westminster pendant des mois. Il y aurait apparemment plus de documents à mon sujet dans les archives de la Chambre des communes que sur aucun autre médecin militaire. J'ai subi déclassement par-dessus déclassement, on a convoqué plus de commissions d'enquête pour moi que je n'ai de doigts pour les compter. Mais jamais je n'ai fait marche arrière lorsque est venu le temps de défendre mon opinion. Avec tout le respect et la déférence que je vous dois, je me permets encore aujourd'hui de persister et de maintenir mon diagnostic. Ce n'est pas une question d'insubordination, c'est la base de toute science : observation, analyse et conclusion. Il est fréquent de voir, aussi bien en médecine qu'en droit, en politique et même au sein du clergé, des avis contraires sur une cause commune. Le monde, en général, tend à être en désaccord.

Reprenant son souffle, elle alla s'asseoir et regarda fixement Richardson et Jamieson à tour de rôle.

– De plus, continua-t-elle en se calmant un peu, il m'apparaît clair que l'environnement joue un rôle certain. Pourquoi mes voisins et moi, ainsi que tous ceux qui habitent le centre de La Valette, semblons-nous à l'abri de la maladie ? Serait-ce parce que nous bénéficions de systèmes d'égout et d'aqueduc adéquats ? Que nos appartements sont bien aérés, ensoleillés et libres d'immondices ? Parce que nous vivons sans être entassés les uns sur les autres ? Pour ma part, je commence à me poser sérieusement la question.

* * *

De sa loge, acquise au risque de se ruiner, Barry observa la foule qui prenait place au parterre. Dans quelques instants, on allait assister à la première représentation en terre étrangère du plus récent opéra de Donizetti.

Quelques minutes plus tôt, après être dignement descendu du fiacre loué pour l'occasion, James Miranda Barry avait fait une entrée des plus convenables en offrant aux hommes un hochement de tête courtois, mais en prenant soin de retirer son chapeau et de faire une profonde révérence aux dames, qui avaient paru charmées par cette marque exagérée de déférence.

Cela faisait bon nombre d'années que Barry n'avait pas joué la comédie ainsi, mais les gestes et l'attitude, surtout, lui revenaient par automatisme. Encore et toujours, personne ne se doutait de rien et ne voyait qu'un vieux monsieur figé dans une époque révolue, convaincu que, même si les temps avaient changé, la politesse et le savoir-vivre restaient sans contredit de mise. Barry devait presque se mordre les lèvres pour ne pas éclater de rire. Oserait-elle un jour se dévoiler ? Au fil des ans, l'envie lui venait de plus en plus fréquemment. Mais pas ici, pas tout de suite. Si d'aventure elle décidait de le faire, c'en serait fichu de sa carrière, et elle avait encore trop de travail à accomplir. James Miranda Barry ne devait pas disparaître avant encore de nombreuses années.

Debout depuis bientôt vingt minutes, malgré le mal de dos qui commençait à devenir intolérable, elle faisait un effort suprême pour rester immobile, étant d'avis qu'il serait grossier de s'asseoir tant que les dignitaires et les notables n'auraient pas été eux-mêmes assis. De plus, en se tenant ainsi, elle avait une meilleure vue sur la salle, ce qui lui permettait de constater que toute la haute société maltaise s'était donné la peine de se déplacer pour l'occasion. De riches commerçants, le gouverneur Jamieson et même le docteur Richardson étaient de la partie. Le second personnage, remarquant le regard de Barry dirigé vers lui, lui adressa un signe courtois de la tête. Depuis leur confrontation dans le bureau de Jamieson quelques semaines plus tôt, l'inspecteur des hôpitaux avait cessé de considérer ce collègue comme un subalterne. Le regard qu'il lui avait adressé était empreint de respect. Un moment plus tard, Richardson se pencha légèrement et chuchota quelques mots à l'oreille de sa femme. Barry prit plaisir à imaginer qu'il s'agissait d'une remarque flatteuse, puisque la dame leva les yeux dans sa direction, avant de s'incliner à son tour pour adresser quelques mots à sa voisine, une dame élégamment vêtue, mais que Barry ne reconnut pas.

Elle continua à observer la foule et se mit à penser qu'il aurait peut-être mieux valu se procurer un siège au parterre. C'était là, elle le constatait, que les gens se reconnaissaient, se saluaient et discutaient en riant. Mais comment deviner ? Les spectateurs semblaient arriver par petits groupes, comme s'ils étaient convenus d'avance de s'asseoir ensemble. Et comme Barry n'avait pour sa part reçu aucune invitation… Bien sûr, il lui serait possible de les rejoindre plus tard, à l'entracte. Tout n'était donc pas perdu.

À force de promener son regard de part et d'autre, elle eut soudain l'impression d'être la cible de plusieurs coups d'œil furtifs. Effectivement, en y prêtant plus d'attention, il lui semblait que c'étaient les dames surtout qui regardaient dans sa direction, pouffaient de rire et se tournaient souvent sans grande discrétion vers leurs voisines pour leur indiquer la loge. C'était comme une vague qui aurait fait le tour de la salle.

Au moment où elle commençait à se demander si, par hasard, quelque rumeur à son sujet n'était pas en train de se propager, les lumières se tamisèrent, et les spectateurs regagnèrent leur siège. Elle s'assit également et chassa l'idée de son esprit. Qu'aurait-on bien pu avoir à raconter ? De tout temps, le flamboyant James Miranda Barry avait intrigué les femmes, surtout au Cap et à Kingston. Se pouvait-il que ce fût toujours le cas ?

Durant l'entracte, elle mit un point d'honneur à descendre dans le grand hall pour rejoindre la foule. Le chemin fut pénible. Malgré les sempiternels talons épais dont étaient équipées ses bottes, elle arrivait à peine à la poitrine de la plupart des hommes et pas tellement plus haut avec les dames. Les spectateurs, tous autant qu'ils étaient, lui semblaient trop grands pour qu'elle puisse voir de quel côté se diriger. En s'excusant avec cérémonie chaque fois que son épée accrochait quelqu'un, elle erra un moment sans but précis, cherchant des yeux un visage familier, quelqu'un qui fût disposé à engager la conversation.

Les petits groupes qui s'étaient formés rassemblaient des gens qui se côtoyaient fréquemment, à en juger par la teneur des propos qu'elle parvenait à saisir. Personne ne semblait faire attention à ce vieux médecin rabougri qui, chapeau sous le bras, se tenait dignement au beau milieu du hall. Elle adressait des sourires engageants et des signes de tête courtois à tous ceux qui lui étaient familiers, mais personne ne crut bon de venir lui parler. Curieusement, elle n'avait pas le culot de s'imposer non plus.

Ce ne fut guère mieux au moment de partir. Même les gens qui étaient arrivés séparément repartaient maintenant ensemble. On s'échangeait des cartes de visite, on se lançait des invitations pour la prochaine représentation ou quelque autre événement social à ne pas manquer. Se convainquant tout à coup que tous ces gens étaient décidément d'une prétention consommée, Barry se coiffa théâtralement de son chapeau, en lissa la plume et sortit sans dire un mot pour s'engouffrer dans le fiacre qui l'attendait.

Malgré cette solennelle manifestation de désinvolture, sa perplexité l'empêcha de dormir. « Si longtemps James Miranda Barry a évité la compagnie des gens, et maintenant c'est lui qu'on évite ! Aurais-je poussé le personnage trop loin ? Qu'est-ce qu'ils ont tous contre moi ? La jalousie ? Il est vrai que ma réputation me précédait… Le dédain ? Parce que je côtoie des pauvres, des malades et des mourants ? Ou serait-ce à cause de mes animaux ? »

De tout temps, Barry s'était gardée de dire ou faire en présence des hommes quoi que ce soit qui aurait pu mettre en danger son secret. Penser en homme, agir en homme, telle était la stratégie. Mais soudain elle avait l'impression d'avoir versé dans l'autre extrême. Et, s'il était vrai qu'à une certaine époque son charisme exerçait une attraction indéniable sur les femmes, trente ans plus tard, cela ne semblait plus être le cas… Que faire alors ? Quelle attitude adopter ? Il lui fallait tirer tout cela au clair.

Le lendemain, incapable de contenir sa perplexité plus longtemps, elle se rendit au bureau de Hibbert. Le major, docile comme un paillasson, semblait résigné à lui servir de déversoir chaque fois qu'elle avait quelque doléance à formuler. Jamais elle n'avait osé s'enquérir ouvertement des opinions que les autres entretenaient à son sujet, surtout parce qu'elle le sentait d'instinct, mais aussi de peur d'éveiller des soupçons. À ce moment-ci, par contre, elle n'en était plus certaine. Elle devait poser la question. Forte de son expérience et de son sens du théâtre, elle savait que le jeune Hibbert n'y verrait que du feu.

– Je vis ici depuis déjà près de deux ans, protesta-t-elle en toute candeur. J'ai eu l'occasion de faire la connaissance de la plupart des notables de l'île, aussi bien que des officiers haut gradés. Mais j'attends toujours de me faire inviter à ne serait-ce qu'un dîner ou un bal de régiment ! Sauriez-vous me dire pourquoi on m'ignore ainsi ? Me considère-t-on comme un barbare parce que j'ai passé tant d'années dans les Antilles ?

– Bien sûr que non, répondit piteusement le major Hibbert. Seulement…

– Seulement quoi ?

– Votre réputation vous a précédé…

– Bien entendu ! protesta Barry en feignant la satisfaction. Avec tout ce que j'ai accompli…

Sa remarque engendra chez le major un malaise visible. Après quelques secondes de silence et d'hésitation, il étira le bras et ouvrit un petit tiroir au bas de son bureau. En tirant une lettre qui commençait à jaunir, il la tendit avec tout autant d'embarras à Barry qui s'empressa de la prendre.

La lettre provenait d'un certain docteur Cummins, qu'elle avait brièvement rencontré à Londres avant de reprendre du service deux ans plus tôt, et datait de quelques semaines avant son arrivée :

*Je vous mets en garde, major Hibbert, contre une éventuelle visite du docteur Barry. Il est venu me trouver hier et, comme je le rencontrais pour la première fois, son apparence et sa conversation m'ont quelque peu surpris. En dépit de tout ce qu'on lui attribue dans le cadre des services qu'il a apparemment rendus à la Couronne, il n'est en fait qu'un vieux raseur sur le point de devenir gâteux, au tempérament colérique, ennuyeux au superlatif.*

*Il est affublé de la façon la plus ridicule et la plus dépassée, comme s'il avait cessé d'évoluer au moment où il a quitté l'Angleterre. Il est constamment accompagné de son serviteur muet, d'un petit chien miteux et, Dieu sait pourquoi, d'une chèvre. Il radote sans relâche et n'arrête pas de répéter quelque chose au sujet d'une légendaire ténacité selon laquelle il lui faut toujours recommencer. Il essaiera fort probablement de vous suivre à la trace pour vous entretenir à répétition de ses supposés exploits qui ne sont, évidemment, d'aucun intérêt…*

Barry relut la lettre deux fois, vacillant entre l'amusement et la nostalgie. Elle avait entre les mains la confirmation de ce dont discutaient les dames en portant leurs regards dans sa direction, la veille, à l'opéra.

D'une part, il était réconfortant de constater que, même après quarante ans, le personnage tenait bon, défraîchi, un peu vieillot, mais toujours aussi crédible ; sans doute pour ces raisons, justement. C'était tout ce que les gens voyaient, bien sûr. Cependant, elle devait se rendre à l'évidence : au fil des ans, surtout en raison de ces années passées dans les Caraïbes, James Miranda Barry n'était plus aux yeux des gens qu'une vieille chouette.

Elle ne put s'empêcher de croire que la société maltaise était tout de même non seulement m'as-tu-vu, mais également peu charitable ; elle ne se donnait même pas la peine de lui parler, de faire sa connaissance. Et que penser de Hibbert à qui la lettre était destinée, mais qui n'avait pas eu grand scrupule à lui en révéler le contenu ?

Eh bien, puisque le stratagème fonctionnait toujours, à quoi bon essayer d'y changer quoi que ce soit ?

– Ce Cummins est une andouille comme on en voit rarement, conclut-elle en jetant la lettre au visage de Hibbert avec une indignation feinte. Et il est de vos amis ?

– Pas du tout ! protesta le major. Je l'ai croisé à quelques reprises, en société. Comme il avait l'intention de venir ici, à Malte, et qu'il sait que j'y suis déjà en poste, il m'écrit régulièrement.

– C'est vrai, confirma Barry. Il convoitait le poste qui m'a été dévolu. J'ai nettement plus d'expérience et de qualifications que lui. Imaginez un peu la jalousie qui doit l'animer ! Je ne prends donc pas au sérieux ce qu'il peut dire de moi.

– Mais il n'est peut-être pas le seul à penser ainsi, docteur Barry, fit Hibbert en rougissant. Comme je vous le disais, votre réputation vous a précédé, mais elle n'est pas aussi glorieuse que vous semblez le croire. Si cette lettre est un exemple, vous pouvez imaginer ce qui a pu être dit par certains. Pour ma part, je m'empresse de vous rassurer : je vois bien que ce que raconte Cummins n'a rien à voir avec ce que vous êtes réellement, mais...

– Mais quoi ?

– Vous savez bien. Autres temps, autres mœurs...

– Ce qui ne veut pas dire que les méthodes modernes soient meilleures que celles du passé !

– Peut-être pas, mais, tout comme vous, j'ai un bon souvenir de l'époque de la régence, où il était de mise de se distinguer. Moi-même, enfant, je prenais plaisir à me vêtir comme mon père pour me démarquer et me faire admirer. Aujourd'hui, c'est le contraire ; il faut se conformer.

Barry hésita un moment. Le temps était-il venu de changer ? Une brève réflexion lui fut suffisante pour confirmer ce que son instinct lui dictait de faire depuis toujours : continuer dans la même veine.

Depuis le temps, son personnage lui collait à la peau. Se réinventer à cinquante-trois ans était un défi de taille. Sans compter que, depuis deux ans, tous ceux qu'elle avait côtoyés seraient à même de constater une différence. Il était plus facile et infiniment plus commode de rester fidèle à ce qu'était devenu James Miranda Barry, même si ce personnage était figé dans le passé. Au diable ce que les gens pouvaient dire ou penser !

– Eh bien, je refuse de le faire, déclara-t-elle solennellement au bout d'un moment. Je vaux bien plus que ces risées dont je suis victime. Je sers la Couronne depuis près de trente-cinq ans. Personne sur cette île ne peut en dire autant. Je mérite la reconnaissance et l'admiration de tous. De plus, je suis d'avis que ma façon de me vêtir est tout à fait convenable et honorable. Que m'importe si les gens n'ont plus de goût ! Cela signifie-t-il pour autant que je n'ai pas droit au respect ? Aucun des hauts dirigeants de l'armée ne m'a reproché ma tenue. Alors, que me vaut l'opinion des autres ? Tout ce qui compte, au fond, ce sont les résultats des gestes que je fais et des décisions que je prends.

Mais tandis qu'il était facile de feindre une attaque à son amour-propre devant Hibbert, la réalité était tout autre. Encore une fois, Barry ne pouvait livrer le fond de sa pensée qu'à une seule personne :

*Mon cher Josias,*

*Avec le temps, je commence à accepter d'être à part des autres. Force m'est de constater qu'effectivement je n'ai que peu en commun avec mes contemporains. J'aurais beau feindre de leur ressembler, ça n'y changerait rien. De toute façon, les visiteurs aussi bien que les membres de la haute société, hommes et femmes, m'ennuient sans fin, trop occupés qu'ils sont à faire étalage de leurs richesses, à jeter de la poudre aux yeux. Oh ! c'est ce que j'ai moi-même toujours fait, mais vous conviendrez que j'avais de bonnes raisons. Ce qui me peine pardessus tout, par contre, c'est que l'essence de l'être a été mise de côté au bénéfice des avoirs...*

*Sans nécessairement m'isoler – Dieu sait que je l'ai peut-être trop longtemps fait –, il me semble nettement plus honorable de me concentrer sur la tâche à accomplir. Ayant usé de tous les moyens de persuasion à ma disposition tout en laissant le temps faire les choses, j'ai finalement obtenu une notoriété et un respect qui ont fait en sorte que mes opinions sont prises au sérieux.*

*Le plus important, à mon avis, c'était le nettoyage de Casal et le transfert de ses habitants, aux frais, bien sûr, de la Couronne. Il m'aura fallu beaucoup de temps, mais enfin la chose est en cours d'exécution. D'autres changements sont aussi en voie de se réaliser ailleurs sur l'île. Déjà, la propagation des maladies a régressé de façon remarquable. Même le docteur Richardson a déclaré que James Miranda Barry avait raison après tout... ?*

De plus en plus forte de ses accomplissements, Barry ne doutait plus désormais de ce qu'elle avançait dans le bureau de Hibbert : tout ce qui comptait vraiment était les résultats des gestes commis et des décisions prises par James Miranda Barry. Cela ne changerait jamais, malgré ce que le monde pouvait penser de l'allure et des manies de ce drôle de petit médecin.

* * *

Barry et Fitzroy Somerset – qu'elle persistait obstinément à appeler Lord Raglan en dépit de ses protestations – s'arrêtèrent en haut de la falaise qui offrait la meilleure vue sur la ville.

Il était arrivé sur l'île depuis déjà plusieurs jours, mais c'était la première fois que Barry avait l'occasion de se retrouver vraiment seule avec lui. Sa présence lui rappelait à la fois ses belles années au Cap, en compagnie du reste de la famille Somerset, et lui démontrait encore une fois comment la loyauté semblait couler dans les veines de tous les membres de cette famille.

Mais Fitzroy n'était désormais plus que l'ombre de ce qu'il avait été, il n'y avait pas si longtemps... Pendant la lente randonnée, ils avaient chevauché côte à côte tout en visitant la ville, et Barry n'avait pu s'empêcher d'observer son compagnon à la dérobée. Lord Raglan avait vieilli prématurément. Ses problèmes de santé étaient plus évidents que jamais et ne le faisaient que ressembler davantage à son frère aîné durant les derniers mois de sa vie.

– Combien de paysages ai-je ainsi contemplés du haut d'une colline ? demanda Barry. La quiétude du Cap, l'incendie de Kingston, les vallées brumeuses des îles... Des endroits pourtant si différents !

– Je vous crois sur parole, répondit finalement Raglan. Malheureusement, je n'ai pas eu la chance de visiter autant de contrées que vous.

– Mais encore, était-ce vraiment pour mieux voir ce qui m'entourait, ou ai-je cherché à m'élever moi-même au-dessus des autres ?

Un instant, Barry se mit à douter. Jusqu'à quel point son attitude hautaine était-elle une mise en scène ? Était-elle, au fin fond d'elle-même, un être imbu de son savoir, pour qui feindre la condescendance était si facile parce que cela faisait partie de sa vraie nature ?

Le rire franc de Raglan la rassura quelque peu.

– Vous ? fit-il. Vous êtes à des lieues au-dessus du commun des mortels. Je relisais récemment les lettres que mon frère m'avait écrites du Cap, dans lesquelles il me parlait de vous. Dès votre première rencontre, il vous considérait comme un phénomène.

– Allons donc ! protesta Barry en rougissant. Il y a longtemps de cela. J'étais jeune et téméraire...

– C'est exactement cette témérité qui vous a si bien servi. Tout le monde s'accorde pour dire que vous êtes un très grand médecin.

– Mais d'un anticonformisme incurable, n'est-ce pas !

– Oh ! ne vous en faites pas trop. Malgré toute la controverse que vous avez occasionnée, personne ne pourra jamais vous reprocher d'avoir été l'un des meilleurs médecins à servir notre armée. C'est d'ailleurs pour cette raison que je tenais à venir vous rendre visite...

Il ne put finir sa phrase. Barry le regarda et constata que, bien loin de témoigner de la froideur et de la rigueur dont il faisait montre ces dernières années, Raglan était tout à coup au bord des larmes.

– Seriez-vous souffrant, milord ? s'enquit-elle avec sollicitude.

Le lord ne répondit pas tout de suite. Pour Barry, qui soupçonnait déjà la réponse, ce silence fut des plus éloquents. « Les hommes de la lignée des Somerset ne vivent pas très vieux, constata-t-elle. Son visage trahit la même souffrance qui a affligé son frère il y a vingt ans. S'il est comme lui, son cœur a vieilli bien avant son temps. »

– On me dit que je suis condamné, confia-t-il finalement dans un souffle. Je ne devrais même pas être ici. Il ne me reste peut-être que quelques semaines à vivre.

– Je pourrai, si vous le désirez, vous examiner un peu plus tard, offrit Barry, sachant d'instinct que ce serait probablement inutile.

– Je vous en remercie, dit Raglan en se reprenant. Maintenant, allons un peu du côté de Casal. Je veux voir l'avancement des travaux.

Avant même que Barry n'ait eu le temps de répondre, il avait déjà lancé son cheval au galop.

* * *

– Alors, messieurs, déclara Raglan, nous avons donc un accord ? Les changements édictés par l'entente que nous venons de conclure seront sous la supervision du docteur Barry, lequel nous soumettra des rapports à intervalles réguliers pour que nous puissions demeurer informés en tout temps. Cela permettra au docteur Richardson de se concentrer sur les soins accordés aux troupes, sans avoir à se préoccuper ni de la population civile ni des formalités administratives.

Le docteur Richardson et le gouverneur Jamieson acquiescèrent en silence et avec un grand sourire. Non pas qu'ils eussent pu protester ; le ton employé par Raglan était sans équivoque. Le style autocratique semblait un trait familial qui continuait à se manifester en dépit de l'âge et d'une santé chancelante.

Dans le bureau privé de Jamieson, Raglan avait choisi de rester debout malgré de multiples invitations à prendre un siège et il ne se gênait pas pour montrer sa satisfaction devant l'entente, qui était en réalité une directive incontournable. Mais Jamieson et Richardson étaient manifestement contents en entendant cette déclaration.

« Sont-ils heureux de voir que mes suggestions vont être réalisées, ou plutôt soulagés d'être ainsi dégagés de la responsabilité d'une telle décision ? » s'interrogea Barry. Car, même si la visite de Lord Raglan était d'abord une démarche personnelle, il n'avait pas hésité à venir en aide à Barry qui continuait de se plaindre haut et fort qu'on ne l'écoutait qu'à moitié.

– On m'a dit que vous vous êtes déjà rendu à Casal, milord ? demanda Richardson.

– Oui, et je suis très heureux de constater que l'endroit est pratiquement prêt à être rasé…

Il se tourna vers le gouverneur Jamieson.

– J'espère que le docteur Barry sera rapidement remboursé pour les frais encourus par le déménagement de ces quelques familles…

La réponse de Jamieson ne se fit pas attendre.

– Assurément, puisque vous avez vous-même veillé à ce que des fonds soient alloués précisément à cette opération. Je vous en suis profondément reconnaissant.

– Eh bien, soit ! déclara Raglan en ramassant prestement ses gants et son chapeau. Le docteur Barry verra également à faire appliquer un protocole similaire à tout endroit où il le jugera approprié. Je repars donc l'esprit tranquille, sachant que tout le monde ici y trouvera son compte.

Des poignées de main furent échangées, après quoi Barry et Raglan partirent sans plus de cérémonie. Une fois remontée sur son cheval, elle ne put retenir plus longtemps la question qui lui brûlait les lèvres :

– Êtes-vous sûr que vous voulez repartir tout de suite ? Comme je vous l'ai dit, il me fera plaisir de vous soigner, si vous me le permettez.

– À quoi bon ! dit Raglan avec un sourire triste, alors qu'ils se mettaient en route en direction du port. Je sais que ma vie s'achève. Pourquoi perdre du temps à tenter d'échapper à notre destin ? Je repars le cœur en paix, car je dois vous avouer que cela m'a fait un très grand bien de vous revoir et de pouvoir vous venir en aide encore une fois.

– Tout comme votre frère jadis m'a aidé à aplanir bien des obstacles…

– Oh ! ma contribution est nettement moindre. Vous avez réussi à accomplir beaucoup tout seul. En somme, je n'ai contribué qu'à faire changer d'opinion les plus entêtés. Vous vous étiez déjà fort bien débrouillé avec les autres. Depuis des années, Westminster reconnaît la valeur de vos idées. Il n'y a que vos méthodes qui font sourciller. Mais si j'ai pu ramener quelques récalcitrants de votre côté et vous éviter d'avoir à vous égosiller davantage, ce voyage en aura valu la peine.

Barry soupira.

– De tout temps, j'ai eu à m'imposer pour qu'on me prenne au sérieux.

– Je n'ai aucune difficulté à vous croire, avec tout ce qu'on m'a raconté ! Les gens n'osent pas l'admettre, mais plusieurs sont réfractaires non pas à vos idées, mais plutôt à..., disons..., votre attitude et votre apparence peu communes. Même mon frère, à l'époque, était sceptique. Je me souviens très bien qu'il m'avait avoué qu'il avait du mal à vous prendre au sérieux. Puis, il est arrivé quelque chose, je n'ai jamais su quoi, qui a radicalement changé sa façon de vous voir. Il n'a jamais voulu me donner de détails, mais à partir de ce moment-là il ne pouvait plus rien vous refuser.

Barry eut du mal à se retenir. « Il ne connaît pas le fond de l'histoire. Devrais-je le lui avouer ? Il a tellement fait pour moi... » Elle hésita un moment. La loyauté du cadet du clan Somerset lui avait été hautement précieuse. Sans lui, la carrière de James Miranda Barry se serait probablement terminée vingt ans plus tôt. Même si elle n'en connaissait pas tous les détails, elle soupçonnait qu'il avait constamment veillé sur elle, peut-être même en mettant sa propre carrière en péril, sans jamais rien demander en retour. Un tel dévouement méritait d'être rétribué. Et puis, son frère aîné ne l'avait jamais trahie. Bien que leur relation fût tout autre, Barry savait d'instinct que Fitzroy était probablement aussi honorable que Lord Charles. Il ne dirait rien, elle aurait pu en jurer...

Mais, avant qu'elle pût choisir ses mots, ils avaient déjà atteint le port. Deux cavaliers vinrent les rejoindre pour avertir Lord Raglan que son navire était prêt à larguer les amarres.

– Mon ami, c'est ici que notre chemin commun se termine, déclara Raglan en descendant de son cheval et en tendant la main au médecin. Je vous encourage à persister dans la même voie et à continuer de faire tout en votre pouvoir pour l'amélioration de notre grand Empire. Les générations futures vous en seront reconnaissantes, n'ayez crainte.

– À défaut d'être reconnu en mon temps, voulez-vous dire ?

– Oh ! ne soyez pas amer ! Je n'ai été ici que quelques jours, mais on ne m'a dit que de bonnes choses à votre sujet.

– Bien sûr, fit Barry, acide. On n'oserait jamais déblatérer contre moi en votre présence.

Raglan se mit à rire en tendant les rênes de son cheval à son aide de camp.

– Non, je suis convaincu que c'était sincère. Vous verrez bien, de toute façon.

– Et je m'empresserai de vous en informer, le cas échéant.

Elle le salua bien bas. Quelques minutes plus tard, le navire manœuvrait déjà vers le large, toutes voiles hissées. Barry sentit son cœur se briser. Avec le temps, elle aurait pu croire que cela deviendrait plus facile, mais, dans les faits, c'était tout le contraire. Cette solitude, qu'elle avait recherchée, désirée, lui devint soudain plus lourde. Une autre personne sortait de sa vie, probablement pour ne plus y revenir. Une autre personne qui lui avait offert un bien inestimable : son amitié.

* * *

Lord Raglan avait vu juste. Une fois effectué le transfert de la population de Casal et après que plusieurs maladies eurent été éradiquées, le docteur James Miranda Barry sembla jouir d'une nouvelle notoriété. En peu de temps, l'espèce d'épouvantail qui pour un moment avait été la risée de plusieurs était devenu un visage familier, comme un vieux cousin dont on se moque gentiment, mais dont les bizarreries deviennent touchantes à la longue.

Cette renommée bon enfant lui valut même une invitation en bonne et due forme à un dîner en l'honneur du nouvel ambassadeur d'Autriche, qui venait prendre son poste à Malte. « Depuis bientôt quatre ans que je suis ici… Ce n'est pas trop tôt ! » pensa Barry.

Alors qu'elle cherchait à se mêler aux convives, curieusement gagnée par la même timidité que durant ses années d'université, elle sentit un énorme soulagement l'envahir lorsque nul autre que George Richardson, également invité, prit la peine de venir l'entretenir en attendant que le dîner soit servi. D'un seul coup, il lui semblait être revenu à la soirée fatidique où, dans la résidence de Buchan, James Miranda Barry avait été présenté officiellement à la haute société d'Édimbourg. Les gens autant que le décor l'impressionnaient grandement. Même si elle avait toujours réussi à compenser sa petite taille, un curieux et soudain sentiment d'être minuscule refusait de s'estomper, comme si elle devait repartir de zéro.

Le palace du gouverneur était l'endroit le plus somptueux qu'elle ait jamais vu. Toutes les demeures où elle avait mis le pied, depuis la résidence du comte de Buchan jusqu'aux appartements officiels de Lord Charles, pâlissaient en comparaison de celui-ci. Même une simple antichambre menant du salon à la salle à manger était décorée de soieries ; ses murs étaient ornés de tableaux et de dorures raffinées, et son unique chandelier de cristal massif semblait plus grand que le bureau de Lord Raglan.

– Je suis bien heureux de constater que votre prémonition était exacte, déclara Richardson après que Barry lui eut annoncé qu'il n'y avait pas de nouveaux cas de choléra déclarés depuis plus de huit semaines. En rasant les taudis de Casal et en relogeant tous ses occupants, nous avons réussi à enrayer l'épidémie, et les habitants ont tous meilleure mine. La théorie voulant que l'hygiène et la santé aillent de pair compte encore bien peu d'adeptes. J'y adhère aussi, car je vois qu'il y a sans contredit un lien. Mais vous, vous la défendez farouchement.

– J'ai confiance en ma science, fit humblement Barry.

– Et moi en la mienne. Ou du moins, j'y avais confiance. Au fil des mois, je m'aperçois que j'ai beaucoup à apprendre de vous.

Ces paroles avaient été prononcées avec sincérité et surtout d'une voix assez forte pour attirer l'attention des autres invités. Pendant un moment, il sembla à Barry qu'on lui portait soudain plus d'intérêt, ce qui n'était pas arrivé depuis longtemps. Certains s'arrêtèrent même de parler pour tourner la tête dans sa direction. Comme mue par un automatisme, elle se redressa en faisant appel à toute la force et la souplesse qu'il lui restait.

Soudain, elle crut se revoir trente-cinq ans plus tôt, lors de la soirée où, peu après la guérison de Georgina Somerset, le jeune docteur nouvellement arrivé avait été subitement accepté au sein de la société du Cap. Dans la salle de bal du gouverneur, les regards admiratifs qui lui avaient été adressés tour à tour par les jeunes filles béates et leurs mères bienveillantes étaient restés gravés dans sa mémoire. À cette époque, cependant, elle avait dû en mettre plein la vue pour imposer le personnage de James Miranda Barry.

Mais les regards qu'on lui jetait ce soir-là trahissaient plus la curiosité que l'admiration. Il était clair qu'elle n'attirait plus l'attention pour les mêmes raisons que jadis.

– Lorsque j'étais très, très jeune, commença-t-elle en relevant le nez et en haussant le ton, j'ai sauvé la vie de la fille du gouverneur du Cap, Lord Charles Somerset, la nièce de Lord Raglan, en diagnostiquant la maladie dont elle souffrait comme étant le typhus et en lui administrant sans perdre de temps le traitement approprié. Tout de suite après, on m'a proposé de me nommer médecin attitré du gouverneur, et ce même si je venais tout juste d'arriver…

Les derniers mots avaient été prononcés quasiment en vain. Les autres convives avaient déjà quitté l'entrée pour se diriger vers la salle à manger alors qu'on annonçait que le dîner était servi. Barry n'avait plus que Richardson pour seul interlocuteur. Pour peu, on aurait pu croire à ce moment-là que manger était ce qui importait le plus…, du moins plus que les élucubrations de ce James Miranda Barry. Le frêle médecin n'avait plus le charisme de jadis. En quelques secondes à peine, l'antichambre s'était vidée, faisant des deux médecins les seuls occupants du lieu. En soupirant, Barry se résolut à suivre son collègue qui lui faisait amicalement signe de passer à table. Elle trottina derrière, la tête basse, cachant tant bien que mal sa déception.

Pour un moment, elle avait presque oublié que le jeune et flamboyant dandy, médecin charmeur à l'allure tapageuse qui avait suscité tant d'admiration, autant des hommes que des femmes, de

Londres à Kingston en passant par Le Cap, l'un des plus fameux médecins de l'Empire britannique, était à présent une singularité qui avait sans s'en apercevoir cédé sa place à une espèce d'épouvantail radoteur qui ne suscitait que curiosité et amusement. Ses habits et ses manières étaient les vestiges d'une époque révolue. Ses excentricités n'étaient plus excusées par sa candeur juvénile depuis longtemps envolée.

Car, à en juger par l'image que lui renvoyait le grand miroir à l'entrée de la salle à manger, il était évident que James Miranda Barry n'était plus « très, très jeune »…

# IX

*Corfou, 1851*

L'île de Corfou, à l'ouest de la Grèce, occupait une position importante sur la carte politique. Rétrocédée par Napoléon aux Anglais quelques décennies plus tôt, elle amenait les Britanniques encore plus près des frontières de l'Empire ottoman, qui menaçait de se démanteler en raison des pressions de la Russie et de l'Occident. Elle n'était qu'un pion de plus, mais combien important, sur le grand échiquier où James Miranda Barry faisait office de fou.

– Je ne bougerai pas d'ici tant que nous n'aurons pas d'entente à ce sujet ! cria Barry d'une voix qui frôlait l'hystérie. En tant qu'assistant inspecteur général des hôpitaux militaires, je suis responsable du bien-être des soldats et j'insiste. Il est dangereux, même inhumain, de demander à des hommes si lourdement chargés de faire leurs exercices de manœuvre en plein soleil de midi, par une telle chaleur. On n'oserait jamais en exiger autant d'une bourrique !

D'abord pris de court, le major Denny regarda ses troupiers, puis de nouveau Barry. Il haussa finalement les épaules. Au milieu du XIXe siècle, le soleil ne se couchait jamais sur l'Empire britannique, mais causait toutefois de nombreux problèmes à ses soldats.

Au contraire de Malte, dont la densité de population était parfois suffocante, l'île de Corfou était nettement plus bucolique, peuplée qu'elle était par un chapelet de villages dispersés dans une campagne au relief moins accidenté, reliés entre eux par des chemins souvent peu carrossables. Au lieu d'édifices de pierre jaune à l'architecture élaborée, on y voyait des constructions simples et modestes, blanchies à la chaux, et dont la pâleur contrastait fortement avec le bleu de la mer pratiquement toujours à portée de vue. Le paysage était idyllique et cachait bien l'importance stratégique de l'île. La chaleur qui y régnait, en revanche, était exactement à la mesure de la situation qui menaçait de s'embraser à tout moment.

Ayant récemment fêté son cinquante-sixième anniversaire, Barry s'y était fait muter quelques mois plus tôt, après cinq années à Malte. Depuis son arrivée, elle avait passé le plus clair de son temps à répéter à qui voulait l'entendre que, comme partout ailleurs, il y avait beaucoup de protocoles à réviser. Il fallait progresser au même rythme que la médecine moderne, au fur et à mesure des découvertes scientifiques, afin d'en faire profiter un maximum de gens. C'en était presque devenu une obsession pour le vieux médecin, qui était de son propre aveu souvent incapable de penser à autre chose.

On lui avait transmis des mises en garde sans équivoque : les habitudes de colonisation des territoires telles que Barry les avait connues au début du siècle avaient cédé leur place à des politiques combien plus subtiles de conquête et de domination sur des gouvernements déjà établis. La partie d'échecs se jouait maintenant à un tout autre niveau, nettement plus stratégique. On ne colonisait plus pour du coton ou de la canne à sucre ; on conquérait pour étendre son emprise sur la planète. Les troupes n'étaient plus utilisées uniquement pour faire étalage de la suprématie du conquérant ; elles étaient entraînées pour le combat et devaient se tenir prêtes à intervenir en tout temps.

Mais même si Barry comprenait parfaitement ces enjeux, son but premier demeurait le bien-être physique des soldats placés sous sa responsabilité, et elle déployait toute son énergie dans la poursuite de ce résultat.

– C'est moi qui commande ici, répondit enfin le major Denny sans grande conviction. Si vous persistez à refuser de nous céder le passage, je suis en droit de faire saisir votre cheval et de vous dénoncer à mes supérieurs.

Barry réalisa rapidement que l'homme ne croyait probablement pas ses propres paroles puisque la difficulté avec laquelle il parlait était plus qu'éloquente. Ce major Denny était l'antithèse de Barry. Grand et gros, il semblait doté d'une pilosité si abondante que de longs poils s'échappaient par le dessus de son col de chemise, alors que d'autres dépassaient autour de ses poignets. Il s'épongeait sans cesse le front et ne pouvait cependant rien faire pour endiguer le flot de sueur puante qui inondait son uniforme.

– Faites donc, major, le défia Barry. J'ai reçu mon affectation de Lord Raglan, commandant en chef des affaires militaires coloniales à Westminster, et ici je me rapporte directement au gouverneur, Lord Ward. J'estime avoir pleins pouvoirs lorsque vient le temps de protéger les soldats de Sa Majesté.

– Raglan est mort, ricana méchamment Denny. Ses instructions sont toujours en vigueur, soit, mais cela pourrait changer à n'importe quel moment, soyez-en averti. On m'avait bien dit que vous aviez un tempérament difficile, mais que Raglan vous protégeait. Voyons maintenant comment vous vous ferez entendre !

Barry ne répondit pas tout de suite et continua à toiser son vis-à-vis avec défiance. Denny avait raison : plus personne ne pourrait lui venir en aide, à présent. Ils avaient tous quitté ce monde, ceux qu'elle avait connus et qui avaient au fil des ans si savamment tiré les ficelles pour toujours faire tourner la situation à son avantage. Buchan, Charles Somerset, et maintenant Fitzroy...

L'administration des Affaires militaires était désormais sous la responsabilité de gens qui, pour la plupart, étaient encore des gamins lorsque Barry avait entrepris sa carrière. « Mais j'ai ma réputation et mon expérience derrière moi », se disait-elle parfois lorsque des situations comme celle-ci survenaient.

– Vous saurez, major, que ce ne sera pas la première fois que je ferai une recommandation à ce sujet. Les autorités militaires sont parfaitement conscientes qu'il est nocif de forcer tout homme à faire des efforts surhumains sous un soleil de plomb. C'est mauvais pour eux, et c'est une charge supplémentaire pour l'hôpital que je dirige si on doit les admettre pour épuisement et déshydratation. Il faut ensuite plusieurs jours pour les remettre sur pied. Pendant ce temps, ils ne sont d'aucune utilité pour leur régiment. Ce sont là les faits, et je n'ai besoin de personne pour me donner raison.

De guerre lasse, Denny haussa les épaules encore une fois.

– Je veux bien laisser tomber pour aujourd'hui, fit-il. Mais sachez que nous reviendrons demain, puis après-demain, et tous les jours s'il le faut jusqu'à ce qu'on m'ordonne le contraire. Si vous voulez tenter de nous arrêter, libre à vous. Nous verrons alors lequel de nous deux tiendra le plus longtemps, à pied ou à cheval.

Une minute plus tard, les troupes avaient plié bagage et se dirigeaient vers les baraquements. Barry observa les hommes un moment pendant qu'ils disparaissaient dans la poussière soulevée par leurs pieds. « Eh bien, force m'est de constater que même ce bon major trouvait que c'était trop pour lui… »

Malgré la satisfaction d'avoir si facilement remporté la confrontation et en dépit de la chaleur qui régnait, elle se mit à trembler. Denny avait visé juste quant à sa résistance ; à cheval aussi bien qu'à pied, elle avait de la difficulté à rester immobile longtemps, mais pas à cause du soleil. Comme Lord Raglan l'avait mentionné quelques années plus tôt, plus il faisait chaud, plus elle s'activait. Mais la maladie, cette affreuse fièvre toujours sournoisement tapie au plus profond de son être, avait grandement réduit ses capacités physiques.

Pas assez cependant pour l'arrêter complètement. Elle avait très bien pu voir les visages rouges et baignés de sueur ; elle avait rapidement remarqué le nombre de soldats qui étaient sur le point de tourner de l'œil. L'eau étant souvent rationnée, leur endurance était mise à rude épreuve. À elle seule cette constatation lui donnait l'énergie nécessaire pour continuer. Sinon, qui leur viendrait alors en aide ? Elle devait à tout prix faire cesser immédiatement cette habitude ridicule. Elle seule en avait le pouvoir en ces lieux et elle comptait bien y parvenir. Mais ce Denny avait l'air buté ; la bataille était peut-être gagnée pour aujourd'hui, mais la guerre était loin d'être finie.

* * *

Le surlendemain, une missive acheminée à ses quartiers à la première heure et aussitôt remise par Dentzen lui apporta autant de soulagement que de satisfaction : le gouverneur de Corfou, Lord George Henry Ward, lui avait prestement donné raison ; ainsi toute manœuvre et tout exercice des soldats étaient désormais strictement interdits entre onze et quatorze heures. Une seule requête, quoique longue et bien étoffée, avait suffi. La réputation considérable du docteur Barry, acquise au prix d'efforts déployés pendant des années, était devenue un facteur positif de changement.

– Le messager insiste pour vous rencontrer, l'informa Dentzen alors que Barry repliait la courte lettre.

– De qui s'agit-il ? demanda-t-elle avec étonnement.

– Un soldat de deuxième classe. Il ne m'a pas dit son nom.

– Conduisez-le dans le petit salon, je descends tout de suite.

Elle se leva péniblement, se regarda dans le miroir et boutonna sa veste tant bien que mal. Ses jointures tordues avaient grandement diminué sa dextérité et sa finesse légendaires, ce qui s'ajoutait à la douleur que lui causaient certains mouvements. Mais, à ce moment-là, ses préoccupations étaient d'un tout autre ordre. « Je dois absolument faire ajuster cette veste, elle devient décidément trop grande pour moi… »

Alors qu'elle rectifiait sa cravate, elle dut constater que la chaleur était également de plus en plus lourde. Contrairement à Malte, qui jouissait de la caresse des vents du nord, l'île de Corfou baignait dans un air brûlant, et la brise qui entrait par la fenêtre semblait sortir d'un four. Les murs craquelés de sa chambre étaient tout aussi chauds, et aucune des pièces de la maison n'offrait de répit. La lenteur avec laquelle elle descendit trahissait sa fatigue. D'une main, elle se cramponna à la rampe pour ne pas perdre pied dans l'escalier en colimaçon qui lui faisait tourner la tête.

En bas, se dandinant nerveusement, le jeune soldat regardait autour de lui avec curiosité.

– Abruti ! cria le perroquet dont le perchoir était installé dans le parloir. Imbécile ! Crrrrrétin !

Le jeune soldat sursauta et se retourna d'un bond. À l'arrivée de Barry, il se raidit machinalement et se mit immédiatement au garde-à-vous.

– Repos, soldat, dit Barry avec amusement. Vous avez demandé à me voir ?

– Oui, docteur Barry, fit-il en bégayant. Soldat Hutchinson ! On m'a chargé de vous transmettre un message verbal en me demandant de vous prier de ne pas en souffler mot.

– Qui donc vous a chargé de ce message ?

– Mes compagnons, dit le soldat avec fierté. Nous sommes de la troisième division, sous le commandement du major Denny. Nous tenons à vous exprimer toute notre reconnaissance pour ce que vous avez fait pour nous, avant-hier. Nous avons tous été soulagés et heureux de voir que, pour une fois, quelqu'un en position d'autorité avait pris notre défense.

– Mon ami, dit Barry en s'asseyant, sachez que j'ai vu des dizaines, sinon des centaines de détachements comme le vôtre. J'ai aussi été témoin des conditions épouvantables dans lesquelles certaines troupes sont logées, particulièrement dans les Antilles. D'un côté, j'ai compris qu'on ne peut pas s'attendre à ce que nos soldats puissent mener à bien leur mission si on les traite comme du bétail. De l'autre, il m'apparaît évident que les maladies endémiques sur lesquelles nous n'avons aucun contrôle sont déjà assez lourdes à gérer sans que l'armée sabote ses effectifs en les affaiblissant par des exercices dangereux et des conditions de vie moins qu'inadéquates. J'ai passé ma carrière à imposer ces mesures, même si on me l'a souvent reproché.

– Pour sûr ! s'écria le soldat avec enthousiasme. Nous savions tous ce que vous étiez avant même que vous n'arriviez !

– Ce que j'étais ? demanda Barry. Que voulez-vous dire ?

Le soldat tourna au cramoisi avant de répondre.

– Eh bien, vous savez… il se dit beaucoup de choses. La plupart des officiers vous trouvent un peu…, un peu…

– Un peu quoi ?

– Vous savez bien… Un peu autoritaire, vieux jeu ! Un peu trop à cheval sur les règlements, aussi. Comme une caricature, en quelque sorte. Nous savons combien vous êtes ponctuel et pointilleux, lorsque vous venez inspecter les baraques et les installations, et à quel point vous insistez pour que les officiers médicaux soient en uniforme en tout temps. Quelques-uns osent même se moquer un peu de vous à cause de cela…

Il se tut, incapable d'en dire plus. Il suait tout autant en raison de l'embarras que de la chaleur. Barry ne le força pas à continuer, devinant aisément le reste. Caricature, avait-il dit ; le mot était tout à fait approprié et la fit sourire intérieurement. Depuis ces dernières années, elle avait fini par s'habituer aux remarques qu'on faisait sur elle, mais la chose continuait de l'amuser.

– Mais pas nous ! s'écria brusquement le soldat en se ressaisissant. Nous ne sommes peut-être que des troupiers, mais plusieurs de mes compagnons ont des frères et des cousins qui ont servi dans d'autres colonies et ils savent tous combien vous êtes humain ! Si seulement les officiers supérieurs pouvaient le voir aussi…

Barry se releva, alla vers le soldat et lui mit doucement la main sur l'épaule.

– Je n'ai jamais laissé les mots m'atteindre, déclara-t-elle en regardant dans les yeux le jeune homme qui était beaucoup plus grand qu'elle. Je suis parfaitement au courant des controverses que j'ai pu engendrer. Mais jamais personne ne pourra me reprocher de ne pas avoir fait tout ce qui était en mon pouvoir pour défendre et améliorer les conditions de ceux qui étaient sous mes soins et ma responsabilité. Et permettez-moi, soldat, de vous donner l'ordre de regagner vos quartiers immédiatement, avant que la chaleur ne rende votre voyage de retour insupportable.

* * *

Au cours de sa carrière, James Miranda Barry avait dû plus souvent qu'à son tour faire face à des ennemis de taille. La lèpre, le choléra, la fièvre jaune, la petite vérole et plusieurs autres maladies effroyables avaient été des adversaires coriaces. Malgré le danger que représentaient certaines de ces affections, jamais elle n'était tombée dans les pièges du désespoir et de l'angoisse. Il n'était pas question de s'apitoyer sur son sort ni de laisser ses sentiments prendre le dessus. Il lui fallait en tout temps garder la tête froide, penser clairement et agir vite, sans broncher.

Ce matin-là, par contre, à l'annonce de l'épidémie qui touchait la plupart des soldats en poste à Corfou, elle se mit immédiatement à pleurer… de rire.

Depuis ce jour de 1816 où la population du Cap avait été témoin de l'arrivée de ce petit médecin aussi hautain qu'énigmatique, au caractère aussi irritable qu'intempestif, c'était la première fois que des soldats pouvaient voir la frêle silhouette de l'assistant inspecteur général des hôpitaux militaires de Sa Majesté se tordre sous le coup de l'hilarité, ses joues cramoisies baignées de larmes, se tenir les côtes à deux mains et tenter désespérément de retrouver un semblant de dignité.

Lorsque Barry se redressa, elle ne manqua pas de remarquer l'air interdit de son subalterne, le docteur Small, officier médical principal. Lui et les deux officiers qui l'accompagnaient, debout dans le hall d'entrée des bureaux administratifs, semblaient frappés de stupeur. Ils attendirent dans un silence respectueux qu'elle se calme.

On venait de lui transmettre un rapport de seize pages qui détaillait l'origine, l'ampleur, les conséquences et les possibilités de traitement des pauvres soldats qui tombaient les uns après les autres, victimes d'une infestation de poux.

Toujours incapable de parler, le souffle coupé par le rire, Barry reprit le document, le feuilleta une seconde fois et repartit de plus belle en faisant signe aux officiers de lui apporter une chaise, car ses jambes se dérobaient sous elle.

– Voyons, messieurs, hoqueta-t-elle finalement en essuyant ses larmes après de longues minutes. Vous n'êtes pas sérieux ?

– Mais très certainement, fit Small, légèrement outré. Vous trouverez ici tout ce que vous devez savoir ; nous nous en remettons à votre décision pour prendre les mesures qui s'imposent.

Enfin calmée, Barry soupira en secouant la tête et regarda les trois hommes à tour de rôle. Les mots que le soldat Hutchinson lui avait dits quelques semaines plus tôt lui revinrent à la mémoire : autoritaire, vieux jeu, pointilleux. De toute évidence, Small et ses compères avaient cru bon de lui présenter un rapport plus que complet, même pour une chose aussi banale.

– Allons, Small ! s'esclaffa Barry. Ne me dites pas que vous n'avez jamais eu affaire à un vulgaire pou avant aujourd'hui !

– Mais il s'agit d'une épidémie importante, protesta l'officier médical principal. Plus de deux cents cas, et ça augmente de jour en jour.

– Alors, faites-leur badigeonner les cheveux avec du vinaigre chaud ou de l'huile à lampe, ou bien rasez-leur la tête ! Vous n'avez certainement pas besoin de moi pour ça !

Les trois hommes se regardèrent, visiblement soulagés.

– Bien, docteur Barry, fit timidement le caporal Higgins. C'est exactement ce que nous avions prévu de faire. Seulement, nous avions aussi pensé qu'il était préférable d'avoir votre opinion, au cas où…

– Au cas où quoi ?

Un silence embarrassé suivit.

– Au cas où je ne serais pas d'accord et que je me mettrais à tous vous engueuler ?

Les trois hommes hochèrent la tête à l'unisson en gardant les yeux rivés au sol. Barry les regarda en soupirant. « Eh bien, j'aurai tout vu ! Voici maintenant que James Miranda Barry fait régner un régime de terreur. Ils ont tellement peur de moi que je pourrais les faire ramper sur le plancher au beau milieu de ce corridor, si l'envie m'en prenait ! »

Elle regarda encore une fois le rapport, au demeurant magnifiquement rédigé, un rapport qui ne leur avait aucunement été demandé, mais qui était bien étoffé, structuré. Aucun détail n'avait été omis.

– Vous engueuler ? répéta-t-elle. Pas aujourd'hui ! Il fait trop chaud pour que je me mette en colère. À l'avenir, je vous prie de ne pas me déranger pour des choses aussi… ordinaires !

– Mais, alors, docteur Barry, hasarda Small, dans quels cas et à quel moment devons-nous vous prévenir ?

Barry se releva péniblement et ravala le sourire qui lui restait toujours au coin des lèvres.

– Ça, c'est à vous d'en juger.

– Mais…, mais, beugla Small, comment…, comment savoir ?

Sans dire un mot, Barry lui adressa un regard énigmatique, fit voler la liasse de feuillets, tourna les talons et leur dédia un petit geste désinvolte de la main en sortant de l'édifice, son sourire revenu. « Voilà qui devrait leur torturer les méninges pendant quelque temps… »

* * *

Curieusement, le médecin et sa maisonnée s'habituèrent assez rapidement à la chaleur qui régnait en permanence à Corfou. Psyché devait se faire toiletter presque toutes les semaines, mais les autres occupants de la petite maison sur la colline adoptaient peu à peu la routine des insulaires et se mettaient à l'abri sur l'heure du midi. Même Dentzen, qui demeurait sans âge malgré le passage des ans, paraissait se plaire dans cette nouvelle demeure et se faire à la température.

Tandis que la plupart des Britanniques semblaient souffrir de plus en plus à mesure que leur séjour sur l'île se prolongeait, Barry avait réussi à s'acclimater parfaitement. Elle se sentait même beaucoup mieux depuis quelques mois. Il y avait maintenant plusieurs années que la fièvre ne s'était plus manifestée et, si son corps n'était plus aussi leste et agile que dans ses jeunes années, sa pensée demeurait alerte, et son enthousiasme ne se trouvait en rien diminué. À un âge où la plupart de ses collègues songeaient à se retirer du service actif, elle n'entrevoyait toujours pas la fin de sa carrière, surtout qu'on donnait maintenant suite assez promptement à ses nombreuses demandes.

De plus en plus philosophe quant aux situations qu'elle rencontrait, elle fit part avec bonhomie à son correspondant le plus fidèle de ce nouvel état d'esprit :

*Mon cher Josias,*

*Je vois bien à présent que le rêve de Buchan et de Miranda était une utopie. Il ne sera jamais possible d'aplanir les inégalités en ce monde.*

*Je m'appliquerai par contre à tout faire pour tenter d'y parvenir partout où je passerai. Si, du résultat de mes actes, une seule personne peut se trouver mieux, cela en aura valu la peine. Enfin, lorsque je parle de peine, je dois vous avouer que ma situation s'améliore d'année en année. Une seule lettre, un seul mot parfois suffisent à présent pour qu'on mette en œuvre ce que je suggère ; c'est ma récompense pour la ténacité qui vous épatait tant autrefois.*

*Vous devriez entendre ce qu'on dit à mon sujet ! Si j'ai jadis eu grandement peur de me faire démasquer, ce n'est plus le cas maintenant. Mon aspect, ces dernières années, est tout sauf féminin. Notons qu'il ne l'a jamais particulièrement été non plus…*

*Je ne sais pas combien de temps on me maintiendra ici. Il se passe sur le plan politique des choses que vous sauriez comprendre mieux que moi. Alors, pardonnez-moi si je vous fais grâce des détails. Il suffit de dire que j'espère me trouver au bon endroit, au bon moment, si la situation venait à s'envenimer.*

Effectivement, les journées se succédaient dans une routine confortable. Tous les matins, Barry se rendait faire une inspection de l'une ou l'autre baraque ou même de l'hôpital, après quoi elle rentrait prendre une petite collation en compilant son rapport. Tous les après-midi, pendant que Dentzen et Psyché faisaient la sieste, le reste de la maisonnée profitait de la quiétude pour invariablement se livrer à un rituel qui lui était propre ; en laissant la brise qui entrait par la fenêtre caresser ses bras nus, Barry s'amusait à donner des bouts de pain à son singe qui, à son tour, s'empressait de les remettre au perroquet. C'était là l'étendue des divertissements disponibles à Corfou.

Il y avait parfois des urgences qui se manifestaient et apportaient un moment de frénésie, mais jamais de catastrophes ou de conflits tels que Barry en avait connu. Le temps aidant, la nostalgie et les remords qui l'avaient autrefois fait souffrir s'étaient graduellement dissipés. Elle écrivait toujours à Cloete aussi assidûment. Le souvenir de leurs derniers moments ensemble s'était aussi estompé au fil du temps, et il était désormais doux-amer. Josias ne s'était jamais marié, mais il n'avait pas répété sa demande non plus. La vieille femme qu'elle était devenue n'aurait pas été une bonne épouse, elle en avait désormais la conviction. En tant que femme, il lui aurait été pratiquement impossible de soulager la misère autour d'elle, de mettre en place les réformes qui s'imposaient, d'accomplir ne fût-ce qu'un dixième de ce que James Miranda Barry avait accompli.

Bien sûr, il y aurait eu Josias à ses côtés, et lui l'aurait épaulée, l'aurait comprise. Mais à quel prix ? La révélation de sa véritable identité aurait probablement signifié la fin de sa carrière à lui aussi. Aurait-il été capable d'en accepter les conséquences ? Les autorités militaires, la société dans laquelle ils avaient l'habitude d'évoluer lui auraient fort probablement tourné le dos. Ils auraient été mis à l'écart, traités comme des escrocs, peut-être. Et, malgré tout l'amour qu'ils avaient pu partager, avec le temps les sentiments auraient peut-être pu s'estomper.

Décidément, chaque fois que le doute l'assaillait, Barry arrivait sans grand effort à le dissiper.

« Nous sommes tous deux à l'aube de la soixantaine, alors à quoi bon ? Et puis, avec le caractère que j'ai en vieillissant, je serais probablement invivable. »

Tout allait bien à Corfou. Au gré de ses tournées, elle pouvait dire sans se vanter que la situation ne faisait que s'améliorer depuis son arrivée. Si Westminster jugeait bon de prolonger son affectation, il lui serait sûrement agréable de finir ses jours ici. Même seule. Si la vie s'était chargée au début de sa carrière de lui nier ce à quoi elle aspirait alors, par la suite, elle avait bel et bien choisi son destin. Et chaque jour lui donnait raison.

Sans doute y aurait-il toujours quelque chose à réviser, à réformer, et quelqu'un pour contester ses décisions, mais il n'y avait plus aucun obstacle impossible à surmonter pour elle. En dépit de tout, elle ne perdait rien de son ardeur et de son zèle.

« Tant que mes jambes me supporteront, je continuerai le combat, pensait-elle. Après, j'engagerai quelqu'un pour me transporter, c'est tout. J'ai encore de belles années devant moi, si Dieu veut bien me prêter vie. »

* * *

La guerre. Depuis la rébellion des esclaves en Jamaïque quinze ans plus tôt, la présence de James Miranda Barry n'avait plus été requise au front. Mais la Russie venait d'annoncer son intention d'annexer la Turquie dans la foulée de la chute de l'Empire ottoman, et la Grande-Bretagne avait immédiatement déclaré qu'elle ne saurait laisser faire. Le bras de fer entre le tsar Nicolas Ier et la reine Victoria allait toutefois se jouer aussi loin de Moscou que de Londres, soit en Crimée, une péninsule dans la mer Noire.

Des troupes supplémentaires venaient d'être dépêchées à Corfou, qui occupait une place de choix dans la Méditerranée. L'île était juste assez loin pour demeurer à l'abri des attaques, mais tout de même assez près pour servir de base sécuritaire où poster les troupes et les renforts.

– J'estime avoir le droit de me rendre à Scutari et j'exige même qu'on m'affecte à un détachement en zone de combat, déclara Barry en se tenant dignement devant les officiers rassemblés.

En bordure de Constantinople, le village de Scutari était l'endroit où on évacuait d'abord les blessés en provenance de Sébastopol, là où se déroulaient les affrontements. Le gouvernement turc avait temporairement cédé aux Britanniques les baraques de Selimiye, dont on disait qu'elles ressemblaient plus à un palace qu'à un hôpital.

Le gouverneur Ward regarda ses collègues avant de lui répondre.

– Et pour quelles raisons croyez-vous détenir ce droit, comme vous dites ?

– Parce que je sers loyalement la Couronne britannique depuis près de quarante ans, déclara-t-elle fièrement. J'ai mis en place des mesures sanitaires dans la plupart des colonies où j'ai été en poste, du Cap à Malte, en passant par toutes les îles des Antilles…

– Quarante ans ! l'interrompit le major Denny en ricanant grassement tout en la toisant. Ne pensez-vous pas qu'il serait plutôt temps de prendre votre retraite ?

Du revers de la main, Ward lui fit signe de se taire. Barry vit ce geste comme un encouragement à continuer et se redressa d'instinct.

Ce matin-là, Dentzen avait pris grand soin de bien préparer son uniforme, astiquant minutieusement chacun des boutons de métal et lissant avec précaution la longue plume de son plus beau chapeau à cocarde, qui faisait partie du bagage qu'ils traînaient avec eux depuis tant d'années. De son côté, s'étant offert le luxe de faire la grasse matinée, Barry se sentait en pleine forme pour affronter le comité qui allait décider si, oui ou non, l'expertise de James Miranda Barry serait requise au front.

– Oui, continua Barry. Au fil des ans, j'ai enrayé tant d'épidémies que j'en ai perdu le compte. Lorsque j'étais en poste à Stony Park, en Jamaïque, j'ai réussi à faire diminuer en un temps record le taux de mortalité chez les soldats, un exploit que j'ai répété à maintes reprises quelques années plus tard, alors que je patrouillais avec le détachement des Leeward et Winward dans les Antilles. Ces faits sont longuement documentés et je suis sûr que si vous preniez la peine de vous renseigner auprès du secrétaire des Affaires coloniales…

– Nous ne doutons aucunement de vos états de service, coupa Ward avec impatience. Seulement, il ne s'agit là que de réformes sanitaires dans des endroits relativement stables. Vous êtes-vous déjà retrouvé sur le champ de bataille ? Avez-vous déjà été appelé à soigner des soldats directement sur la ligne de front ?

– Bien entendu, siffla Barry avec suffisance. J'étais sur place lorsque l'armée est intervenue lors de la rébellion des esclaves en Jamaïque en 1836.

– Mais on vous a fait traduire en cour martiale justement à cette époque ; on vous avait surpris en train de soigner l'ennemi.

Ce commentaire importun de Denny fit pouffer de rire les autres militaires attablés avec lui. Il était bien renseigné, le major. Quelques mots furent échangés entre les officiers, leurs bouches cachées insolemment derrière leurs mains. Agacé, le gouverneur les fit taire aussitôt en assenant un coup de poing sur la table.

– Vous êtes présentement en poste à l'hôpital principal, dit Ward en revenant à Barry. Vous êtes un excellent administrateur, je n'ai aucun doute là-dessus. Et voici qu'on nous a informés, dans un message reçu en début de semaine, que c'est nous qui accueillerons les soldats convalescents et qui serons responsables de les remettre sur pied dans les meilleurs délais. Ne croyez-vous pas que vous serez plus utile ici ?

– Sauf votre respect, milord, je me permets d'insister. Je suis à Corfou depuis déjà deux ans. Les hôpitaux dont j'ai la responsabilité fonctionnent à merveille, si bien que je peux m'absenter sans aucune inquiétude. Si je pouvais aller voir à Scutari comment et dans quelles conditions sont traités les soldats immédiatement après avoir été blessés, il ne serait peut-être pas nécessaire dans certains cas de les amener ici.

– Nous avons déjà des gens sur le terrain qui ne font que ça, l'interrompit Ward. Entre autres, mademoiselle Nightingale[1] qui, m'a-t-on informé, accomplit un travail exemplaire, pas si différent du vôtre…

– J'ai aussi entendu parler de mademoiselle Nightingale, intervint Barry. Je sais qu'elle a à cœur le bien-être de ses patients et qu'elle a mis en place des mesures d'hygiène semblables à celles que j'ai l'habitude d'instaurer. Mais je doute qu'elle ait autant d'expérience et de science que moi.

– Je ne crois pas qu'il soit nécessaire d'être deux pour faire ce boulot, reprit Ward. Ce que vous me dites ne me convainc nullement.

Malgré tous les arguments qu'elle avait pu produire, son message ne passait pas. Ward ne semblait même pas enclin à l'écouter davantage. « Espèce d'idiot, ne voyez-vous pas que je suis exactement la personne qu'il faut à ces troupes ? » pensa-t-elle.

Elle prit une grande inspiration et se raidit pour tenter une dernière fois de faire valoir son point de vue. Son désir de se rendre en Crimée l'emportait sur tout. Selon ce qu'on pouvait lire dans les journaux scientifiques les plus prestigieux, les chances de survie étaient optimales, et les risques d'infection, moins élevés si on soignait les blessés sans attendre. Il fallait agir vite, avec ordre et méthode, et éviter ainsi les morts inutiles. Quel beau défi ! C'était ce à quoi elle aspirait depuis des années, depuis l'époque où Francisco de Miranda lui avait fait comprendre que sa présence serait utile auprès des révolutionnaires sud-américains. Un seul mot de Ward et son rêve serait à portée de main. Une telle opportunité serait la récompense ultime de sa carrière.

---

1. Infirmière britannique qui fut la pionnière des soins infirmiers modernes.

Mais son esprit lui fit défaut à ce moment crucial. Ses pensées lui échappèrent curieusement, de la même façon que ses jambes se dérobaient. La chaleur devint soudain insupportable, la faiblesse envahit ses membres. Elle dut faire un effort monumental pour se concentrer. « Convaincre Ward à tout prix, trouver les mots, les arguments… » Un moment plus tard, tout devint noir.

– Barry ! Barry ! Reprenez-vous !

En ouvrant les yeux, Barry s'aperçut que quelque chose d'inhabituel venait de se produire. Cela s'était déroulé comme dans un rêve. On lui avait apporté une chaise ; une main lui frappait les joues, tandis qu'une autre essayait de défaire son col.

– Ne me touchez pas, je vais bien ! cria-t-elle en tentant de se relever avec le peu de force qu'il lui restait. Laissez-moi, bande d'idiots ! C'est moi le médecin, ici, pas vous ! Puisque je vous dis que je vais bien !

Aussi subitement qu'elle était venue, la brume qui enveloppait son esprit se dissipa. Il n'était surtout pas question de laisser qui que ce soit tirer avantage de ce moment de faiblesse passagère. Elle se débattit rageusement, pesta et jura à pleins poumons, de sorte qu'elle n'eut aucun mal à convaincre les officiers de retourner à leur siège.

– Vous le voyez bien, docteur ! Ce serait prendre un trop grand risque que de vous envoyer en Crimée ! déclara Ward en allant s'asseoir. Il me paraît clair que vous avez vous-même besoin de soins.

– Je vais très bien, répéta Barry d'un ton sec. C'est un simple malaise.

– Allons donc ! riposta Ward. Tout le monde ici sait que vous avez souffert de la fièvre jaune, ce qui vous a occasionné quelques rechutes ces dernières années. En raison de votre état précaire, de votre âge et du fait que votre présence est requise ici plutôt que là-bas, je n'ai d'autre choix que de refuser votre demande. Je vous suggère fortement de prendre des vacances, de vous reposer un peu tandis que la situation est encore relativement calme.

Pour l'une des rares fois de sa vie professionnelle, Barry était à court d'arguments. Son corps l'avait trahi et, à en juger par le ton incisif de Ward et l'attitude hilare des autres officiers, ces jeunots ne lui donneraient aucune autre chance. C'en était fait de James

Miranda Barry. Comme si toute sa carrière venait de se voir balayée sous le tapis, justement alors qu'il y avait tant à faire. Des hommes se faisaient tuer au front. Pire encore, des blessés qu'on pourrait probablement sauver allaient sans doute mourir de quelque infection atroce, faute de soins appropriés.

« Et cet abruti de Ward qui ne trouve rien de mieux que de me suggérer de prendre des vacances ! se dit-elle. Prendre des vacances ? Pour aller où ? À Malte comme ces satanés touristes qui se croient tout permis et se pavanent en faisant étalage de leurs richesses pendant que le reste de la population crève de faim et de maladie ? Il n'en est pas question ! »

Non, il n'y avait nulle part au monde où Barry voulait aller à ce moment-ci. À moins que...

* * *

Barry avait à peine fini sa tasse de thé que Dentzen lui apporta une missive cachetée du sceau de Lord Ward. Fébrilement, elle déposa la tasse en la faisant cliqueter dangereusement contre la soucoupe, arracha pratiquement la lettre des mains de Dentzen et l'ouvrit. Comme s'ils avaient d'instinct senti son anxiété, le chien et le singe s'approchèrent de sa chaise d'un seul bond.

La veille, au sortir de sa rencontre avec les officiers, James Miranda Barry avait fait quelque chose qui aurait assurément estomaqué tous les gens que la vie l'avait amenée à côtoyer : une demande officielle de congé pour raisons de santé.

En effet, ce cher docteur Barry avait informé son supérieur moins d'une heure après leur rencontre de son désir de partir quatre semaines en convalescence. Le médecin infatigable qu'un rien pouvait galvaniser, aussi immuable dans ses opinions que dans ses actes, qui avait toujours refusé de s'arrêter et qui surtout n'avait jamais vraiment accepté de se faire soigner, convenait de lui-même de la nécessité de se reposer.

George Ward avait été, selon la lettre qui venait de lui parvenir, très heureux et surtout très prompt à accéder à sa demande.

– Dentzen ! s'écria-t-elle en sentant la fierté et la satisfaction l'envahir, préparez mes bagages. Je pars en convalescence !

Son enthousiasme soudain fit japper Psyché, crier le singe et croasser le perroquet pratiquement à l'unisson.

– En convalescence ? demanda Dentzen avec étonnement en revenant précipitamment dans la salle à manger. Mais où donc irez-vous, docteur Barry ?

– Mais en Crimée, voyons !

* * *

Dans le grand salon de l'ambassade, les convives circulaient et bavardaient sans vraiment prêter attention au vieux médecin et à l'enfant assis à l'écart.

– Dites-moi, docteur Barry, demanda la petite Rose Wingham, est-ce vrai que vous l'avez rencontrée, la dame ?

– Mais de qui veux-tu parler, chère petite ?

Assise bien droite de l'autre côté de la table, directement devant Barry, la jeune Rose continua de griffonner sur sa feuille et ne leva pas les yeux. De temps à autre, sa langue apparaissait au coin de sa bouche, signe de son application à la tâche. Pendant un moment, Barry se demanda si la question lui était bien destinée ou si la fillette parlait toute seule.

– Vous savez bien, cette mademoiselle Nightingale, continua Rose, toujours sans la regarder. Trois fois ce soir je vous ai entendu mentionner son nom en disant que sa réputation est un peu exagérée… Maman dit pourtant qu'elle accomplit de grandes choses en Crimée.

Sa petite voix claire sonnait comme une mélodie. Tout au long de sa carrière, Barry n'avait eu que très peu de contacts avec les enfants, surtout les petites filles de dix ans. Mais, chaque fois, leur manque total de pudeur, particulièrement lorsqu'il s'accompagnait d'une impressionnante curiosité, l'avait ramenée plusieurs années en arrière, à sa propre enfance, à l'époque où les adultes de son entourage, le comte de Buchan, son oncle James ou le général de Miranda, commençaient enfin à répondre à ses questions incessantes. Margaret Bulkley avait été une enfant très en avance sur les autres, avide de tout apprendre et de tout connaître, qui démontrait une capacité phénoménale de compréhension et d'analyse. Fort heureusement, les hommes autour d'elle avaient su capter sa soif de connaissance et la canaliser à bon escient. Comme eux, Barry avait toujours mis un point d'honneur à s'adresser aux enfants de manière complice en les traitant comme des adultes, mais avec une indulgence inhabituelle chez elle.

Oui, il était vrai que Florence Nightingale avait fait des avancées spectaculaires dans les protocoles de soins aux soldats blessés au combat, mais Barry doutait toujours que ses réalisations fussent uniquement dues à ses talents d'infirmière. Bien avant qu'elle n'entre en scène, on avait enfin commencé à sérieusement considérer le lien qui existait probablement entre la promptitude des soins, la propreté et la lutte aux infections, comme elle et quelques-uns de ses collègues l'avaient constaté depuis longtemps. Nightingale n'avait rien innové, à son avis ; elle ne faisait qu'exécuter ce que d'autres avant elle avaient mis de l'avant.

– Vous croyez vraiment que c'est parce que sa famille est riche, qu'elle réussit à obtenir ce qu'elle demande ? poursuivit Rose sans se laisser démonter par le silence du médecin.

– J'ai dit ça, moi ? fit Barry avec amusement. Ce n'est pas très gentil, je l'admets… Je parle beaucoup trop, parfois. Mais en quoi cela peut-il t'intéresser ? Et qu'est-ce que tu écris ainsi ?

En guise de réponse, la fillette tira vers elle une petite table sur roulettes située à sa droite que Barry n'avait pas encore remarquée.

– J'écris tout ce qui me plaît, répondit-elle en plantant devant Barry une lourde pile de feuillets noircis par ses crayons. J'aime bien écrire. J'écris à mes amis à Birmingham, j'écris à ma gouvernante tous les soirs après qu'elle nous a quittés, j'écris de longues pages à mon père lorsqu'il s'absente pour lui faire part de nos activités et de ce qu'il a manqué.

– Rose ! s'écria soudain Lady Wingham en s'approchant de la table. Cesse d'ennuyer ainsi le docteur Barry !

– Mais je ne l'ennuie pas, mère ! C'est lui qui m'a demandé de lui expliquer ce que je faisais.

– C'est vrai, intercéda Barry. J'aimerais bien savoir ce qu'une enfant de dix ans peut tant avoir à coucher sur papier.

– Oh ! il y a longtemps que j'ai renoncé à y jeter un coup d'œil, soupira sa mère. Dès le moment où elle a appris à écrire, elle s'est mise à rédiger page après page de choses inutiles. Elle est décidément trop curieuse. Qu'allons-nous faire d'elle ? Si c'était un garçon, à la rigueur, je ne serais pas aussi préoccupée…

– Vous croyez que les filles ne sont pas capables d'observer, d'analyser et de consigner les résultats de leurs trouvailles ? demanda narquoisement Barry.

La question parut embarrasser la femme.

– Vous savez, répondit-elle en chuchotant, il n'est pas bon qu'une femme soit trop intelligente. Cela intimide les hommes et peut nuire à ses chances de faire un bon mariage…

– Peut-être, mais cela l'aiderait sûrement à faire une belle carrière.

Madame Wingham prit un air choqué.

– Une carrière ? Quelle idée grotesque !

Complètement renversée, la pauvre femme regarda Barry, bouche bée, cherchant visiblement quelque chose à répondre. Au bout d'un moment, elle eut à peine la force d'émettre un murmure.

– Je vous prie de m'excuser, souffla-t-elle, je dois aller voir mes invités.

– Alors, ma mignonne, reprit Barry en se tournant de nouveau vers Rose, montre-moi un peu ce que tu as écrit récemment…

Elle tendit le bras et prit une douzaine de feuillets au hasard, sur le dessus de la pile. La fillette eut un mouvement brusque et tenta de les lui reprendre. Puis, en rougissant jusqu'à la racine des cheveux, elle recula craintivement sur sa chaise.

Tous les écrits de la jeune Rose étaient soigneusement titrés et datés ; les mots étaient clairement tracés et faciles à lire. Le contenu, même s'il était de nature enfantine, était très détaillé et témoignait non seulement d'un sens aigu de l'observation, mais aussi d'une capacité d'analyse surprenante. Barry ne put s'empêcher d'admirer une telle minutie chez une enfant si jeune, ce qui lui rappela sa propre application, à cet âge. « Elle est douée, c'est certain, se dit-elle. Je me demande si elle aura quelqu'un autour d'elle pour lui permettre de développer ses talents… »

Elle continua à feuilleter la liasse avec amusement lorsque, sur l'une des pages, les mots « docteur Barry » attirèrent son attention :

*Lorsqu'il est entré, mes frères et moi avons trouvé que ce docteur Barry avait une allure très bizarre. Il est très petit et de taille menue, très différent des autres messieurs que père reçoit à l'ambassade. Il a les joues comme du cuir tanné et une voix rigolote. Quand il parle, on croirait entendre une mouette en colère. Il se conduit comme une vieille fille maniérée, un peu à la façon de mademoiselle Fogarty, qui était venue nous voir l'été dernier. Mes frères ont dû quitter le salon, tant ils avaient le fou rire.*

*Le docteur Barry porte un uniforme défraîchi décidément trop grand pour lui et un large chapeau au devant relevé, garni d'une longue plume qui était d'ailleurs très jolie. De son col rigide et fermement ceint d'une cravate empesée, son maigre menton sort comme un crochet relevé vers le haut. Son nez, par contre, pointe vers le bas. Je me demande si, un jour, les deux se toucheront.*

*Ses épaulettes sont démesurées. On dirait de petits abat-jour ! Sur ses bottes à hauts talons rouges sont fixés des éperons aussi longs, sinon plus, que ma main. Ces talons aident probablement à empêcher que l'épée qu'il porte à la taille ne traîne par terre : elle est plus longue que ses jambes ! Mais elle est par contre très soigneusement astiquée.*

*Après le dîner, néanmoins, mère nous a dit que, en dépit de cette apparence saugrenue, le docteur Barry avait fait de belles et bonnes choses ici, à Corfou… ?*

Encore une fois, Barry ne savait pas s'il fallait en rire ou en pleurer. « La vérité sort de la bouche des enfants… »

Ce compte rendu avait été écrit l'été précédent, alors que Barry était sur le point de partir pour la Crimée et qu'elle avait été reçue à la résidence de l'ambassadeur, le père de la petite Rose, Lord Wingham.

Tout comme à Malte, les invitations se faisaient rares. Barry n'en refusait aucune, même si les autres convives ne lui accordaient souvent aucun intérêt. Sauf cette enfant, à en croire ce qu'elle s'était donné la peine d'écrire.

Ayant décidé de ne pas l'embarrasser, elle remit les feuilles sur la pile et adressa à l'écrivaine en herbe un clin d'œil complice.

– Parlez-moi donc de cette demoiselle Nightingale, insista Rose Wingham en lui rendant son sourire. Je brûle d'envie d'en savoir plus !

* * *

Avant même de faire sa rencontre, Barry avait ressenti une vive antipathie pour la femme. Fille aînée de bourgeois, Florence Nightingale avait appris de son père le latin, le grec, l'histoire, les mathématiques et la philosophie. Par la suite, elle avait refusé des dizaines de demandes en mariage pour plutôt répondre à ce qu'elle avait qualifié d'appel divin : secourir et soigner les indigents et les soldats. En soutien aux médecins, elle avait fait des soins infirmiers une profession noble.

Au grand étonnement de Barry, elle avait réussi à se faire envoyer à Scutari pour y traiter les blessés que la flotte ramenait du combat. Il fallait admettre, par contre, que ce n'était pas l'armée mais bien une organisation de charité qui avait organisé ce voyage.

Tout de même, ce seul fait avait planté une jalousie certaine dans le cœur de Barry, un sentiment qu'elle n'avait pourtant jamais connu.

Elle était apparemment infatigable, celle qu'on avait surnommée l'ange de la Crimée ou encore la dame à la lampe en raison de son habitude d'arpenter inlassablement, même en pleine nuit, les corridors de l'hôpital.

Et quel hôpital ! Jamais Barry n'aurait pu en concevoir un pareil ; quatre ailes disposées en carré sur plus de deux cents mètres, avec au centre une cour assez grande pour y faire parader un bataillon, ainsi qu'un édifice de trois étages d'une propreté inouïe, qui possédait son propre puits. Malheureusement, ce n'était pas Barry, mais bien Nightingale qui en profitait. Cette constatation n'avait fait qu'attiser son dépit : il aurait peut-être mieux valu qu'elle ne voie pas ce qu'on lui avait si cruellement refusé.

Depuis le début de la guerre, c'était cette Nightingale qui récoltait tous les éloges pour avoir mis sur pied des protocoles de soin que l'on qualifiait de révolutionnaires et d'avant-gardistes. À Corfou, les soldats admis à l'hôpital dont Barry avait la charge ne parlaient que d'elle. En Grande-Bretagne, on la louait de toutes parts et on disait même qu'elle était plus populaire que la reine Victoria. Tous ceux qui croisaient son chemin l'aimaient, l'admiraient et se considéraient honorés de faire sa connaissance, ce que Barry ne pouvait supporter.

Dès la première fois que leurs chemins s'étaient croisés à Scutari, elle avait su que rien ne pourrait la faire changer d'avis sur cette femme, et qu'il y aurait bien une façon de le lui faire savoir. « Non, elle n'a rien fait qui soit réellement si extraordinaire, mais, comme elle l'a fait vêtue d'une crinoline et d'une robe à cerceaux, elle devient une héroïne… »

Tous les jours pendant plus de deux semaines, Barry avait pris plaisir à se rendre aux baraques, puis à l'hôpital, en se fondant dans la foule des soldats et des autres patients, simplement pour observer ce qui s'y passait, ce qui s'y disait. Les résultats de ses observations furent très intéressants, autant que l'inspection des bâtiments eux-mêmes. Au bout de quelques jours, elle avait amassé suffisamment d'information pour régler ses comptes avec la jeune femme tant exécrée. « Le temps est venu de dire à cette Nightingale ce que je pense d'elle et ce que les autres devraient savoir », résolut-elle.

Ce matin-là, tandis que Barry traversait la grande cour de l'hôpital, Nightingale était sortie pour la traverser également. Barry la voyait pour la première fois, mais elle sut tout de suite que c'était elle. Âgée d'environ trente ans, avec un teint de pêche et des yeux d'une vivacité remarquable, elle était grande, brune et surtout très jolie. « Tout ce que je n'étais pas », songea-t-elle.

Ayant immobilisé son cheval, le médecin l'avait observée quelques minutes, ce qui avait suffi pour attiser sa haine encore plus. La ceinture de son tablier immaculé faisait ressortir sa taille menue, ses hanches et sa poitrine généreuses. Sous sa coiffe tout aussi blanche, ses cheveux savamment coiffés en boudins serrés brillaient dans le soleil du midi. De part et d'autre de la cour, les officiers et brancardiers, les soldats valides autant que les malades lui adressaient des sourires respectueux en levant leurs chapeaux et en s'inclinant légèrement à son passage, alors que personne ne faisait attention à Barry.

« Elle se sert de ses charmes beaucoup plus que de sa science. C'est si facile d'obtenir ce que l'on veut lorsqu'on est jeune et jolie ! »

En dépit de la chaleur, la jeune femme n'avait aucune ombrelle ou chape pour se protéger du soleil brûlant. Barry pensa immédiatement qu'elle allait sûrement fondre en quelques minutes. Si Ward avait été d'avis qu'elle-même n'avait pas la force physique nécessaire pour venir œuvrer là, l'occasion de montrer que mademoiselle Nightingale ne l'avait pas davantage était trop belle pour la laisser passer. Cette perspective galvanisa son désir de dire à la charmante infirmière qu'elle n'était, à son avis, qu'une opportuniste qui avait eu la chance de se retrouver au bon endroit au bon moment, et qu'elle n'avait réussi à se faire une telle réputation qu'en raison du nom et de la fortune de son père.

– Croyez-vous qu'il soit bien sage, mademoiselle, de sortir ainsi en plein midi sans vous couvrir ? demanda-t-elle avec sarcasme en lui bloquant le passage avec son cheval. Je me demande comment une femme qu'on dit si savante, si au fait des soins à apporter aux malades, peut également se montrer si bête.

D'abord interdite, Nightingale releva la tête et cligna des yeux sous le soleil qui l'assaillait. Elle leva sa main en visière sur son front et regarda un moment le médecin, qui se tenait immobile sur son cheval, bien à l'abri sous son ombrelle.

– Alors, monsieur, suggéra-t-elle en souriant, est-ce là une façon de m'offrir votre ombrelle ?

– Pas le moins du monde ! s'indigna Barry avec un mouvement de recul. Si vous êtes trop idiote pour vous en passer, je ne crois pas qu'il soit dans mon intérêt de vous en procurer une.

– Comment osez-vous ! souffla Nightingale, visiblement démontée. Vous ne me connaissez même pas !

– Oh ! si, mademoiselle Nightingale ! Je vous connais suffisamment pour savoir que votre présence ici n'est qu'une imposture, car de toute évidence vous ignorez tout des précautions de base.

Nightingale prit une grande respiration et s'efforça visiblement de garder son calme, ce qui eut pour effet de contrarier Barry encore plus. Autour d'eux, les gens se regardaient, mal à l'aise. Elle avait parlé fort, de cette voix criarde et légèrement chevrotante qui faisait partie de son personnage. Personne n'avait pu manquer de l'entendre. Dignement, elle brossa nonchalamment de son gant blanc les galons épinglés à son col en se disant que nul n'oserait intervenir et contrarier un officier médical aussi haut gradé.

– Je ne crois pas vous avoir jamais rencontré, dit Nightingale avec un sourire contraint. Vous êtes monsieur… ?

– Je suis le docteur James Miranda Barry, assistant inspecteur des hôpitaux de Sa Majesté, en service depuis près de quarante ans dans pratiquement toutes les colonies de la Couronne et instigateur de nombreuses réformes d'hygiène et de soins.

– Vraiment ? Je ne crois pas avoir déjà entendu parler de vous.

Ces mots atteignirent Barry en plein cœur et lui firent réaliser combien sa hargne était futile. Bien entendu, ces dernières années, elle avait œuvré presque exclusivement pour l'armée, contrairement aux débuts de sa carrière au Cap, alors que ses multiples assignations la mêlaient tout autant aux civils qu'aux militaires. De son côté, vivant à Londres et aucunement liée à la vie militaire, il était logique que Nightingale n'ait jamais entendu parler d'elle.

Au cours des derniers jours, en attendant de la rencontrer, Barry avait préparé intérieurement tout ce qu'elle aurait voulu lui dire, comment elle n'était pas l'instigatrice de toutes ces innovations pour laquelle on la louait, mais que d'autres bien avant elle, Barry la première, avaient dû se battre autrement farouchement pour en jeter les bases.

À présent, tout ce boniment lui paraissait aussi oiseux que sordide. À quoi bon s'en prendre à une femme qui, au fond, partageait ses idéaux ? Elle aussi avait choisi le célibat malgré les ragots que ce choix pouvait susciter. Elle aussi était reconnue pour son acharnement, sa ténacité, sa volonté de faire avancer les choses pour le bien de ceux qui n'avaient pas la force de parler. Le simple fait d'avoir eu le courage de se rendre jusqu'ici et de se dévouer au front, alors qu'une vie confortable l'attendait à Londres, en disait long sur sa dévotion. Leurs situations et les chemins parcourus étaient différents, mais le but visé était le même. De quel droit Barry aurait-elle pu le lui reprocher ?

Sans compter que, devant la foule désormais assemblée, on verrait une femme se faire vertement réprimander par celui que tous considéraient comme un homme. C'était le genre de spectacle qu'il fallait à tout prix éviter.

Barry ravala donc son dépit et décida de s'en tenir aux faits. Nightingale accomplissait beaucoup, et c'était bien tant mieux. Peu importait qui allait en recevoir les remerciements, du moment que des vies étaient sauvées. Pour sa part, depuis le temps, Barry avait appris à ne pas trop attendre en retour de ses actes.

– Je voulais simplement vous informer, mademoiselle, que j'ai pris l'initiative de procéder à une revue en règle de vos installations, puisque de toute évidence l'armée n'a pas jugé bon de demander d'inspection ; ce que je déplore, considérant que le taux de mortalité n'a pas baissé, bien au contraire, depuis votre arrivée. Oh ! les soldats ont moins d'infections résultant de leurs blessures, mais ils meurent tout de même. En conséquence, j'ai demandé à ce qu'on entreprenne une réfection complète des égouts. Eh oui ! C'est là que se situe le nœud du problème. Et vous ne l'aviez probablement même pas vu ! Comme j'ai l'habitude de la bureaucratie militaire, je veillerai à ce que cet endroit conserve la salubrité nécessaire pour vous simplifier la tâche.

Toujours aussi perplexe, l'infirmière regarda fixement cette drôle de créature qui semblait sortie de nulle part pour venir ainsi lui servir un curieux mélange de reproches et d'aide.

Sans plus attendre, Barry fit tourner son cheval et quitta la cour de l'hôpital. Force était d'admettre que, malgré son ombrelle, elle avait bien failli se faire brûler la cervelle par le soleil du midi.

* * *

– Mais croyez-vous que je puisse être infirmière, moi aussi, docteur Barry ? demanda Rose Wingham.

Barry se secoua, chassa ses souvenirs, fit un autre clin d'œil à la fillette et baissa la voix comme pour lui confier quelque précieux secret :

– Toi, ma petite, si tu le veux, tu pourras même être médecin.

– Ouip, couina l'enfant. J'ai entendu dire qu'il y a une dame, mademoiselle Blackwell, qui a réussi à obtenir un diplôme de médecin. Mais elle a dû se rendre aux États-Unis.

– Il est possible à n'importe quelle femme, surtout si elle est intelligente comme toi, de devenir médecin, continua Barry à voix basse. Pourvu que tu sois prête à te battre et à faire tous les sacrifices qui s'imposent, rien ne t'est impossible. Mais ce ne sera pas facile, crois-moi, j'en sais quelque chose.

# Cinquième partie
# Province du Canada

# X

*Montréal, 1858*

Barry observa ses mains délicatement posées sur la fourrure lisse et brillante. Elles lui parurent étrangement osseuses. Les veines mauves et gonflées étaient très évidentes, et les taches brunes semées sur sa peau blanche étaient encore plus visibles. À sa droite, accrochée au montant du traîneau, la cloche d'argent astiquée à la perfection lui renvoya une image qui, même légèrement déformée, n'en était pas moins fidèle. Sa bouche n'était plus qu'une mince fente étroite, son long nez pointu rappelait curieusement un bec d'aigle, son menton en galoche était garni de quelques poils disparates et ses joues creuses avaient une couleur et une texture qui s'apparentaient à celle de la cire.

Il faut dire qu'à soixante-trois ans la maladie et l'âge avaient fait leurs ravages. Malgré le zèle qu'elle déployait à teindre ses cheveux pour essayer de les ramener à leur nuance originale, elle n'avait réussi qu'à les rendre pratiquement de la même couleur que celle de son traîneau à neige : écarlate. Par contre, sous son grand chapeau qui lui tombait maintenant sur les yeux, ça ne se voyait presque pas.

En soupirant, elle remit ses gants, s'adossa aussi confortablement que possible et fit signe au cocher d'ouvrir la porte. Quelques secondes plus tard, l'éclatante lumière de mars pénétra dans le petit hangar, et l'attelage s'ébranla.

– Allons d'abord arpenter la rue Sherbrooke une ou deux fois ! ordonna-t-elle d'une voix qui devenait de plus en plus criarde avec l'âge. Je veux profiter du beau temps, aujourd'hui. Ensuite, vous m'amènerez au Saint James, que je puisse constater par moi-même de quoi ces imbéciles sont si fiers.

Depuis son arrivée au Canada, c'était l'une des rares occasions où elle pouvait enfin s'accorder un peu de loisirs. Les premiers mois avaient été consacrés à se loger, puis à trouver ses repères dans une ville étrangère. Pour la première fois depuis longtemps, on ne lui avait désigné personne sur place à qui se rapporter formellement. On ne lui avait remis qu'une longue liste d'instructions sur la façon de se rendre à Québec, à Kingston, à Ottawa ou à Toronto, les villes comprises dans le territoire auquel on l'avait affectée.

Mais il lui était rapidement apparu que la vie en sol canadien était à l'opposé de ce qu'il lui avait été donné de constater ailleurs. Son travail ne serait qu'une longue suite de formalités à accomplir. Tout était calme, structuré. Il n'y avait en ces lieux aucune situation potentiellement explosive, aucun conflit à l'horizon, aucune politique contestée, aucune stratégie dictant la vie des troupes. Le contexte social était aussi différent : les nouveaux arrivants étaient des immigrants plutôt que des colons. De nombreux soldats, une fois leurs affectations arrivées à terme, choisissaient souvent de s'établir sur place au lieu de rentrer.

C'était tout un changement par rapport à ses assignations passées. Relevant directement de Londres, elle n'avait sur place de comptes à rendre à personne et avait trouvé une charge de travail grandement allégée même si à elle seule la ville de Montréal comptait plus de cinquante mille habitants et pas moins de mille quatre cents soldats. La garnison de Québec était encore plus importante.

Les civils aussi étaient bien établis, plus organisés, moins dépendants. De plus, les longues distances à parcourir, les meilleures installations dont disposaient les effectifs en place et la prospérité du territoire au sein de l'Amérique du Nord en faisaient un endroit nettement plus civilisé, aux possibilités et opportunités infinies, un pays peut-être même en avance sur son époque.

Mais cette immensité et les richesses qu'elle recelait n'avaient pas que leurs bons côtés. La plupart des déplacements se faisaient en bateaux à vapeur durant les mois doux et en traîneau à neige en hiver, ce qui était plus facile à concevoir en théorie qu'à mettre en pratique. Peu après Noël, par exemple, les tempêtes s'étaient succédé à une cadence folle, et la mauvaise température avait forcé Barry à rester à Québec plus longtemps que prévu.

Là-bas, il n'y avait aucun appartement disponible au parc de l'artillerie où étaient logés les officiers, et elle avait dû se contenter de séjourner à la Citadelle, où on lui avait offert le gîte dans une chambre froide et humide dont la fenêtre laissait passer le vent glacial qui remontait le long du Saint-Laurent. Cela avait été sans contredit l'une des épreuves les plus pénibles de sa vie. À la première accalmie, elle avait insisté pour rentrer à Montréal le plus rapidement possible, par la route de surcroît, plutôt que d'attendre le retour des bateaux à vapeur.

Maintenant que la fonte avait commencé, les ponts de glace menaçaient de céder, et il n'était plus question de quitter Montréal pendant quelque temps, jusqu'à ce que la navigation soit rétablie ou que la traverse de la pointe de l'île soit remise en service. La façon dont la nature lui dictait chacun de ses gestes, y compris ses déplacements, était franchement désagréable.

Au moment où on lui avait annoncé qu'elle était affectée à titre d'inspecteur général des hôpitaux du Dominion du Canada, Barry avait eu un mouvement de recul. « On m'y envoie me refroidir les idées. » C'était la première pensée qui lui était venue à l'esprit. Il était notoire en effet que, dans la région qu'on lui confiait, les hivers étaient longs et rudes, surtout pour quelqu'un qui, comme elle, n'en avait pas l'habitude. L'officier qui avait succédé à Lord Raglan, Andrew Smith, n'avait aucune empathie pour celui que ses collègues considéraient comme un vieux grognon.

De plus, Barry soupçonnait que Florence Nightingale avait quelque chose à voir avec cette décision. Elle jouissait d'un grand nombre de précieux contacts à Westminster, des contacts encore plus influents que ceux qu'elle-même avait pu avoir dans ses belles années. Forte de ses succès et de la réputation qu'elle s'était taillée en Crimée, même si Barry continuait de répéter à qui voulait l'entendre que nombre d'autres en avaient fait tout autant avant elle, Nightingale avait réussi à faire mettre sur pied une importante commission d'enquête sur les mesures sanitaires au sein de l'armée. Elle avait fortement insisté pour y voir siéger le prédécesseur de Barry au Canada, un certain Alexander Thomas.

« Était-ce un coup monté ? pensait Barry. Cherchait-elle à me remettre la monnaie de ma pièce pour ma mauvaise conduite à son égard, à Scutari ? Pourtant, elle disait bien qu'elle n'avait jamais entendu parler de moi… »

Par contre, en l'affectant au Canada, on lui avait octroyé le plus haut grade possible pour un officier militaire. Était-ce une récompense, ou une punition, une façon de lui dorer la pilule pour l'empêcher de trop rouspéter ?

Dans un sens, Montréal lui plaisait. Ayant rapidement emménagé avec son domestique et son chien dans la rue Durocher, Barry résidait dans un secteur bucolique, tout juste à l'extérieur de la ville. Une certaine effervescence régnait dans l'air. La maison louée pour elle était à quelques pas de la rue Sherbrooke, là où les bourgeois, les financiers et les commerçants prospères se faisaient bâtir de somptueuses demeures sur des terrains remplis d'arbres. C'était un quartier en plein développement au cœur duquel on commençait à construire les installations de l'université McGill, ce qui lui rappelait un peu Londres à l'époque de son internat au Guy's. Les nouvelles constructions étaient d'une architecture recherchée, c'étaient des maisons bien chauffées avec des fenêtres étanches.

N'eût été le froid qui régnait six mois par année et dont Barry n'avait pas l'habitude, ce poste lui aurait paru nettement plus agréable. Seuls Dentzen et Psyché partageaient maintenant son quotidien. En dépit du confort qui régnait dans le logis grâce au poêle à bois que Dentzen chauffait à bloc en permanence, le perroquet et le singe n'auraient pas pu supporter les longs hivers. Barry avait dû se résigner à les laisser à ses voisins paysans, à Corfou ; de braves gens qui avaient tout de suite développé une extraordinaire fascination et un sincère attachement à ces deux bêtes inhabituelles.

Pour ce qui était de son chien, par contre, elle n'aurait pas été capable de s'en séparer. Le caniche ne mettait jamais le nez dehors, mais ne semblait pas en souffrir outre mesure. Le serviteur, quant à lui, avait mis au point une stratégie faisant en sorte que tout ce dont ils avaient besoin était livré à leur domicile si le temps n'était pas clément, et de ce fait arrivait à ne pas mettre le nez dehors lors des grands froids.

Mais Barry n'avait pas cette chance. Son travail l'amenait à se déplacer constamment, beau temps, mauvais temps, et elle avait résolu de ne rien laisser la ralentir et freiner son ardeur habituelle. Si, tout au long de sa carrière, la chaleur avait contribué à la faire s'activer, il en serait de même avec le froid !

Faisant contre mauvaise fortune bon cœur, à titre de nouvel inspecteur général des hôpitaux, elle avait vite fait de se procurer un beau traîneau à neige qu'elle avait fait repeindre et décorer à grands frais. Elle avait engagé un cocher et un laquais pour lesquels un tailleur de renom avait été chargé de confectionner des uniformes assortis. Et, chaque fois que c'était possible, elle s'amusait à parader dans ce quartier chic, pour observer la construction des palaces qu'on achevait d'ériger et qui rivalisaient entre eux d'élégance et d'opulence.

C'était frivole, mais, à ce moment de sa vie, bien moins occupée qu'autrefois, Barry se disait qu'il n'y avait aucun mal à se payer un peu de luxe. Elle le méritait bien, et l'endroit s'y prêtait à merveille.

Mais au moins une chose rendait Montréal semblable aux colonies. Un peu plus bas, vers le port, les bâtiments datant du siècle dernier commençaient petit à petit à prendre l'allure de taudis et tombaient un à un, victimes des incendies qui se déclaraient souvent. On les remplaçait au fur et à mesure par des usines, des entrepôts, des manufactures solides et modernes. La population locale était partagée entre les francophones et les anglophones, les catholiques et les protestants, les pauvres et les riches. Encore une fois, Barry avait pu rapidement constater que les inégalités existaient sur tous les continents et ne semblaient pas près de s'aplanir.

– Plus vite, cocher ! cria-t-elle encore alors que l'attelage se dirigeait vers l'ouest.

La rue Sherbrooke était bordée de maisons luxueuses, témoins de l'essor financier qui attirait de plus en plus de gens. Bientôt, la construction d'un nouveau pont et d'un chemin de fer reliant Montréal à la rive sud du Saint-Laurent signifierait la fin de l'isolement hivernal. En attendant, l'élite bourgeoise prenait plaisir à déambuler sur le grand boulevard, profitant des chauds rayons du printemps qui commençaient à faire fondre la neige repoussée de part et d'autre l'hiver durant.

Ces gens, lui semblait-il, aimaient particulièrement la regarder arpenter la rue à vive allure dans son traîneau rutilant, sa petite tête affublée d'un chapeau démesuré dépassant à peine de la masse de fourrures qui couvraient son corps, ce qui l'amusait grandement. Ses spectateurs n'étaient pas sans lui rappeler ceux qui, durant ses belles années au Cap, aimaient la voir danser ou se pavaner dans ses nouveaux uniformes.

En effet, Barry s'était découvert une nouvelle passion et elle n'avait pas perdu de temps à se procurer renard, castor, rat musqué, vison et tous les types de peaux qui lui servaient à protéger ses vieux os de la température hivernale. Il n'y en avait jamais assez, à son avis, pour parfaitement se prémunir du froid qui régnait, aussi bien à l'extérieur que dans certains édifices mal chauffés.

Perchés sur les bancs de neige, les enfants guettaient son arrivée. Les hommes aidaient les dames à y monter également. Le passage de Barry, qui sortait pratiquement à la même heure depuis quelques jours, était un événement à ne pas manquer. Les cloches fixées tout autour du traîneau lui permettaient de s'annoncer de loin, et nul ne pouvait s'empêcher de remarquer cette tache rouge vif qui se détachait nettement sur la neige sale et les bâtiments de pierre grise.

– Plus vite ! hurla Barry qui commençait à s'impatienter.

Le cocher obtempéra. À l'arrière du traîneau, le laquais se cramponnait désespérément et tentait tant bien que mal à la fois de se protéger du froid et de maintenir son équilibre. Le dégel qui s'amorçait rendait la route cahoteuse.

L'attelage filait maintenant à une vitesse hors du commun. N'ayant pu voir le trou qui s'était formé sous les sabots des chevaux, le cocher fut incapable de l'éviter. La secousse fut telle que Barry et son amas de fourrures furent projetés au plancher. Son beau chapeau, celui dont la cocarde argentée contrastait si élégamment avec la plume bleu foncé, se retrouva à ses pieds.

– Espèce d'idiot ! s'éleva la voix, si perçante qu'elle parvint, même à demi étouffée par les fourrures, à couvrir le bruit des cloches. Ne savez-vous pas conduire ? On se croirait sur un champ de bataille ! Ne le voyez-vous pas ? Faites attention, que diable !

En guise de réponse, le cocher intima à ses chevaux l'ordre de réduire leur vitesse, ce qui ne fit que l'irriter davantage.

– Êtes-vous complètement bouché ? Je ne vous ai pas demandé de ralentir, abruti, je vous ai dit de faire attention !

À chacun de ses cris, qui ne manquaient pas de percer l'air frais et de se répercuter contre la façade des édifices, la foule éclatait de rire. « Bande de crétins ! se dit-elle. Ils ne peuvent s'empêcher d'admirer mon superbe traîneau, mais de quel droit se permettent-ils de rire de mes déboires ? »

Un instant plus tard, toutefois, elle dut admettre que la scène devait être particulièrement amusante. « Rien de cassé, sauf l'orgueil de James Miranda Barry. J'ai passé trop de temps à jouer au grincheux colérique. Ce personnage prend souvent le dessus, il me semble, ces dernières années. Mais il est beaucoup trop tard pour chercher à m'en défaire, maintenant. »

En faisant des allers-retours, elle passa à quatre reprises devant le terrain de l'université McGill. Chaque fois, elle ne put s'empêcher d'y jeter un coup d'œil curieux. Au bout d'un énorme parc trônait un large édifice muni d'une tour centrale, avec en toile de fond le mont Royal qui s'élevait à l'arrière. Bientôt, l'avait-on informée, la faculté de médecine, qui était située un peu plus bas vers la ville, y aménagerait de nouveaux locaux.

Depuis Londres, jamais elle n'avait eu la chance de vivre aussi près d'une telle institution, dans un endroit où l'enseignement supérieur était facilement accessible. Et quelle bibliothèque ! Tous les ouvrages les plus récents en médecine, en nutrition, en botanique et plus encore ! Et il en allait de même pour Québec, Kingston et Toronto.

« Une institution consacrée à l'avancement des connaissances… Il y a longtemps que j'ai eu l'opportunité de côtoyer des gens aussi érudits. Ce pays contraste vraiment avec les endroits reculés où j'ai vécu. Parmi ces quatre collèges, je crois bien qu'au moins un voudra que je lui fasse l'honneur d'y prononcer une conférence. Quelle chance, de pouvoir enfin converser avec des gens qui savent de quoi ils parlent ! »

En fait, pour la première fois depuis Le Cap, Barry pressentait que la société du Canada lui offrirait plus d'opportunités pour développer une vie sociale. La ville bourdonnait d'activité, il y avait de grandes industries, des marchands et des financiers, une sphère politique complexe, bien différente des colonies de jadis. Comme pour récompenser des années d'isolement, même volontaire, on lui offrait enfin la possibilité de reprendre sa place dans le monde, autrement que par ces affectations et ses responsabilités d'ordre médical. À cet effet, le Club Saint James lui avait justement fait parvenir une invitation toute spéciale, et Barry ne voulait pas perdre de temps à en savoir plus.

– En voilà assez ! cria finalement Barry au cocher. Amenez-moi au Saint James !

Sans un mot, le cocher fit tourner l'attelage sur la rue de Bleury et dévala la longue pente menant à la vieille partie de la ville. En un clin d'œil, l'aspect paisible des quartiers chics céda sa place à un enchevêtrement de rues étroites bordées d'édifices collés les uns contre les autres. À cause de la circulation plus intense, la neige au sol commençait à se faire plus rare, et déjà certains commerçants avaient troqué leur traîneau pour une carriole et des charrettes, leur nombre augmentant à mesure que Barry et son équipage s'approchaient de leur destination, ce qui rendait la progression difficile.

Le cocher s'arrêta rue St-James, l'artère principale du quartier des affaires. Du côté sud, l'hôtel Ottawa était pris d'une effervescence comme Barry n'en avait jamais vu, les gens s'y succédant à un rythme effarant. Toute la rue vibrait sous la cadence des charretiers qui effectuaient leurs livraisons, des messagers qui couraient d'un édifice à l'autre, des commerçants qui arrivaient ou repartaient de leurs bureaux. Au rez-de-chaussée, tout le long de la rue, les grandes vitrines permettaient de voir l'intérieur des bâtiments, quand elles ne reflétaient pas les rayons aveuglants du soleil.

Barry eut un moment d'hésitation avant de se lever péniblement. Cette frénésie inhabituelle lui faisait tourner la tête et l'apeurait également. Elle se sentait toute petite au milieu des bâtiments de pierre et de brique, si habituée qu'elle était aux vastes espaces. Un seul édifice, directement en face de l'Ottawa, semblait être à l'abri de toute cette activité : le Club Saint James. Fébrilement, elle retira ses gants et déplia la lettre que les administrateurs du club lui avaient fait parvenir quelques semaines plus tôt et qui avait attendu avec le reste du courrier son retour de Québec :

*Dans la plus pure tradition britannique, le Club Saint James a été conçu pour favoriser les contacts entre les gentlemen de la société montréalaise tels que vous. Fondé il y a quelques mois à peine, le club compte déjà plus de cent membres de professions variées et offre à tous des divertissements à la mode, dans un décor digne de son statut et dans une atmosphère de cordialité et de bonne entente.*

*Nos caves recèlent des vins millésimés de grande valeur, notre bar peut vous offrir des liqueurs parmi les plus fines provenant des quatre coins du monde, et vous pourrez en tout temps vous procurer des cigares de la plus haute qualité. Nous joignons à votre intention un exemple de menu et sommes heureux de vous informer que notre cuisine est sous la responsabilité de l'un des plus grands chefs de l'Empire de Sa Majesté.*

*Nous serions plus qu'honorés, cher docteur Barry, de vous compter parmi nos membres. Votre réputation vous ayant précédé, il ne fait aucun doute qu'un gentleman de votre statut et de votre intelligence, officier médical du plus haut grade dont les accomplissements sont déjà légendaires, saura trouver à notre club la camaraderie essentielle à une vie sociale satisfaisante.*

Le ton était plus que flatteur, et Barry savait que la réception qu'on lui réservait serait incomparable. La lettre le disait bien : « Votre réputation vous ayant précédé… » Pour Barry, le nom même du club était on ne peut plus approprié. « Ce club est si parfaitement nommé, la moindre des choses que je puisse faire est d'en devenir membre, se dit-elle. Sans compter que ce pourrait être très amusant. »

Le laquais se précipita pour ouvrir la portière du traîneau, et le cocher vint le rejoindre en tendant sa main pour aider Barry à descendre.

– Je vous prie de m'excuser pour mon attitude de tout à l'heure, dit-elle d'une petite voix. Je sais que la route est imprévisible à ce temps-ci de l'année et que je suis parfois trop difficile. Je vous assure que vos services sont grandement appréciés.

Elle se tourna vers le laquais :

– Les vôtres aussi, bien entendu, mon jeune ami. J'ose en appeler à votre indulgence pour une vieille carcasse comme la mienne.

Le cocher haussa les épaules avec un sourire bon enfant et lui offrit son bras. Tous trois gagnèrent le trottoir. Un instant plus tard, le portier du club sortit en tenant la porte ouverte pour accueillir le nouveau visiteur.

Tout de suite en y pénétrant, Barry se crut de retour à une autre époque, un autre club, une autre ville : les riches panneaux d'acajou, les fauteuils capitonnés, les toiles ornant les murs et sur lesquelles étaient peintes des scènes de chasse… Tout, depuis les lampes jusqu'aux poignées de porte, lui rappelait le Brooke's, le club privé dont le comte de Buchan était membre, et le jour mémorable où, jeune médecin, elle lui avait annoncé sa décision de se joindre à l'armée. Une vague de nostalgie subite et inattendue lui fit monter les larmes aux yeux, mais elle réussit à se contenir. « Je croyais bien que ça ne serait que temporaire, à l'époque, le temps que Miranda sorte de prison et que je puisse aller le retrouver à Caracas. Maintenant, je suis au Canada et nous sommes en 1858. J'ai eu une longue carrière, et on me considère ici comme quelqu'un de bien. »

Déjà, à Londres, elle avait acquis la certitude qu'un jour on l'inviterait à se joindre à un tel club, mais elle n'aurait jamais pensé que ce ne serait que cinquante ans plus tard.

– Docteur Barry ? s'enquit le portier. Je vais voir si monsieur Stevens peut vous recevoir.

À l'annonce du nom de son visiteur, Harrison Stevens, président du club, se leva d'un bond et sortit tout de suite de son bureau, un large sourire aux lèvres. En apercevant le médecin, cependant, son sourire se figea. Sidéré, il le toisa rapidement, l'examinant de la tête aux pieds d'un air incrédule.

– Docteur…, docteur James Miranda Barry ? s'enquit-il avec hésitation.

– Moi-même. Vous semblez surpris.

Barry eut du mal à contenir son amusement devant la déconfiture du pauvre homme.

– Vous..., vous êtes le nouvel inspecteur général des hôpitaux ?

– Bien sûr, répondit-elle en brandissant sa lettre d'invitation. Qui croyez-vous que je sois ? La reine Victoria ? Aimeriez-vous que je produise quelque papier pour vous prouver mon identité ? Je vous rappelle que c'est vous qui m'avez envoyé une invitation à me joindre à votre club !

Toujours sous l'effet du choc, Stevens ne répondit pas. Ses yeux se promenèrent un moment entre elle et les hommes qui étaient depuis sortis du grand salon, intrigués par les éclats de la voix perçante de Barry qui se répercutaient dans le hall d'entrée.

En se retournant légèrement pour voir qui osait se montrer curieux, Barry capta son propre reflet dans la large glace accrochée au mur de côté et comprit immédiatement pourquoi son apparition avait tant étonné Stevens : son visage presque parfaitement glabre contrastait bizarrement avec ceux de ses congénères qui arboraient, tel que le voulait la nouvelle vague, moustaches touffues et rouflaquettes aux proportions imposantes, que les Anglais surnommaient des *mutton chops*. Son mince visage, sa petitesse, sa silhouette chétive et son dos voûté n'avaient rien en commun avec les figures débonnaires, les ventres rebondis et le port altier des financiers prospères qui l'observaient. Même leurs pantalons à carreaux lui semblaient ridicules.

« Je dois nettement détonner parmi ces bouffons. Montrons-leur que je suis digne de faire partie de leur club. »

– Je vous remercie, monsieur Stevens, de l'immense honneur que vous me faites, déclara-t-elle en prenant les devants et en profitant du silence qui planait. Soyez assuré qu'il me fera grand plaisir de me joindre à votre club. J'ai déjà donné des instructions pour que vous soit versée la cotisation initiale de cent cinquante dollars. J'insiste ! Je sais bien qu'à titre d'officier militaire temporairement en poste j'aurais pu être exempté d'effectuer ce paiement, mais j'y tiens !

En guise d'accord, elle tendit la main vers Stevens. L'homme hésita un instant, ne sachant trop quoi répondre, avant de la serrer mollement comme s'il avait peur de la briser. Tout comme lors de son arrivée au Cap, l'apparence du docteur James Miranda Barry ne satisfaisait pas les attentes de ceux qui l'avaient imaginé sous un autre aspect. Harrison Stevens, le premier, restait éberlué par cette apparition inattendue.

Barry se retourna et, son chapeau sous son bras droit, la main gauche nonchalamment déposée sur le pommeau de son épée, s'en fut explorer les lieux. Sans dire un mot, les notables qui se tenaient sur le pas de la porte du salon se déplacèrent légèrement pour laisser passer le drôle de petit personnage, qui ne semblait nullement préoccupé par le grincement de son épée qui traînait sur le plancher de marbre.

* * *

– Docteur Barry ? s'enquit poliment le portier. On vient de vous faire parvenir ces documents de toute urgence. Le messager attend votre réponse pour repartir vers Québec.

Barry déposa son journal et prit la lettre qui lui était tendue, sous les regards furtifs de Percy Moffat et d'Edward Jenkins, deux commerçants bien connus dans la ville. Seuls ces deux autres membres passaient l'après-midi dans le salon du dernier étage du club. Ils n'avaient jusque-là accordé que peu d'intérêt au médecin. Mais cette annonce du portier avait piqué leur curiosité.

Depuis son adhésion, il avait semblé à Barry que de recevoir son courrier au club, un privilège dont les membres pouvaient se prévaloir, était la preuve ultime, mais combien ironique, de son statut de gentleman et d'homme du monde. Encore et toujours, elle tentait de se conformer. Aussi rapidement que ses mains engourdies le lui permirent, elle décacheta la lettre qui accompagnait le colis et la lut d'un trait, ses lèvres s'étirant au fur et à mesure que sa lecture progressait.

– Dites au messager que cela me convient, annonça-t-elle au portier. Je reprendrai la route dès demain pour retourner à Québec et prendre connaissance de l'avancement des travaux.

En le saluant d'un signe de tête courtois, le portier prit congé et sortit de la pièce à reculons.

– Vous repartez, docteur Barry ? demanda Edward Jenkins en riant. Mais où donc trouvez-vous l'énergie pour vous déplacer ainsi constamment ? Depuis l'été dernier, vous ne faites que passer en coup de vent. Toronto, Kingston, et maintenant Québec ? Vous ne tenez pas en place, ma foi !

– Mon cher Jenkins, répliqua Barry avec un sourire moqueur, je fais ce que j'ai à faire. On ne m'a pas envoyé ici pour passer mes journées à lire le journal, m'empiffrer de gâteaux et vider bouteille sur bouteille de scotch.

– Vous croyez que nous ne faisons que cela ? intervint Percy Moffat. Vous devriez pourtant avoir compris que ce club est pour nous un refuge lorsque notre charge de travail commence à trop nous peser. Jenkins et moi sommes tous deux des hommes d'affaires prospères. Nous n'avons pas fait fortune en nous tournant les pouces ! De plus, dois-je vous rappeler que vous profitez du club autant que nous ?

– J'y viens tous les jours quand je suis à Montréal, c'est vrai, admit Barry. Mais ce n'est que pour prendre connaissance de mon courrier et lire le journal. Le système des postes dans cette ville est si primitif qu'il semblerait que la rue Durocher leur soit encore inconnue. Et puis, voyez ce qu'on vient de m'apporter…

Toujours sous l'effet de la satisfaction que lui avait procurée la lecture du message, Barry se leva avec une agilité qui parut impressionner les deux autres et alla leur mettre devant le visage la lettre en question.

– Les plans des nouvelles installations des baraques militaires de Québec, expliqua-t-elle avec fierté en brandissant les autres documents. Lors de mon séjour l'hiver dernier, j'y ai donné ordre qu'on refasse les systèmes d'égout et d'aqueduc. Ils étaient vétustes, dangereux même. Et personne ne se souciait apparemment des problèmes que cela pouvait causer, surtout à nos soldats ! Mais maintenant, grâce à ma vigilance…

– Les soldats, l'interrompit Jenkins en grommelant. Qu'est-ce que ça peut bien faire ?

– Ce sont des êtres humains comme vous et moi ! s'indigna Barry. Je suis en ce lieu la personne responsable de leur bien-être et de leur santé. Je n'allais surtout pas les laisser dans une position si peu digne ! Et j'ai aussi d'autres recommandations à formuler. Par exemple, pouvez-vous croire que les soldats partagent pratiquement tous un seul et même dortoir ? Les hommes mariés avec leurs épouses, également ? Vous imaginez un peu la scène ? Ces pauvres femmes, élevées modestement et religieusement, d'abord choquées d'avoir à vivre avec une dizaine d'hommes… Elles se résignent au bout d'un temps, elles en prennent l'habitude et, à la longue, elles sombrent dans la désolation, l'intempérance, le libertinage. Nul besoin de vous décrire le climat qui règne en ces lieux.

Jenkins et Moffat se regardèrent sans dire un mot, mais Barry ne fut pas dupe de leur amusement.

– Ouais ! s'esclaffa Moffat. J'aimerais bien voir ça !

– Monsieur ! s'exclama Barry comme on gronde un enfant. Vous n'êtes qu'un horrible personnage ! Je croyais que ce club était réservé aux gentlemen…

– Nous aussi, répliqua Jenkins en la toisant de la tête aux pieds. Décidément, les règles d'admissibilité ont manifestement été relâchées.

Ce commentaire piqua d'abord Barry au vif, lui rappelant encore comment son physique ingrat lui valait jadis les plus méchantes des remarques. Cette fois, cependant, l'insulte venait d'un homme qui se targuait de faire partie de la bourgeoisie et était pour elle la preuve que la classe et la civilité ne pouvaient pas s'acheter.

– Je suis un membre en règle de ce club au même titre que vous ! hurla-t-elle en feignant l'indignation, toujours dans le but d'imposer son personnage. J'ai payé, je vous le rappelle, la cotisation initiale en entier, même si j'eusse pu demander une exemption !

– Ouais, fit à nouveau Moffat. Vous vous plaisez à le répéter à qui veut l'entendre. Mais vous ne vous mêlez jamais aux autres, vous ne prenez jamais de repas, vous ne touchez pas à l'alcool et vous refusez qu'on fume en votre présence. Bien honnêtement, monsieur, je me demande ce que vous venez faire ici.

D'un signe de la tête, les deux hommes convinrent de quitter le salon et, prenant soin de fermer la porte derrière eux, de laisser Barry tempêter à sa guise.

Dès qu'ils furent partis, Barry eut un sourire de satisfaction et alla se rasseoir pour examiner les plans plus en détail. « Voilà qui est bien fait pour eux. On n'insulte pas ses aînés ainsi. Quels mal élevés ! Ils croient qu'ils sont au-dessus de tout, mais le jour viendra où ils constateront que la maladie n'épargne personne, les riches autant que les petites gens et les soldats, et que l'argent vite gagné peut tout aussi facilement s'envoler. »

Profitant de cette soudaine solitude qui rendait l'endroit nettement plus paisible, elle déplia une autre lettre qui accompagnait les plans et eut ainsi le plaisir d'apprendre également que les paillasses des soldats allaient être remplacées par des matelas et des oreillers de plumes. C'était là une autre de ses multiples suggestions. Après tout, ce n'était pas les oiseaux qui manquaient dans ce beau pays.

Une fois de plus, il avait été étonnamment facile de faire exaucer cette requête. Une telle rapidité était vivement flatteuse pour elle.

« Enfin ! On daigne m'écouter et donner suite à mes suggestions. Et on n'a encore rien vu. »

* * *

En se réveillant brusquement, Barry eut la bizarre impression que quelqu'un l'observait. Tout était calme, et l'air était un peu frais. À l'extérieur, la nuit était tombée. La pièce baignait dans la lumière jaunâtre des lampes qu'on avait allumées sans faire de bruit. Les papiers reçus de Québec gisaient à ses pieds. Combien de temps s'était-il écoulé ? Elle avait l'impression d'avoir fait une longue sieste.

Mais, devant son fauteuil, un homme se tenait debout, un grand sourire accroché aux lèvres.

– Docteur Barry ? s'enquit-il d'une voix douce. Je suis désolé de vous réveiller ainsi, mais j'avais tellement hâte de faire votre connaissance ! Je suis le docteur George Campbell ; j'enseigne à l'université McGill.

À ces mots, Barry se redressa d'un bond. Une douleur fulgurante lui parcourut les reins, mais son enthousiasme fut tel qu'elle tâcha de l'oublier et s'empressa de secouer avec effusion la main qui lui était tendue.

– Docteur Campbell ! Quelle joie ! Enfin quelqu'un avec qui je pourrai avoir des conversations intelligentes ! Je vous prie de me croire, c'était une joie d'apprendre, lors de mon adhésion, qu'un illustre professeur de chirurgie de McGill était aussi membre du club. Cher ami, c'est à mon tour de vous exprimer à quel point j'avais hâte de faire votre connaissance. Quel dommage que j'aie dû passer plus de temps à Québec qu'ici ! Il me tardait de vous rencontrer. Il est si rare de voir quelqu'un avec qui je puisse échanger sur des sujets sérieux !

– Dois-je conclure de vos propos que les autres membres du club ne sont que peu intéressants ? répondit Campbell en riant. J'ai peine à le croire !

Son rire franc plut immédiatement à Barry. Ce médecin était plus jeune qu'elle, d'une quinzaine d'années au moins. De physique imposant, il possédait néanmoins une voix feutrée et faisait preuve de manières nettement plus posées que les autres membres du club.

– Ce sont des nigauds ! clama Barry en faisant un geste pour inviter Campbell à s'asseoir. Des parvenus qui peuvent tout acheter, sauf le jugement ! Juste à les écouter parler, il est évident qu'ils n'ont pas le discernement qui, à mon avis, serait nécessaire à quiconque veut connaître un succès durable dans la vie ! Surtout que la fortune vite faite n'est pas garante du savoir-vivre ! Ça ne s'achète pas ! Nous verrons bien où ils en seront dans quelques années !

Campbell éclata de rire une seconde fois.

– Je vois que vous n'avez pas beaucoup d'affinités avec nos amis commerçants…

– Oh ! fit Barry avec un geste du revers de la main, ils ne sont pas méchants. Seulement, j'ai peu en commun avec eux. J'ai passé tant de temps dans des contrées lointaines que j'ai appris à accepter d'être à part des autres. Mais sans nécessairement me mettre en position inférieure !

– En position inférieure ? Vous ? Allons donc ! s'exclama Campbell sur le même ton.

En s'installant de façon à soulager la douleur qui lui tenaillait toujours le bas du dos, Barry sourit à son tour à son interlocuteur.

– Je suis d'avis que c'est dans les gestes plus que dans les mots qu'on perçoit la vraie grandeur d'une personne. Pour ce qui est de plusieurs des membres de ce club, hélas, il ne m'a pas encore été donné de voir grand-chose…

– Mais ne les repoussez pas trop vite ! protesta Campbell. Certains pourraient vous surprendre. Il ne faut pas uniquement se fier à nos premières impressions. Par exemple, j'ai moi-même des étudiants provenant d'illustres familles, issus d'écoles de grande renommée, qui ont reçu une excellente éducation, mais qui se comportent parfois comme des enfants ! Pourtant, je suis sûr qu'ils ont l'étoffe de grands hommes de science. Il faut leur laisser le temps, c'est tout, même si je commence à croire que certains hommes ne grandissent jamais…

– C'est aussi ce que j'ai remarqué. Et j'en ai rencontré souvent, de ces éternels gamins. Les femmes, par contre, quittent peut-être trop tôt le monde de l'enfance.

– Peut-être… Je vous avouerai bien honnêtement que, de nos jours, j'ai peine à les reconnaître, les femmes. Lorsque j'étais petit, elles connaissaient toutes leur place. Elles étaient effacées, charmantes et d'agréable compagnie. Aujourd'hui, elles protestent pour un oui ou pour un non.

Barry hocha la tête en signe d'accord, mais, en réalité, elle en pensait tout le contraire. « Il est à peu près temps que les femmes se fassent entendre », se dit-elle plutôt.

– Pouvez-vous le croire, poursuivit Campbell, elles revendiquent même le droit de faire des études de médecine. Encore cette année, McGill a reçu trois demandes provenant de femmes. Depuis qu'Elizabeth Backwell a réussi aux États-Unis, on attend impatiemment qu'une université canadienne emboîte le pas. Franchement, si cela venait un jour à se produire, j'espère ne plus être de ce monde pour le voir !

– Vous êtes de ceux qui croient qu'une femme n'a pas ce qu'il faut pour atteindre un si haut niveau de connaissances ? répliqua Barry qui ressentait tout à coup une certaine antipathie pour son collègue.

– Au contraire ! Le niveau de connaissance est accessible, j'en conviens, car j'ai moi-même connu des femmes d'une intelligence très vive. Mais, pour ce qui est de la pratique, étant vous-même chirurgien militaire, vous devrez admettre…

– Admettre quoi ?

– Que nous rencontrons bien des atrocités qu'une femme ne saurait tolérer : les blessures horribles, les infections purulentes, la misère, la dépravation, l'aliénation mentale… C'est simplement trop affreux ! Imaginez un simple cours d'anatomie, de dissection. Aucune femme respectable ne devrait être confrontée à de telles horreurs !

Campbell fit une pause et adressa un clin d'œil complice à son collègue.

– Je les aime trop pour les soumettre à un pareil exercice. Mais, parlant de femmes, on me dit que vous n'avez vous-même jamais été marié ?

– J'ai épousé la science et toutes les causes que j'ai pu soutenir. Et permettez-moi de vous confirmer que la carrière que j'ai choisie m'a apporté plus que mon lot de ces atrocités que vous venez de mentionner. J'ai vécu dans la puanteur et la misère que les grandes villes comme Londres et les colonies les plus lointaines de l'Empire britannique peuvent recéler. J'ai rempli les archives du département des Affaires militaires et celui des Affaires coloniales, avec d'innombrables rapports sur les pires maladies tropicales, les plus graves épidémies, ainsi que sur les multiples façons de fournir une aide convenable aux lépreux et aux aliénés. J'ai étudié en détail différentes maladies vénériennes, telles que la syphilis et la gonorrhée, sans oublier l'intempérance qui mène au delirium tremens. J'ai établi des protocoles de traitement de ces maladies.

– Toutes des choses dont aucune femme ne devrait être témoin, enchaîna Campbell en souriant d'un air entendu. Je suis heureux de constater que nous partageons la même opinion sur ce sujet. Bien entendu, j'étais déjà au courant de la plupart de vos réalisations. J'avais entendu parler de vous il y a bien longtemps. Je vous avouerai même humblement que c'est le plus célèbre de vos exploits qui est à l'origine de mon intérêt pour l'obstétrique.

– Plaît-il ?

– Oui, expliqua Campbell. Cette césarienne pratiquée en Afrique du Sud il y a une trentaine d'années. J'étais moi-même sur le point de commencer mon internat. Je devais avoir dix-sept ou dix-huit ans. J'étais passionné par la chirurgie, mais, quand j'ai appris que quelqu'un avait finalement démontré qu'il était possible d'avoir recours à une telle intervention et de réussir à sauver à la fois la mère et l'enfant, j'ai été sidéré. Et on raconte que vous avez réalisé l'exploit avec quelques chandelles pour tout éclairage et sans chloroforme ! C'était une première dans tout l'Empire britannique, vous le saviez ? Et vous voici, devant moi, vous, l'homme qui a réussi un tel tour de force !

– Oh ! fit modestement Barry. J'étais jeune et téméraire, à cette époque. Rien ne pouvait m'arrêter. N'oubliez pas, comme vous venez de le mentionner, que, puisqu'il n'y avait pas de chloroforme, c'est la mère qui a dû faire montre du plus grand des courages. Et ce n'était pas des chandelles, mais bien des lampes à huile qui m'éclairaient. L'histoire a de toute évidence été embellie au fil du temps... Quoi qu'il en soit, de nos jours, ce ne serait plus vraiment considéré comme un exploit. J'étais le premier à le risquer, c'est tout. Je crois bien que d'autres depuis ont réussi tout aussi bien.

– Bien sûr, admit Campbell. Mais personne ne pourra jamais vous enlever ce haut fait ! Vous êtes sans aucun doute un pionnier de la médecine moderne !

– Oh ! répéta Barry en tentant à peine de cacher à quel point ces commentaires lui faisaient chaud au cœur. J'ai innové de plus d'une façon, mais c'était probablement plus par pure audace, ou même par inconscience ! Je n'irai pas jusqu'à me considérer comme un pionnier. Il y a une première fois pour tout.

– J'ai su par contre que vous aviez de tout temps eu droit à une reconnaissance sans bornes de la part de ceux que vous aviez soignés.

– De voir un patient se rétablir, quelle que soit sa condition sociale, le pauvre comme l'indigent, est sans contredit la plus belle des récompenses. Et c'est sans compter la prévention ! Sauf que les soldats en poste ici ne sont pas encore de cet avis, j'en ai bien peur. J'ai demandé à ce qu'on leur rende l'accès à l'alcool difficile au superlatif. C'est dans leur intérêt, malgré ce qu'ils ont l'air d'en penser. Les risques d'hypothermie et d'accidents lorsqu'ils sont sous l'emprise de cette boisson de malheur sont infiniment plus importants que toute maladie susceptible de les affecter. Mais, ça, ils n'en ont que faire. Pour ajouter à leur mécontentement, il semblerait que les cinquante gallons d'huile de foie de morue que j'ai commandés pour eux et que je tiens à leur faire administrer avec la plus grande diligence ne soient guère appréciés...

Campbell éclata de rire.

– Je l'imagine aisément ! Ils ne connaissent rien de la médecine préventive, voilà tout ! Pour ma part, je suis d'avis que c'est là un gage de santé.

– Ce n'est que le début. Ils ne se doutent pas encore de l'impact que j'aurai sur leur vie.

* * *

– Vous saurez, messieurs, qu'il n'y a pas une colonie où j'ai été en poste qui ne s'est vue chamboulée du tout au tout par mes requêtes et mes réformes. Maintenant que je suis inspecteur général, je ne vais surtout pas changer mes habitudes.

Devant le petit groupe d'officiers militaires, Barry détonnait autant que parmi les membres du Saint James. Pourtant, le bureau du lieutenant général William Eyre au parc de l'artillerie de Québec n'avait rien en commun avec le luxe bourgeois du club de Montréal. Et la présence de Barry à Québec n'avait rien de social, au contraire. Mais, lorsque venait le temps d'imposer ses opinions et de faire accepter ses suggestions, le fait de détenir le plus haut grade accessible à un officier militaire lui donnait un sentiment de supériorité et d'invulnérabilité comme jamais auparavant.

– J'en conviens, admit finalement Eyre. Mais ce que vous demandez en ce moment n'est à notre avis nullement nécessaire, en plus d'être extrêmement coûteux.

– Nullement nécessaire ? protesta Barry en tapant du pied avec impatience. Comment osez-vous énoncer une telle sottise ?

Êtes-vous marié, monsieur ? Eh bien, que diriez-vous si votre femme avait à partager sa chambre avec une quinzaine de vos collègues ?

Eyre ne répondit pas et se contenta de regarder les autres officiers avec hésitation. Voyant qu'aucune réplique ne venait, Barry décida de renchérir.

– Devrai-je faire une représentation auprès du gouverneur Head ? Dans les autres postes que j'ai occupés, c'était à coup sûr la meilleure méthode pour me faire entendre. Et, si cela n'est pas suffisant, devrai-je m'adresser au clergé ? Je suis convaincu que les catholiques autant que les protestants seront de mon avis. Je sais de source sûre que les jésuites seraient même disposés à mettre leur collège à notre disposition. Ils ne pourront qu'être d'accord avec moi. Comme si ce n'était pas déjà inconvenant de demander à ces pauvres femmes de participer aux tâches ménagères et de cuisiner pour tout le dortoir ! Tout de même, il en va de la plus élémentaire décence !

Les derniers mots avaient été prononcés avec difficulté, Barry étant subitement en proie à une horrible quinte de toux. Les dernières semaines à Québec, en ce mois de novembre pluvieux et froid, lui avaient permis d'expérimenter ce que la majorité de la population canadienne devait endurer chaque année : la grippe. Depuis quelques jours, le mal de gorge, les douleurs musculaires et maintenant la toux qui lui déchirait la poitrine commençaient à sérieusement l'indisposer. Et il lui semblait que tous ces malaises ne faisaient que s'accentuer d'heure en heure.

– Nous allons bien étudier votre proposition, docteur Barry, répondit Eyre en se précipitant pour lui apporter une chaise. Nous verrons comment nous pouvons remédier à la situation dans les meilleurs délais. Nul besoin d'alerter le gouverneur ni le clergé. Nous préférons que les problèmes de l'armée demeurent au sein de l'armée.

– Bien..., bien entendu, fit Barry d'une voix rauque. C'est en effet préférable.

Elle accepta de bonne grâce le siège qui lui était offert et tenta péniblement de reprendre son souffle avant de continuer.

– Je tiens à repartir pour Montréal dans les plus brefs délais. Je voudrais quitter la ville avant les premières neiges. J'ose espérer que cette affaire sera réglée avant mon départ.

Elle se leva laborieusement et s'en fut sans attendre de réponse. L'écho de sa toux se répercuta contre les murs du corridor étroit.

Le voyage de retour fut des plus pénibles. La pluie qui tombait en permanence paraissait décuplée par la force des vents qui ralentissait la progression du bateau à vapeur. Dans une petite cabine, sa fragile carcasse emmitouflée sous deux couvertures de laine et autant de couches de fourrures, Barry grelotta sans arrêt. Elle sentait le froid et l'humidité pénétrer jusqu'à ses os et se disait entre deux quintes de toux que, finalement, même l'humidité et la chaleur accablantes des îles n'étaient pas si mal.

Une fois à la maison, elle dut se résigner à ce que Dentzen la porte jusqu'à sa chambre, même si ce dernier n'était tout de même plus aussi fort que jadis. Barry était incapable de faire un pas. Ses muscles endoloris ne lui permettaient presque aucun mouvement, et sa toux était d'une violence telle qu'elle lui enlevait toutes ses forces.

– Aimeriez-vous que je fasse demander un médecin ? suggéra Dentzen en la déposant sur son lit. Il y a ce docteur Campbell qui est venu à deux reprises prendre de vos nouvelles pendant votre absence. Il semble vous vouer une très grande admiration.

« C'est très gentil à lui, se dit Barry, mais il a probablement l'esprit trop obtus pour que je prenne le risque de le laisser me toucher. »

– Non ! Ce n'est qu'une grippe. J'en ai vu plusieurs cas parmi les soldats, l'hiver dernier. C'est rarement fatal, seulement incommodant. Il faut attendre qu'elle passe, c'est tout.

* * *

Mais, même une fois la fièvre tombée, la toux tenace continua de faire souffrir Barry sans relâche. Au bout d'une semaine, pour une de ces rares fois en quarante ans, Dentzen profita d'une autre visite impromptue du docteur Campbell pour tenter de la faire changer d'idée.

– Le docteur Campbell attend en bas, indiqua le domestique. Il a entendu dire que vous étiez malade et a offert de vous examiner. Il dit que ce serait pour lui un grand honneur et que, si la grippe n'est pas soignée convenablement, elle peut donner lieu à de graves maladies des poumons.

À bout de force, Barry hésita un moment. Sa condition ne semblait pas s'améliorer, au contraire, ce qui commençait à l'inquiéter. Par contre, la seule et unique fois où elle avait laissé un collègue l'examiner, la situation avait dérapé et, n'eût été la complaisance du docteur O'Connor, sa carrière aurait pu se terminer abruptement. Mais il était hors de question de faire confiance à Campbell de la même façon. « J'ai réussi à protéger mon secret pendant cinquante ans, je ne vais pas tout risquer maintenant… »

Elle ne pouvait effacer de sa mémoire leur toute première conversation, au Saint James. Lors de leurs rencontres subséquentes, toujours au club, ils avaient longuement discuté de plusieurs cas rencontrés au cours de leurs carrières respectives, de la difficulté de faire comprendre aux autorités la nécessité de mettre en place de bonnes mesures d'hygiène et des installations sanitaires adéquates. Ils avaient aussi débattu des nouvelles découvertes et théories, ainsi que de la recherche scientifique sous toutes ses coutures. Au fil de leurs conversations, Campbell s'était montré plutôt charmant et amical. C'était un médecin de grand talent, qui avait démontré une sincère admiration pour Barry et son œuvre. Mais elle avait néanmoins toujours cherché à garder une certaine distance, perplexe qu'elle était quant à quelques opinions entretenues par Campbell. « Il n'y a aucune façon de savoir comment il réagirait s'il venait à apprendre la vérité. Surtout lui. Mais cette satanée maladie m'enlève tous mes moyens. À moins que… »

– C'est bien, fit-elle après un moment de réflexion. Je vais le laisser m'examiner. Mais seulement s'il accepte de se soumettre à certaines conditions.

* * *

– Je ne vois pas pourquoi je devrais me dévêtir complètement, expliqua Barry. Le seul problème qui me tenaille est celui d'une toux persistante. La fièvre est tombée depuis plusieurs jours.

– À tout le moins, proposa Campbell avec hésitation, permettez que j'ouvre un peu les rideaux. Il fait si sombre ici !

À la tête du lit, Dentzen se tenait silencieux, mais attentif. Les instructions de Barry avaient été très précises. Les rideaux resteraient tirés, et la lumière du jour qui filtrait faiblement sur leur pourtour serait la seule source d'éclairage. Dentzen s'assurerait que Campbell n'y touche pas ni ne s'avise d'allumer une lampe. Le médecin était entré à tâtons, non sans heurter les pieds de quelques meubles au passage. À genoux sur son lit, lui faisant obstinément dos, Barry n'avait aucune intention de se retourner et de laisser son collègue ausculter sa poitrine.

– Je n'en ferai pas plus, décréta-t-elle. J'ai retiré une partie de la chemise de nuit. Cela est suffisant pour que vous puissiez m'ausculter. Mon cœur va très bien. Ce sont mes poumons qui sont souffrants.

– Comme vous voudrez, concéda Campbell en s'exécutant. Si mes étudiants me voyaient ainsi, ils seraient certainement surpris d'apprendre que je me laisse si facilement impressionner par un patient. Normalement, le médecin est celui qui décide de tout. Je dois toutefois admettre que vous n'êtes pas n'importe quel patient.

– Vous n'avez pas idée..., répondit simplement Barry.

Retenant contre sa poitrine et ses flancs les épaisses couvertures que son collègue n'osa pas repousser, elle laissa Campbell l'examiner de façon plutôt sommaire.

– Vous souffrez d'une bronchite, conclut Campbell en se redressant au bout d'un moment. Rien de bien grave, mais vous avez besoin de beaucoup de repos et vous devez éviter tout refroidissement. Bienvenue au Canada ! Les cas de grippe et de bronchite sont ce qui tient la plupart des médecins occupés chaque hiver. Aimeriez-vous que je repasse vous rendre visite d'ici quelques jours ?

– Je n'en vois pas la nécessité, répondit Barry. Je vous remercie de votre sollicitude et j'espère bien avoir le plaisir de bientôt vous revoir au Saint James.

Cette dernière phrase se voulait en fait un avertissement de ne pas revenir, mais Campbell n'eut pas l'air de s'en formaliser.

– Avec la saison des fêtes qui s'en vient, je ne crois pas que j'aurai l'occasion d'y retourner prochainement. Je vous reverrai donc en janvier, je l'espère. D'ici là, si vous aviez besoin de moi, n'hésitez pas à me faire demander. J'aurai toujours un très grand plaisir de vous venir en aide.

Barry ne répondit pas, de nouveau en proie à un accès de toux qui lui déchirait le thorax.

* * *

*Cher monsieur Stevens,*

*En dépit des bons soins prodigués par notre ami le docteur Campbell, je me vois dans l'obligation de me retirer en tant que membre du Saint James, ma santé m'empêchant désormais de m'y rendre et de jouir de ses privilèges.*

*Laissez-moi vous assurer que votre établissement et son personnel m'ont fait en tout temps une excellente impression. Malheureusement, la grippe contractée lors de mon voyage à Québec en novembre dernier a dégénéré en une bronchite sévère dont j'ai peine à me remettre, et ce malgré l'arrivée du printemps et le retour du soleil.*

*Je ne renouvellerai donc pas ma cotisation et, de plus, j'attends ces jours-ci confirmation de mon embarquement en direction de l'Angleterre où j'irai poursuivre ma convalescence. Comme je ne crois pas revenir à Montréal, je souhaite longue vie à votre club et prospérité à tous ses membres.*

– Faites envoyer ceci, Dentzen, dit Barry en cachetant sa lettre. Ensuite, je vous prie de commencer à emballer nos affaires. Nous rentrerons dès que mon passage sera confirmé.

Le domestique prit la lettre et se retira silencieusement. Barry se leva péniblement, resserra le châle qui couvrait ses épaules et jeta un coup d'œil à l'extérieur. « Cet endroit aurait pu m'apporter tellement ! Il était possible, il me semble, de trouver ici la reconnaissance à laquelle j'aspire depuis si longtemps. Qui sait, j'aurais peut-être même réussi, à la longue, à montrer à Campbell qu'on peut admettre des femmes à l'École de médecine. Encore une fois, mon corps l'a emporté sur mon esprit. Cet endroit n'est pas pour moi. »

Avec amertume, elle pouvait facilement voir que le printemps avait été plus hâtif cette année et que la neige était déjà toute fondue. Mais sa décision était prise. Ayant trouvé à vendre le superbe traîneau qui faisait sa fierté et donné congé au cocher et au laquais qui avaient été si aimables lors des sorties, elle ne profiterait pas non plus de l'été qui arriverait bientôt. Il fallait bien se rendre à l'évidence : toutes les années vécues dans les colonies du Sud avaient fait en sorte que son corps ne pouvait s'habituer à l'hiver canadien.

* * *

Mais si la décision de quitter Montréal pour regagner Londres avait été la sienne, Barry se voyait forcée de demeurer dans la capitale anglaise bien contre son gré.

En effet, de longs mois passèrent, sans nouvelles d'une prochaine affectation, et elle dut bien vite comprendre que les autorités militaires ne tenaient plus compte de ses demandes. Ayant rapidement vu toutes les portes se refermer devant elle, Barry n'avait désormais plus qu'une seule personne à qui se confier :

*Mon cher Josias,*

*Jamais je n'ai ressenti tant d'amertume ni subi tant d'indifférence. Voici maintenant près de deux ans que je suis de retour du Canada, moi qui n'avais, depuis ma jeunesse, jamais passé plus de trois mois consécutifs à Londres.*

*Je peux affirmer en toute honnêteté que je me sens tout à fait bien et que mes ennuis de santé sont derrière moi. Je sais que j'ai atteint un âge auquel les officiers militaires sont depuis longtemps retirés du service actif, mais j'ai encore trop à offrir pour m'y résoudre.*

*Dans le désœuvrement le plus total, j'attends donc patiemment ma nouvelle affectation, ou à tout le moins une marque de gratitude de la part de Sa Majesté. Sans vouloir me vanter, je crois bien que jamais médecin n'aura tant apporté à notre belle et grande armée. Certains de mes congénères ont été récompensés pour beaucoup moins ; alors, pourquoi pas moi ?*

*Le destin rit de moi de plus d'une façon. J'ai trouvé à me loger avec mes chers compagnons sur la rue Margaret, tout près de la rue Grafton, là où résidait jadis le général de Miranda. Nul n'est besoin de vous dire la nostalgie qui m'envahit juste à constater cet état de choses.*

*On m'a confié que le département des Affaires militaires ne pourra considérer ma requête pour une réaffectation avant le début de l'année prochaine.*

*J'ose espérer que James Miranda Barry ne sera pas si facilement relégué aux oubliettes.*

# Épilogue

D'une main tremblante, Josias Cloete prit fébrilement la minuscule clé et déverrouilla avec hésitation le petit coffret de métal qu'il traînait avec lui depuis tant d'années.

Le couvercle s'ouvrit avec un faible grincement. Dans le fond de la cassette, les trésors de celui qui avait quitté l'armée avec le grade de général n'étaient plus nombreux. Il y avait les alliances de ses parents, une miniature de lui enfant, quelques titres de propriété de lots de terre qu'il ne reverrait probablement jamais. Ayant décidé de terminer sa carrière en Jamaïque, il y était resté par la suite et, au fil du temps, l'idée de retourner un jour au Cap, ou encore à Londres, s'était peu à peu estompée.

Au fond de lui-même, il s'était accroché à l'espoir que Barry reviendrait peut-être ou, à tout le moins, il voulait rester dans cette maison dans laquelle il avait vécu avec elle un si grand, mais bien court bonheur. Son cœur se serra alors qu'il sortit du coffret une mince pile de lettres soigneusement attachées avec un ruban jauni : les lettres de Barry.

Pendant un moment, il ne put s'empêcher de maudire son insouciance : il ne lui restait qu'une dizaine de missives, mais Barry lui en avait écrit tellement plus… Qu'étaient-elles donc toutes devenues ? La correspondance du médecin, toutes ces pages noircies au fil des ans, se révélait d'un seul coup d'une importance capitale. Il avait beau puiser dans ses souvenirs, il ne pouvait répondre à la question qui le tenaillait : avec qui d'autre Barry avait-elle entretenu une telle correspondance ? Bien sûr, il y avait eu Poleman et Bailey, qui avaient trépassé depuis déjà longtemps. Et Georgina Somerset, à une certaine époque. Plus récemment, il y avait eu le docteur O'Connor, son ancien collègue des Antilles, qui était lui aussi retraité, mais avec lequel Barry avait indiqué qu'elle avait gardé contact. Était-il toujours de ce monde ? Serait-il facile à retrouver ? Encore plus important, avait-il conservé ses lettres ?

Car voilà qu'on allait sans doute chercher à mettre la main sur tout ce que Barry avait pu écrire.

Près de cinquante ans s'étaient écoulés depuis le jour où, sur les quais du Cap, Barry et Cloete s'étaient rencontrés pour la première fois. Ce dernier se rappelait fort bien le gringalet en apparence prétentieux, hautain et suffisant, qui allait contre toute attente devenir son ami le plus fidèle, et même beaucoup plus durant un trop bref moment. Il n'aurait jamais pu se douter à cette époque de la profondeur et de la pureté des sentiments qu'ils allaient éprouver l'un pour l'autre. En effet, Cloete demeurait persuadé qu'en dépit de tout Barry l'avait aimé. Peut-être pas d'un amour aussi fort et aussi tendre que celui qu'il avait ressenti de son côté, mais certainement aussi louable.

Revenu s'asseoir dans son grand fauteuil, le vieil homme conserva la pile de lettres dans une main et reprit son journal de l'autre. Dehors, la tempête qui faisait rage ne lui importait que peu. Le souvenir de Barry, si puissant désormais, lui réchauffait le cœur encore plus que le feu qui crépitait dans la cheminée.

Le matin même, il avait reçu par courrier une édition du *Guardian* qu'un ami londonien lui avait fait parvenir. Datant de plus de deux mois et déjà jauni, le journal présentait en page trois un bref article qui avait immédiatement capté son attention. Cloete retint son souffle et décida de le lire encore une fois, même s'il savait que chacun des mots était à jamais ancré dans sa mémoire :

***Le docteur James Miranda Barry, décédé à Londres, était une femme.***

*Une étrange histoire – Un incident a récemment donné lieu à de nombreuses discussions dans le monde militaire, ledit incident étant tellement extraordinaire que, si la vérité ne pouvait être étayée par les autorités militaires, le récit en serait incroyable. Les officiers de Sa Majesté qui ont été postés au Cap, à Kingston, à Malte et à Corfou durant les dernières années se souviendront probablement d'un médecin du nom de James Miranda Barry, qui jouissait d'une très grande réputation à titre de chirurgien, qui était d'une compétence indéniable et d'une rapidité d'exécution remarquable.*

*Le médecin en question avait fait ses études en bonne et due forme dans l'une de nos plus prestigieuses universités et reçu ses diplômes avec tous les honneurs. Ayant monté en grade à partir d'aide-chirurgien, puis de chirurgien au sein de plusieurs régiments aux confins des colonies, il avait été reconnu pour son grand talent et avait atteint le plus haut grade d'un officier médical, celui d'inspecteur général des hôpitaux, lors de sa dernière affectation, dans le Dominion du Canada.*

*Après s'être retiré du service actif et avoir établi sa résidence à Londres, il y est décédé le mois dernier pendant la terrible épidémie de dysenterie, à laquelle il a succombé. Et voilà qu'au moment de sa mort on a découvert que James Miranda Barry était une femme.*

*Les raisons qui ont motivé cette supercherie et le moment où elle a commencé demeurent encore nébuleux, mais il appert sans l'ombre d'un doute que, pendant plus de quarante ans, une femme a occupé le poste d'officier de l'armée britannique.*

Cloete reposa le journal et prit la lettre qui avait accompagné l'envoi, dans laquelle son ami londonien lui racontait comment, après la mort du médecin dans son modeste logement de la rue Margaret, la femme chargée de préparer la dépouille pour son enterrement s'était précipitée aux bureaux de l'armée pour annoncer qu'elle n'était pas dupe de la mauvaise blague que, de toute évidence, quelqu'un avait tenté de lui faire. Elle avait bien vu que celui que tous appelaient le général était une femme et que, de plus, son corps présentait des marques permettant de conclure qu'elle avait même porté un enfant.

Il n'avait fallu que quelques jours pour que la nouvelle se propage à travers la ville, et quelques semaines pour qu'elle se rende jusqu'aux colonies. L'armée avait d'abord cherché à démentir la rumeur, mais avait finalement choisi de ne plus émettre de commentaires, puisque rien ne semblait pouvoir arrêter le flot de suppositions et de ragots. L'histoire du docteur Barry, amplifiée, tordue et parfois même carrément inventée, avait pris son essor aux dépens du médecin de qui elle provenait.

Retenant ses larmes, Cloete rageait en pensant que le scandale qui venait d'éclater après la mort de Barry menaçait d'éclipser sa longue et prodigieuse carrière, qu'il allait probablement être plus marquant que toutes ses réformes, réalisations et découvertes, échelonnées sur plus de quarante ans.

* * *

Cloete tressaillit en entendant les coups discrets frappés à sa porte. Depuis trois semaines, déjà, le souvenir de Barry le hantait, la culpabilité le rongeait et l'empêchait constamment de dormir. Aucune nouvelle ne lui était directement parvenue de Londres, que des ragots et des cancans apportés par les soldats en provenance de la mère patrie et qui donnaient lieu aux suppositions les plus loufoques. Même à la retraite depuis plusieurs années, Cloete aurait encore eu assez d'ascendant sur les officiers en poste pour tenter de faire taire ces rumeurs, mais il n'en avait pas la force. Son esprit était entièrement consumé par le regret de ne pas avoir fait ce qu'il aurait dû faire plusieurs années plus tôt : revenir à Londres pour y rejoindre Barry après son retour du Canada. Peut-être aurait-il ainsi été en mesure d'éviter le scandale qui ne faisait que s'intensifier ?

De nouveau, les coups retentirent à la porte comme un code, les deux premiers timides, mais rapides, suivis d'une courte pause, le troisième coup plus accentué. Cloete se souvint d'avoir entendu ce rythme inusité, il y avait bien longtemps, au Cap, durant ses visites chez Barry. Le sentiment de déjà-vu se précisa soudain lorsque les coups se répétèrent une troisième fois, toujours au même rythme.

Il bondit sur ses pieds. Cette façon de frapper ne pouvait provenir que d'un seul homme, un homme habitué de faire montre d'un flagrant équilibre entre la discrétion et la force. Il se précipita aussi vite qu'il le put vers la porte, qu'il ouvrit à la volée.

Sous le porche, à peine à l'abri des chauds rayons du soleil de midi, Dentzen se tenait droit, du moins aussi droit que le poids des années le lui permettait, lui qui, de tout temps, avait semblé sans âge.

– Dentzen ! s'écria Cloete en sentant les larmes lui monter aux yeux. Quelle belle surprise !

Sans attendre une réponse, il se jeta sur le domestique toujours immobile et l'entoura de ses bras. Le visiteur eut un sanglot étouffé. Ils restèrent ainsi enlacés un moment, formant un couple des plus inusités, deux vieux hommes unis par le souvenir de l'être qu'ils avaient connu et admiré.

De tout temps, ils avaient maintenu cette distance à laquelle on s'attend entre un serviteur qui connaît sa place et un visiteur occasionel qui ne se serait jamais avisé de lui donner quelque ordre que ce soit. Malgré leurs contacts qui à une certaine époque étaient quasi quotidiens, ils étaient demeurés l'un pour l'autre deux étrangers.

Mais aujourd'hui tout changeait : il ne restait que deux êtres que la vie remettait sur le même chemin, et toutes leurs différences se voyaient soudain aplanies par leur âge vénérable et la nostalgie qui les envahissaient tous deux à ce moment. Le mur qui les avait autrefois séparés venait de tomber : Cloete savait que Dentzen était le seul qui pouvait comprendre sa peine. Et Dentzen, bien que discret et peu bavard, savait que Cloete était le seul avec qui il pouvait parler de Barry.

Un jappement aigu retentit derrière eux. Cloete revint brusquement à la réalité et remarqua le petit chien qui attendait, patiemment assis sur le plancher de bois. C'était une copie conforme de ses prédécesseurs. Il recula d'un bond et ne put s'empêcher de regarder tout autour, envahi par l'appréhension.

– Nous sommes seuls, Psyché et moi, général Cloete, dit doucement Dentzen comme s'il lisait dans ses pensées. Le docteur Barry est décédé.

Ces derniers mots furent prononcés dans un autre sanglot.

– Je sais, répondit Cloete en lui prenant la main avec sollicitude pour le faire entrer dans la maison. On m'en a prévenu il y a quelques semaines. Je sais aussi comment la vérité a éclaté, hélas ! Mais vous ? Qu'êtes-vous venu faire ici ? Asseyez-vous et racontez-moi tout.

– Il n'y a pas grand-chose à raconter, fit timidement Dentzen en s'asseyant sur le bout d'une chaise. Le docteur Barry a eu la grâce de me laisser le peu d'argent qu'il lui restait à la fin de sa vie. Il m'avait maintes fois dit qu'il souhaitait que je vive mes dernières années à l'endroit que j'avais le plus aimé, parmi toutes nos destinations.

– Et vous avez décidé de revenir en Jamaïque ?

– Non, je reprendrai la mer dans quelques jours pour me rendre à la Barbade. Mademoiselle Georgina m'a également donné un peu d'argent pour que je puisse faire escale ici en route.

– Georgina Somerset ? Vous étiez donc toujours en contact avec elle ?

– Avec toute la famille. Bien sûr, elle en est maintenant la doyenne.

– Dites-moi, savez-vous si elle a conservé toutes les lettres que Barry lui a écrites ?

– Je ne le crois pas, monsieur. Du moins, elle ne m'en a jamais fait mention.

– C'est bien dommage, se désola Cloete. J'ai moi-même perdu une grande quantité de ce que Barry m'avait fait parvenir. Je ne sais pas ce que je donnerais pour les retrouver aujourd'hui. Il y a tant de choses que j'aurais voulu comprendre…

– Eh bien, peut-être que ceci saura vous aider, suggéra Dentzen en sortant une lettre qu'il tendit à Cloete.

Cloete regarda la missive, incrédule. Dessus, dans une large écriture qui lui était familière, une simple phrase était écrite : « Pour JC – À ouvrir seulement après ma mort – JMB. »

Encore une fois, Cloete ne put s'empêcher de penser qu'il aurait dû rentrer en Angleterre rejoindre Barry plusieurs mois plus tôt. Si elle s'était donné la peine d'écrire cette lettre, c'est qu'elle savait peut-être que sa fin était proche. Mais il était trop tard pour ces regrets futiles. Il prit la lettre toujours tendue et la regarda un moment.

Allait-il enfin avoir la réponse à toutes les questions auxquelles Barry avait si obstinément réussi à se dérober ? Et, même en supposant que ces questions fussent encore pertinentes, qu'est-ce que ça changerait ? Pendant un instant, il fut tenté de la déchirer sans l'ouvrir, mais il se retint de justesse. Si Barry s'était donné la peine de l'écrire, la moindre des choses qu'il puisse faire était de la lire.

Avec tristesse, il se résolut à la décacheter enfin :

*Mon Josias adoré,*

*Si vous lisez cette lettre, c'est que j'aurai quitté ce monde. J'espère de tout cœur qu'elle vous parviendra à temps.*

*Avant tout, laissez-moi vous remercier pour la patience, le soutien et la loyauté que vous m'avez témoignés au fil des ans. Pour ma part, je ne peux commencer sans vous exprimer la honte que je ressens à l'idée d'avoir eu à vous mentir pendant si longtemps.*

*Je n'ai plus rien à perdre, à présent. À soixante-dix ans, j'espérais encore que les autorités militaires me feraient l'honneur de me réassigner dans une colonie ou une autre, mais je dois maintenant me résigner et faire la paix avec moi-même. Permettez-moi donc de finalement vous confier tous mes secrets, tout ce que j'aurais tant voulu vous révéler lors de notre dernière rencontre, mais que je n'ai pas eu la force de faire. Dieu sait que vous auriez pourtant mérité de l'entendre de ma voix.*

*Je suis née Margaret Bulkley, fille de Mary Anne et de Jeremiah Bulkley, lequel nous abandonna sans un sou alors que je n'avais que cinq ans. Nous vivions alors à Cork, en Irlande, dans un village que je n'aurais jamais pensé quitter avant ce moment. Au désespoir, ma mère se résolut à renouer avec son frère, James Barry, peintre de renom et déjà célèbre de son vivant. Ma mère n'avait eu aucun contact avec lui depuis bien longtemps, et il ignorait même mon existence. Ce faisant, elle allait sans le savoir sceller ma destinée.*

*Mon oncle nous mit en contact avec le comte de Buchan, auquel je m'attachai très rapidement. Buchan a été pour moi le père que je n'ai pas connu et un mentor inestimable. Inlassablement, c'était lui qui répondait à toutes les questions qui trottaient constamment dans ma tête d'enfant. Ayant constaté à quel point ma soif de connaissances et ma curiosité pouvaient m'être précieuses, c'est lui qui m'a poussée vers la médecine. C'était un projet audacieux, aux limites de la folie, mais j'aime à croire qu'il aurait été fier du résultat.*

*Le décès de mon oncle James, alors que j'arrivais à l'âge d'entreprendre mes études universitaires, me fut salutaire puisqu'il avait décidé que je deviendrais son unique héritière, à condition d'adopter une identité masculine. Il me légua tout juste assez d'argent pour subvenir à mes besoins durant mes années d'université ; cela fut décisif, puisque ma mère refusait d'accepter quoi que ce soit de Buchan ou de Miranda.*

*L'entrée à la faculté de médecine d'Édimbourg fut le premier test. Aucun des grands hommes qui inculquaient les sciences les plus précises à ceux qui étaient destinés à devenir d'illustres médecins de ce monde, pas même mes compagnons de classe, n'a réalisé que j'étais une fille.*

*Ma mère et moi n'avons jamais douté que cette mascarade, comme vous l'avez vous-même qualifiée, était la seule façon pour moi de sortir de la pauvreté. J'étais sans le sou, sans nom, et surtout sans beauté. Mais il me restait mon intelligence, mon ambition et ma fierté.*

*Au contact de Buchan et de Francisco de Miranda, dont ma mère et moi étions follement amoureuses, j'ai compris qu'il y avait en ce monde de grandes inégalités, dont je me suis considérée comme l'une des victimes, du fait d'être née non seulement pauvre, mais aussi du mauvais sexe.*

*Et la vie m'a ainsi donné une seconde chance. Je me suis fait un point d'honneur de passer le reste de mon existence à être la voix de ceux qui n'en avaient pas. Vous-même en avez été témoin et Dieu sait que j'y ai sciemment concentré tous mes efforts. La mentalité qui, je le crains, prévaut encore aujourd'hui me convainc que ce n'était que sous les traits d'un homme que je pouvais y parvenir, et non sans rencontrer de sérieux obstacles.*

*Je n'ai pas à vous dire tout ce à quoi j'ai dû renoncer, votre amour, entre autres, pour mener à bien cette mission. Mon seul regret est qu'on m'ait, à ce qu'il semble, enlevé le droit de poursuivre aussi longtemps que je l'aurais jugé nécessaire, en refusant de donner suite à mes demandes de réaffectation.*

*Je dois aussi reconnaître qu'il y a eu, au fil des ans, beaucoup de gens qui m'ont aidée dans ma quête, vous le premier, en protégeant mon secret. Je vous en suis reconnaissante, même si, à certains moments, vous avez tenté de me faire suivre une autre voie. J'espère que vous comprendrez maintenant pourquoi j'ai choisi de ne pas vous écouter.*

*Permettez-moi également de vous avouer bien candidement que la tentation de tout abandonner a parfois été très forte, mais j'ai toujours su que je pouvais apporter beaucoup plus à ce monde sous l'identité de James Miranda Barry. Je n'aurais jamais pu en faire autant en étant la femme de quelqu'un. J'ose espérer que l'histoire me donnera raison.*

Cloete relut la lettre à plusieurs reprises. Au bout d'un moment, n'ayant plus rien à en apprendre, il la déchira en tout petits morceaux. Peu importaient les ragots et les suppositions, le secret de James Miranda Barry devait mourir avec lui.

Dentzen le regarda sans dire un mot, sans chercher à l'arrêter non plus.

– Vous l'aimiez aussi, n'est-ce pas ? lui demanda Cloete.

– Plus que vous ne pouvez le penser, répondit Dentzen en baissant les yeux. Pourtant...

Il fondit en larmes et ne put finir sa phrase.

– Allons, mon ami, reprenez-vous, fit doucement Cloete qui commençait également à sentir l'émotion le gagner.

– Je n'étais pas là... sanglota Dentzen. Je n'étais pas là au moment où il avait le plus besoin de moi...

Cloete se redressa et posa sa main sur son épaule.

– Que voulez-vous dire ? Où étiez-vous ? Que s'est-il passé, dites-moi ?

Dentzen prit une grande respiration et sembla se calmer.

– Le docteur Barry a toujours pris grand soin de protéger son secret, comme vous le savez.

Cloete hocha la tête en guise de réponse.

– De mon côté, je me faisais un devoir de veiller sur lui. Mais, durant les quelques jours qui ont précédé son décès, il m'avait pratiquement forcé à quitter la ville, pour éviter, selon ses dires, que je ne devienne une autre victime de l'épidémie qui sévissait.

– Mais sa propre santé..., commença Cloete.

Dentzen lui adressa un pâle sourire.

– Si j'avais su, continua Dentzen, je ne serais jamais parti ! C'est à la bonne des propriétaires, Sophia Bishop, qu'on a demandé de préparer le corps pour l'enterrement.

– Et elle ne s'est pas gênée pour raconter ce qu'elle avait vu en effectuant sa tâche.

– Pourquoi se serait-elle retenue ? demanda Dentzen en haussant les épaules. Elle pensait qu'il s'agissait d'une mauvaise blague. Ses patrons étaient absents, et ils lui devaient de l'argent. Elle est donc allée réclamer son dû auprès de l'armée. Comme on lui a demandé une preuve qu'elle avait effectivement fait son travail, elle croyait que c'était une façon d'assurer les officiers qu'elle disait vrai !

Cloete retomba dans son fauteuil, anéanti. Dans un sens, la situation était absurde. Barry avait passé près de soixante ans à jalousement garder un secret qui, pour une raison tout à fait anodine, avait été révélé au moment même de l'enterrer. Triste ironie du sort.

– Il fallait qu'il en soit ainsi, décréta-t-il au bout d'un moment. Barry aura eu le dernier mot en montrant au nez et à la barbe non seulement de l'armée, mais aussi de toute la société, ce qu'une femme est capable d'accomplir.

– Bien sûr, concéda Dentzen, mais depuis on ne parle que de cela, de cette tromperie. Pourtant, vous savez bien ce que le docteur Barry a fait et pour combien de gens. Soudain, tout ça est oublié. Vous saviez qu'on a refusé de l'enterrer dans le cimetière militaire ?

– C'est à ce point ? s'étonna Cloete en haussant un sourcil perplexe.

– Oui. On a dit qu'il fallait agir vite à cause de l'épidémie. Mais, moi, je sais que l'armée a voulu l'écarter, le renier.

– L'armée a toujours voulu l'écarter, dit Cloete. C'est surtout grâce à l'influence de la famille Somerset que Barry n'a pas été expulsé, et en raison de ses talents indéniables qu'on l'a promu au plus haut grade, ce qui ne faisait pas l'affaire de bien des gens, vous savez...

– Beaucoup de gens ne l'aimaient pas, confirma Dentzen.

– Plusieurs le détestaient, les autres l'adoraient. Mais une chose est certaine, James Miranda Barry ne laissait personne indifférent.

* * *

Dans le grand jardin luxuriant, trois hommes étaient assis à l'ombre, leurs frêles silhouettes ne pouvant plus tolérer la chaleur du soleil de midi.

– Alors, commença Cloete au bout d'un moment. Quelles sont les nouvelles, docteur O'Connor ?

– La situation se calme peu à peu, apparemment. J'ai fait rediriger mon courrier ici depuis que je suis venu vous trouver et j'ai demandé à mes amis de Londres de me tenir au courant de tout développement.

La mort de Barry avait réuni trois êtres qui, autrement, ne se seraient probablement jamais rencontrés. En effet, quelques jours à peine après l'arrivée de Dentzen, Josias Cloete avait eu la surprise de voir débarquer chez lui nul autre qu'Edward O'Connor, lui aussi retraité de l'armée, mais toujours résidant des Antilles. Edward O'Connor avait été l'un des rares collègues en qui Barry avait suffisamment eu confiance pour se laisser soigner, et il avait lui aussi gardé le secret de son identité. Il avait, de son propre chef, entrepris de retracer Cloete, ayant appris que le plus fidèle ami de Barry était lui aussi resté dans ce coin du globe.

Depuis plusieurs jours déjà, les trois hommes se rencontraient régulièrement, chacun rendant hommage à sa façon à celui qui avait tant marqué leurs vies respectives. Cet après-midi-là, O'Connor apportait les dernières nouvelles qu'il avait glanées sur tout ce qui se disait au sujet de James Miranda Barry et de sa curieuse histoire.

Dentzen eut un mouvement pour se lever lorsque la servante leur apporta des boissons fraîches, mais Cloete et O'Connor se précipitèrent en même temps pour le retenir. L'homme qui s'était montré soudain si volubile lors de son arrivée quelques semaines plus tôt était retombé dans son mutisme quasi constant, comme si malgré la mort de Barry il restait au service de ses amis.

– Je vous en prie, mon ami ! s'exclama Cloete. Vous êtes ici mon invité, tout comme le docteur O'Connor. Nous pouvons très bien nous servir nous-mêmes.

– Nous ne sommes pas encore invalides, enchaîna le médecin en riant.

Il posa ses lunettes sur le bout de son nez et sortit une pile de lettres qu'il feuilleta rapidement.

– Voici... J'ai appris à mon plus grand regret que la presse s'est approprié l'histoire de Barry et s'en est donnée à cœur joie en distillant les moindres détails, aux limites du sordide. La révélation de son sexe a eu l'effet d'une bombe, point n'est besoin de vous le rappeler. On a longuement discuté de sa personnalité difficile, de sa façon de s'habiller, de son affection particulière pour les animaux, de toutes les manies et les bizarreries qui ont fait sa marque, ce qui apparemment serait suffisant, toujours selon messieurs les journalistes, pour conclure que Barry était sans l'ombre d'un doute une femme !

– Quelles inepties ! soupira Cloete. Et on croit cette interprétation ?

– Il semblerait que oui, admit O'Connor en soupirant également. Les autorités militaires autant que l'Université d'Édimbourg ont toutefois refusé de confirmer quoi que ce soit, ce qui a donné lieu à des rumeurs selon lesquelles il y aurait eu conspiration. Officiellement, l'armée a par la suite déclaré que James Miranda Barry était probablement un hermaphrodite, en l'occurrence une personne aux organes génitaux incomplètement développés, ce qui aurait pu lui donner l'apparence d'une femme, alors qu'il était sans contredit un homme.

– Ce sont là les résultats de l'autopsie ? demanda Cloete, incrédule.

– Non, répondit O'Connor avec un sourire en coin. Il n'y a pas eu d'autopsie. Le temps que Sophia Bishop se rende aux bureaux de Whitehall, les fossoyeurs avaient déjà enterré le corps. Comme il n'y avait aucun doute quant à son identité et qu'il était raisonnable de conclure qu'il avait succombé à l'épidémie, il était inutile de l'exhumer. La dame Bishop demeure donc la seule personne à affirmer avoir vu le corps dénudé de Barry.

– Et qu'avez-vous appris au sujet du docteur Campbell, à Montréal ? demanda anxieusement Cloete. Je suppose que la nouvelle l'a rejoint également ?

– En effet, acquiesça O'Connor. George Campbell est maintenant doyen de la faculté de médecine de l'université McGill. Il se fait apparemment une joie de raconter à ses étudiants et à ses collègues comment Barry a réussi à le duper en leur rappelant la valeur d'un examen intégral et en mentionnant qu'il aurait pu lui-même se prononcer hors de tout doute sur la véritable identité de Barry si seulement il ne s'était pas laissé impressionner. Il maintient qu'il ne peut rien confirmer, ni d'une façon ni d'une autre, mais il serait prêt à donner foi aux rumeurs, puisqu'elles expliquent justement pourquoi Barry s'était montré si réfractaire à se faire soigner à l'époque.

– Aussi bien dire qu'il ne détient aucune preuve, constata Cloete. Personne d'autre ne s'est manifesté ?

– Pas que je sache. Un membre de la famille Somerset aurait même déclaré que personne n'avait jamais eu l'occasion de soupçonner que James Miranda Barry ait pu être autre chose qu'un homme. Oh ! bien sûr, il se trouvera toujours quelqu'un pour dire que c'était évident, mais ce sont surtout des gens qui ont très peu connu Barry.

Cloete laissa échapper un long soupir.

– Me voici rassuré. Barry a toujours jalousement gardé le secret de son identité, et ça lui a beaucoup coûté. Nous ne pouvons qu'admirer une telle ardeur et une telle détermination. Et la respecter, aussi. De mon côté, je n'oserai jamais révéler ce que je sais, même si je dois mentir pour ce faire. Mais, à mon âge, je crois bien qu'on me pardonnera ce petit mensonge.

– Et nous serons aussi menteurs que vous, admit O'Connor en regardant tour à tour Dentzen et Cloete. Personnellement, j'ai fermement l'intention d'emporter ce secret dans ma tombe.

– Qu'il en soit ainsi ! déclara Cloete en tendant les verres à ses deux compagnons avant de prendre le sien. Seule la femme Bishop est témoin et, comme elle avait d'abord eu le culot de demander de l'argent en compensation pour son silence, elle n'est pas crédible, à mon avis. Campbell même ne peut jurer de rien. Nous emporterons le mystère avec nous.

En disant ces derniers mots, Cloete leva son verre :

– À James Miranda Barry ! Puisse-t-il reposer en paix avec la confiance qu'il nous a toujours témoignée !

* * *

Les adieux de Cloete et Dentzen furent doux-amers. Au gré des semaines, les deux hommes avaient pu se remémorer, parfois avec tristesse, parfois avec humour, celui qui avait fait partie de leurs vies pendant plus de quarante ans et dont le souvenir les unissait. L'ancien militaire et le vieux domestique avaient fini par faire la paix avec leurs regrets et leurs remords respectifs, se disant qu'il n'aurait pu en être autrement, de toute façon.

– Si je puis vous demander une toute dernière chose, général Cloete, fit timidement Dentzen avant de s'engager sur la passerelle.

– Je vous en prie, mon ami, faites.

– Malgré tout ce que nous savons, comment se fait-il que nous continuions de parler du docteur Barry au masculin ?

Josias Cloete ne put réprimer un éclat de rire qui lui valut les regards étonnés des passagers qui se pressaient sur le quai.

– Parce que James Miranda Barry était un homme extraordinaire !

– Pardon ? fit Dentzen qui, visiblement, ne comprenait pas.

– Voici, expliqua Cloete avec un sourire. Si Margaret Bulkley a bravement assumé l'identité de James Miranda Barry pendant plus de soixante ans, je suis d'avis que nous devons respecter ce choix. En y repensant bien, Barry a réussi, malgré tout ce qui aurait pu l'en empêcher, à briser les barrières non seulement de la médecine, mais aussi de l'armée. Personne d'autre n'aurait pu en faire autant. Un jour, peut-être, la vérité sera-t-elle connue. Mais ce n'est pas à nous de la révéler. Par-dessus tout, aucune autre femme n'aurait pu ainsi, pendant tout ce temps, se comporter en parfait gentleman.

– En parfait gentleman, conclut Dentzen, dans un écho, avant de s'embarquer pour la toute dernière fois.

# Note de l'auteure

La dernière lettre laissée par James Miranda Barry à Josias Cloete n'existe pas. Elle a été composée principalement à partir des conclusions auxquelles sont parvenus les historiens et les biographes qui ont étudié cet étrange personnage.

En effet, James Miranda Barry a entretenu toute sa vie une correspondance assidue avec plusieurs personnes, mais il n'a pratiquement jamais rien révélé d'intime. Son lien avec Margaret Bulkley, même s'il n'est pas prouvé hors de tout doute, n'en demeure pas moins logique. Le peintre James Barry, décédé en 1806, avait bien une sœur du nom de Mary Anne Bulkley, laquelle avait une fille prénommée Margaret. Cette jeune fille, vraisemblablement née vers 1795, a subitement disparu vers 1809, au moment où sa mère apparaissait à Édimbourg, accompagnée du jeune James Barry. De plus, Margaret, qui était plus lettrée que sa mère, avait écrit plusieurs lettres à son oncle James avant son décès, des lettres qui ont été conservées à la bibliothèque Walpole, au Connecticut. Les experts qui ont comparé l'écriture de Margaret avec celle du jeune médecin sont d'avis qu'elles ont probablement été écrites par la même personne.

Il est aussi vrai que, tout au long de sa vie, James Miranda Barry a jalousement caché son intimité. Si bien qu'au moment de sa mort personne n'a pu affirmer qu'il était effectivement un homme. Les dires de Sophia Bishop, la seule à avoir vu le corps dénudé de Barry, constituent l'unique preuve de son sexe.

Il n'a jamais été possible de déterminer qui savait et qui ignorait de quel sexe il était en réalité. Il est vrai qu'il n'avait que peu d'amis, mais ceux qu'il a eus lui ont été infiniment loyaux. Au moment où le scandale a éclaté, tous ceux qui avaient été près de lui, Josias Cloete, John Jobson et Georgina Somerset entre autres, ont affirmé qu'ils étaient tout à fait surpris par cette révélation, même si, tout au long de sa vie, Barry s'est présenté comme un être nettement efféminé. Seuls ceux qui ne l'avaient côtoyé que de loin ont pompeusement annoncé qu'ils avaient toujours su qu'il était de sexe féminin.

Le mystère demeure aussi entier en ce qui concerne les six mois que James Barry a passés à l'île Maurice en 1821. À ce sujet également, Sophia Bishop a été la seule à affirmer que Barry avait eu un enfant, en raison des vergetures présentes sur son ventre. Si cela est vrai, il n'y a aucune façon de savoir ce qu'il est advenu de cet enfant. Le fait demeure que Barry n'a rien écrit pendant cette période, ce qui était décidément contraire à ses habitudes.

Pour tous ceux et celles qui aimeraient en savoir plus sur la vie et l'œuvre de James Miranda Barry, je recommande l'excellente biographie *Scanty Particulars* de la Sud-Africaine Rachel Holmes, publiée chez Penguin.

Aussi intéressant est *With a Silent Companion* de Florida Ann Town, publié aux éditions Red Deer Press (1999), qui retrace les origines de Margaret Bulkley et propose un intéressant compte rendu de ce qu'aurait pu être son enfance.

# Table des matières

terres de femmes

DANS LA MÊME COLLECTION

*Les Petits Mouchoirs de Cholet*, Isabelle Artiges
*Sous le manteau du silence*, Claire Bergeron
*Fugue vénitienne*, Marie-Claude Gay
*La Dernière Pluie*, Catherine Hervoüet des Forges
*La Dame de Saïgon*, Karine Lebert
*Mademoiselle dite Coco*, Madeleine Mansiet-Berthaud
*L'Héritière des anges*, Florence Roche

PEFC
PEFC/10-31-2008

Imprimé en U.E.
Dépôt légal : septembre 2013
ISBN : 978-2-8129-0943-6